# 小倉山房詩文集

# 四部備要

集部

中華書局據原刻本校刊

桐鄉 陸費逵 總勘
杭縣 高時顯 吳汝霖 輯校
杭縣 丁輔之 監造

錢唐袁枚子才

## 愛物說

婦人從一而男子可以有媵侍何也曰此先王所以扶陽而抑陰也狗彘不可食人食而人可以食狗彘何也曰此先王所以貴清而賤濁也二者皆先王之深意也先王有治世之權不必明言其故而但定其制使民由之後世不察見孟子訓愛物佛家戒殺於是人與物幾溷淆而莫分蕭子良之慧蘇子瞻之聰皆惑焉夫愛物與戒殺者其心皆以爲仁也然孔子論仁曰愛人不曰愛物又曰仁者己欲立而立人不曰立物此意惟呂覽得之曰仁於萬物不仁於人不可謂仁不仁於萬物獨仁於人可以謂仁仁也者仁乎其類也此可謂善言仁者也愛人不難知所以愛人爲難孔子教弟子泛愛衆必曰而親仁孟子稱堯舜之仁必曰急親賢人之中尙宜擇仁者賢者而愛之況物乎古者執雉執雁四靈爲畜愛其物之類人也誅盜賊刑僉壬惡其人之類物也廄焚子曰傷人

乎不問馬衞侯之馬啓服死公命爲櫝子家子請食之以不愛爲愛而愛乃大以不仁於物爲仁而仁乃純然則孟子稱數罟不入污池禮大夫無故不殺羊士無故不殺犬豕奈何曰此非愛物正所以愛人也懼魚之不繁將不足於食懼大夫士之有故將不得殺羊犬豕故儉惜畜養之以待其食與殺耳爲人計非爲魚鼈羊犬豕計也然則君子何以遠庖廚曰此非愛物亦所以愛人也恐近庖廚則不忍不忍則不食遠庖廚則忍忍則食然此亦寓言耳與勸好貨好色同不可以詞害意也孟子欲充齊王不忍之心以保民而王故因牛而戒及庖廚觀下文權輕重度長短之言則賤禽獸而重百姓之意昭然若揭不然孟子非不食庖廚者也見其死聞其聲則不食不聞不見則食之是後世鄉曲之儇掩耳盜鈴之說也彼齊王之與甲兵危士臣民之死於鋒鏑者皆在數百里外齊王所不見其觳觫不聞其哀號者也比之庖廚不更遠耶而得謂之君子耶

## 牡丹說

冬月山之叟擔一牡丹高可隱人枝柯鄂韡葱蒙蒙以百數主人異目視之爲損重貲慮他處無足當是花者庭之正中舊有數本移其位讓焉幂錦張燭客來指以自負亡何花開薄若蟬翼較前大不如怒而移之山再移之牆立枯死主人慚其故花且嫌庭之空也歸其原數日亦死客過而尤之曰子不見夫善相花者乎宜山者山宜庭者庭遷而移之在冬非春故人與花常兩全也子既貌取以爲良一不當暴摧折之移非其時花之怨以死也誠宜夫天下之荊棘藜刺下牡丹百倍者子不能盡怒而遷之也牡丹之來也未嘗自言曰宜重吾價宜置吾庭宜黜汝舊以讓吾新一月之間忽予忽奪皆子一人之爲不自怒而怒花過矣庭之故花未必果奇子之仍復其處以其猶奇於新也當其時新者雖來舊者不讓較其開孰勝而後移焉則俱不死就移焉而不急復故花之位則其一死其一不死子亟亟焉物性之不知土宜之不辨喜而左之怒而右之主人之喜怒無常花之性命盡矣然則子之病病乎其己尊而物賤也性果而識暗也自恃而不謀諸人也他日子之庭其無花哉主人不能答請具研削

牘記之以自警焉

## 清說

清愼勤三字司馬昭訓長史之言也後人奉之不以人廢言耳然以畏葸爲愼以瑣屑爲勤猶之可也以谿刻爲清所傷者大不可以不辨民之初生無不清也茹毛而已巢居而已民之初生又不能清也不能不食而茹毛不能不居而搆巢中有聖人焉增之以玩好文之以器用懼其過也以禮節之自夏桀酣歌恆舞而伊尹有儉德之戒周末文勝三家者以雍徹而夫子有寧儉之戒皆有爲言之也後世不然或無故而妾織蒲矣或無故而與螬爭食矣彼所好者在乎矜名以自異則不得不權其輕重舍此以鬻彼是儉其外而貪其中潔其末而穢其本也烏乎清且天下之所以叢叢然望治於聖人聖人之所以殷殷然治天下者何哉無他情欲而已矣老者思安少者思懷人之情也而老吾老以及人之老幼吾幼以及人之幼者聖人也好貨好色人之欲也而使之有積倉有裹糧無怨無曠者聖人也使衆人無情欲則人類久絕而天下不必治使聖

人無情欲則漠不相關而亦不肯治天下後之人雖不能如聖人之感通然不至忍人之所不能忍則絜矩之道取譬之方固隱隱在也自有矯清者出而無故不宿於內然後可以寡人之妻孤人之子而心不動也一餅餌可以終日然後可以浚民之膏減吏之俸而意不回也謝絕親知僵仆無所避然後可以固位結主而無所躊躇也彼不欲立矣而何立人己不欲達矣而何達人故曰不近人情者鮮不爲大姦然則孔子何以有恥惡衣惡食之誚曰惡衣惡食嫌之者人之情也恥之者心之陋也不曰嫌而曰恥則是以衣食爲重輕故賤之也不然色惡不食臭惡不食夫子非甘於惡衣惡食者也而何以傳於此言也且當賤貧時而以惡衣惡食自輕則當富貴時必以惡衣惡食自重子路衣敝緼袍非可以衣狐貉而故爲緼袍也素貧賤行貧賤也若可以狐貉而故爲緼袍則必有緼袍狐貉之心交戰於中而忮求起伯夷以餓死稱清而陳文子有馬十乘亦稱清清以心求不以迹取也然則奢儉宜何從曰聖賢以禮爲歸豪傑惟清自適徐邈當魏武崇儉時不改其奢當魏文崇奢時不改其儉此衷之以

禮也武元衡當楊綰樸素之時盛飾如故孔思遠得珍玩服用不疑及其屢空蕭然自得此自適其情也此三人者真清者也清美名也有大力者以美名震之而不移則有大力者以惡名誘之而更不動知此者可以立身可以觀人

玩古者說三篇

人老而尊物古而玩宜也人壽不如物而以物之壽者爲娛人之情也罍盧澡盤古而麤者也不妙於目山河日月古而虛者也不私於我於是求之於玉於銅於磁於硯於琴於竹漆於紙墨於書畫此必至之勢也非好事者之爲也或曰是非聖人之道歟余曰不然魯榶衛柯夏璜殷琥封父之繁弱鍾叔之離磬此見於三代前者也任后爭罍尊欒大辨齊器寶憲取仲山父鼎此見於三代後者也古物之與由來尚矣然則物古皆足玩歟曰亦非也未古貴真已古貴精有古玉焉其得於天者如截肪成於良工者如切泥然後開其渠眉礱以礛諸而又不渫於壤不燁於火不齧於鉏銚不攙揳於後起者之錐刀然後赩燿其精樸屬其形稱至寶矣猶人有絕德儁才長於朱門遇於聖明推排於世故

而又不爲褻非之所傷然後器成而品尊非徒以齒尙也其他物例是今甞衜之人率弄古物爲娛靳拳膠目絕欲得之然而或寶康瓠或欽燕石呰窳行濫齺然自以爲信矣及至聑於知音斥於內府奇賞不得僂售不可乃不速眏其目醜其手而反相與憑怒啐詬以爲世物無古也古物聞之笑識古者聞之悲

或曰古物之遇不遇果有數乎曰不遇者其常也遇者其偶也雖然世之人不求不珍於古物無懵也求之而不以誠珍之而不甚至於古物亦無懵也何也不求不珍其可求可珍者自在也一旦而求之珍之不可知也惟其求之誠珍之至自以爲無所不用其極而卒與僢且馳則所謂瞽而字伯明者也於是果於自信輕於誣物而古物當其前或拉雜摧燒之矣其病一在於好其名一在於強爲解夫漢之爲言含也古以美玉爲死者之含莊子所謂死何含珠是也或曰汗也玉入土久則汗出而斑頼今訛其音以爲漢豈非漢則無玉乎商之訓撳也刻鐫也鄭箋所謂鐫金飾貌是也今昧其義以爲商豈非商則不飾金銀乎碧瓷見鄒陽賦花瓷見宋廣平語越窰翠色見陸魯望詩今釣奇者以爲

始於柴世宗誤矣瓦無硯理而該而託之曰未央宮曰銅雀宣德無庫焚鑄鑪事而眸而見之曰宣鑪又誤矣此所謂好其名也括異志曰銅入土千年而青今見啓禎嘉萬錢纔百年已如翠曾者何青箱志曰書畫千年而絕迹今見韓滉畫五年顏魯公自書告身雖千年赫然新者何志林曰世無真玉勿熯於火者方是然尚書云火炎崑崗玉石俱焚者何此所謂強爲解也夫古器非什百爲沓者也非折閱不市者也又非鰌人使好鉥人使解者也既好矣解矣而又似好非好似解非解好不如不好解不如不解不病乎其所不知而病乎其所已知然則古器之坻伏不出甘心朽壤以終也宜哉宜哉

或曰古物奚用而子若是其重之曰有用之用小無用之用大鳳不司晨麟不服軛周鼎不烹飪固不可賤也且陳彝敦而見升降裼襲之禮焉佩環珮而想采齊肆夏之度焉對翰墨而忘塵氛溫蠖之攖焉其重之也亦猶行夫古之道也曰士大夫既不知古盡假長耳飛目以矩之曰愛古者非富即貴富則陜輸貴則假用賈者牟大利以羼其僞識者媟餘人以赫其獨夫古不古於理無所

關也今之於理有所關者欲求一操執款款之小丈夫而不得也而古物之爲銅爲玉爲磁爲竹爲紙墨爐硯書畫者又不能門扇戶吹嘐嘐然自命曰我良也彼楛也則奈何曰尙以濆治五采惠之彼貿求者必交貿相競矣曰此所謂文而不采如俔之見風不終日定也曰博古有圖書畫有譜其將循是以迹之歟曰此函冶氏所謂獨知之貨輪扁所謂糟粕之書也其不可傳也死矣圖譜造於宣和南渡後物已淪於沙漠烏乎循然則子何獨玩之曰好生解解生誤誤生悔悔生懼懼生辨辨生疑疑生虛虛生明八者缺一焉不可也然則今之升奧渫庋華几者皆非古歟曰是何言也制科百年而謂其中必無才也固不然然則古物存者幾何曰物隨年古今與古環流無窮則物亦環流無窮也然而古弇今削古繁重今輕訬古幬而廉今庛而斲古奇侅而攫綗今辟暴而堙替今以往其侊巧儇變又不知其何所極也

## 黃生借書說

黃生允修借書隨園主人授以書而告之曰書非借不能讀也子不聞藏書者

乎七略四庫天子之書然天子讀書者有幾汗牛塞屋富貴家之書然富貴人讀書者有幾其他祖父積子孫棄者無論焉非獨書爲然天下物皆然非夫人之物而強假焉必慮人逼取而惴惴焉摩玩之不已曰今日存明日去吾不得而見之矣若業爲吾所有必高束焉庋藏焉曰姑俟異日觀云爾余幼好書家貧難致有張氏藏書甚富往借不與歸而形諸夢其切如是故有所覽輒省記通籍後俸去書來落落大滿素蟫灰絲時蒙卷軸然後嘆借者之用心專而少時之歲月爲可惜也今黃生貧類予其借書亦類予惟予之公書與張氏之吝書若不相類然則予固不幸而遇張乎生固幸而遇予乎知幸與不幸則其讀書也必專而其歸書也必速爲一說使與書俱

## 後出師表辨

後出師表非孔明作也夫兵危事也伐國大謀也張皇六師者有之一鼓作氣者有之拊馬而食以肥應客者有之未有先自危怯昭布上下而後出師者也若果爲亮作是亮之氣已餒而其精已消亡矣其前表曰興復漢室還於舊都

不效則治臣之罪何其壯也後表曰坐而待亡不如伐之成敗利鈍非臣所能逆覩何其衰也當是時街亭雖敗猶拔西縣千家以歸蜀之山河天險如故後主任賢勿貳非亡國之君亮再舉而斬王雙殺張郃宣王畏蜀如虎大勢所在有成無敗有利無鈍已較然矣何至戚戚嗟嗟遽以才弱敵強民窮兵疲之語上危主志下懈軍心而又稱難憑者事以豫解其日後無功之罪雖至愚者不爲而謂亮之賢而爲之乎表中六難屢言曹操之敗再言先帝之敗以歸命於天此日者家言也將軍出師而爲此言無謂已不解而欲後主解無益胸中抱六不解而貿貿出師悖矣按此表上於建興六年亮此時年未五十非當死時也後死於十二年天也非亮之所當知也諸賢死盡而勸降之譙周老而不死天也又非亮之所當知也亮不特知漢之必亡且知己與諸賢之中年必死豈理也哉當鄧艾入蜀時使後主聽姜維之言早備陰平及陽安關口則艾不能入縱入後其時羅憲霍弋猶以重兵據要害故孫盛以爲乞師東國徵兵南中則蜀不遽亡將士在劍閣者聞後主降咸怒拔刀斫石然則亮死後十餘年蜀

猶未可亡而亮出兵時乃先云坐而待亡者何耶然則此表誰作曰此蜀亡後好亮者附會董廣川明道不計功之說以夸亮之賢且智而不知適以毀亮也裴松之稱此表本集所無出張儼默記陳壽削之真良史哉

## 金縢辨上

金縢雖今文亦僞書也孔子曰不知命無以爲君子又曰丘之禱久矣三代聖人夭壽不貳武王不豫命也豈太王王季文王之鬼神需其服事哉以身代死古無此法後世村巫里媼之見則有之矣廣陵王胥曰死不得取代庸身自逝周公豈廣陵之不若乎二公欲穆卜公拒之以爲未可以戚我先王臣與子一也他人戚先王不可而己戚先王則可非伯尊之攘善而何禮去祧爲壇去壇爲墠又曰士大夫去國爲壇位向國門而哭爲無廟也當是時太王王季文王赫赫寢廟周公非去國之時雖曰支子不祭然公爲武王禱非爲身禱也舍太廟而爲野祭不祥孰甚焉方命卿士勿言隱諱其迹而乃登壇作墠以自表揚者何也周人以諱事神名終將諱之故禮卒哭乃諱其時武王雖病並未終也

不稱元孫發以禱而稱元孫某以諱是先以死人待武王也某某者後世之俗諱三代所無也商人曰帝甲帝乙此不稱名之證不稱某也周人所謂諱者以謚代名故禮凡祭不諱臨文不諱臨之以高祖則不諱曾祖以下晉荀偃禱稱平公爲曾臣彪此稱名之證不稱某也詩曰一之日觱發曰駿發爾私皆公作也尋常詠歌不諱於其子成王之前而一旦禱祀反諱於祖父太王王季文王之前於義何當治民事神一也故曰未能事人焉能事鬼元孫既無才無藝不能事鬼神矣又安能君天下子萬民乎贊周公之材之美始於論語造僞書者竊孔子之言作公自稱語悖矣湯武革命應乎天而順乎人武王克商已二年縱有不諱與天之降寶命何傷劉先主草創西蜀卽位二年遽崩仗一孔明猶能支持強敵而周家積累千餘年以至仁伐至不仁十亂猶存八百諸侯尚在周公不必憂危至此且周公既不告廟而私禱矣武王已瘳己身無恙公之心已安公之事已畢此私禱之册文焚之可也藏之私室可也乃納之於太廟之金縢預爲日後邀功免罪之計其居心尚可問乎禮祝嘏詞說藏於宗祝非禮

也是謂幽國豈周公有所不知而躬蹈之乎中庸曰事死如事生孟子曰人能充無受爾汝之實則義不可勝用也又曰享多儀儀不及物然則爾汝者古人挾長之稱而圭璧者所以將敬之物也公呼先王爲爾不敬自夸材藝不謙終以圭璧要之不順若曰許我則以璧與圭不許我則屏璧與圭如握果餌以劫嬰兒既驕且吝慢神蔑祖而太王王季文王甘其爾汝之稱又貪其圭璧之誘於昭于天者何其啓寵納侮之甚也夫周公古之達孝也孝父與孝兄孰切當文王崩何以不禱或曰武王得天下主幼國危關係甚大公故急而爲之耳然則文王大勳未集年又九十七歲周公以爲老耶賤耶直當死時耶

## 金縢辨下

周人重卜國有事卜於太廟禮也金縢藏後武王在位四年公又居東二年六年中周人竟不一卜太廟啓金縢乎此說也括蒼王氏曾言之然康成以爲金縢者古藏祕書者皆然不自周公始猶可支吾按經文曰公乃自以爲功云云是幷二公不告且不知也二公尚不知百辟卿士何以知之曰嘻公命我勿敢

言百辟卿士既知之則二公必知之久矣在百辟卿士位卑分遠難以進言容或有之二公爲國元老明知公之精忠靈感至於如此而乃耳聞流言目擊去國相與坐視寂若吞炭何其忍也倘風雷不作金縢不啓王竟誚公誅公彼二公者律以左儒杜伯之義尚何顏坐而論道乎及至天已反風禾已盡起方瞿瞿焉命邦人起大木而築之以愚夫愚婦所共曉里胥田畯所不屑爲者二公乃自以爲功不扶帝室之懿親而扶田中之偃木何其不知大體也經文曰我之勿辟則無以見我先王訓辟字爲誅辟則二叔倘已稱兵周公征之宜也不必爲此言二叔尚未稱兵僅流言而已周公不可以王師報私忿也訓辟字爲逃辟使公能自信居東與居洛一也公不能自信則率土之濱孰非周土亂臣賊子人人得而誅之非越境可免也周公豈將爲武仲之據防秦鍼之適晉乎然則二叔流言奈何曰此尤不足信也當時叛者武庚非二叔也監之者不早發覺又從而助之自宜同罪亦成王周公之不得已也武王克商遷九鼎於洛邑義士猶或非之武庚爲紂嫡子興復商之社稷名正言順何必以討周公爲

詞不比後世王敦蘇峻起兵冒清君側之名也若欲縱反間害公使周國無人則周公雖死而鷹揚之太公平格之君奭巍然尚存皆足以奠周邦誅頑民而有餘又不比趙止一李牧北齊止一斛律光去其人即可圖其國也況兄終弟及商法皆然即使周公代成王而踐其位在武庚視之亦不過如盤庚陽甲外丙仲壬之相承而已矣何不利孺子之有何流言之有若夫鴟鴞惡鳥也周公憂盛危明借綢繆未雨之意君臣交儆可也若爲王信流言而作是以惡鳥比君父矣擬人不倫指斥已甚周公其不聖矣乎康成解既取我子毋毀我室以爲既捕我黨羽矣宜還我土地爵位何嘗妄乃爾總之漢求亡經過甚致僞書雜出梅福曰成王以諸侯禮葬周公而天動威風雷交作魯世家曰周公薨大風拔木成王乃啓金縢尙書大傳曰成王葬周公遇風雷追念前事序而記之蒙恬曰成王有疾周公揃爪沉河書而藏之二叔作亂周公奔楚成王讀記府之文乃迎周公四說者言人人殊皆與金縢不合善乎譙周之言曰尙書遺秦火多缺失學者談金縢都難憑信斯得之矣

## 六宮辨

六宮非古也周內宰以陰禮教六宮女御掌進御於王所鄭氏八十一人當九夕之說皆漢儒舊言不可爲典要夫一陽而二陰君子之道也自天子至於士大夫有妃有妾禮也貴者多賤者少亦禮也其制則難稽矣考之六經在易曰貫魚以宮人寵曰不如其娣之袂良在詩曰抱衾與裯曰諸娣從之不過泛指姬媵無六宮之名尙書顧命陳設瑣屑冏命訓飭侍御均無六宮左氏以公薨路寢爲正以小寢爲卽安明是一宮一寢而公羊以西宮災疑有東宮明是揣度之詞於他書則說苑曰天子諸侯正寢三高寢者高祖之寢子孫不得居其二寢則路寢左右其實一寢國語曰內官不過九御襄楷曰古無宦官文王十子一妃所生荀爽曰天子娶十二帝嚳四妃舜三妃此皆無六宮之證也或曰一命之士父子異宮儒者有一畝之宮何天子而靳乎六夫所謂宮者居室之稱非必居婦人也若天子遊觀偃息之所又豈止於六哉或曰天子六宮象六卿諸侯三宮象三卿故王后亦有六宮六寢所以理陰政也夫陰亦何政之有

以爲具粢盛乎既有膳夫膳宰若干人矣以爲修蠶桑乎又有典絲典枲若干人矣天子致敬乎外后致敬乎內足以奉烝嘗頒蠶政而有餘若夫衾裯幃幄瑣屑之務則事因人生人多事多非宮中所固有也宮既無六則妃御有限然先王卒無明文爲之立制者何哉子嗣有多寡氣禀有強弱非可逆定也且使吾子孫清心寡慾固善卽或有縱欲而不能自克者亦不必祖宗先爲之極明言章理道天子立六宮御百婦禮應爾也然則六宮何始曰自秦始秦滅六國必取其宮人美女列爲六宮以宣淫而夸盛然猶不敢自以爲禮也漢興高祖樂因秦舊而叔孫制禮又稱古制以阿諛之故帝則有五廟則有原鬼神則千二百所武帝衍其緒元成暢其流無涓娛靈遞增名目而唐宋目論之儒又震於禮經闕口而不敢議以致開元宮人六萬宋寧宗一夕御三十九人巫蠱禍生宦官毒流僞作禮經之人蓋實爲之先矣又嘗考禮而不覺失笑也禮稱天子羞用百二十品醬用百二十甕其物又合蠃醢脾析䗪蚳以足其數無論食前方數十丈使天子對案若海無下箸所而且蚳蠃皆穢蟲也今之乞人不食

而當時天子食之尤可怪矣又鄭註天子冕旒玉用二百四十物加以金飾豈非巨鰲戴石頭岑岑幾壓死耶夫食色性也而天子亦人也一食而二百四十味九夕而八十一女一冠而二百四十玉物寧有是哉寧有是哉

## 征苗疑

人多疑古文尚書而不疑其征苗者何也夫舜之德可以舞百獸寧不可以格苗若苗旣不如獸又豈干羽之所能格惟德動天常人之所知也舜禹不知不智伯益知之而不早諫於用兵之時不忠豈以舜禹之聖必待困於心橫於慮而後作乎孔子曰樂云樂云鐘鼓云乎哉干羽鐘鼓樂之儀文也聲教德化樂之精神也精神未孚而忽以儀文孚之豈理也哉瞽瞍雖頑舜之父也伯益諫禹引瞍爲證是以逆苗擬天子之父也君子一言以爲智一言以爲不智禹之失兵機其過小益之傷國體其罪大魏張郃亡羣臣嘆息辛毗解之曰當建安時天下不可一日無武帝然武帝崩魏固無恙云云裴松之責其擬人不倫然則伯益之聖乃不如後世一裴松之乎且夫竄三苗於三危舜典也三苗丕敘

禹貢也苗民淫刑以逞是用勦絕呂刑也苗旣竄矣何事於征苗旣敘矣何必
再征苗勦絕矣又何會格其他分北三苗何遷乎有苗皆無來格之說以尚書
證尚書而真僞定然則瞽瞍允若之言孟子何以引之曰此尚書之逸文也非
征苗語也孟子稱吾於武成取二三策而已今之武成可取者何止二三策蓋
均非其舊本也止血流漂杵四字猶其逸文爾
韓非子五蠹篇有苗不服禹將伐之舜曰不可說苑亦載其詞淮南子繆
稱訓曰禹執干戚舞兩階間而有苗服吳起曰三苗氏左洞庭右彭蠡德
不修禹滅之呂氏春秋曰舜行德三年而三苗服是數說者亦俱與尚書
不合自記

# 小倉山房文集卷二十三

錢唐袁枚子才

## 書鄂人對後

唐鄂人剔股奉母有司旌之昌黎欲腰諸市二者吾俱非之夫非禮之孝旌與誅律無明文非先王之闕也先王若曰將旌之與世固有僞爲名者將誅之與世固有愚爲孝者將誅其僞而旌其愚人藏其心不可測度也不如淡而置之聽其自致明乎上之所重不在於是而教孝之大體立焉未嫁之女爲夫守志律勿旌亦勿禁卽此意也孔子曰苟志於仁矣無惡也曰可以爲難矣仁則吾不知也持此二義以律過中之行始無偏陂不然彼之制行既過矣而我之持論又過焉是上下交相過也卒何以得大中哉故大學不曰治天下而曰平天下

## 書王荆公文集後

荆公上仁宗書通識治體幾乎王佐之才何以新法一行天下大病讀其度支

廳壁記而後嘆其心術之謬也夫財者先王以之養人聚人而非以之制人也今其言曰苟不理財則閭巷之賤人皆可以擅取與之利以與人主爭黔首而放其無窮之欲然則荊公之所以理財者其意不過奪賤人取與之權與之爭黔首而非爲養人聚人計也是乃商賈角富之見心術先乖其作用安得不悖三代聖人無理財之官但求足民不求足國其時黔首熙熙一心歸附譬之臧獲婢妾仰食於家主然所以畜之者恃有恩意德教維繫其間不徒恃財力以相制也後世秦隋兩朝專求足國不求足民卒之與爭黔首者陳涉竇建德之流貧民乎富民乎夫物之不齊物之情也民之有貧富猶壽之有長短造物亦無如何先王因物付物使之強不淩弱衆不暴寡而已春秋時阡陌未開豪強未并孔門弟子業已富者自富貧者自貧而聖人身爲之師亦不聞裒多益寡損子貢以助顏淵勸子華使養原憲者何也宋室之貧在納幣郊費冗員諸病荊公不揣其本弊弊然以賒貸取贏考其所獲不逮桑孔而民怨則過之以利爲利不以義爲利爭黔首反失黔首矣悲夫

## 書權文公郅都論後

郅都廉直史遷以冠酷吏權文公作論雪都訾史遷嘻是烏知遷之心哉古無酷吏名之者遷也漢無酷吏首之者都也當秦殘暴高祖易以寬仁文景繼之天下熙熙然安昇平也久矣忽都以嚴得寵立聲名從此甯成義縱踵至殺人流血動至數萬都作俑之罪遷所深惡也遷既惡都何難弃其生平公廉直諫之事刪而不書然而遷書之反詳者何哉以爲史者所以戒天下萬世也使天下萬世見公廉如都直諫如都而一爲苛暴卽首蒙惡名且身斬家破爲天下快庶幾曉然於小善之不足以掩大惡而相趨爲長者此遷立傳之心也此遷之所以爲良史也曉一孔者何足以知之唐人好排古人持高議都不足雪而權公雪之申生季札未可貶而獨孤及白居易貶之皆過也凡言必究其所裨而事必稽其所敝三代後父子兄弟閒恩寖薄矣得過厚者矯之而立言者又從而尊之於世有所裨無所敝也孔子曰觀過知仁申生季札之過申生季札之仁也都之過其足觀也哉

## 書柳子封建論後

柳子之論封建辨矣惜其未知道也夫封建可行乎曰不可封建不可行而何非乎柳子曰道可行而勢不可行勢吾所無如何也柳子不以爲勢無如何而竟以爲道不宜行是父老堯禹之說也夫封建非勢也聖人意也郡縣非聖人意也勢也天生蒸民作之君作之師一人之力不能君天下必衆君之一人之教不能師天下必衆師之其亶聰明作元后者中天下而立焉非有圭田世祿不能正經界行井田非有諸侯卿大夫不能有圭田世祿非有井田經界不能有鄉廬郊遂選車出卒言揚行舉之法非有諸侯之公子羣公子又不能有大宗小宗故井田學校軍政宗法其事皆因封建而起謂封建非聖人意勢也然則井田學校軍政宗法亦非聖人意勢乎封建始於何皇都不可考柳子之說似民之自爲封建擇其智者而君之若蟻之穴蜂之巢者然不知上古諸侯雖有萬國然史冊所載人皇定三辰地皇畫九州伏羲黃帝垂衣裳神農教耕稼堯舜治曆明時禹治洪水皆一聖人開天獨倡非仗衆諸侯助也亦非聽諸侯

百姓之自爲謀也以舉世不知耕不知織不知天時地利不知舟車服用之際而一人如天如帝先知先覺其威靈神武何萬國之不可兼幷而乃俱才出秦始皇下乎然而聖人不爲者公天下之心治天下之法以爲非封建不可故也柳子謂湯借諸侯伐夏周借諸侯伐殷故不敢變易其國是知有商周而不知有黃農虞夏井隙窺天陋矣且夫秦之失天下制政俱失周之失天下則在政不在制何也封建非周制也夏封建四百年商封建六百年制失而能千年者未之有也禹誅防風啓伐有扈湯伐豕韋高宗伐鬼方周烹齊哀公誅殺之權操之天下何嘗無指臂之使自昭王溺楚穆王忘戴天之仇且髦荒遊覽而大事去幽王被弒平王忘戴天之仇且戍申遷都而大事又去周之天子不知有父子而欲周之諸侯知有君臣得乎然以無父之人卒不至於國亡身滅者雖文武成康之遺澤在人亦賴衆諸侯維持而拱衞之不可謂非封建力也夫穆王平王不知有父此豈武王周公開國時所能逆料而爲之立制乎是周之政失而非制失也明矣父子之倫廢君臣之道失然後強侵弱衆暴寡諸侯蠶食

大夫兼并左氏曰其餘四十縣長轂四十曰分趙氏之田爲七縣曰其俘諸江南夷於九縣周書曰千里十縣一縣四郡春秋戰國時凡稱郡縣者無算蓋不待秦并天下而海內之國駸駸乎半化爲郡縣矣吾故曰郡縣非聖人意也并非秦之所能爲也勢也秦因循苟且因其勢而導之較之宋解兵權唐靖藩鎮事更易焉有叛人無叛吏非一朝一夕之故而歸功於郡縣何耶使封建不廢則諸國有君秦雖暴不能毒流天下彼揭竿而起者亦終有所格而不便惟其爲郡縣也在始皇尊無二上然後可以殘民以逞在陳項疆索無阻然後可以直趨關中是秦之失雖在政而尤在制也又明矣然則封建可行乎曰道可勢不可今之阡陌盡矣城郭改矣稅法變矣其所封者非紈袴之子弟即椎埋之武夫也其能與三代比隆乎且不特無其勢并無其道漢興矯秦弊大封諸侯王天下亂晉封八王互相殘殺天下亂明太祖大封諸子天下又亂是何故哉先王有公天下之心而封建親親也尊賢也興絕國也舉廢祀也欲百姓之各親其親各子其子也故封建行而天下治後世有私天下之心而封建寵愛子

也牢籠功臣也求防衛也其視百姓之休戚如秦人視越人之肥瘠也故封建行而天下亂無先王之心行先王之法是謂徒政子之之讓國宋襄徐偃之仁義師丹王莽之均田限田王安石之周官周禮無所不敗蓋不徒封建然也因其敗轍而訾其成規奚可哉古論封建者荀仲豫陸機劉頌顏師古魏徵李百藥劉秩杜佑皆能言之而後人獨愛柳子之說吾故駁之其封建之利諸儒俱已備言茲不具論

## 再書封建論後

或曰子言封建之非勢固已然如子孫何柳子曰尾大不掉則子孫徒建空名於公侯之上矣曰柳子亦知先王之愛百姓甚於愛子孫乎周公之命龜曰賢則昌不賢則亡武王滅殷欲作宮於五行之山周公不可曰五行之山天下之險也使我有德則天下之納貢者遠矣無德則天下之伐我者難矣此意也非獨周公意也即堯舜禹湯所以封建意也當其時天子不仁則湯武至諸侯不仁則齊桓晉文至千八百國中苟有一賢君則民望未絕師曠曰天之愛民甚

矣豈其使一人肆於民上先王亦愛民甚矣豈其使子孫一人肆於民上尾大不掉之說皆後世云云非先王意也雖然夏亡矣杞不亡殷亡矣宋不亡卽以子孫論而封建之天下雖亡不亡者何哉蓋公極而私存義極而利存天道然也亦非先王意也或曰封建之世如人才何柳子曰封建者繼世而理上果賢乎下果不肖乎又有世大夫之世邑世祿聖人生於其間亦無以自立於天下曰以若所云則柳子不知今幷不知古矣古者有國學所以教胄子也有鄉學所以教野人也彼言揚而行舉者其果專在國而不在鄉乎若夫舉舜於畎畝膠鬲於魚鹽傅說於版築伊尹於耕太公於釣管夷吾於士百里奚於市此幷不在學校者也安見聖人生而無以自立於天下乎柳子之說爲孔孟言也夫孔孟之不能自立者道不行也非封建爲梗也然賴有封建然後栖栖皇皇之衞之陳蔡之梁之齊之滕幾幾乎有可行之勢而諸侯敬弟子從則聲名愈大千萬年後猶知遵奉爲師使聖人生於郡縣之世三試明經不第則跼促一邦姓氏湮沉亦遯世無悶已耳安見其有以自立於天下耶然則孔孟之刪六經

乘俎豆傳食諸侯雖無以自立而有以自顯者封建力也且惟封建故君多臣亦多王臣公公臣卿卿臣大夫大夫臣士士臣皂皂臣輿輿臣僚僚臣僕僕臣臺此十人者皆不耕而食在官之祿者也然不虞其不足者何也其時大夫有采地民有受田累世菑畬尺土無曠故十一之稅重於後世而所出足供所食又大小其才爲十等用則游惰者無有也雖有佛老無所容身其閒雖欲建浮屠立刹院而萬國鱗列經界劃然亦無此隙地縱有楚材而晉用者其爲得展其才受其利濟則一也後世以天子養羣臣故制祿之數恆虞其乏以人才副定額故放廢之士日見其多而且賢人君子宦如傳舍所懷迄不得施或老死牖下欲越一步棲一椽不可得而非士非農非工非賈之氓從而雜之且據享其土木山川之奉若是者皆秦之罪也若夫有治人無治法自古然矣試問柳子之時彼懷印曳紱有社有人者上果賢乎下果不肖乎必曰朝拜而夕斥之矣其拜者果賢乎斥者果不肖乎柳子將何詞以對

書唐介傳後

無其事而誣之讒也有其事而言之直也然直之爲道有禮焉無禮則絞矣有學焉不好學則蔽矣子貢曰惡訐以爲直者訐未嘗非直也無禮而不學則訐矣宋唐介論文潞公以燈籠錦獻張貴妃其訐者歟其無禮而不學者歟諫官退不肖職也所謂不肖者必誤國蠹民然後可以明白指列不宜抉曖昧制宰相也亦不宜因甲事遷怒乙事而悻悻求勝也介忌張堯佐遷怒潞公因潞公遷怒貴妃無論所劾無有也就令有之而宮省甚密進奉甚祕介何從知之介如探聽於宦寺訪求於捷徑則介亦行險儌倖之人而已矣言人之邪而已不得爲正發人之私而已不得爲公此類是也禮曰疑事毋質又曰內言不出於閫宮闈之地內言也亦疑事也可昌言之而身質之乎王鳳陷王商發陰事而丙吉笞官婢誣污衣冠此君子小人之辨也或曰介黜潞公薦富弼亦爲宦官宮妾不知姓名故歟曰此宋人之陋說也舜察邇言湯立賢無方樊姬進孫叔敖長孫后譽魏徵未嘗不得其人若夫鄉曲之儇鈴閣之卒皆宦官宮妾不知名者也其可以爲相乎宋史以趙抃與介並傳爲其抗直相似不知抃之言曰

君子有過當保護愛惜之小人雖小過當力遏絕之此言正介之藥石也與同傳焉介愧矣

再書唐介傳後

其時有孫甫者與介齊名而不學尤甚對仁宗曰天子之妻后一而已餘皆婢也余按六經無婢字天子有后有夫人有世婦有嬪見於曲禮矣天子三夫人九嬪二十七世婦八十一御妻見於昏義矣女御女史典婦命婦見於周官矣卿大夫家尙有貴妾賤妾之分未聞以婢名也鄭康成秋官注古無奴婢女子之入於舂藁者爲婢婢乃罪人之稱故秦穆姬爲晉惠公登臺而請自稱婢子齊威王怒罵曰叱嗟而母婢也焉有天子之妃嬪降后一等而槪呼以婢哉滕達道用官錢杜衍欲罪之范仲掩欲寬之富公介兩賢之間有難色甫責富

曰是不知有法也是又誤矣夫法者胥吏皆知之非獨甫也孔子曰赦小過周

公曰議親議賢豈周公孔子皆不知法者乎其時仁宗寬大不罪諫官政無缺失故略知好名者諫無虛曰不過攻人主後宮訐大臣陰私而已蘇轍年纔十

九對策中便斥仁宗好色妄庸習氣大概爾爾介後受制於王安石一無建明聲名減於作御史時故何也凡人無病而灸則有病而不治亦勢之所必至者也善乎陸宣公之言曰所謂小人者非必盡懷險詖覆邦家也以其趨尚狹促以自異爲不羣以阻議爲出衆故孔子以硜硜言行者爲小人然則宋之諫臣其不識政體者皆小人而已矣

## 書復性書後

唐李翱闢佛者也其復性書尊性而黜情已陰染佛氏而不覺不可不辨夫性體也情用也性不可見於情而見之見孺子入井惻然此情也於以見性之仁嘑爾而與乞人不屑此情也於以見性之義善復性者不於空冥處治性而於發見處求情孔子之能近取譬孟子之擴充四端皆即情以求性也使無惻隱羞惡之情則性中之仁義茫乎若迷而何性之可復乎孟子曰乃若其情則可以爲善記曰人情以爲田大學曰無情者不得盡其辭古聖賢未有尊性而黜情者喜怒哀樂愛惡欲此七者聖人之所同也惟其同故所欲與聚所惡勿施

而王道立焉己欲立立人己欲達達人而仁人稱焉習之以有是七者故情昏
情昏則性匿勢必割愛絕欲而遊於空此佛氏剪除六賊之說也非君子之言
也孔子曰性相近習相遠繼之曰上智下愚不移性有上中下之分斯情亦有
上中下之別見舟車焉賢者曰可以濟人其次曰可以遊息不肖者曰可乘以
作賊見美色焉賢者曰勿使怨曠其次曰勿惑爲戒不肖者曰吾昵之而且鬻
以取利其情之動而不同者皆隨其性之昏明高下而流露者也情何累性之
有且夫子之言性與天道不可得聞夫子之情則無行不與矣弗狃召則喜館
人亡則悲論戰則懼聽韶則樂思周公則夢終其身循環於喜怒哀懼愛惡欲
而不已也堯舉十六相未必非喜舜除四凶未必非怒喜怒不必爲堯舜諱也
孟子不以好貨好色爲公劉太王諱而習之乃以喜怒爲堯舜諱不已悖乎文
王赫斯顏淵不遷子路聞之喜皆喜怒也後世惟晉惠帝流乃無喜無怒童然
若初生之犢其性學之深果賢於堯舜文王顏淵子路乎孟子曰我四十不動
心言當大任而不懼卽齊王反掌之意鄭誤認爲堅忍虛寂則亦北宮黝告子

而已矣奚稱爲孟子然則習之水火之喻何如曰尤誤也夫水火性也其波流光燄則情也人能沃其流而揚其光其有益於水火也大矣若夫污而爲泥沙鬱而爲煙黲此後起者累之所謂習相遠也於情何尤哉

書留侯傳後

四皓高祖故人也當高祖除秦苛法天下如出炎火登春臺四皓不披羊裘受物色其行徑過高非人情一旦震於金幣齊其足雙雙而俱至不爲高祖用乃爲惠帝用失人又不類高士旣來之則安之惠帝可與遊宜少留焉若伯夷太公之就西伯卒奄奄無聞偕行耶同日死耶何沒沒也不賢惠帝而來不智賢惠帝而不輔不仁不在其位而與人家國不義四皓亦陋矣哉高祖謂戚夫人曰彼羽翼已成不可搖動其言尤可疑四皓無碩德重望塡輔東宮苟搖動之彼冢中枯骨何足介意呂后時產祿封王惠帝搖動者數矣不得已而痛飲求早崩爲可悲也彼四皓安在羽翼又安在然則四皓何如人曰史遷好奇於留侯傳曰滄海君曰力士曰黃石公曰赤松子曰四皓皆不著姓名成其虛誕飄

忽之文而已溫公作通鑑刪之宜哉宜哉

惠帝爲四皓立碑爲後世人臣賜葬之始見任昉文章緣始而通典通考金石錄皆無之方知文章緣始亦僞書趙世家屠岸賈事亦相類通篇以妖夢神鬼事雜之則史公欲以釣奇而非爲實錄也明矣惠帝時無司徒官碑稱夏黄公爲惠帝司徒尤可笑自記

## 書宋均傳後

或問宋均之言曰吏能宏厚雖貪無害惟廉察之人爲毒最甚是何言歟曰子不見夫犬馬乎芻膾羶盆受人畜養可謂貪矣然而利於人又不見夫蛇蝎乎餐風露飲水可謂廉矣然而害於人夫蛇蝎非與人有仇也犬馬非與人有情也其氣之一艮一毒天早有以付之使爲其性而在彼亦不能自克也用人者畜犬馬不畜蛇蝎此宋均意也曰然則何以有用人之仁去其貪之說曰仁與貪雖有公私之分而皆起於一念之愛其生機皆未絕也惟夫一無所愛之人生機盡絕而無可用亦無可去此申韓之所以原於老子也且仁而貪不如仁

而廉不仁而廉則不如不仁而貪何也均一不仁耳貪則心怯廉則膽麤貪則
易敗廉則難傾吾恐郅都張湯盧杞之殺人必多於寧成義縱元載之殺人也
莊子曰察士無淩誶之事則不樂夫淩誶亦何樂之有而察士當之則以人之
不樂爲己之樂也果以人之不樂爲己之樂則其殘民以逞又何所不至漢東
平王以爲善爲樂齊南陽王以聚蝎爲樂此其證也然則子路贖人受謝夫子
是之子貢贖人不受謝夫子非之又何歟曰太上貴德其次務施報太上者上
智也其次者中人也天下上智少中人多聖人立教不以上智相期而以中人
爲斷以爲天下人非一己所能盡贖也使人人知贖人之有謝而共爲之則人
之不贖者寡矣使人人知贖人之無謝而讓吾獨爲之則人之受贖者寡矣且
索謝與受謝又不同也吾之贖人原非爲謝而彼之以是心至者吾從而受之
亦所以安其心也必使彼之心抱不安於我而我之廉名乃播於遠邇則是贖
名非贖人也可以欺庸人不可以欺聖人

書顧覲之傳後

沛郡唐賜飲比村唐氏酒還得病吐蠱二十餘物賜妻張從賜臨終言剖驗五臟悉皆糜碎尚書顧覬之議張忍行剖腹子副又不禁止論母子棄市劉勰爭之不能得詔如覬之議垂爲科例君子曰法可執也而情不可不原也夫殘屍者誅此法也問所以殘毀者情也唐賜之子若妻愚民也愚則以遵先人之命爲孝且急欲得先人致死之由以爲孝孝且獲誅設有悖逆之人殺父與夫剖屍以逞毒覬之何以律之仍以棄市論是孝與惡同罪也求之於棄市之外則法已盡矣比村之酒毒酒也吐蠱碎臟毒既驗矣不誅行毒之凶人而誅受毒之妻子何也覬之以爲儆生人乎世之行毒者多而無故而剖其夫與父之屍者鮮也以爲愛死人乎則死人且命之矣既受毒以死而又沒其冤滅其家絕其血食鬼之呼號可知也先王之所以重毀支體者愛人故也然上之愛人不如人之自愛也人自愛莫如身而有時割癰彈疽者蓋以不愛爲愛故也況加於無所知之身以驗其所以致死之故哀痛迫切遵命遽行若是者爲理其冤可也冤得而後責其不告於官擅自毀割以過失論可也唐高宗患頭風醫曰

刺血可愈武氏欲高宗之不愈以死也大言曰醫欲刺天子頭可斬也覬之閒之當賞武氏矣

宋史孫唐卿判陜州有民盜母骨與父合葬者有司論如律唐卿釋之與此論暗合

書王文正韓魏公遺事後

孔子曰可與立未可與權孟子曰是乃仁術也權術二字始於孔孟大臣經邦權爲貴宋名臣少可與權者惟王文正韓魏公可與權然韓公之權正王公之權不正不可不辨夫正與不正無他亦辨之其心而已矣其心爲國歟正也其心自爲歟不正也魏公知貢舉爲蘇轍病請改期竄任守忠出空頭勅一道此魏公之權而王公必不爲者也王公薦寇準不使知拒張師德不肯見此王公之權而魏公必不爲者也何也進賢退不肖非破常例不足以得非常之才而制小人之死命然專擅之迹中外共知矣魏公以爲苟利國雖冒不韙之名亦所不計王公以爲恩威者天子之事也事雖當人臣冒而行之寧獨無後咎餘

責耶當日當國之久主眷之深韓不如王蓋一則見其大而自謀者疎一則用心深而結主者巧故也然則凡焚諫草絶私謁者皆非歟曰古之薦人所謂讓於臯陶讓於夔龍者彼臯陶夔龍豈皆不知歟古之諫君如周公陳無逸召公作旅獒彼豈私入告而又順之於外歟沽諫名與沽不諫而諫之名孰大薦人市人恩與不薦人而市君恩孰深是皆深於行權而不得其正者

## 書鄒浩傳後

鄒浩以諫貶嶺南將行泣下其友田晝責之曰浩居京師寒疾五日不汗死矣豈獨嶺海之外能死人哉君毋以此自滿也浩收淚謝之君子曰浩固懦矣而晝亦爲不仁也君子之於朋友也善則勉過則規有患難則恤其妻孥而慰其心志浩既流竄此患難時也非平居有過時也宜慰恤不宜規諫齊莊公之難有陳不占者赴崔氏餐則失匕上車失軾曰無勇私也死義公也遂死崔氏君子不以其懦而沒其忠也浩之泣懼乎悔乎憂國家乎戀其祖父之邱墓乎爲離别可憐之色乎爲公爲私均無傷於忠也彼田晝者於死生之道了然如此

盡學陳東之救李綱爲一疏以救其友脫有不幸其與寒疾之死亦相等也不自責而責人薄於情而午其直君子所深惡也且浩不宜泣晝宜泣耳蔡元定遠竄時朋友送之有泣下者元定夷然朱子曰朋友相愛之情季通不挫之志可謂兩得矣然則浩與晝可謂兩失也

## 書通鑑溫公唐維州論後

上蕃劫盟入寇爲唐患久矣得維州以控平川永安中國此韋皋德裕之忠謀而僧孺拒之於義大乖溫公乃引荀吳拒鼓叛爲言不知荀吳之拒鼓叛即孔明之縱孟獲也知功將成特使敵人盡其力服其心而毋勞再舉卒之鼓與孟獲逃將焉往若唐失維州則百年爲戎路而已矣不得以鼓與孟獲比又曰土蕃新好維州小而信大不知維州未降前一年土蕃已圍魯州彼背盟在先我納降在後非失信也又曰悉怛謀在唐爲向化在土蕃爲叛臣其受誅何矜焉更誤矣文王三分天下有其二其二者皆殷之叛臣也伊尹去桀就湯亦桀之叛臣也文王與湯皆至忠大聖其將執向化之人而歸之於桀於殷乎又曰譬

如隣牛逸而入家曰彼曾攘吾羊矣吾亦攘之則又引喻之誤矣當隣攘吾羊時公將聽其攘而不問乎將訴之官而求還吾羊乎抑羊仍歸家而不認故物乎維州者唐人被攘之羊非土蕃逸奔之牛也石祁子曰天下之惡一也惡於宋而保於我保之何補此指宋萬弑君之賊以隣國爲逋逃與外夷慕化者不同漢高已定天下故斬丁公以求名光武未定天下故封子密以招遠若悉怛謀者封之可以招遠而殺之自覺無名者也禍莫大於誅降悖莫甚於以怨報德恥莫恥於殺人以媚寇僧孺之論溫公之言殆兼之矣祖逖鎮雍州石勒畏之逖麾下叛降勒者勒送還之逖感其意亦送所降以報君子以爲失計且以爲不忠何也降者不受境將曰釁而逖奉天子討勒非若敵國然爲講信修睦計也在易比之九五曰舍逆取順失前禽也禽來趨己者尚舍之而況於人溫公作相契丹戒曰中國相司馬矣毋生邊釁其時棄米脂四郡以與西夏而又持論如此然則公之所以服外夷者如斯而已乎

溫公當王安石執政時遣王韶經略西事復熙河一路又遣趙卨充招討使

冒暑討安南官兵八萬死者過半公有鑒於此故借論維州事以儆神宗然於唐代事理殊不合自記

## 讀賈子

賈子僞書也天子御四夷有五帝三王之道在未聞表與餌也賈生王佐才識政體必無是言若所云云隋煬帝都已行之其效何如也吾尤怪太史公謂生悲不用故早折非知生者洛陽年少內位大夫外爲師傅非不遇也文帝肫誠自驚不及寧肯虛譽其所議論頗見施行其未爲丞相者將老其才而用之賓門納麓堯試舜且然而遽謂文帝不用生乎生不死帝必用生生用其所施必遠過鼂董而卒之天奪其年豈非命耶生自傷爲傅無狀哭泣過哀思文帝之恩惜梁王之死蓋深於情者也所以爲賢也爲鵩賦弔屈原皆文人之偶寄顏淵不改其樂亦三十而卒烏得以其早亡爲有所懟乎夫書既不足以傳生而太史公又妄以己意測生宜乎蘇氏之論生愈與生遠也

## 讀左傳

向戌見孟獻子尤其室曰子有令聞而美其室非所望也獻子曰吾兄爲之毀之重勞且有間嗚呼此獻子之所以爲君子而戌之所以爲小人乎夫君子之令聞不於室求也戌恃有令聞以合晉楚之交卒至亂中國勞諸侯而己受其封曰我一人之爲非爲楚也如賤媒然彼此兩譽非爲男氏也非爲女氏也於己有利焉耳假使楚氛甚惡爭盟起釁晉人旋入於宋楚迫而兵之則宋先亡然戌之爲人不卑媮爲恭不矯詐爲儉則亦無以傾動兩國而行其說其所以規獻子者正其所以自爲也左氏深惡之故一記受封邑再記受夫人之璧馬以著其貪貪令聞與貪璧馬一也善觀人者不薄之於受璧馬之時而早覘之於規獻子之日或曰堯舜茅茨禹卑宮室何耶曰卑宮室者異乎峻宇雕牆而言也論堯舜必折衷於二典禹貢今有人焉衣山龍火藻之服受璆琳琅玕之貢而終日黯然居茅茨土階中類歟不類歟此說蓋墨家者流也尙待辨哉

讀喪禮或問

名之於人甚矣哉古之人有自隱其過以求名者有自表其過以求名者余讀

劉古塘喪禮或問序而不覺甑然也某公居喪屏妻自期有七月之後因見母故見其妻而心動強抑苦禁諄諄然告人夫禮禫而從御御之云者以上臨下之詞黃帝御女云云始於道家邪說未聞以同藏無間之夫婦而可言御也杜預註爲射御之御蓋從政也義最正大鄭氏以爲御婦人不知禫在先吉祭在後孝子尚未復寢而乃於堊廬中先御婦人乎君子出辭氣斯遠鄙悖牀第之言不踰閾夫子告宰我以居處不安所該無限而卒不指爲與婦居與婦處也自漢儒創爲非時見乎母不入門之說似乎君子一遇凶事而母子有重關之隔夫妻如盜賊之防不已悖乎然某公之所以自言其私者亦有所本人問漢第五倫公有私乎倫舉二端以不自隱飾相傳爲美不知倫之私倫以爲自知之而卒未嘗自知也倫之言曰有饋千里馬者雖不受後遇三公選舉終不能忘然亦終不用也蓋以不忘饋馬爲私而不知倫之私不在此當饋馬時倫當爲己身立想不當爲國家立想其人素無交欵不受可也與選舉無與也其人素有交欵受千里馬報以其值可也與選舉又無與也當選舉時倫當爲國家

立想不當爲己身立想其人無益於國歟不用可也不必因其曾饋馬也其人有益於國歟不受馬可也不必因其曾饋馬而故不用也如因其曾饋馬而故不用則倫但知立一己之名而不知爲國家收用人之效倫之罪大矣又曰兄子有疾一夜十往還竟安寢己子有疾終夜不往夜竟不眠蓋以眠不眠爲私而不知倫之私又不在此禮兄弟之子猶子也猶之云者準子爲言而固已親親之殺矣倫於兄子疾十往則己子疾更宜十往己子疾不往則兄子疾亦不必往倫貪愛兄子之名而至於一夜十往則固己身往而心不隨且既悉其病狀加之勞苦安得不眠倫貪遠其子之名而至於夜不一往則未悉其病狀情固未安而欲往之情卒難遏禁又安得眠倫不自知其矯情釣譽之私而猶以爲與人共有之私是所謂一言而再過者也且倫亦幸而不忘不眠其友朋父子間天良猶未盡滅耳若并此而無之將遁天倍情終其身爲德之賊矣某公之於妻也將以妻待之乎不以妻待之乎以妻待之則所居之喪卽妻之喪也喪中饋奠之事霜露之感率其妻而共致焉雖日日見何害不以妻待之則專

視爲媟褻蕩心之具而此外無一事焉雖終身不見何益夫至於隔絶其妻至期有七月之久則早視其妻爲媟褻蕩心之具而不以妻待之矣一旦相見勃勃然有男女之思又何尤焉且某公不嘗敘黃石齋事乎石齋爲其友所嬲置妓而扃戸焉石齋處之夷然夫以妓之邪而石齋視之如友朋以妻之正而某公畏之如鴆毒其所以自待與所以待妻者何太不倫至此夫君子於倫理閒自有中庸之道必欲強爲直而僞爲名其不可哉

讀孟子

柴守禮殺人世宗知而不問歐公以爲孝袁子曰世宗何孝之有此孟子誤之也孟子之荅桃應曰瞽瞍殺人皐陶執之舜負而逃此非至當之言也好辯之過也夫舜之不能無父卽皐陶之不能無君也有父而後有君有君而後有法瞍能殺人卽能殺皐陶皐陶能執瞍卽能執舜彼海濱者何地耶瞍能往皐亦能往因其逃而赦之不可謂執聽其執而逃焉不可謂孝執之不終逃而無益不可謂智皐陶舜爲逋逃主舜容皐爲不共戴天之人不可謂仁中國無帝皐

將空天下而無君乎抑自立而代舜乎將求一無父之人而立之爲天子乎以子之矛陷子之盾孟子窮矣然則皋陶舜如之何曰舜不自信其孝之能格父必不肯爲天子皋陶不自信其力之能制瞍必不肯爲士師舜爲天子皋陶爲士師瞽瞍必不殺人記曰量而後入不入而後量漆雕開不肯仕曰吾斯之未能信後世一介之士猶知此義而謂舜與皋陶肯貿貿然干天位哉聖賢之所以自立者言前定則不跲道前定則不窮若待事發而後籌之也固已晚矣桃應不知道之前定故誤問孟子不知言之前定故誤答然則充類至義之盡如之何曰瞍果殺人無論舜不執法也卽舜欲執法皋陶必諫可也不肯陷其君於不孝也無論皋陶執法也皋陶卽不執法舜亦必逃何也殺一不辜而得天下是不爲也父殺人卽己殺人也安有一君一臣各行其志絕不相顧而爲此鹵莽之事哉秦商鞅用法嚴太子犯法鞅以爲太子不可加刑乃刑其傅鞅尚知國君有子而皋陶乃不知天子有父是不如鞅也荆昭王之時石渚爲政廷有殺人者追之則其父也還伏斧鑕死於王庭渚尚知廢法不可而舜乃逃而

欣然是不如渚也然則周世宗宜如之何曰以舜律世宗迂矣以臯陶律周之司寇又迂矣昔朱子謂魯莊公不能防閑其母宜防閑其侍從之人此世宗平日之所當知也及至無可奈何世宗亦宜降服出次減膳徹樂三諫不聽號泣從之使守禮知所愧悔而戒於將來不宜以不問二字博孝名而輕民命也不然三代而後臯陶少矣凡縱其父以殺人者皆孝子耶彼被殺者獨無子耶

## 書柳子天說後

柳子曰天地大果蓏也元氣大癰痔也陰陽大草木也烏能賞功而罰禍乎袁子曰天地有功禍而無賞罰賞罰者有心之用也功禍者無心之值也漢高所居五色雲起諸葛將薨大星墜地是天地有功禍也漢高何德以興諸葛奚罪而亡是天地無賞罰也雷擊嬰兒電焚草木以有知之威罪無知之物其威是也其所以用威者非也國政不修兵荒水旱以有忒之辟殃無辜之氓其罰是也其所以行罰者非也然則天之於人猶人之於蟻乎遺肉於地聚者百族負焉而趨墜焉而居利其身肥其子孫人之功而非賞也傾烈火沃沸湯卵傾巢

覆浮屍百萬人之禍而非罰也彼蟻者豈無善惡功罪叫號呼切曰辨論於人之側者乎而人無見聞也天則大矣龍虵虎豹蠻夷蟲豸鬼魅皆如人之呼籲叫號於其下而天無見聞也人與蟻俱遊於天之下而人爲蟻禍福人與天俱託於氣運之中而天爲人禍福有時人爲天所禍福而并及於蟻有時天地爲氣運所禍福而並及於人

書崔實政論後

崔實政論曰嚴之則治寬之則亂孝宣之治優於孝文仲長統曰人君宜書此一通置之坐側是二人者教後世之君日以殺人爲事者也夫政者正也當其可則正矣古之聖人與其殺不辜寧失不經議貴議親非寬也刑人於市與衆棄之不蔽要囚非嚴也亦曰當而已當則無所不治不當則無所不亂安見嚴者皆治而寬者皆亂也或曰實之爲此言者目擊元成之衰孝宣之中興故耳是大不然夫元成之衰是昏也非寬也果其寬則蕭傅不殺堪猛不誅王章不死矣孝宣之中與是明也非嚴也若果嚴則不弛酒食之禁不除子匿父之條

不縱張敞之亡命矣或曰實此言爲桓靈之柔懦言之是又不然善射者有志於殺人其所殺者其仇也不善射者有志於殺人則旁穿斜出必殺數十人而其仇猶未死也教英主以嚴猶可教庸主以嚴尤不可當桓靈之昏黨錮牢獄毒流海內李雲冠榮張鈞劉陶之死實猶以爲未足乎然則子產火烈之說非歟曰火明象也明其法使不犯而已不以焦爛爲功也古之人知英主不世出昏主亦不世出故爲中人說法曰御衆以寬曰寬則得衆曰寬而有制未聞以嚴教者以宣帝之明而有意於嚴故趙蓋韓楊之死猶不厭衆心況桓靈乎吳劉廙作先刑後禮論陸遜非之是矣

## 書戾太子傳後

孟子曰大人能格君心之非又曰求則得之心之所求者事之所有也高宗求賢夢版築孔子欲與周夢周公呂后殺趙王夢爲祟趙武靈欲取吳娃夢美人煢煢而歌豈真有鬼神哉無他心而已矣人之心有所求自知其不能得也而抑之抑則靜靜則心之不存焉者寡矣天子之心有所求自信其無不得也而

縱之縱則蕩蕩則心之存焉者寡矣武帝好儒得申公董仲舒好文學得鄒枚
好色及歌舞得韓嫣李夫人好刑法得張湯趙禹杜周好財得桑孔好邊功得
西夷南越蒲陶天馬好仙得上林神君嵩呼萬歲好治巫蠱得太子皇后牀下
之木人所謂求則得之道固然也今夫閭巷布衣入則孝出則弟侃侃自信雖
有淫昏之鬼不敢矙其室也武帝當漢全盛享天下四十餘年何巫蠱之能靈
就使希幸宮人怨而詛帝帝果不諱宮人非殉葬亦徙居園陵耳又何益於己
而爲大逆此其理皆易知也以帝之明而卒不知者帝之心在貪生耳求仙既
可以長生巫蠱卽可以短壽故太乙候神之外平日所祀鬼神至千二百所又
令丁夫人雒揚虞初等以方祠詛匈奴大宛是率天下而先爲巫蠱者帝也其
爲江充所窺也久矣帝年高少恩慮後宮美人必有怨者慮左右大臣必有交
結皇后太子者其又爲充所窺也久矣故充者卽文成五利流也彼以長生誘
之此卽以巫蠱懼之而田千秋者又卽充術也充以木人誣太子千秋卽以白
頭翁救太子其邪正雖殊而巧中則一也當其時有臣如汲黯賈誼者爲之痛

哭流涕深言神仙之必無淫祀之無益怨女之宜省使帝不以生死動其心不以猜忌存於中則巫蠱必不發即發亦必不深治雖有十江充奚能爲內而宮人外而士大夫未必不免死萬萬數也帝之父子夫妻未必不以天恩終也然而在朝之臣惟有驚惴怵惕閉口奔竄者何哉蓋其時當嚴刑峻法之餘公卿皆廝走下士救過不暇而天下之人才固已盡矣古之賢君知其心之不可貪也而操而存之知人才之不可棄也而禮而養之人吾類也殺一不辜而得天下不爲也鬼神非吾類也非其鬼而祭之不爲也內無怨女外無曠夫其所與居者疑丞師保股肱心腹而已淫詞邪說何從而入之然則帝之表章六經獨無功歟曰務其名不核其實茍爲不熟不如荑稗轉不如文帝之好黃老宣帝之好申韓也使武帝好聖人之道如好神仙畏小人如畏巫蠱則唐虞三代求亦得之矣嗚呼惜哉

## 書韓子琴操後

韓子羑里操曰臣罪當誅兮天王聖明自謂深得文王心事此高視聖人深求

之而愈遠也夫聖人中庸之極也中庸人情之極也文王之囚胡爲乎聞醢鬼侯而嘆也文王之歸胡爲乎閎夭散宜生行賂而免也以嘆爲當誅文王不宜自陷於刑矣既陷於刑而自伏當誅不當僥倖以免矣以紂爲聖明又不當嘆矣若心口不相應而故反之以取媚則迂曲已甚人之生也直文王之生也獨不然乎無是非之心非人也文王其無是非之心乎大雅文王曰咨咨汝殷商女炰烋於中國斂怨以爲德曰如蜩如螗如沸如羹其非紂也至矣豈平時非紂而至羑里乃頌紂耶抑羑里頌紂而赦歸後轉非紂耶或此詩非文王所作諒亦不過周公召公之詞云爾豈周公召公知文王之心轉不如韓子耶稱紂爲聖明使文王遇堯舜之君其又將奚稱耶當時譖文王者崇侯也文王歸遂伐崇以當誅之罪幸免於誅而又伐人以鳴懟何耶蓋文王深知臣罪之不當誅與天王之不聖明而大義所在則三分有二以服事殷身命所關則巽以行權而以直報怨內文明外柔順易所稱盡之矣孟子論小弁之怨甚是而於舜則曰象憂亦憂象喜亦喜然則象殺人舜亦殺人乎其深求聖人語病與韓子

同

書後

嘗笑韓子不讀詩經故有羑里操子瞻不讀易經故有武王論易革卦繫詞明言湯武革命應乎天而順乎人安得謂孔子不稱湯武也論語周之德可謂至德也矣明指武王以應上文武王曰予有亂臣一語所以統稱周者兼文王而言以三分有二之業創自文王故也不然武王十有三年中何嘗非服事殷者耶使文王遲至十三年之後紂惡不悛又安知其不伐殷耶要知堯舜湯武易地皆然者也而子瞻襲漢儒黃生之牙慧尤覺無味古琴操曰殷道溷溷浸濁煩兮炎炎之虐使我愆兮此詩也三代之所以直道而行也過韓子遠矣

小倉山房文集卷二十四

錢唐袁枚子才

鑠硯銘

制硯如連鑠欲維婁我惟汝可

斧硯銘

文事也而武其制取殺墨如鋒之義

又

筆可爲刀硯宜作斧膏以隃麋英雄用武

朴硯銘

石祈子朴而婉交墨子不受染墨子遇之日形其短

師恩硯銘

吾師乎以此爲田授之於吾而荒其莊嗚呼

鐘硯銘

有扁斯石鳧氏爲鐘不窕不槬搏身而鴻旋蟲爲幹龍賓作宮適用副墨摹形考工扣而鳴之儒名翁翁

鏡硯銘

石與之形金與之貌如玉如瑩亦玄亦妙十二龍賓藉君作照

方硯銘

面如田長陌而方阡潤如泉細理而靡顏居萬石之閒惟汝稱賢得之偶然不名一錢使主人兮生愛憐居吾語汝假我數年露滴硃研染盡湘東八萬箋慎勿隨無墨者而與之周旋

汲硯銘

石有汲密密不罅墨可永夜

貨布硯銘

如貨如布數硯以對惟士之富

井田硯銘

耕於田夜得息耕於硯夜兀兀問胡不休曰期所收千萬年後乃始有秋

竹節杖銘

寸寸節毋乃太杖者出人盡怪顛而能扶始知其可愛

方竹杖銘

其狀迂其節拘有欲規而圜之者先生曰吁

都盛盤銘

盧叟製器負重名其漆欲測膠欲堅朱色而昔粹而清梡嶡㯰匡椕禁蘩飾雕所到罔勿精曹王髹器五觚平周君畫筴龍虵形公然神妙能追爭我製爲盤名都盛邕支以載量克勝其大不㮕攲不傾陰花細纈珊瑚明赬霞隱隱東方生佩阿耀采龍賓馨鱗羅布列瓊瑤英文房靜對娛心靈星回於天器始成傳之子孫價連城紀何年作歲在庚

策秀才文五道

問孔子刪詩書定禮樂修春秋此說相傳久矣然考之論語惟從先進似定禮

正雅頌似定樂其餘俱無明文夫子自稱述而不作信而好古曰多聞闕疑曰吾猶及見史之闕文詩書古也孔子所信所好所雅言者也就有所疑闕之可也毅然刪之而不學史之闕文何也春秋之夏五郭公至無謂者也逸書之升陑亳姑逸詩之棠棣素以爲絢皆有意義者也不刪無謂之春秋而刪有意義之詩書又何也今治春秋者從經乎從傳乎必曰從經然從經者果束三傳於高閣試問春秋第一篇鄭伯克段於鄢鄭爲何伯段爲何人克爲何事鄢爲何地開卷茫然雖鬼不知也必曰不得不考於傳矣然則傳所載桓公隱公皆被弒而經皆書公薨隱弒者之寃滅逆臣之迹豈非作春秋而亂臣賊子喜歟若曰爲國諱小惡書大惡不書毋乃戒人爲小惡而勸人爲大惡歟當孔子修春秋時豈逆知將來有公羊穀梁之徒爲之疏解歟抑豈與作三傳之人同時發凡起例而爲之歟左氏韓宣子適魯見易象與魯春秋以爲周禮在魯似春秋爲魯史無疑然楚語莊王傅太子申叔時教之以春秋晉語稱羊舌肸習於春秋其時孔子未修而春秋一書楚晉二國已傳誦之者又何也

問若稽古帝堯此追序之詞也不千百年何遽稱古然則堯典者夏書耶商周書耶康成訓古爲天稽爲同堯舜同天可也皐陶同天亦可歟孔安國疏稽古爲順考古道而行夫置閏古無有也治水古無有也然則堯之所順考而行者何古也不能先覺而試鮌九載民何辜歟不明試以功而試以二女有此試人法歟納於大麓果卽揖階焚廩意歟抑是大錄天下之政歟歲二月東巡至十月而五嶽已畢天子之車吉行三十里其周流得及歟朱子註詩不取傳箋頗爲昔人所訾然毛鄭以召南平王爲平正之王周頌成康爲成安祖考之義改前王之諡法以張其私說楚茨諸篇皆田功祭祀之事而以爲刺幽王采蘭贈芍不無男女之思而以爲刺國政履帝武敏明似高辛之從而必以爲感人道曾孫來止是成王勸農而必以爲與王后同行朱子廓清之功安可少歟然朱子所謂寡婦見鰥夫而欲嫁之及淫婦爲人所棄云云亦卒無考而黍離一詩或以作者爲箕子爲衞伋爲伯奇關雎一詩或以作者爲畢公爲后妃爲應門失守其將誰信歟

問論語古註訓學字爲誦習朱注學之爲言效也因說文學字中有爻字易云爻者效此者也以效訓學義蓋本此然人情誦而習之悅也效人之所爲而習之何所悅歟子曰敏而好學曰則以學文曰博學於文曰思而不學曰學詩曰學易學似主誦習說而子路曰何必讀書然後爲學則直指讀書爲學尤彰明矣宋儒乃以多讀書爲玩物喪志何歟使解學字過高則聖人十有五而志學之時已足包括不惑知天命而又何必再加數十年之閱歷歟然孔子稱顏淵不遷怒不貳過爲學似又與讀書有間豈古之讀書非今之讀書歟且今之三尺童子誰非誦周南召南者而卒之正牆面而立者白首猶然又何也

問正統之名始於北宋道統之名始於南宋夫所謂正統者不過曰有天下云爾其有天下也天與之其正與否則人加之也所謂道統者不過曰爲聖賢云爾其爲聖賢也共爲之其統與非統則又私加之也夫人心不同各如其面或曰正或曰不正或曰統或曰非統果有定歟無定歟唐以前作史者時而三國則三國之時而南北則南北之某聖人也從而聖之某賢人也從而賢之其說

篇其義公論者亦無異詞自正統道統之說生而人不能無惑試問以篡弑得國者爲不正是開闢以來惟唐虞爲正統而其他皆非也以誅無道者爲正則三代以下又惟漢高爲正統而其他皆非也此說之必窮者也然論正統者猶有山河疆宇之可考而道者乃空虛無形之物曰某傳統某受統誰見其荷於肩而擔於背歟堯舜禹皐並時而生是一時有四統也統不太密歟孔孟後直接程朱是千年無一統也統不太疎歟甚有繪旁行斜上之譜以序道統之宗支者倘有隱居求志之人遯世不見知而不悔者何以處之或曰以有所著述者爲統也倘有躬行君子不肯託諸空言者又何以處之毋亦廢正統之說而后作史之義明廢道統之說而后聖人之教大歟

問格物致知考古書格字雖有十八解而朱子以讀書窮理當之自是不刊之論惜其所補本傳不無語病曰窮致事物之理以造乎其極天下物無窮則格亦無窮曰一旦豁然貫通學者格無窮則通亦無日未免啓人之疑按先儒有以知止一節至物有本末事有終始爲格致本傳者此正合乎朱子之說而其

理較精子曰文武之政布在方策此非治國平天下者所當格歟易曰多識前言往行以畜其德此非修身齊家者所當格歟多學而識是非夫子之格物歟一以貫之是非夫子之致知歟然則大學所謂物豈一蟲一鳥之物所謂知豈一寸一節之知歟子靜陽明求其解而不得乃創爲尊德性致良知之說以爲萬物備於我不必求於物審是則邇之事父遠之事君尊其德性而不必學夫詩也子入太廟子所雅言致其良知而不必詩書執禮每事問也以孔子之良知當不在子靜陽明下而何以終日不食終夜不寢以思無益者何耶又何以必至齊而后能聞韶必返衛而后能正樂必問於郯子老子而后能知官知禮耶祖陽明者動云良知二字本於孟子不知孟子之語業已可疑夫孩提之童無不知愛其親者非愛其親也愛其乳也早離其親而使他人乳之則雖中上之資亦未必不以他人爲母而終身不知其親矣今將致其索乳之良知而擴充之則徒近乎告子食色爲性之說而與聖道愈遠盍亦廣咨博訪必如孔子問聊曼父之母而后知父墓之所存歟及其長也紾兄之臂者亦頗不少是亦

足爲良知而擴充之歟或孟子陸王皆中人以上之語不可以語下而論格致者終當以朱子爲正歟

## 論語解四篇

諸子百家冒孔子之言者多矣雖論語吾不能無疑焉夫子之所最重者仁也以顏子之資僅許以三月其他令尹子文陳文子皆不許也何至於管仲而曰如其仁如其仁管仲果仁矣天下有仁人而器小不儉且不知禮者乎天下之知禮能儉且器不小者或未必仁也騰口說而持之過堅使前後不合後世之愼言語少許可者且不然而謂聖人然乎然則何以有此曰論語有齊論魯論之分齊人最尊管仲所謂子誠齊人也知管仲晏子而已矣以管仲爲仁者齊之弟子記之也故上篇齊桓公正而不譎下篇陳成子弒簡公非齊論而何魯人素薄管仲所謂五尺之童羞稱五霸以管仲爲無一可者魯之弟子記之也故上文哀公問社下文子語魯太師以樂非魯論而何均有僞託未足爲信然則聖人之言如何曰人也奪伯氏駢邑三百沒齒而無怨焉善善從長譽而不

過此聖人之論管仲也
論語一書須知命名之義論議論也語語人也自學而起以至卒章皆與人議論之語而非夫子之咄咄書空也記者記其言其不記其所以言致註疏家往往窒礙其答弟子問者則詳於師說而略於問辭記言之體應爾也孟武伯孟懿子及游夏問孝聖人答之不同仲弓顏淵樊遲司馬牛問仁聖人答之不同子貢子路仲弓問政聖人答之不同宋儒以爲就人所不足者教之非也當時問者各有其人之議論而夫子爲之折衷記言者不詳載問詞而統括大義則曰問仁問孝問政云爾人非木偶豈有言無枝葉突然舉一字以相問者況仁孝政一問可也何必重複問耶一人問可也何必各人問耶顏淵問爲邦夫子合三代言之當時周德雖衰天命未改夫子從周之意惓惓不忘一旦生今反古斟酌百王豈以顏淵爲五百年之王者哉當時顏子非問爲邦也論時論輅論冕論樂如今之論史者然記者不欲舉其辭則統括之曰問爲邦云爾夫子如其問而定之時則夏輅則殷冕則周樂則韶亦如今之論史者然其他爲邦

之兵農刑政不問則不答也不然豈有南面爲君僅頒一曆乘一車戴一冠奏一部樂而竟謂治國平天下之道已盡於此乎疑孔顏論爲邦必不簡略至此然則何以證其各人之問不相同歟曰子路問聞斯行諸子曰有父兄在冉有問聞斯行諸子曰聞斯行之此則兩人之問相同也而夫子答異其時公西華惑且問矣若孟懿子孟武伯游夏仲弓樊遲司馬牛數人果問同而答異則在旁側耳者豈無公西華其人起而一問其所以不同之故耶倘諸人於相見時各述其先生之說又安能不違如愚而不互相質難耶蓋公西華之所以疑者問同而答不同故也公西華之所以不疑者答異問亦異故也犂牛之子云云或與仲弓論人才或與仲弓論郊祀俱不可知而仲弓之言不載從所略也不明記言之體而強解焉於是史遷謂仲弓父賤何晏謂仲弓父不善朱子謂司馬牛多言而躁樊遲麤鄙近利皆以意爲之不可爲典要

如或知爾則何以哉問酬知也曾點之對絶不相蒙而夫子何以與之王充以舞雩爲祭名童子爲歌童未免附會吾以爲非與曾點也與三子也明與而何

以實不與曰沂水春風卽乘桴浮於海也從我之由卽吾與之點也子路聞之喜卽點之從而後也赤也爲之小孰能爲之大安見方六七十如五六十而非邦也者層層駁斥卽由也好勇無所取材之責也聖人無一日忘天下而門下子路能兵冉有能足民公西華能禮樂三子之才雖不言夫子已素知之第問之試其自信否既自信矣倘明王復作天下宗予與三子各行其志則東周之復期月而已可也無如轍環天下終於吾道之不行不如沂水春風一歌一浴較浮海居夷其樂殊勝蓋三子之言畢而夫子之心傷矣適曾點曠達之言泠然入耳遂不覺嘆而與之非果與聖心契合也如果與聖心契合在夫子當莞爾而笑不當喟然而歎在曾點當聲入心通不違如愚不當愈問而愈遠且受嗔斥也蓋歎者有悲憤慷慨之意無相視莫逆之心夫子之好學也至矣曰飽食終日無所用心難矣哉曰賜也賢乎夫我則不暇樊遲從遊於舞雩問崇德修慝辨惑曰善哉問遊不忘學爲善而顧乃不學而遊乎夫子之欲仕也至矣爲委吏爲乘田公山佛肸召皆欲往其喜人仕也又至矣仲弓爲季氏宰季路

冉有爲季氏宰漆雕開不仕則使之仕曰吾斯之未能信子悅悅者悅其待能信而仕非悅其不仕也三月無君則皇皇然而顧能與點遊乎宋儒非曠達者震於夫子之與點而不得其故則遂夸因物付物堯舜氣象上下與天地同流過矣然則巢由沮溺後世嵇阮一流皆聖人耶

子見南子子路不悅漢宋儒註疏以子路爲南子淫亂夫子不當見故不悅亦有訓南子爲南蒯者是以公山弗擾佛肸兩章例之非本旨也王充訓否字作否卦之否天厭作厭勝解亦屬支離夫內言不出於閫南子之淫陰事也中才之人不道人曖昧而況聖賢乎而況國后乎夫子何人而子路以劉楨平視之意測之太鄙朱子註大夫入國有見其小君之禮此語雖不見經傳然聘禮載同姓之國夫人使下大夫勞使臣以二竹簋舊衛兄弟也君夫人與外臣通問禮也原不計夫人之賢否也孔子不引禮以折子路而乃急而援天以自明更鄙子以爲子路仕孔文子者也孔文子出公黨也子路賢人也且勇者也賢而勇但知食人之祿忠人之事而不暇總全局以審其大聖人固不然衛君待子

爲政之問意欲夫子之助出公也不料夫子之忽答以正名也玩必也二字之神夫子亦早知子路之意而故鄭重其詞曰必如是則我爲政不如是則我不爲政也予不仕於無父之國也云爾於是拂子路意而以爲大迂其墨墨然不悅也久矣冉有者子路黨也不得已再託子貢探之子貢又不得已假伯夷叔齊以探之其不得已何也兩賢皆知夫子未必爲衞君而誠慮道破轉無味故也乃夫子復有求仁得仁之語而不爲之意昭然若揭則子路聞之又必墨墨然不悅也久矣一日子見南子子路以爲出公南子所立也子既不爲出公又何必見南子言與行違其所以不悅者一也南子專政者也又能敬蘧伯玉而知賢者也倘敬夫子而夫子告以正名之迂說又告以求仁得仁之故事未必不動其母子之天性召蒯聵黜出公而孔文子且有旦夕之禍其所以不悅者二也公山佛肸章所稱子欲往者將往未往之詞子見南子明是已見之詞已見則夫子必有與南子問答之語記者雖不載而子路當時必知之其所以不悅者三也然則夫子何以矢之曰此夫子之怒詞也怒野哉之由屢說不明故

不得不以中人以下之語教之也言子之正名乃天經地義也使子見南子而不告以正名爲急則將獲罪於天而天且厭之矣天之所助者信也人之所助者順也名不正則不信不順而天將厭之曰由也不得其死然曰柴也其來由也死矣皆天厭之之明證也子疾病子路使門人爲臣意非不善而夫子亦呼天而斥之何也按儀禮喪服章家臣爲大夫斬衰三年以大夫而上同天子僭也此後進之禮樂也夫子平日惡之久矣然而不言者居是國不非其大夫故耳一旦疾甚而幾自陷於大不韙則病閒而安得不呼天以怒耶子路賢人也且勇者也但知忠君耳但知尊師耳不暇總全局以審其大嗚呼此聖人賢人之辨也

正名者何晏註正百物之名鄭康成以名爲字義余獨取朱子不父其父而禰其祖之說語氣較近

小倉山房文集卷二十四

# 小倉山房續文集卷二十五

錢唐袁枚子才

## 坐觀垂釣賦 為莊念農作

子才子息志塵鞅棲神元妙迥謝軒冕日事漁釣過其友莊先生而傲之曰子亦知夫釣之樂乎當子之狶膏棘軸而遨盪於康衢也吾則瑱玗三尺冰蠶一絲馳波跳沫與水爲嬉當子之僕遬相從跧莊鞠跽參衙府而不得舒也吾乃投亞九飯祝一鮒魚伸眉肆肘天不能拘思子之樂樂不我如胡不易子之所事而娛吾之所娛莊先生曰不然吾聞好泅者溺好獵者驚當局者悞旁觀者清故五采之藻衮服之者不見而見之者耀焉五音之笙簫吹之者不聞而聞之者妙焉當夫霜竹浮陰風梧散葉夕照千里碧雲一色水蕩影以鱗鱗魚浮空而戢戢乃命童子坐危石俯深流投醜扇以爲餌削焦銅以爲鉤或沉或浮載泳載游余不持一綫但瞪雙眸試操縱之有道任貪廉之自求彼得吾不喜彼失吾不憂抒澹觀於物外何筌蹄之足謀於是神如東王公之鯉大如任公

子之鰲年如姜尙父之老臺如嚴子陵之高入吾目兮不過一瞬當吾坐兮不過終朝釣鯉魚而無羨乎尼父會大都而奚夸夫魚刀子但知垂釣之樂而烏知吾坐觀垂釣之逍遙子才子於是嗒然意失撊然神爽結葦蠟蘆投繩釋網叩舷而歌曰巧人之巧坐而息兮拙人之拙垂竿立兮吾欲作書與魴鯉愼出入兮展如之人大巧而有愚色兮

## 笑賦

陸大夫本無笑疾養空而遊所見人士與己不侔但覺其蔽莫測其由付之一笑啞啞不休則見夫金穴方崩銅山又起屢覆前車仍循舊軌廣斟雉膏甘焚象齒豈知有造必化無泉不瀉縱置莞籥於枕邊難挈分文於泉下贈百萬與何人無一言之報謝又見夫捨樂土趨熱官自投苦縣自上危竿取下千怨博上一歡或同謀而異獲或始笑而終嘆從高墜者輒碎泛海泊者大難然後鶴唳思聞蓴羹想餐不已愼乎又見禁忌百端福田是募不學顏含思尋管輅王莽所信陰陽小數治行則黃曆少日卜葬則青山無墓見術士而頭低望神巫

而却步百鬼集於胸中五行遮其前路捨王道之蕩平墮終身於雲霧又有蒲博呼盧葉子作戲每一登場如厖止吠眸子瑩然神魂因繫屏珍羞以忘餐置妻孥而若棄一息尚存六時不廢試清夜以捫心終不知其何味又有丹訣大悟蒲團小參受籙自喜長齋自甘捨名教之樂地誦梵咒之喃喃斬半菽於咸里揮萬鎰於伽藍廣陵則妖亂有志臺城則餓死難堪凡此千秋之惑皆由一念之貪至於誦習詩書曠覽宇宙何必瓠剖苛碎清矑似豆披膩顏袷逐康成後黨枯骨以死爭抱陳編而苦鬭卒之古人不生長夜不晝徒相毆於昏黑終不知誰之勝負亦有囿於習而心昏縛於教而自束繩趨溝束龜腸蟬腹理不經於心見不出於獨寧顯悖夫周孔懼小違於濂洛如聾蟲之藉角作耳如水母之以蝦爲目甚至八翼沖舉一行未讀相引爲曹高冠簇簇方且選才俊而秉鈞軸焉若諸人者紛紛藉藉究究居居其氣多滯其質本愚雖有盧扁之藥不能祛其疾惠莊之辨無以釋其拘君子洞觀物外手暗揶揄不得已而虛舟相值愧謝不如拈花無語舉杯相於惟囅然與莞爾不能忍於須臾

刑部尚書加贈太傅錢文端公神道碑

今天子優禮文臣稱爲江浙兩大老者一爲沈公德潛一爲錢公陳羣沈年雖
高于公爲後進受知 今上而公則受知 聖祖 世宗贊國家文明之治先
沈二十餘年故薨後 天子加贈太傅賜祭葬諡文端崇祀賢良一切恩禮較
沈爲尤隆非徒眷舊臣兼以重 先朝也公爲錢武肅王十四世孫高祖富一
公始遷秀水生而敦敏愛讀書母陳太夫人躬自課督公貴後繪夜紡授經圖
皇上題詩獎許以康熙甲午舉人辛丑進士改翰林庶常 世宗登極召見
曰錢陳羣不獨文佳人亦好遂以編修主試湖南旋遷學士視畿輔學政乾隆
元年擢通政司右通政丁母憂服闋補原官累遷禮刑兩部侍郎加經筵講官
充乙丑會試總裁主江西丁卯庚午兩科鄉試壬申病 上命太醫診視予告
歸里公天才警敏藻思坌湧每扈從賡歌帳殿前諸黃門環而伺之晷刻未移
百韻已就歸田後 上有吟詠輒寄示公絡繹往來至千餘首凡國家大禮畢
武功成公必進雅頌數十章 璽書褒美賞賚不可紀極辛未南巡 命閱召

試諸生卷丁丑南巡　命在家食一品俸壬午南巡晉刑部尚書銜乙酉南巡
加太子太傅賜幼子汝器舉人辛巳祝　太后七十萬壽　命與九老會　賜
杖入朝辛卯祝　太后八十萬壽　命紫禁城瀛臺騎馬偕九老遊香山圖形
內府　上于公若有宿契每入見　聖心先怡公亦事君以誠承顏抗詞動引
書語頌不忘規民隱必告壬午公子汝誠典試江南　上先諭總督尹文端公
招公遊攝山俾父子歡會　聖壽六十念公老難北行　命沈文慤公往嘉禾
互相勸止公進竹如意　上批劄云未須僧紹之賜恰致公遠之貢文而有節
把玩良怡今賜卿木蘭所獲鹿服食延年以俟清晤凡此　恩意周摯皆出於
尋常控揣之外龍光湛露海內榮之公雖研深文學而於政治尤通明雍正七
年爲陝西宣諭化導使宣講時有姦民某闌入聽講公異其狀命遮留之果邑
中捕者至乾隆十九年爲稿獄與公家居矣密奏姦民主名未立請緩窮治以
省株連奉　旨嚴飭俄而諒其誠悃　寵眷如初公任天而動倜儻和易口汩
汩如傾河汲引後進酬應翰墨必躬必親日不暇給然能㢮心而用形人人滿

所懷以去而體益聰強搆宅雙溪之西春秋佳日輒偕故人野叟遊桑麻間常至古杭聖湖小住信宿見者或以爲元老或以爲神仙幼有至性弟死未殮公抱尸臥簟温慰使甦太夫人至見公身冷如冰乃哭而止之官通政使時以應得己身封典請　封外祖母　上許之遂著爲令公諱陳羣字主敬號香樹又自號柘南居士兩娶于俞氏皆誥封夫人三代贈如公官子七人長汝誠官刑部侍郎次汝恭汝慤汝豐汝隨汝弼汝器皆有官秩女九人薨年八十九葬

銘曰　文思天子張咸英皐陶庭堅方降生爽鳩氏代鳳鳥鳴奕奕錢公輔聖清朓然明允更篤誠爲士作鑑文持衡有茅必拔賢必登義刑義殺廷尉平惟公折獄能引經天牢雖空臣疾攖昧死上疏求歸耕　上帝耆之詩寵行東門送者車千乘爭羨白鶴翔蒼冥誰知在野如在廷堯醲舜薰時和賡君臣師友相合并四河入海無河名五年巡狩　鑾輿迎羣臣之中喜見卿子牟魏闕江湖情能無銜感涕沾纓韋孟雖歸王室爭丹忱足照青史青傷哉頹光大耋驚帝猶批勅期遐齡　龍章雖來臣目暝中涓捧祭馳新塋有睟其容圖殿庭

龜銀後祚隆隆升實盱實覃多孫曾公委化矣公永寧

## 原任浙江巡撫盧公神道碑

乾隆四年兵部右侍郎盧公巡撫浙江枚乞假歸娶謁公於南衙一見如舊相識矜寵甚盛次年枚官京師聞公被劾　天子命内大臣汪札爾往按其事獄兩月不具浙之氓呼呶罷市篡公於頌繫所舁至吳山神廟中供餔糗粢盛者如牆而進所過處婦女呼冤躅足數萬人赴制府軍門擊鼓保留制府德公據實奏聞　天子知公無罪而又不欲長黔首之刁風也遣戍軍臺一時朝野駭公能得民枚亦疑公果何術以致之後四十餘年公子崧以貞石未建來索銘幽之文讀其狀方知公自縣令至任封疆忠勤惠愛終始一貫以故誠能動物應如肸蠁初非違道干譽之所能襲取於須臾宜備書之抒部民之思爲大臣之式謹按公諱焯字光植號漢亭奉天鑲黃旗人先代從龍世襲恩蔭祖崇與官江西布政使父承倫官大理寺少卿公生而岐嶷桀桀有才以功業自期初知武鄉縣縣有均徭錢供差費而遇差仍按里派夫公革除之有豪家莊頭倚

勢凌民公大創之有巨盜四十餘家公剿絕之遷知亳州州俗好鬭有白帽鐵
帽諸黨公擒其魁餘黨解散擢知東昌府署登萊青道實授河南南汝道遷按
察布政兩使巡撫福建　今上元年調浙江落職再起授鴻臚寺少卿巡撫陝
西再落職　命往巴里坤哈密協理軍需事竣還家年七十五薨公抗爽而和
與人語姝姝然不衣自暖然義之所在赴若江河之決武邑災公開倉賑飢東
昌災公放隄水入運河飭各屬開倉賑飢俱不待報請便宜行事浙江海塘特
尖山爲保障壩工屢圮公親臨築成上喜　御製碑文以賜西陲用兵湖北奉
部檄運歸化城米往軍前公慮道遠費重奏請以陝西采買者就近先撥　上
嘉之謂深得大臣敬事之道當田文鏡總督河東時政尚苛嚴司道以上莫敢
攖其鋒東昌一郡所訪至二十餘案因纍纍獄不能容公到登時判遣囹圄爲
空田心銜之卒亦無如何也公爲政大概以膽決濟其仁心福建前任撫臣奏
建寧田糧較明季少十之五六部議按畝均攤公奏請先丈量而後酌增　上
許之丈無虛浮其事遂寢鹽販拒捕有登山者總督某欲用兵公止之而密遣

官禽獲首犯分別杖懲卽時案結豫省黃河遷徙無常兩岸爭地訟牒債與公曉以漲則升科坍則豁免一言而訟息湖州費氏大族也有兄公某訟其弟妻李氏之姦公不忍以曖昧事汚人名節爲平反之竟以此獲譴然有識者觀公之過知公之仁公揚休玉色軒軒霞舉長鬚飄然望而知爲公輔從武鄉運餉入都年纔強仕　世宗召見卽賜飯賜豐貂墨刻香珠等物捧至殿外又喚入命開寫年庚具奏嗚呼公日後麾旄擁鉞垂三十年皆由此時特達之知然以縣令微員薦引無人而簡在　帝心一至於此雖公之儀狀奏對必有異乎尋常者而卽此可想見　世宗之聖德如天求賢若渴矣遭逢之盛至今聞者猶爲泣下所著有觀津錄牧亳政略秉臬中州錄撫閩撫浙略數十卷配周氏以　覃恩誥封夫人副室崔氏以子貴　誥封宜人皆以己丑年四月合葬於拱極山之高原禮也子五人長山蔭工部主事次崧官衞輝太守次嶠次嵋次⿰山斗女六人孫九人

銘曰屋漏在上知者在下主恩易邀民口難借⿱羽毛⿱羽毛盧公氣如春夏弊絶吏瞿

樂與人化鏡磨愈皎衣涅不緇屢起屢躓未見其施人爲公惜公獨逌然委運任化知我者天天眷良臣令終壽考樹蔭幽宮鶴歸華表

經筵講官兵部尚書彭公神道碑

乾隆四十九年六月兵部尚書彭公薨於里第遺疏上聞　天子震悼一時士大夫走位相弔泣且歎曰　先皇帝老臣盡矣存者惟嵇相國爲先輩而彭公科尤先海內望之如晨星孤月倘假一二年重宴鹿鳴瓊林豈非　熙朝盛事而天偏靳之悲夫然公之清節重望恩榮壽考於古爲稀勒之貞珉備國史之採不可廢也其同館後進袁枚受公知五十年爲按其狀而銘之曰公諱啓豐字翰文應鄉舉時芝生庭中因自號芝庭先世由江西遷蘇郡之長洲祖定求康熙丙辰會試殿試俱第一父正乾考授州同知三世皆以公貴誥贈光祿大夫吏部右侍郎公貌清臞長不踰中人而風骨珊然如鷺飛鶴翔淩風欲去雍正三年舉於鄉四年會試第一殿試亦第一大學士張文和公奏科名與而祖同　世宗喜即召入南書房七年充河南鄉試副考官時未散館而有是命皆

異數也十三年遷左春坊左中允　今上登極之元年遷侍講累遷至侍讀學士通政司左通政吏兵刑三部侍郎尋授兵部尚書充經筵講官　兩聖人知公廉明能文章凡掄才大典倚公如金鑑　命校順天鄉會試者三主直省試者七視學政者二經歷滇南中州江右山左浙西輶軒所臨庶士懽迓其他讀卷　殿上及閱回避拔貢教習朝考召試諸卷皆疊次任委連綿不斷公亦飭躬齋心克與　上意相副從江西還奏所過宿州有司賑災不實又奏請勅各省學臣見督撫毋卑詔應遵會典儀適　上是之在浙時奏官河宜開濬漕費宜遵舊制毋浮收本省官出巡應額限役夫毋過千名任兵部時奏武職銓補遲速不均宜與卓異官均以雙單月輪班間用奏馳驛官奉使者有廩給口糧而夫役俱向驛站借雇慮開多索濫應之漸宜停例支改一馬三夫　上皆可其奏發部議施行當是時　上方嚮用公適有同部兩侍郎不相中造蜚語聞　上引公爲證　上問公公對未聞　上疑有私降爲侍郎越二年以原官休於家先是公乞養歸爲娛奉太夫人故貲山濬池蒔花竹極園林之勝至是再

歸山水益清幽樹益茂公擁萬卷嘯哦其間雖大耋聰強不衰或春秋佳晨出遊石湖寒山士女皆知兩朝元老擁觀塞路初公侍 內廷時 世宗賞大臣福字偶未及公 特手書以賜侍今 上泛舟賞花釣魚 命和詩至二百餘首所賜珍玩無算祝 皇太后萬壽與九老會圖形中禁金川蕩平公迎 駕山東進凱歌 恩復尚書銜與宴在江南三次迎 鑾皆召見 溫諭四十九年公迎 駕蹕龍泉莊 上遙望見卽 命侍衞扶起 命秋冬北上與千叟宴公方感 上恩修安車欲行未及期以無疾終年八十四性峭直稍不可於意卽形詞色然過後輒不省慊慊自下遇布衣文學之士皆抗禮與鈞枚弱冠入都卽奇賞之聞其入彀特呼車往賀主司得人晚年猶端書細字往來唱和尤密常語人曰袁君非徒詩文佳也聽其議論如魯公書徹透紙背其見知如此妻宋氏 誥封一品夫人子五人長紹謙山東桃源同知次紹觀翰林侍讀學士次紹咸增廣生次紹升丁丑進士次紹濟尙幼女三人其一適常州學士莊公培因甲戌科殿試第一孫十二人皆有科名曾孫六人

銘曰庭實九獻特達圭璋簫韶九成來儀鳳皇天生彭公爲世休祥履星辰上立日月傍　帝畀玉尺東度西量公洗心眼清儷冰雪萬蟻戰酣一燈破黑拔茅使高升珠使跳爛其盈門入座三貂抒所蘊畜施於爲政獬豸爽鳩屢拜寵命周官司馬權重中樞公靜鎮之四海宴如　帝謂古賢七十懸車卿年已屆可以歸歟公拜稽首　聖恩優老臣願歸田詠歌天保都人羨公祖餞盈道一十七年烟雲花鳥臣請　主安　帝問卿好以其餘閒爲書院師胡瑗孫復歐范優爲以其餘福蔭及孫曾玉堂蕊榜綿綿繩繩齊門之外新塘之東百尺華表萬古清風

## 原任湖北巡撫太常寺少卿程公墓誌銘

公程姓名燾字九峯號雲軒系出新安之臨溪六世祖士麟遷杭州艮山門外之筧鎮公生而孤露家極貧持缺盎盛淖糜母子分以療飢以戊午舉人補中書軍機處行走遷武選司主事引見以御史用出爲甘肅洮泯道奏母老改江南驛鹽道遷安徽按察使再遷布政使調陝西巡撫湖北剪辮獄起仍降江西

六受知於督學何公世璂充博士弟子貢入京師中己酉副車雍正十一年督
臣程公元章以鴻博薦授翰林院庶吉士改檢討　御試高等超遷至侍講學
士加日講起居注官充戊辰會試同考官　上書房行走再遷內閣學士禮部
右侍郎公清癯短身而憑鄉樸之氣溢於眉宇獨能宏搜博覽記性過人　上
於寧古塔得古鏡未詳款式問朝臣莫有對者公引證書史羅縷具奏　上大
悅顧左右曰是不愧博學鴻詞矣　國家疆域恢宏烏喇巴哈俱置侯尉又新
開伊犁諸臣奉使者輒先詣齊侍郎家問路公與一冊某堠某驛應宿何所需
若干糧數萬里外若掌上螺紋毫忽無訛或問曾出塞乎曰未也然則何由知
之曰不過漢書地里志熟耳問之讀漢書者卒亦不解沈尚書德潛常在　上
前譽天台石梁之奇　上問公公曰荒山磽确不足以勞　聖駕人笑其奏對
率易而　上以此益重之十四年四月從　上書房歸澄懷園日昳馬驚觸大
石上腦涔涔流昏懵不起　上大驚命蒙古醫速治醫刳生牛腹臥公其中又
取牛腦乘熱納公顙左右搖公始蘇當是時　上方嚮用公遣　皇子及中使

常云周道如砥其直如矢凡斷案引律貴得大中不可上奏畏却因其輕用雖
字以揚之欲其重用但字以周內之以故公折獄過慎夜閱決事比持燭折壁
瞿瞿申旦勞積疾生舌本中穿漸裂以大醫曰此心血竭火僨興之故也竟以
不起年六十四先娶金氏再娶胡氏子二長承獻次楷孫四人葬某
銘曰睘睘而能行者真也隆隆而仍勞者勤也無稗政故能撫其軍也有仁心
乃以傴其身也古而不今嗚呼哉其人也

廣東雷瓊道按察使司副使金公墓誌銘

乾隆丁巳予寓薦主金少司寇家見其從子序倫知原守濟南被劾歸旗貌軒
偉甚口與余朝夕狎宴飲諧謔相得也已而起廢外用遂別去戊戌冬其子岳
爲蜀中司馬寄信屬余銘墓余弱冠即受司冠恩今老矣雖其家之一孽息一
童孫有所誣諉誼不敢辭而況君與余素有撫塵之好者哉謹按君諱允彝字
序倫一字懿亭鑲白旗人工部侍郎永錫公之孫宣化府厚庵公之子行六年
未三十循例得南豐縣丞遷兖州府金鄉縣知縣辦災課最調宰蓬萊引見時

奏對詳明　世宗大悅賜饍賜豐貂擢濟南府知府君既世家又驟受　天子恩以才自負與按察使唐公綏祖不相中而唐又總督田文鏡所擢用也據揭劾奏卽令唐鞫訊之考掠至再君無款詞當是時司寇公巡撫廣西密奏此案有冤　世宗命吏部尚書劉於義刑部侍郎牧爾登會同山東巡撫岳濬覆訊所劾果虛僅以失察書吏罷官　皇上登極召見授鎭江府同知遷廣東南雄府知府調潮州再調廣州擢雷瓊道未半年喉痛卒年五十八嗚呼當田文鏡柄用時一時文武大臣望風噎媢無敢攖其鋒司寇公爲君叔父尤當避嫌而乃毅然飛章入告　世宗不加之罪竟別簡大臣爲之案覆以示大公以昭聖人之無我有是哉君臣之際至於如此事隔數十年草茅聞者猶爲流涕而在君當年之身受者更何如也君娶夫人楊氏生子四女二長子岳初任廣西羅城令以于清端公曾宰是邑故考其遺事刊板流傳嗚呼公之子慕善如是亦君之庭訓使然耶葬某

銘曰寶劍起矣直木擠矣危而後光能有幾矣嗚呼金君樹欒於墳其毋忘

天子之德之仁

## 誥授通議大夫陝西按察使秦公墓誌銘

余榜中得人最盛爲銘其墓者禮部尚書沈文慤公工部尚書裘文達公而外惟我陝西臬使秦公公以甲辰舉人內閣中書中己未進士殿試第三人　授翰林院編修改官九江府知府調廣信府服闋引見再授平陽府知府特遷西安按察使在任九年乞老疾歸卒於商州旅次年七十一公貌清挺長身矗立鬚飄飄若神與人交坦中任真終始如一雖以文學受知　今上而未遇時嘗參幕府習刑名故歷外任二十餘年所張施條奏無不上俞下頌九江鹽無坐商零販者必赴省驗收關稅夫錢浮費無算公請大府咨撥省商徑赴儀徵買運抵郡銷售鹽價以平玉山縣姦民喻開士與監生朱捷山有仇造逆匪馬朝柱僞劄投棄路傍邑宰某惑之將興大獄公星馳訊鞫雪其冤長武縣民尚景福等強借耔種毀書役廬舍公審知皆飢民非盜也殲厥渠魁餘皆省釋貴溪有案相似參將許承麟將以盜報公往止之申辨良久許不可公忿而歸須臾

布政使補太常寺少卿以病免公性樸直甹曳任氣有所懷雖權貴前必達其意任兵部事繁誤軍機處儤直之期傳忠勇公語人曰九峯久不來想戀兵部耶如彼處樂可不必再來軍機公聞之怫然曰兵部軍機皆國家事相公不當分畛域之見程燾才拙僅能料簡一處無分身法卽遣人往軍機處取直宿行李忠勇公笑曰人言九峯戇九峯又戇耶然其言甚正盍爲我婉留之同事者再三云公始往公常言世之論仕者有二失焉其一以爲功名可力取也於是通苞苴事造請以求之其一以爲功名不可以力取也於是玩時愒日而百事廢焉不知不可求者官也不可不求者官之事也一階級有定數而可妄冀乎一斛粟皆　君恩而可素餐乎以故公所任事專務先難從忠勇公傅恆平金川從大司馬舒公赫德觀兵滇黔再從陝甘總督黃公廷桂平定伊犁經田葉爾欺不阿克蘇地方繩行沙度二萬餘里心計手畫不知渴飢諸大臣倚賴甚重而　上亦因是深知公爲按察時六安州有河南祝姓者詐僞事發誣引河南竇翳子竇不服公命脫械雜長鬣者數人令祝指認祝茫然竇寃遂雪公又

余恐蒙韓昌黎羅池廟記之譏故不具載云
銘曰廉不劌劌何用不臧明能恢恢何弛非張惟觀察公星降文昌初以其耀
照臨玉堂繼以其餘施於四方吏也而良刑也而祥橫目冒形額手稱慶　帝
嘉乃猷錫以銀黃天祐有德俾其壽康委化順終葬開原鄉橫山化臺宰樹鬱
蒼

原任禮部侍郎齊公墓誌銘

乾隆元年秋余與齊公次風同試博學鴻詞於保和殿一時士論僉以實學推
公及榜發　欽取十五人公果與選余雖報罷而公念同徵之誼最殷後三年
余亦入翰林作後進常與公唱和外出為令始與公別別四十七年余老矣遊
天台山公死已久且葬其兄周南弟世南年八十餘龐眉扶杖延予飲其家抱
公詩文集百卷出曰先生視此以志其墓嗚呼當時薦此科者海內凡二百餘
人而今則在野在朝屈指無有也公之遭逢寵遇升沉禍福非余後死其誰知
之而誰表之謹按公名召南字次風又號息園幼而穎敏讀書十行俱下年十

許求見長跪謝曰頃公所言老母在屏後悉聞之責我不聽仁人之言怒而不
食今我受母命來承公教矣遂徒一人杖三人而案以定律載殺死一家非死
罪三人者斷給財產殺二人者不在此例公奏一家中雖人數不一然已殺二
人則其中豈無孤寡倘屍主煢煢無告而凶犯妻子仍擁厚資於義何當請嗣
後凡殺一家非死罪二人者亦給與罪人財產一半　上深是之載入則例中
公雖用法寬然於大猾無所縱如葭州衙差大荔高陵兩縣之積匪某皆以罪
浮於法特置重典所到處必葺橋梁崇書院禁溺女卹災祲以故耆民髦士皆
迎拜車前歌呼祝延分校乙丑會試得李因培張紹渠等仕至公卿識拔靈石
縣武童何道深官貴州遊擊　王師征緬時死錫箔之戰崇祀昭忠人嘆公知
人之明性不飲酒在諸同年席上專視七箸者公與予二人而已公諱勇均字
健資號柱川爲宋龍圖學士少游先生二十六世孫族大以豐簪紱盈門從堂
弟文恭公亦以丙辰第三人官大司冦父曾榮前母王氏母徐氏俱以　覃恩
誥封如例妻徐淑人先公卒子鼎雲拔貢生公歿後有相傳爲秦中城隍神者

問病者不絶於道又數月公病少痊步猶蹣跚頗忘所記書不能握筆又心念
老母乞回籍終養　上慰留再四然後許之還浙後掌教蕺山萬松兩書院
上三次南巡公力疾迎　駕皆召見賞賜優渥先是公有族匪周華者素不良
公訓誨不悛遁海外三十餘年忽因浙撫熊學鵬巡城遮道獻所著逆書揭公
十大罪熊奏聞　上誅周華赦公削職歸里公身受　上特達之知方恨無涓
涯報而怪民妖言乃出自近族悔平時教敕無素又隱忍不先舉發以致惡彰
於天自分雖九死罪固當而　上復屈法活之恩愈重愧憤愈深結轖不已路
上疾暴作還家匝月竟以不起年六十六嘗言酈道元水經註明於西北闇於
東南特撰水道提綱三十卷又歷代帝王表十三卷後漢公卿表一卷所修官
書則一統志明史綱目續文獻通考禮記漢書考證皆所纂也曾祖三仲祖化
龍父鼒俱以公貴贈如公官妻張氏封二品夫人子式遷國學生女二人葬台
州花坑之原
銘曰天台之山其高萬有八千以是鍾靈生公其閒學識其大才擅其全以人

視山幾與齊肩雖梟獍囓其後惡馬蹶於前而終以受知於天無損其賢嗚呼
非我來遊誰表此阡嗣後川湜湜峯綿綿磅礴鬱積繼公而生者其又在何年

## 中憲大夫分巡廣東肇羅道衛公墓誌銘

己亥夏枚還武林晤玉亭衛公于陳藥洲觀察席上德器粹然知爲賢者今春粵遊路出西江蔣太史心餘寄聲問公弃云兩賢相覿必有傾衿之樂不意到端州聞公病旋卽不起其子琬歸葬中州乞銘其墓伏思枚于公爲部民弟樹于公爲屬吏令聞懿範親炙最深聞公喜枚來將命家人治具張飲談十日以蠲夙痾而不圖顧莫之遂竟殗殜綿延以至於死悲夫豈人生一見天果靳之耶然而七十衰翁萬里忽至又未嘗非蒼蒼者示之意也章微闡幽非枚奚屬謹按其狀而爲之銘曰

先生姓衛諱詰字玉亭河南懷慶府濟源縣人以丁丑進士授工部虞衡司主事外補山西遼州知州調解州再遷浙江台州府知府薦卓異受　天子知調湖州府知府旋遷廣東高廉巡道調肇羅巡道兩署按察使年六十一歲而薨

公所到有治績遼州爲山右磽确之地民藝黍畢多逋蕩公分別五施授種棉
養蠶法置機具于堂皇誄男婦紡織鉤考勤惰不數年布絹之利賴及他郡其
守台也嵊縣姦民王開經等篡其邑令吳某至山中笞辱之勢甚張撫軍王亶
望會同提督進剿槍甲齊矣公時在省入諫曰唐虞之世治苗民遠方尚以刑
不以兵嵊縣小醜毋庸大舉請曾至其地會審某案民頗服今雖非本屬願往
擒治撫軍壯其言許之公單騎上山令人前呼曰台州知府衞公來羣兇素慴
公名咸羅拜爲首者自反接送縣令出且訴所以辱令故公笑曰官固不良然
汝等亦當死矣皆泣曰公命之死如不死也遂縛十八人歸奏斬三人流二人
釋三十餘人湖州北鄉多外省軍犯張設博局誘良家子使博而陰開小典沒
入其衣物日久黨繁官吏慮捕之將爲變公偵知姓名隱而不發探知某日賽
神儺會諸匪擁儀從敷粉墨呼呶入城公陰乘輿抵虎穴坐命諸幹役持繩索
伏四門來者縛之當即予杖派往文武衙門充水火夫給其傭嗣後城鄉肅清
公性慈少所笞督然義之所在強直不撓或大府前論事不合輒謖然斂袂而

起曰衞某以爲不可上游倶嚴憚之署臬篆時治獄尤慎文案稍有蹖駁申旦不寐致精神越渫體爲之衰先是公從子諱哲治者從縣令起家官至大司空以廉節惠政名噪淮海間枚宰沭陽隸屬下久所聞多端公行事蓋得其家風云父乾德蒙覃恩誥授奉直大夫母商氏劉氏封太宜人妻周氏子四人女四人孫六人

銘曰真廉勿矜大勇勿爭𣬛𣬛衞公秉志孤行爲世甘澤爲人準繩東甌西晉異音同稱方期大用神化丹青何圖星隕痛我黎烝儲休啓佑天道神明必有褫禧蔭及孫曾請看化臺福草叢生

巡視臺灣監察御史李公墓誌銘

公姓李諱元直字愚村山東高密人性介而剛少甗甗有志行以康熙癸巳進士入翰林校丁酉戊戌兩科鄉會試乞養八年服闋仍補原官雍正七年改四川道監察御史當是時　世宗憲皇帝喜昌言虛己聽納羣臣爭上封事公以天下爲己任居臺諫僅八月凡數十章奏祕外不能知而其所最著者言朝廷

都俞多吁咈少有堯舜無臯夔　世宗不悅卽　召公幷　召大學士朱公軾張公廷玉等廷詰云有是君必有是臣果如汝言無臯夔朕又安得爲堯舜乎公免冠謝良久　世宗謂諸臣曰彼言雖野心亦無他次日再　召入　諭曰汝敢言自好嗣後仍盡言毋懼會廣南貢荔枝卽　賜數枚以旌其直未幾命巡視福建臺灣監察御史取時憲書親爲擇日而行公感　上恩益奮甫到卽奏增養廉杜餽遺再奏番民利弊數十條　上皆是之先是臺灣爲海外荒服巡使者至自視如客闔門無所理高枕臥事壹聽于道府相習爲常公悉反所爲又時下所屬問民疾苦有司怵其害己咸嗾于大府大府以侵官奏　上命議罪遂鐫三級家居二十七年卒年七十三公受　世宗特達之知使稍貶其道和其節藏器待時則不數年必大用用亦必有所建立而公銳於圖報信道太篤不肯須臾從容致一蹶不起嗚呼惜哉然而公之賢　世宗知之公之過　世宗亦知之赴闕入見時　世宗謂其同官奚德慎曰如李元直者可保其不愛錢但慮任事過急耳又嘗諭諸大臣云甚矣人之難得也如李某豈非

眞任事人但剛氣逼人太甚嗚呼知臣莫若君信矣然古之豪傑得一知己卽可無憾而公竟得一知己於　君父則雖不用老且死尙何憾哉宜公晚年說及　世宗知遇之恩未嘗不涔涔泣下也初公爲翰林時與孫公嘉淦謝公濟世陳公法交好以古義相礱切一時都下有四君子之稱每談必申旦及孫公總督兩湖承審謝濟世瞻徇撫軍公音問遂踈長子高以主事閒發山西未一年連得大州公聞不悅高寓書公甥以自解其于名義大節雖密友愛子不肯苟且如此乾隆甲辰余遊廣西公第四子憲喬爲岑溪令讀余文曰班馬儔也願以先人之狀私於執事余重憲喬學行而于公又爲同館後輩貞石之文所不敢辭謹按公父華國知阜城有善政阜城人至今祠之母孫氏封宜人先後娶兩王氏一任氏皆封宜人子憲高庚戌進士潞安府同知次憲噩憲暠憲喬四女四孫葬某

銘曰神羊嶽嶽誰折其角寶劍稜稜其鋒孰攖旣已試之又復置之非廢棄之將老其才而徐俟之雖然幸而藏得全其光至今華表尙有寒芒

翰林院編修候補御史蔣公墓誌銘

心餘蔣君既卒之明年其孤以狀來曰先大父母傳志皆先生撰今先君又亡將葬貞石之文知廉等敢循例以請亦先君志也嗚呼余前春過江西君已半體枯聞余至喜力疾懽飲臨別時手平生事略見示余知其意泣而頷之然私心自揣余忝廁詞館先君七科後死之責當在君不在余卽在余亦未必銘君兩代而今竟不然矣然則余之衰固可想見而古人之所謂死友者非君而何謹按君姓蔣諱士銓號清容一字苕生江西鉛山人父堅有奇節獨行常遊澤州縛君馬背行千餘里甫四歲母鍾太宜人卽屈竹絲作波磔教之認字君天稟英絕有覽輒記握筆如天馬怒馳超塵絕迹丁卯舉於鄉甲戌考授中書丁丑成進士入翰林散館第一授編修充武英殿纂修分校順天鄉試居官八年乞假養母僑寓金陵大府聘爲蕺山崇文安定三書院山長君意洒然有終焉之志會少宰彭公元瑞召見 天子問蔣某何在彭以渠母老對及太宜人薨君感 上恩入都京察一等引見以御史用旋患風痺還南昌二年年六十一

卒君秀眉長身兩眸子奕奕如電諧謔風發聽者傾靡胸無單複不解囁嚅耳
語遇不可於意雖權貴幾微不能容太宜人慮其性剛勸令歸里及君再至長
安浮沉舊職一二知己盡矣同列皆闒然少年趨尙寡諧愈益不自喜遂有輕
死生一晝夜之意不自珍攝以致早衰然其胸中非一刻忘世者在蕺山時越
中富家池三江閘日久堙廢君力請於大府借帑辦治曰事雖非山長責然食
越人粟則視越人如一家焉掃墓鉛山爲邑人建壩浚渠以通水利修母嶺墖
以利文風建棚縣衙便應試者請移駐巡檢於西鄉湖坊警不良者甲戌禮闈
落第 上命九卿各保一人涂少司空將薦君君讓與孝廉某以其母老也有
駱生者負鹽課客死君連夜作十三札飛遞嶺南俾其孤孀扶六櫬歸君平素
無宿諾故其言於人也信初入京師才名藉甚諸公卿震若麟鳳爭先窺觀裘
文達公在 上前薦君與彭公爲江右兩名士以故 上屢問君 賜彭公詩
幷及君乃二十年來彭公官至尙書而君傫然一老詞臣如故也雖其俄出俄
入自緩官階旁觀者不能無惜焉而要知命之所存君本無心進取且夫孝者

所以事君也古人一日之養三公不易君奉太宜人設教東南有江山之勝板輿所臨海內捧杖摯觴而至者屨交戶外高麗使臣餉墨四笏求君樂府歸聲聞之戚天爵之榮近今未有也晚年雖病𤸇而神明不衰左手作字橫斜入古所居藏園水木明瑟五子七孫穿花繞膝而侍死之夕無雲而雷者三相傳君生時亦然嗚呼其來其去豈偶然哉君才高而心虛全集皆余商定偶獻一規登時立改常至其家見供兩木主曰方伯彭公曰督學金公蓋君少時受知最深者其敦師友之義死生不易如此所著古文　卷詩　卷銅絃詞二卷塡詞九種娶張氏誥封宜人子知廉拔貢生次知節知讓皆舉孝廉次知白知重知簡知約尙幼女一人以某月某日葬某

銘曰懸弧白日雷聲起天若告人生才子旣生不用故何以人再問天天嘿矣振古文人多類此漢之崔蔡唐之李吁嗟蔣君毋乃是平生著述千萬紙有如月照西江水萬古暉暉光不已勝我才華輸我齒貪我作銘先我死我敢無言報知己古書黑石鐫蒿里兼備他年補國史

小倉山房續文集卷二十五

## 大定府知府張君墓誌銘

錢唐袁枚子才

君爲東閣大學士張文和公之子東閣大學士蔣文恪公之壻年未冠卽以鹽務運判來江南補通州調泰州遷淮南監掣同知再遷貴州平越府知府調遵義大定兩府年三十八卒其孤歸柩萬里走乞余銘余文恪公門下士也與君通家交最懽誼所不當辭謹按其狀而銘之曰君諱景宗字端文行五生而角犀豐盈容貌充充然常迎 駕焦山 皇上召見鏡江樓曰此兒面目頗類伊父君喜益敬勉自奮通州場戸丁糧例不請蠲君到時會豐利場海口淹沒竟請題免泰州各場災所借給倉穀及積年鹼價一時並徵君請緩於大府民力以舒淮南儀所爲五省引鹽分運處河淺船滯君請由瓜洲出江抵沙漫州解捆裝載掣費驟減嚴禁船埠乘商之急匿船居奇有犯者置之法羣船魚貫至貴州貧瘠平越爲尤一切儀仗輿馬官莊四十八所俱取給閭閻君到免之上

游重君遇大事必委辦君亦劬躬圖報染瘴以卒嗚呼君槃槃大才也禺莢細務何足展其猷爲滇黔爲文和公二十年開府之所　天子使君往涖其邦豈無深意乃竟未繼家風中道而逝知君者能無深悼哉猶記乙未三月真州鼠姑花開君招余偕諸賓從坐小車穿草徑張飲吳園余席間猶舉韓魏公金帶圍故事以相朂而卒不驗然吟章畫冊至今爛然即此可以想見君之風調有大異乎尋常俗吏之爲矣生母郭氏妻蔣氏俱蒙　覃恩　誥封恭人子二長世倬候選主事次世輔世恩女一以　年　月　日葬某

銘曰君之初生夢麟銜衣君之委化如驥脫羈生於華胄能耽文詞手握牢盆能樂邱池接其外狀顒卬令儀叩其淵衷風月襟期可惜小試未竟厥施盤江渺瀰黎峨險巇君魂雖歸民口有碑

## 常德府知府呂君墓誌銘

余同年裘文達公奉

天子命治幽兗揚豫四州水利最久最有功而其所倚恃如左右手者爲沭陽

呂君君以滕縣主簿擢至泇河通判曹州府同知常德府知府再以子貴誥
封中憲大夫山西冀寧道按察司副使其起家故余宰沭陽時守藏吏也貌嚴
冷瞻視不凡每執卷侍有所詢則觚剖利病以對主撮無訛先君子尤愛偉之
以重客待君亦感所知棄吏缺從余涖江寧料簡一切後三十年余山居久矣
君忽驅五馬來慊慊以故吏自居走哭先君墓下升堂拜母贈朱提數笏留一
日裁去嗚呼君之吏術余深知之君之風義余身受之然則銘幽之文非余奚
屬謹按其狀而銘之曰君諱又祥字瑞龍一字鳳圖先世居廣德州大父六吉
公徙沭陽生四歲而孤年十七即在官練習簿書沭近黃河多水患故君於賑
災治水事尤精性沉摯勇於爲義循例得縣丞需次京師過鄒縣飢傾所有濟
其坻竟垂橐歸家居三年再過鄭州水衝官道行者滅頂君又以爲己戚宿旅
店募夫購芻茭竹楗躬自堵塞他人行君始行已而効力東河會江南張家馬
路災　天子命山東助麥稭五百萬撫軍楊公慮陸運爲艱君請輦兗曹兩郡
稭貯單縣之黃岡河借徐州回空糧船載之由黃河順流下直抵張工楊公壯

之卽委君辦以功借補滕縣主簿會少司農裘文達公議開伊家河洩微山湖積水君贊畫方略代繪圖入奏工成濟寧滕沛等五縣涸田皆出裘公愛其才常以自隨越二年奏調君赴直隸疏淀河淤　天子許之其時君已通判泇河矣故事曹州臨河六堡皆百姓歲修君憫之捐俸開陳家莊引河九百餘丈分黃奪溜不需土埽民以永寧常德在楚南號稱難治君能除苛解嬈合郡祝延之當君赴任時余從容置酒問何時再見君屈其指曰一年余疑爲期太速且官身未必能自由君笑曰先生年三十三而致仕何緣得自由耶已而果如期乞病歸余不覺倒冠而迎驚且歎重痛飲爲歡而別嗚呼卽君出處之際或久或速挺然有以自持則他事之健決可知也已君在官時病醫請以紫團蔘補羸君不可曰蔘貴藥也未必能濟我命而可以濟民之命以其直施棉衣千餘考城滕縣兩主簿某身故眷屬羈留君厚卹之送寧其家還鄉後立義學建棲流所分餘田贍族人猶孳孳不倦人傳君司閘時　天子東巡　御舟抵臨清閘僅里許閘板橫石罅中急萬夫拔之不起君禱於神板忽自躍於水雖　天

子神威百靈効順而亦未嘗非君之忠誠有以感格云卒時年七十娶吳氏封恭人妾李氏九女二子長昌際官冀寧道次昌會候選通判以　年　月　日葬某

銘曰陳殷置輔周道爲昭漢之循良半出功曹元叔叉手長揖三公亦云計吏爲世儒宗矯矯呂君嚴視正聽進固才優退亦力定餘澤流光施于公子觀察如雲捧日而起袁安老矣曾長陰平不圖後死竟爲君銘美無溢詞書無愧色匪元石是勒將九幽是質

## 翰林院檢討李君墓誌銘

甲子江南鄉試余以沭陽令與分校得士七而遂捷南宮入翰林者惟李君一人君諱英字御左一字蘋園晚號蠡塘其先爲南宋忠定公之後由晉陵徙宜興父止齋生三子君其長也以甲子舉人乙丑進士授翰林院檢討分校壬申鄉會試纂修三禮通考等書補左翼宗學教習再分派丁丑庶常教習今族弟鑒任安徽臬使者君所教也戊寅以原官休於家年七十三卒君內行純篤淵

然而靜人見之潭潭自遠衡文心清目明無所嫌避有老友儲學坡主於其家
榜發即君所薦人以爲難掌教海州六安州能張施講說使聖學大明士心歸
依遮留再三或刊碑以紀其德與余別久忽一日擔簦而至寓山中七旬每燈
下談縷縷不忍眠臨行手餅金爲別曰知先生無所需然英老矣無幾相見三
十年受恩藉此微申束修之意亦慮自此不繼也泣數行去果不數年而訃至
當是時余無子學坡無子君亦無子人疑三人者授受同家運亦相同乃今余
垂暮生男而君與學坡則終于無有且相繼死矣悲夫君書法清勁得晉人遺
意于詩雖非專家而清微淡遠之音自其心流有不可淹滅者纂成四卷將梓
而存之娶黃孺人生一女適吳氏以弟子慶來爲己子蒙
覃恩贈三代如君官葬某
銘曰嗚呼自吾之得蠡塘也若古琴之入耳若古玉之升堂雖即之之日短而
思之之味長一旦淪亡天竟予喪爲銘貞石以表其藏

巴里坤中軍遊擊劉君墓誌銘

劉君厚夫雖以武致通顯而性耽文翰獵蒐之餘必購晉唐法書名畫與三代彝器斷斷判別若嗜欲之切于身官金陵時與予朝夕游甚狎亦不自項領謾其儕偶以故車馬駢轔戶外之屨常滿常謂予曰小倉山一部婁耳子居之則號名勝守備官百夫長耳我爲之便成熱官遂古以來人貴自立耳不在所居之地與位也予愛偉其言亡何遷任去別一十有六年今春其孤琨送訃乞志幽之文余按其狀稱君能事親能睦宗能訓卒能拯人于難所舉犖犖諸大事諒無溢辭然余聞而悲者君以微罪解職蒙　天子恩召見而君自戚其衰頽不樂往思歸老白下慮無故人爲伴時時僂指數當年某某零落殆盡惟隨園翁尚存將與卜鄰以終餘年而竟不可卒得嗚呼命矣夫君亳州人諱淳號厚夫舉乾隆丙辰武鄉試選江寧城守營守備遷肅州都司鎮番營遊擊再調巴里坤遊擊署安西參將以失察事罷官歸過蘭州卒年六十五妻李氏五男二女長子琨廩生次毓琇候補知縣次琚次珙次瓏三代俱贈如君官君在遊擊任內請貤本身封封其叔父聖鑑大府代奏　詔許之葬某

銘曰射一鵠能巧任百事能了但小畜于文德不矜情于壯佼若而人者雖斬板之封亦于城之表

## 幔亭周君墓誌銘

余好畜金石文字而讀至篆籀輒口籀不下幸金陵有二賢焉一曰樊君聖謨一曰周君幔亭二人者皆媕雅君子而周君居近余以故朝夕見尤親得殘碣斷碑必就正焉今年十月老病卒卒時屬其子乞余銘墓余方悲好古之人稀前年樊君亡今年周君又亡嗣後余於古有疑將何人之詢而釋然哉然以余之窾啓寡聞二十年來略辨妃豨未嘗非二君之功文其幽所以報也謹按君諱榘字于平一字幔亭孤矯藎立目眴轉有芒不諧際人事而瞿瞿然溺苦於古受知漕帥楊敏恪公聘爲清河書院師再受知曲阜衍聖公館於府教其二子君之學鉱剞苛碎窮鑿幽隱專爲人之所難造渾天毬拳許繪長江黃運圖僅尺幅而星經地維羅縷畢具窮六書源流一波一磔不苟下嘗登泰岱遊黃山鐫名最高巔手摩搨以歸古奥蒼秀宛然開母石闕太室碑也草廬數椽在

珍倣宋版印

金陵清涼山下古梅環之客至則捭豚黍盛以梡嶡父子琅琅然度所作曲侑賓或用傳響法擊鉢數下室內酒茗羹胾應聲而出若竈下婢俱解華嚴字母者然予戲謂鄭康成家牛觸牆皆成八字今觀於周君也信祖籍福建莆田父懷臣始遷江寧九世祖翠渠公刺廣德州有惠政乾隆二十四年州人慕其遺風爲營祠置產適君遊廣德遂主其祭捧木主以升亦異數也所著（原缺二字）若干卷三子俱業儒卒年六十六葬某

銘曰路非古不行事非古不爭君今古矣君其寧地下古人無數迎

## 童二樹先生墓誌銘

山陰有隱君子曰童二樹先生余耳其名不相識也今春二月先生修志揚州渡江見訪適余遊天台未由傾衿亡何詩人周簪衣來言先生好余秋間將再至余以即往揚州故寄聲闌之且約之及登程屢爲他事滯留十月十三日裁至揚而先生已病亡十日矣其孤沁抱詩集一行狀一泣而言曰先人知公將來喜甚病中聞叩戶聲輒疑公至委化前一日屬曰吾神氣綿惙度無分見袁

公如公至可將詩與生平事狀付之則吾目瞑矣嗚呼古張范之交臨終拳拳彼故結納於生前宜也若先生一面鈌然而遺言丁寧鄭重若此是知己也死友也加古人一等也序其詩銘其墓非夫人之爲而誰爲謹按先生名鈺字二樹號璞巖又號借庵宋慈溪童公亮之後生而炯介篤誠潛心古初棄舉業專攻詩家鄰女史徐昭華七歲時徐抱置膝上爲梳髻課詩及長與劉鳴玉陳芝圖號越中三子常往棲鳧村月中行吟得一詩綰襪帶爲一結以記之比曉入城數其帶得二十四結矣其風趣如此受知於河南撫軍阿公思哈何公煟聘修志乘凡一省三十六縣州分疏總校條清例嚴成無一唇一舌敢掉罄者所得束修除䘏戚里外輒購秦權漢布法書名畫橫皮祕閣相對逌然畫蘭竹水石皆工而尤長於梅使氣入墨奇風怒雲奔赴毫端海內爭購有高氏九棺未葬先生揮十紙助之須臾盡鬻窀穸以辦臨終畫一枝留贈花未點而手已僵古幹零落如賦殘形操嗚呼可哀也已初先生少疾夢有道貌者相招却之乃去及病甘泉志館夢其人又來爲著五銖衣牽白鶴使騎各有贈詩醒猶記錄

嗚呼死有所歸今乃於先生見之卒年六十有二娶陳氏生三子七女以　年

月　日葬某

銘曰志觥觥行踽踽我欲見之天不許素車入哭淚如雨雖然生不與君逢死乃爲君主君不見三尺碣一抔土永表幽人萬萬古

## 阜寧貢士戴君墓誌銘

乾隆甲戌吾鄉張季庭來言阜寧戴君之賢余心欽遲之而未見也旋以權子母事貸金七百去未一年折閱殆盡余疑是詭者言耳亡何余負　國課君聞之奮曰我義不負長者遂售產以償今庚子歲矣君已亡其子幹來乞余志墓且告曰先生知吾父所以窮乎吾父粤曳任氣希通慕大謂天下事可氣啖取也棄先世田宅畀諸昆而以遺逋自肩家有灘蘆阜寧產鹽乃倣管子煑海法鳩垀設竈構廬聳粟費以萬計滷未乾而黃河決蕩爲波濤繼之疫與又施醫藥葬埋力殫計窮數千人始焚券散驚且憂遂得狂易之疾乍痓乍復遂不起嗟乎乾壯用首爲善近名皆道家所忌君獨兼之何其知存而不知亡耶然陽

侯之災百年一逢而君適丁其躬毋亦有數存焉而非人力所能禳耶卒之危難中猶能信于友恩于民善敗者不亂亦稱古豪矣君諱廷瓚字玉斝一字融軒其先從譙縣遷阜寧生即赴義若熱罹褫拯人一目眇而斜視弱冠入學旋貢於成均凡邑中修學校設義學蠲免灘糧五千頃皆所倡也妻徐氏子二人皆讀書以善世其家卒年六十三葬某

銘曰蚊蝱墜空方翺翔而盡其容虎豹力大一蹶以凶戴君行事將毋同雖然水滔滔兮豈其招兮君子于斯嘆其遭兮

## 郡文學項君莘甫墓誌銘

余金陵接士垂四十年凡工詩工文工書工伎術者某某可數而以畫傳者惟項君一人君諱穆之字莘甫上元庠生祖適菴公丹青馳譽君繼其業能精心致思勤摹而廣徵儀神奪貌出聖入智於古名家六法三昧靡所不窺　天子南巡諸大府延入畫局一切名勝圖繪皆君握管雖支稾假者尚數十輩卒皆張目拱手睨君所爲或捧生紙立階下受教勅惟謹有次子曰思聰能助父潤

色煙墨君倚之甚力今秋將婚染瘵疾亡君自此孤憤無俚生意頓盡又在局不能諧際人事受人齮齕性素謇鈍言呐呐不能出口而氣紆鬱時傷於心晨起吮毫嘔血數升須臾遽卒卒前二日猶詣余有所諈諉余呼車至局爲告當事未及報而君之訃至嗚呼君所遭際無甚厄屯達者觀之殊堪一吷而君竟以憂死過矣雖然人不死則其筆墨不貴世之人往往榮古而虐今常也今竟喪君身以貴君畫或者造物意耶然當君在生時踵門者業已嘍啃難求惟于余執弟子禮甚恭故隨索隨獲因之亦不甚護惜而今則斷紙零縑如明月夜光不可再得矣悲夫君事親孝待弟睦交朋友信死之日知與不知皆爲流涕尊人宗香公壽九十餘君年僅五十六父子受命不同如此娶汪氏子四人有方竹軒詩集若干卷以乾隆四十八年十二月二十一日葬于聚寶門外之宋村

銘曰古人有言死生大矣君殉亡兒毋乃太矣想恃其伎有不朽者在耶不然則是帝玉樓成召君畫耶

翰林院編修程君魚門墓誌銘

乾隆甲辰秋魚門之喪歸自秦中乙巳十二月二日葬于金陵之馮家山其老友袁枚哭且奠爲銘其墓曰君程姓名晉芳字魚門一字蕺園先爲程伯休父之後祖居新安治鹽於淮父遷益生子三人長原衡季述先君其仲也乾隆初兩淮殷富程氏尤豪侈多畜聲色狗馬君獨愔愔好儒罄其貲購書五萬卷招致方聞綴學之士與共討論海內之略識字能握筆者俱走下風如龍魚之趨大壑君不能無用世心屢試南闈不第試京兆不第亡何鹽務日折閱而君舟車僕遨覓覺溫卷之費頗不貲家漸中落年已四十餘癸未 天子南巡君獻賦 召試行在賦江漢朝宗詩四章 天子嘉之拔第一賜中書舍人再舉進士改吏部文選司未幾 天子開四庫館諸大臣舉君爲纂修議敘授翰林院編修分校禮闈得士若干君耽于學見長几闊案輒心開鋪卷其上百事不理又好周戚友求者應不求者或強施之付會計于家奴任盜侵了不勘詰以故雖有俸有佽助如沃雪塡海負券山積勢不能支乞假赴陝將謀之中丞畢公

爲歸老計時酷暑索逋者呼噪隨之君已衰老乘奔棧車行烈日中頓撼失食飲節又聞西陲兵起氛甚惡不能無悸遂病至中丞署中一月死年六十七嗚呼君交滿海內而與余尤暱未乞假先致書託覓屋余喜甚謂老可不孤擬某士將向君薦某處將與君遊某文字將待君決可否部署暗定遲君之來不料在嶺南孫中丞補山告君死時方召食驚泣至失匕箸歸舟惘惘行五六千里不能釋君于懷念君重仁襲義德施於人食報未副其量然又念君所難者科名而卒晚遇矣所乏者子嗣而兒生已五周矣所樂者書史而四海九州之秘本　大内之所藏已目飽矣且使終于京師廬所以歸其櫬恩其遺孤者恐不能如畢公之周摯而恢宏然則天之所以報施善人似無知又似有知君秀眉方頤髯飄飄然左右拂吟論意得闊步搖簸袍褶風生與人言暖暖姝姝若恐傷之雖臧獲無所淩誶遇文學人惵然意下敬若嚴師雖出己下者亦必推轂延譽使滿其意以故京師語曰自竹君先生死士無談處自魚門先生死士無走處竹君者君之座主朱學士筠也君學無所不窺經史子集天星地志蟲魚

考据俱宜究而尤長于詩古文醇潔有歐曾遺意所著周易知旨尙書今文釋義左傳翼疏禮記集釋各若干卷勉行齋文十卷戴園詩三十卷初娶蕭氏再娶汪氏俱先君亡先嗣子瀚後生子溧女一人贈君葬地者松太巡道章公攀桂贈葬費者陝西巡撫畢公沅也例得附書

銘曰天與之氣春也玉與之情温也不踐生草麟之仁也儀于虞廷鳳之文也秦誓休休一个臣也胡爲乎傫其身客死于秦也不節之嗟嗚呼哉君也雖然更千百年士林下馬而棘刺不生者君之墳也

## 錢太恭人墓誌銘

乾隆乙未詹事府少詹事兼翰林院侍讀學士

上書房行走錢辛楣先生督學廣東奔封公喪歸里服闋後因太恭人年高不復起侍養七年今秋　太恭人薨於嘉定里第先生卜葬有日屬枚銘墓枚伏念先生以績學淸望懃伏海內于二千年金石文字尤所詳審枚不文何能爲役然此是何如重任數百里外不他諈諉獨通書命枚或者覽所述作其亦有

以取之耶知己之感子姓之誼均不敢辭謹按其狀而銘曰
錢太恭人黃渡沈姓生而媞媞其儀端靜習禮明詩少成若性長勤婦功勖師
以敬歸我封公小山中憲式好無尤雞鳴戒旦旁和築里上順尊章小心精潔
令聞聿彰饎爨雍饔虔奉烝嘗執鍼織絍罔閑曛黃煩擱浣茜衣柔饍香兩老
康娛戚鄰交慶君姑有疾恭人如子夜不弛帶抑搔診眡既歿而毀瘠無已
屏斥佛經恪遵士禮慮舅神傷晨夕曲體稱說家常俾舅色喜舅也懽止婦也
勞止以愛及愛恩及小姑姑嬪沈氏與壻同殂孤甥捧檄遠宦黎平甥有稚女
伶俜難行恭人留之撫若孫曾有娣有姒如兄如弟始也居同後也室異臘
歲時壺飧相繼何以贈之縓三纁二族子彌甥偶來起居輒與情款孔晬孔愉
弄藥爭花紛其座隅餘須侮甬仁心矜哀曰彼不才方爲輿僮何所不容而督
笞哉以斯懿美儲休啓佑大順禠禧鱗羅輻輳篤生二子大昕大昭蔞室以居
折蔞以教家素食貧燃糠代膏紡聲書聲互答爭高育成名儒羽儀
聖朝

聖主南巡大昕獻賦口銜日光躬沾湛露再捷南宮再登瀛路嶺海衡文青宮作傅嚴徐抗肩夔龍接步學士詹事官階崇隆宜人恭人重疊晉封花釵金鏌其光熊熊大昭淵雅天生伯仲指日速飛雙丁兩宋一壻五孫咸光家衖人之視之門楣華重誰知恭人大行不加身膺翟茀手治枲麻七緵之衣二簋之享熏熏熙熙就兩家養可逸勿逸雖休勿休曰導穀氣以消滯留郗毋神明方希大耋何圖春秋止八十一辛丑重九厥後五日離瑜復位靈萱掩色卜葬練川與封公合鬱鬱佳城南岸矩角詹事與校垂老膠漆賞奇析疑益我知識詹事益我實太恭人德我感德不讓敬撰銘文千秋女史視此貞珉

## 袁母韓孺人墓誌銘

吾宗有節母曰韓氏孺人年十九來歸奉直大夫候選知州柳村公爲適室事正室汪宜人甚謹內無違言生子一女一柳村與宜人相繼亡孺人嶷嶷守志教其子廷檮事嫡兄廷櫆甚謹外無違行既長爲娶著姓毛氏女爲妻乾隆四十六年三月孺人四十生辰廷櫆廷檮謀所以壽孺人者孺人泣曰古稱嫠孀

爲未亡人言當從夫而亡也我昔以撫孤故未亡則家人雖視我尙存而我之自視久已亡矣今曰壽是逆吾志而增吾悲也奚可哉越兩月孺人果亡蘇州巡撫閔公請旌於朝廷檮以某年某月日將祔葬孺人於某地先期走幣來請余銘余宗人也又舊史氏也誼與職均不當辭銘曰

三星五噣嘒彼東方協耀月儀降於吳閶姽嫿莊姝令聞孔彰吾宗聘之嬪然成行克相良人鈎考家務場出廩入圭撮靡誤嘯不倚楹織常當戶金井徵行從無亂步敬事民母嫖忽毋虞煩擱金裯溉濯盤盂丹心寸意二女同居人之視之如婦從姑一旦溘然所天不祿露紛爲髽斂簟而禰曾曾稚子麻衣匍匐乃勤撫字息影高樓手所拮据齊縷秦篝衣不采繢饈不珍羞風晨花朝背人涕流一十五年志如一日教兒受經爲兒授室兒有至性孝行肫肫設帨之辰將召樂人將會宗親母曰嗚呼是豈余懷單鳧寡鵠不集春臺襂衣萑鈫不稱尊罍捐汝俗禮完我心齋昔我未殉爲汝童蒙今汝成立我事已終將往九京告於而翁果然是秋示疾不起玉女峯傾婺星沉矣頗似叔孫祈死得死今之

艮媛古之君子卜於剛日將祔佳城松兮比貞水兮比清爲衞共姜爲魯陶嬰
千秋萬齡旣固且寧

## 福建布政使錢公墓誌銘

乾隆辛未　天子南巡先一年卽頒　聖諭不累民間一草一木而兩江總督黄廷桂初辦供張性又嚴急不能仰體　聖意民有讕言吾鄉御史錢公據實參奏　天子立召見問汝語從何來公云風聞奏事臣之職也所奏不實臣之罪也臣無所辨若問所從來臣不敢妄引他人致塞言路　上韙其言黄聞之頗加斂束民情大安當是時黄威嚴有　恩眷公卿百僚無敢攖其鋒者聞公奏爭來窺觀疑必有諤諤不羣之狀及見公則謙謹和顏弱不勝衣皆大驚稱爲仁者之勇枚年十二卽與公同入郡庠交好五十四年故知公爲尤深公諱琦字相人號璵沙晚年自號耕石老人以乙卯舉人丁巳進士入詞林轉河南道御史工科給事中出爲常鎮道調江安糧道陞江蘇按察使再陞四川布政使引　見　上問公家世公奏臣母八十七歲　上爲惻然曰汝且去公謝

恩出未一年調江西再調福建福建雖鄰浙省而多灘河難奉板輿公屢思終養以受恩深不敢奏旋奉　旨錢琦以京堂補用公方束裝又奉　旨錢琦有老母在家可即終養不必來京及服闋入都公年已七十有五正思乞休奏稿繕矣奉　旨錢琦年力就衰著以原品休致嗚呼公以一介孤寒旁無援引而登膺內外重任是非公之所望也養親乞歸是則公之所望而不敢遽陳者也皇上于公所不望者用之以盡其才于公所不敢自陳者恩之以副其意而公遂能事君事親進退寬然以其餘年會耆英而聯洛社康娛文宴大耋考終今之士大夫如公者有幾人哉然非公四十年之積誠砥行上下交孚亦不能格　天如是之深也公初生時鄰婦劉氏夢大官張軒蓋抱一兒傳呼入室嗜曰誤矣尚在左壁俄聞人馬聲嘈嘈都往公家及旦婦來奔告則公已生年十五受知於仁和令胡公作柄胡每月集諸生會文公所居漁塘離縣署廿里許四鼓即起從武林城外走西湖長堤候清波門開天雨則脫屨踏亂石中兩踵血流胡公憐之留署中讀書未幾胡公罷官公益困謀生市廛手一卷偷吟有

族叔某哀其志挈以歸命卒業焉公自幼攻苦食淡于人世紛華名利視若浮
雲每遷一官得一職自覺過分誓以身報　主恩絶無顧忌常慮不能瓦全賴
皇上屢稱公謹慎而公亦清而和坦中率真人一望知爲賢者所遇大府如
尹文端公陳文恭公阿公爾泰皆同道爲朋深加敬禮即有一二上游如楊景
素輩風趣格格不合然知公素行高書生無他腸卒亦不能中傷也臺灣舊例
生番殺人地方官處分比熟番加重公奏　命巡臺灣有彰化生番殺內地兵
民公據實奏聞總督徇庇武員奏與公異　上嚴　旨責公覆奏或勸公改前
奏以順督臣之意公不可曰生番殺人熟番抵命是以人命爲兒戲也執前奏
益堅會斷獄者以生番搶去人頭不能定案乃各處剖棺借新死人頭以充所
殺二十九人之數滿城哀號有謀叩閽者總督聞之慚悔病死新督崔公據實
上聞番案始定而　天子亦召公還都旋奉　命稽查裕豐倉初蒞任即有番
役李五等橫索倉規公參奏奉　旨將李五枷示幷將例設四十名番役盡行
裁革辛丑　南巡有站道旗兵肆橫瓜州公觀察常鎮啓知總督轉奏　上即

命公監靳公常自我雖信理言而行然非遭逢　聖明恐一事不能辨而禍且
立至矣又常言平生自勉者惟虛心實力四字以故聞過必改有功不矜集益
廣思芻蕘必采按察蘇州時詢余利弊余陳說十餘條公次第張施吳中父老
抄所張告示爭相傳播訪貪酷吏二人劾其一而公已遷餘一介某得漏網焉
福建災公方議捐賑忽訛傳海寇薄城時已二鼓將軍約總督用兵公不可曰
現今城外災民數萬大兵一過必生事端倘有寇來藩司可以折箠笞之總督
意解明日再探果無影響戊辰　上考翰林公　欽取二等第八名以故登掌
文衡乙丑分校禮闈丙子分校順天鄉試乙卯主試江南皆以得士稱所取錢
文敏公錢士雲蔣元益三侍郎其最著者也性尤真摯人有諈諉不可者面覆
之已負諾責則終夕拳拳必踐之而后即安所得清俸葬戚里二十餘棺雅不
喜陰陽佛老家言幼時路遇遠方尼冒稱皇姑設法誘衆公戲作檄討之流傳
至太守魏公處魏奇公奇童而責逐妖尼魏諱定國後爲名臣巡撫皖江者也
公見解議論往往與余相合余每還杭州先趨公所去春公已殗殜在牀喜余

到猶力疾絮語及余起程走別公公五鼓已亡體尚温未殮余得承衾一慟方
知公愛余雖死尚留一面以相待嗚呼其可哀也已祖世英父永賢俱誥贈如
公官初娶魏氏再娶陳氏子　人孫　人有徵碧堂詩集行世以某年　月
日葬某
銘曰古稱君子世鮮真兮肫肫先生斯其人兮懷文抱質淑厥身兮不詭不隨
欣可親兮立朝謇諤能建言兮施于四方民懷恩兮飄然歸來賦樂只兮天若
私公全終始兮左湖右山供杖履兮子孫繩繩如雲起兮銘墓者誰是先生之
所喜兮

小倉山房續文集卷二十六

錢唐袁枚子才

## 內閣學士原任直隸總督臨川李公傳

公姓李諱紱字巨來一號穆堂江西臨川人少孤貧好學常負襆被徒步行千里至徽州吳門訪求賢豪江西巡撫郎公廷極見而奇之厚爲資贈舉康熙戊子鄉試第一己丑進士入翰林安溪李文貞公新城王阮亭尚書俱有國士之目 聖祖知其才從編修超五級爲庶子累遷內閣學士權吏部侍郎兼副都御史出爲雲南浙江兩省主考再充辛丑會試總裁被議罷官出視永定河 世宗登極復原官侍講經筵眷寵特隆時九門提督隆科多撫遠大將軍年羹堯俱貴顯用事九卿六曹唯諾恐後而公獨與之抗無所撓屈出爲廣西巡撫未二年 召爲直隸總督路過河南河南總督田文鏡勢方張冒整飭吏治之名一疏輒劾十餘員半皆科目公乍見揖未畢即厲聲曰明公身任封疆有心蹂踐讀書人何也田不能堪即密以公語奏而公於入覲時亦首劾田之負國

殃民漏三下猶侃侃未退退又連章糾之　世宗頗直公言將斥田而田亦再劾公乖張數事遂兩有所持猶豫未決會蔡尚書珽得罪素與公善忌公者因以朋黨中之　世宗震怒下公于獄命直隸廣西後任督撫撫公罪狀二臣希
上意互有奏聞於是下刑部訊鞫得應絞者十有七應斬者六共死罪二十有四籍其家四壁蕭然夫人所戴釵珥悉銅器也　世宗知公深本無意誅公特惡其崛強故摧折之冀稍改悔兩次決囚　命縛公與蔡珽同至菜市兩手反接刀置頸間此時知田文鏡好否公奏臣愚雖死不知田文鏡好處乃　宣
旨赦還仍囚獄中亡何　世宗傳齊諸王大臣羅列桁楊鉗鋸諸械　召公跪
階下親詰責之　天顏甚厲聲震殿角左右股弁而公奏對如常但言臣罪當
誅宜速正法爲人臣不忠者戒　世宗爲之霽威　命赦出獄纂修八旗志書
在館八年　今上登極　召見諭曰　先帝本欲用汝也即授戶部三庫侍郎
尋改左侍郎公揚休山立鬚眉偉然終日無跛倚之容於古今事宜朝章典故口滔滔如傾河千夫奪氣又絶少温顏曼詞與人諧際以故滿朝文武望而畏

之然愛才如命以識一賢拔一士爲生平大欲之所存形迹嫌疑漠然不計庚子辛丑兩科倣唐人通榜故事一時名宿網羅殆盡而䦧𨘥不第者至袖瓦石相隨塡公門幾滿以此奪職公終不以爲非乾隆元年 詔舉博學鴻詞公已薦六人矣格於例限乃取夾袋中某某名姓於朝房中廣託九卿有吳江詩人王藻者尙無薦主乃交門下士孫副憲國璽薦之孫有難色公大怒責其蔽賢孫不得已長跪謝罪允薦乃已次日其事 上聞以浮躁失大臣體鐫二級補詹事府詹事丁母憂歸服闋補光祿卿遷內閣學士典試江南闈中得離眴之疾神氣惝怳與人言絮絮萬語猶不知所謂榜發後中外寂然謂獨是科爲最公然所中儁者名流甚稀公之神明亦從此衰矣還朝乞病 天子命在京調治卒不痊許原官歸里 賜詩以寵其行居家十年薨壽七十八公憂國如家勇於任事不以攙越爲嫌典試雲南歸卽以其地之鹽銅利弊作書告知參議李公巡撫廣西歸卽以泗城改流調土兵法作書告知總督鄂公過黃河卽以新舊支河宜添兩壩作書告知總督齊公巡漕歸卽以運丁疾苦閘河事宜作

書告知總督張公起用未一月即上疏請停揀選分發之例以息奔競寬公罪
處分之條以惜人才專百官職司之任以成政化洋洋數千言　上嘉納之公
博聞強記藏書五萬卷手加丹黃其弘綱巨旨都能省記刑部郎中楊某欲試
公故意於押赴市曹時探問經史疑義公對赭衣白刃應答如流楊退而告人
曰李公真鐵胎人也少好陸王之學不喜朱子有中州貴人某嘗謂公曰陸氏
之學非不高明然返之吾心殊多未安奈何公曰公總督倉場時邀　寵進羨
餘不知返之於心可曾安否其芒角皆此類也初公撫粵時安插一罪苗在安
隆州公去苗遁後任撫臣劾公措置不善　世宗命公單身捕賊不許攜粵中
兵役人皆為公危公行至半途罪苗束手自歸曰吾不可以負李公其得夷心
如此所著穆堂類稿一百五十卷春秋一是二十卷陸子學譜二十卷子四孝
源孝泳孝游孝洋並登鄉薦孫棠以進士官翰林
論曰天之生才若可知若不可知以公之志高氣盛如金鐘大鏞雖目眯者亦
不陳之庖湢而必登於明堂此可知者也乃似遇非遇居高位不能終三年淹

此不可知者也使公斂其芒以柔道行之當必竟其所用而卒使孤行己意屢起屢顛何耶說者謂頗似公家北海一流然北海以罪死而公榮名考終則其廉儉過之且遭逢　盛世之幸也余弱冠入都袖文請業公極愛李德裕論一篇大書卷首云盡洗唐鑑中腐語得此痛快淋漓之作真不覺前賢畏後生矣嗚呼使公得志其功業亦豈在文饒下哉

文淵閣大學士太倉王公傳

公諱掞字藻儒一字顓菴江南太倉州人曾祖錫爵為前明宰輔父時敏為本朝太常寺卿公生而秀整望之儼然左目有赤痣長洲宋文恪公奇之妻以女以康熙庚戌進士入翰林出主山西乙卯鄉試督學兩浙加經筵講官歷遷內閣學士吏部侍郎當是時廣東南海縣缺歲入巨萬有內務府總管某之弟賄吏胥銓注得焉公靳不與曰法當自貴近始故香山令張令憲父子死難其長孫進例得卹蔭滿洲侍郎某嫌年太久有所遲疑公曰張令憲以父子兩性命博一蔭忍以苛文格之耶知府某原籍遼東祖塋在河南巡撫咨部命其奉

祠亡何有請勒令歸籍者公曰某奉部文守祠已數十年一旦驅之出塞此與無罪而遣戍何異奏上　聖祖是之調戶部侍郎再調刑部侍郎先是刑部定讞無漢字供狀公爭曰　本朝官制兼設滿漢原欲其彼此參詳以免偏任今獄詞不錄漢語則其事之是非曲直漢司官何由知之勢必隨聲畫諾非所以昭公正也請嗣後錄供滿漢稿並具奏上　聖祖又是之遂爲定例　聖祖欲懲竊賊詔刑部凡三犯者與強盜同科公奏　皇上嚴竊匪原爲安民起見然穿窬之徒往往有屢偷不直一錢者遽以三犯故擬斬未免太重不如仍用舊律尋遷工部尚書再轉兵禮兩部尚書會澤州陳文貞公薨遂授公爲文淵閣大學士充癸巳會試總裁當是時　聖祖春秋高儲位未定公年亦七十餘自念受恩深當言天下第一事遂于丁酉五月密奏請建太子懇懇數千言疏留中是年冬御史某亦奏請建儲　聖祖不悅遂幷發公疏命內閣議處分忌公者因而齮齕之公止宮門外不敢入　聖祖左右顧問王掞何在首輔馬齊奏掞待罪宮門　聖祖曰王掞言甚是但不宜與御史同奏汝等票擬處分太重

可速召揆來公聞命趨入免冠謝　聖祖坐乾清宮手招公跪　御榻前耳語良久祕人不能知後五年辛丑正月公復疏前事語加激切三月十三日又有御史十三人柴謙等亦上疏如公言　聖祖震怒召集諸王大臣降　旨責公植黨希恩染明季惡習并令覆奏時舉朝失色無敢與筆硯者公就宮門階石上裂生紙以唾濡墨奏臣伏見宋仁宗爲一代賢君而晚年立儲猶豫其時名臣如范鎮包拯等皆交章切諫頭鬚爲白臣愚信書太篤妄思效法古人實未嘗妄嗾臺臣共爲此奏奏上待罪五日　詔王揆應謫戍軍臺姑念年老免行著其子奕清隨諸御史代往爲父贖罪當待罪時滿漢文武期門宿衛以至京師之秀士耆民爭來窺觀稱老相國有愛君之心可敬然無不咋舌爲公危者慮　上怒之不測也至是乃齊向公拜賀歌呼先是江蘇多浮糧公密奏明太祖怒張士誠竊據三吳故困以重額本非平政　世祖章皇帝深知其非未及施行請　皇上於七十萬壽之期降此　特恩勿交部議以免屯膏疏入留中至是忤　旨方與請建儲劄子一并擲發公門下士陳璸朱軾額手歎曰吾今

而知吾師真古大臣也不然倘有他疏不可以見人者今日幷發雖我輩殆難
爲顏乎是年冬迎駕石曹 聖祖望見遣內侍問公起居明年元旦諸大臣上
壽無公名 聖祖發還劄子命列公名以進隨 賜宴太和殿畢再 召見西
煖閣 賜坐命起原官視事如初公論事務持大體康熙戊戌春升祔 孝惠
皇太后議者欲祔于 上生母 孝康皇太后之下公不可曰 孝康皇太后
雖母以子貴然 孝惠皇太后 章皇帝嫡配也 皇上聖孝格天當 太皇
太后祔廟時不以 孝莊躋 端敬之上今肯以 孝康躋 孝惠之上乎禮
部不從 聖祖果以爲非改命 孝惠祔章皇帝之左而奉 孝康居右己亥
元旦日食奉 旨停朝賀廷臣以爲日食乃一定之數不足爲災公言 皇上
借此儆惕即孔子迅雷風烈必變之意大臣仰成君德正在此處御史張建策
請浙江開礦公劾其言利滋姦 聖祖六十萬壽開科部臣惜費公言士庶之
家主人壽日子孫童僕尚不吝貲財增榮飾觀況以聖人富有四海而逢非常
大慶乎御史鄭惟孜以科場浮議多出太學奏監生就試本省毋留京師公曰

太學之設自三代迄元明未之或改豈可以一二不肖廢千百年興賢育才之典于是朝賀免開採停恩科開而鄭議亦寢雍正元年正月上疏乞休　世宗許之月餘復降　旨云朕不忍此等老臣之去著仍留京師備朕顧問亡何公薨子奕清官詹事府詹事次奕鴻河南僉事道

## 東閣大學士陳文恭公傳

公姓陳諱宏謀字汝咨號榕門廣西臨桂人家本寒素幼好讀書持一卷蔽門坐惟聞京師邸報必向親友處借觀之識者皆知其有大志也　雍正元年舉鄉試第一旋中進士選庶常改吏部文選司郎中遷監察御史當是時　世宗懲生監代考之弊令自首免罪公奏不如寬既往禁將來免胥役訪查滋擾世宗大奇之卽召見謂大學士曰陳宏謀能識政體必能知文章山西主考雖籤掣有人改令伊去試竣歸　命以御史銜知揚州且曰有大事再奏來未幾遷江寧驛鹽道故事淮商有樂輸一款司鹽政者博商人急公之名以空數報收部文徵取方催輸納公奏停之遷雲南布政使雲南改土歸流運糧苦遠公

建短運遞運之法按程交卸核數給直增銅廠工本更鑿新礦開采者除抽稅外聽民貨鬻自此糧運踊躍銅課日增　皇上登極雲督張文和公薦公視國事如家事　上亦久賢公命巡撫陝西者四巡撫湖南江蘇者二巡撫甘肅江西河南福建者一總督兩廣兩湖者一三十年中開府九省所到處必將各府州境內村莊河道繪圖懸壁環覆審視又將興革事宜分條鉤考纖屑必周久遠必計刻苦經畫寢食以之久之編次成書瞭如指掌有戚友官某地者輒來借觀公亦竊喜自負曰此吾歷任宦囊也江西南門外羅絲港爲贛江分流沖突城垣公築石隄捍之港下爲黃牛洲上爲生米渡民多病涉公造浮橋利濟其行陝無水路惟商州龍駒寨通漢江灘險僅行小舟公修濬鑿除遂成康莊在江南疏排六塘河之丁家溝展寬邵伯之金灣壩開徐六涇白茅口以洩太湖築徐州蘇家山隄以禦河漲即以開溝之土築圩護田中通渠洞爲旱潦備其過窪者改令種蘆蠲免其糧金川用兵公奏添設腰站又奏添棧道驛馬伊犂用兵公奏驅瓜州回民遊牧吐魯番舊地免生事端又奏官茶壅滯不宜改

交折色福建臺灣米賤例禁外糴民出洋者例禁歸里公奏請開寬　上皆嘉納之尤喜民種樹鑿井在河南植堤柳無萬數在陝鑿井二萬八千有奇造水車教民灌溉又考豳風以陝本蠶桑之地乃立蠶局募機匠織縑上充歲貢其他義倉鄉學隨地建設州縣入見如老嫗訓兒諄諄絮語不憚舌敝雖秦土燥寒公去後桑樹半萎屬吏希公意至有買南絲充秦紬秦絹以爲媚者然信古受欺識者皆嘉公之志也乾隆二十八年遷兵部尚書入都尋調吏部尚書加太子太保經筵講官再授東閣大學士仍兼工部尚書　賜第　賜紫禁城騎馬年七十六以病乞歸　上賦詩送行　賜御用冠服命經過處地方官二十里以內者出境護送行至山東韓莊而薨　上聞哀悼賜祭葬謚文恭公任事不分畛域亦不避嫌疑在湖南時聞江南災奏運楚米二十萬石以助賑在西安時聞甘肅軍需少錢請撥局錢二百萬貫以濟餉　上嘉其得古大臣體任雲南布政使時奏廣西巡撫某虛報開墾任兩廣總督時奏商人借帑作鹽本　上嫌公護鄉里交部處分一貶天津道一調回江蘇又嘗忤雲貴總督慶福

慶密劾公亦交部處分革職留任未幾慶以誣罔賜死廣西後撫楊錫紱覆奏開墾果虛由是公寃益白而公　眷益深公與相國尹文端公雖同年同官而風趣迥殊尹高明寬和了事多從容公終日刻厲無幾微閒然最相得在　上前彼此薦引公歸時尹已臥疾兩人訣別牀前及公舟過德州病委頓矣接尹訃猶頓足哭曰回船我欲一奠尹公靈前家人勸之再始止未兩月公亦亡壽七十六公強毅自信頗堅然亦虛衷聽納治水天津常乘小舟咨詢於野得放淤之法令水挾沙而行從隄左入隄右出如是數次沙沉土高滄景一帶皆成沃壤公喜曰此非吾策教我者老河兵真吾師也嘗向枚自悔疾惡太嚴枚曰公言未是如果惡耶疾之嚴亦何妨所慮是過也非惡也又恐誤善爲惡則嫉之且不可而況嚴乎公悚然謝焉所薦人才如大名道陳法通政司雷鋐荊南道屠嘉正皆人望也所著有在官法戒錄學仕遺規培遠堂奏疏稿無子以兄子鍾珂爲後

## 施秉縣知縣蔡君傳

蔡君諱謹字經山金陵上元人少爲弟子員伉健尚氣有營弁某淩人於塗君怒擒而搏之某訴有司有司笑曰而武人耶辱於儒士尚何訴也以雍正元年舉人補貴州施秉縣知縣施秉者原偏橋衞也去舊施秉九十餘里當黔省衝爲滇南之襟喉苗民雜居向設遊擊官率兵鎮守雍正六年奉　旨清理苗疆當事者誤偏橋爲舊施秉地方謂離台拱大營僅里許足資彈壓奏裁此缺十一年君抵任力請於大府仍復舊制大府韙之然猶豫未決十三年苗叛破黃平凱里巖門諸城進攻施邑邑距黃平七十里無一兵寸甲民聞警逃君止之不可乃手握刀槊練鄉勇家丁百餘人登城捍禦他邑有來奔者縱之入給糧安置揀其壯者從軍夜然棒香萬枝遍插城頭苗疑礮火如星不敢逼苗攻南門陰使其黨自水門入君偵知之密造釘板埋四路苗黑夜跳足來爲釘所刺仆苗憤用火箭射北門門內草房焚君預備水龍數條激浪如雨高數丈火不得熾一女苗有妖術張五色纖畫符左右兩端公誦咒舞標槍衝陣君噴烏雞血厭之而預設伏兵待之大破之君前後大小三十七戰自夏徂秋不解甲臥

者九十四夜羣苗奪氣各走散一城獲全貴州總督張廣泗上其功　天子擢
授大定府通判未赴任又奉檄勘各處兵災兼清理新城苗寨在道勞頓受瘴
病舁回施邑卒卒之日其所得俸罄於賞兵家無一錢邑人罷市致奠助其柩
歸建廟勒石朝廷蔭其子寰爲監生所騎豆青馬龍種也每戰跑蹄先登君卒
馬不復食後十日亦死
贊曰古文武無分途蔡君故文吏也能建武功真古豪哉相傳君抵任時施秉
人多覫君而笑謂其貌類邑中城隍神厥後臨危制變保障一方至今人呼施
秉城爲蔡城然後知士君子寄百里之命血食不絕亦若有數存焉而非偶然
者

雪溪李先生傳

先生姓李諱東紹字見南一字雪溪爲唐西平王晟之後由臨洮還吉水再還
東粵高祖麗元公卜居信宜父乾學歲貢生生四子先生其仲也年十八補弟
子員旋試高等食餼當是時蘇州惠公士奇以名儒督學粵東教諸生崇實學

一時摩研編削之才犇然蔚興然能雄其曹者亦往往罕見惟先生秀出儕輩以貢生拔於鄉惠公喜自負以爲常衮之得歐陽詹不是過也爲張酒所歌鹿鳴而送之入京師遊太學名噪公卿間秋試見厄歸益肆力於經史子集禮樂河渠諸務鉤考參稽以待有用選合浦縣教諭教諭故閑曹先居此職者不自貴重每衙大府與流外偕進退先生遵會典儀適雖一揖不妄下完治學舍平其庯庩訓弟子經義月課而旬會之餐錢外圭撮不受同僚來刺探輒謾曰是戔戔束修耶已如數獲訖矣蓋不肯以苛廉律人也性尤篤誠無謾語雖餘須匽養輩不以隽詬遇之居喪柴瘠期功不嫁娶兩試廣州遭友于之戚竟橐筆歸躬視醫藥含殮平居不以言智先人善之所在如水趨壑施淖糜資蒙袂者建略彴濟病涉者構區廬鳩焚如者張楬櫫表野墐者焚畫指券蠲代耕坻租凡所張施一以禔躬澤物爲務以故鄉里愬服雖儇子盭夫靡不褫席側行師承父事或素未測交賚千金質劑來託或相寇艾紛爭居間者百數卒不解得先生一言渙然冰釋卒之日遠邇泣弔者千餘人嘻誠能動物先生殆古所稱

陳仲弓王彥方一流耶考之禮瞽宗祀於學鄉先生祀於社如先生者不祀何待卒年六十二私謚文裕先生夫人□氏子五人□□以甲科顯四子宜隨字鑑川寶山縣知縣與余先後同官故余之知先生也詳

贊曰粵東學使自惠公後十餘年有高郵王公安國繼之旋撫是邦入爲大宗伯二公皆君子也操執款款各所許可獨于先生交口之不置然則先生梗概亦可想見第人有疑者先生踐履平實居句如矩而嗣子鑑川好心性之學多所除掃以詣幽元似與先生相僢而馳不知惟誠故明彊槩之士必生水精鑑川資於父者厚故其得於天者高耶

## 李孝子傳

嘉定之曲江里有孝子曰李維煌字裕光宋贈太師端伯公之後父巖士生孝子十年歿家無旨畜母膺孺人鍼袵以供孝子出就外塾泣曰養親兒職也兒不養母乃藉母養兒兒心何安遂棄書史勤耕作市珍怪之食進之母而已甘食淡焉母病喉勺飲喀喀不下者三晝夜矣孝子呼天求救母夢神人刺以針

曰哀而子之孝也覺一汗而愈雍正七年秋海風起城中生波濤孝子居故穿漏夜半屋搖搖然孝子趨負母伏几下俄而前後廬舍崩所避處獨完孝子父亡逾年大父亦亡孝子雖終喪不吉服不與賓筵曰古不葬不釋衰今窀穸未營某方負疚敢施施如平常時耶及其葬也時居嚴寒體故羸手炭土僵大雪中治冢匠數人蘊火覆之淪以湯乃蘇年五十卒卒時抱母大慟囑其孤某善事大母聲詻詻不絕乃瞑相傳其幼時居父喪寢苫塊中哀號三年每出入鄰人指曰小孝子小孝子蓋其天性然也乾隆三十年大吏聞於　朝建坊曲江里立祠其旁

論曰孝經一書聖人所以爲人子訓者至矣然世人方讀書以求孝而李氏子獨因孝以廢書何耶中庸曰率性之謂道修道之謂教古之能率其性者無俟於教也不然慈烏反哺羔羊跪乳彼所讀何書哉

## 松潘鎮總兵宋公傳

公姓宋名元俊字甸芳江南鳳縣人以武進士任四川城守營守備遷阜和營

遊擊乾隆三十六年夏金川酋索諾木襲殺革布士司其黨小金川酋僧格桑亦發兵侵明正土司據班爛山阻官兵進路被害者相繼告急總督阿爾泰知公素得夷心命抵賊巢責問原委公至刮耳厓索諾木迎謁詭以革番內變爲辭公知其詐歸告阿公曰兩酋犄角爲姦雖陽恭順而陰怙惡非壹大創不可如興師當先取小金川即獻三路進兵之策一從班爛山直探小金門戶一從堯磧截取甲金達山梁救達圍而趨美諾一繞小金川尾閭由約咱進攻遂克宗阿公以其計奏聞　上命副將軍温福提督董天弼分路進兵總督阿爾泰駐劄後路居中控制當是時蜀敉寧日久文武恬熙一旦軍興相顧唶嚄兩金川地勢奇險碉卡柴立兵將未言色沮公獨能聚米借箸歷歷指畫於是諸將軍運糧出戰一切惟公是詢公探知小金川所佔明正之達頂山梁與巴底巴旺毗連密令參將薛琮挾巴酋暗擊山梁而自統兵從甲楚渡河攻之賊腹背受敵大驚奔潰收復納頂碉寨百餘即用納頂土百戶爲前導直搗約咱賊愈困閫

天兵至卽走登時提督董公破甲金達副將軍温公收復班爛山再克卡了
上嘉之擢松潘鎭總兵賞花翎時三十七年正月十日也計進剿小金川未及
五月而侵地全收　聖諭褒美公愈感奮將直擣賊巢旋奉將軍命調回籌辦
什咱事宜受代而行方攻奪河東時小金川求救於索諾木索諾木許之將襲
我後路公得巴酋密報遣使至刮耳崖罵責之索諾木知情得撤回原兵於要
隘處增碉固守公請於制府曰大金川逆形已露不可不誅然犯險強攻徒損
士卒不如卽用革布逃酋其人有報讎雪恥之心尤悉地形可使也遂密遣番
民乘夜踰山約諸酋連結各寨爲內應而自率遊擊吳錦江等由節木郭度河
據勺藏橋舉砲爲號革番從內突出與官兵合力夾攻斬千餘人進圍丹東角
洛收復革境三百餘里事聞　上愈嘉獎賜荷包寵異之先是公別遣守備陳
定國潛赴綽斯甲布土司屯兵甲爾壟壩上聽候調遣人莫知其意及革境全
平金酋畏綽土司之躡其後不敢傾巢出戰大兵雖在東南而制勝則在西北
甲爾壟上雖按兵不動而金革兩處已扼咽喉公算略深沉皆諸將所莫及時

上意大兵乘勝卽可擒取索諾木而公言兵少未可輕進爲制府所劾調回
大營隨卽革職鬱鬱不得志病卒於軍年五十八公長身巃立音響如鐘髯尺
許望而知爲偉人料敵審勢毫忽不爽初收復革番所用兵不過千許及進攻
金川公建議北路必需三萬人當事者疑公怯不聽所請卒無成功後副將軍
明公廣集漢兵土兵三萬人先通路後進兵其言始驗公待士信用法嚴與參
將薛琮交最厚攻小金川時制府重公命以遊擊領兵節制諸將公磨利刀與
薛約曰某地某日會我後至君斬我君後至我斬君及公至所期處而薛逾二
刻始來公遣飛騎持刀呼取薛參將頭薛望見笑曰薛頭與賊不與公也奮前
奪數硐反公猶手縛之請罪於制府以功論贖乃已先是馭番者平時視若草
芥及蠢動又畏如虎　國家所賞繒帛易以瓻罋酋叩頭領謝去歸視大恚笑
擲於路公有賞必佳物其人輒喜相告或舁公抵其巢率妻若女環侍左右公
賜以茶烟簪珥兒子畜之小不循法立加笞呵咸悚息聽命打箭爐邊關以外
官將行李俱畏夾壩出沒惟公與果齊戚太守之箱篋蠻夫爭爲背負或遺於

路必擊送行幄諸番小有動靜先來告公以故凡所料判動合機宜死之日番人剺面環哭聲振巖野平居以忠義自許思立功名然性剛能恤下不能事上偶有議論慷慨迅厲旁若無人以致讒忌者衆身後家籍沒兩子戍邊有張芝者以走卒隸公麾下拔至參將四十一年春大將軍阿公桂平定金川凱旋時芝書公戰狀抱一冊哭陳軍門將軍代爲奏聞邀　恩赦其子歸人莫不嘆張能報德公能知人

## 先妣章太孺人行狀

嗚呼枚辭官奉母垂三十年太孺人壽將滿百神明未衰海內之人知與不知爭來問訊以爲儲休啓祐所以享此遐齡者必非無因枚亦思有所稱引以宣揚太孺人之徽音而曾曾未逮今年春太孺人抱恙枚不孝醫巫不具又不能籲天請命致永訣慈顏擗踊之餘自傷白髮知睽離膝下亦不多時恐一息不來而半詞莫措則人子顯親之志遺恨彌深此張憑誄母之文伊川狀母之作所爲淚墨交揮而不能自已也謹按太孺人章姓杭州耆士師祿先生之次女

年二十來歸先君慈和端靜所居之室謦欬無聞當是時寒家貧甚先君幕遊
滇粤寄館轂贍其家萬里路遥家書屢斷太孺人上奉大母旁養孀姑下延師
教枚半取給於十指間每至賒貸路窮旨畜告匱輒默默然繞樓而步枚與諸
姊妹猶啼呼索飯不知太孺人力之竭心之傷也及枚髫年入學旋卽食餼弱
冠舉鴻詞科旋入詞林乞
恩歸娶一時戚里姻族爭奔趨懽賀爲太孺人光榮而太孺人愔愔如常與枚
作孩提時無以異也壬戌枚改官縣令四任花封祿養稍厚人爲太孺人慶板
輿之樂而太孺人愔愔如常與枚在詞館時無以異也壬申枚改官秦中念太
孺人年衰陳情乞養僑居金陵之隨園園中頗饒亭榭水木清華人爲太孺人
慶烟雲之奉而太孺人愔愔如常與在枚官衙時無以異也蓋太孺人天懷淡
定處困履亨不加不損憂喜之色不形於造次其教枚也自幼至長從無笞督
有過必微詞婉諷如恐傷之嘗謂姊曰汝弟類我顏易忸怩故我不以常兒待
之枚因此愈加悚懼常伺察於無形無聲之間有不懌必痛自改悔俟色笑如

常而后卽安晚年抱孫頗遲人以爲憂太孺人絕不介意曰吾兒居心行事必當有後如其無之則亦命也吾何容心焉前年弟阿品生男枚抱以來去冬新娶鍾姬有娠太孺人爲之欣然嗚呼其應嗣者太孺人已得而見之矣其將生者太孺人猶未得而見之也雖雄雌未卜而兆已萌芽偏使免乳嬰娩不及待大母含飴一弄是則人倫缺陷枚不能不抱恨於終天太孺人不持齋不佞佛不信陰陽祈禱之事針黹之餘手唐詩一卷吟哦自娛僮僕微勞必厚犒之鄰里賤嫗必禮下之脫肉作魚味倍甘鮮子婦學之卒不能及年年花開時諸姬人循環張飲爲太孺人壽太孺人亦必婆娑置具行答宴之禮常戒枚曰兒無他出明日阿母將作主人也嗚呼痛哉此情此景在當時原早知難得故刻意承懽亦不圖色笑難追一轉瞬而杳如天上彌留之際筋骨不舒或爲搔摩輒曰汝手勞盍少休又曰夜已深矣汝且往眠其仁心體物臨危不亂如此卒時召枚訣曰吾將歸去枚不覺失聲而慟太孺人訶曰人心不足兒癡耶天下寧有不死人耶我年已九十四矣兒何哭爲舉袖爲枚拭淚而逝嗚呼痛哉人世

以百齡爲上壽再假六年太孺人便符此數天何吝此區區者而不肯賜與耶抑去來有定未可強留耶不然則終是枚調護無方奉養有缺而致太孺人之沉綿不起也比年來枚於古人中百無一慕惟唐詩人邱爲行年八十尚有高堂私心竊向往之今而後方知古人之難及也枚雖蒼蒼在鬢而太孺人視若嬰兒每入定省必與一餅餌一果蓏詔以寒暄詢其食飲枚亦陶陶遂遂自忘其衰今而後枚方自知爲六十三歲之人也侍膝下愈久離膝下愈難晨昏起居誤呼阿嬭瞻望不見神魂倀倀雖苟活須臾而生意已盡嗚呼尚何言哉尚何言哉太孺人生於康熙乙丑八月二十三日歿於乾隆戊戌二月九日四女三寡依枚以終二姊年七十事母尚健孫通四歲女孫三俱未適人不孝男枚

謹狀

## 書馬僧

江寧嚴星標馨常熟徐芝仙蘭皆以耆士在陝督年羹堯幕府雍正元年青海酋羅卜藏丹津不順

憲皇帝授年爲撫遠大將軍四川提督岳鍾琪爲奮威將軍率兵討之功成年以徐嚴二叟年衰贈金幣送歸宿蒲州有兩騎客來狀虓猛所肩行李擔鐵也天明行晚復來宿心悸之卒無如何又客館逢二僧皆獷黠少年二叟目之一僧吳語云誰無眷屬何看爲始知其一爲尼急亂以他語出不敢按站行十餘里即宿僧來排闥踞上坐揚其目而視之曰我疑若書生也乃亦盜耶橐內赤金二千從何來二叟駭曰天下財必爲盜而後得耶朋友贈何妨僧曰若然二君必年大將軍客也曰然曰幾殺好人起挾女尼走東廂酌酒飲倚而歌聽之秦聲也抵暮兩騎客亦來解鞍宿西舍庭月大明二叟閉門臥僧獨步簷外嘖嘖曰好馬好馬亡何兩騎客去僧闖然叩門嚴窘挺身出曰事至此尙何言行李頭顱都可將去但有所請於和尙指芝仙曰此吾老友七十無兒殺之耶釋之耶僧笑曰我不殺汝先去之兩騎客乃殺汝者也詰其故曰凡綠林豪測客囊皆視馬蹄塵金銀銅分量望塵了然兩盜雛耳雖相伺而眼眯誤赤金爲錢鏹故不直一下手然非我在此二君殆矣問僧何來曰余亦從年大將軍處來

也公等知將軍平青海是誰助之功耶余故吳人少無賴好勇被仇誣作太湖盜不得已逃塞外隨蒙古健兒盜馬久性遂愛馬亡何見岳公鍾琪所乘彪彪然名馬也夜跳匿廏中將牽其轡未三鼓公起親自飼馬四家僮秉燈至余不能隱被擒公上下視問行刺者乎盜馬者乎曰盜馬問白日闌入者乎夜踰牆者乎曰踰牆公微瞠若有所思秣馬訖命隨入室案上酒殽橫列公飲巨觥而以一盞見賜隨解衣臥大鼾遲明公起盥沐畢喚盜馬人同往大將軍府公先入良久聞軍門傳呼曰岳將軍從者某賞守備銜効力轅下岳旋出上馬顧曰壯士努力將相寧有種耶亡何余醉與材官角鬬將軍怒賜杖甫解袴岳公至曰我將征西藏爲汝乞免汝從我行時雍正二年二月八日也公命侍衛達鼐西寧總兵黃喜林各領兵先自領五百人爲一隊約某日會於青海界之日月山至期天暮公立營門諭二領隊曰此行非征西藏也青海酋羅卜藏久稽天誅昨其母與丹津紅台吉二酋密函乞降機不可失手珠寶一囊金二餅顧余曰先遣汝召賊母來賊有城甚高非善踰者不入賊營帳四上有三紅燈者其

母也對面帳居羅卜藏左右帳居丹津紅台吉二酋珠寶與金將以爲犒此大事汝好爲之解腰下佩刀授余余受命叩頭公起身入天大霧余乘霧行三十餘里至賊城騰身而登果帳燭熒熒然母上坐三酋侍側母年六十許面方髮微白披紅錦織金袍叱余何人余曰年大將軍以阿娘解事識順逆故遣奴來問好囊寶貝奉贈金二餅餽兩台吉三人聞之喜叩頭謝余知功將成咋曰將軍在三十里外待阿娘阿娘速往三人相顧猶豫余解佩刀插其座氈厲聲曰去則去不去我復將軍其母曰好鑾子行矣上馬與二酋隨十餘騎行不十里岳公迎來將其母與二酋交達鼐黃喜林分領之須臾前山火光起夾道礮發斬母與二酋回入軍營次日諜者來報羅卜藏丹津已逃準噶爾部落岳公命竿三頭徇三十三家台吉皆震悚乞降二十二日至年大將軍營往返裁十有五日三月朔凱旋岳公首舉余功大將軍賞游擊銜余指軍門謝岳曰某杖此僅半月耳大丈夫何顏復來願辭公歸別思所報公笑曰咄吾知汝終爲白頭賊也厚賜而別歸次涇州宿回山王母宮眤妓女金環年餘資用蕩盡不能歸

憶幼時習少林寺手搏法彼處可棲遂與金環同削髮赴中州苦無馬逢兩盜騎善馬故奪之二叟不信曰彼不受奪奈何僧笑拉二叟出視廏則夜間已將兩盜所肩鐵擔屈而圜之束二馬首於內不可開二盜氣奪故遁去言畢挾女尼舒其擔牽馬門外拱手作別曰二君有戒心勿北行可南去凡李衞田文鏡兩總督所轄地方毋憂也後三十餘年二叟亡嚴之孫用晦過河南登封縣遇少林僧論拳法曰雍正初有異僧來傳技尤精然無姓名好養馬因稱馬和尚後總督田公禁嚴僧轉授永泰寺尼環師今環師亦亡其徒惠來者能傳其術用晦心知馬和尚卽此僧環師者卽金環妓欲訪惠來以二寺相距十餘里天大雪不果往

論曰馬僧事類小說爲正史所不書然岳公獲一盜馬賊能留心錄用使奏其能真大將矣其行間致敵不戰而屈人兵機有足法者年羹堯威勝不恤士馬僧太跅弛故無成功皆足爲規戒備書之亦自附於李玉溪之書程讓羅江東之記石烈士云

## 書朱山

湖州朱君名山者以進士選臺灣諸羅令諸羅近海俗悍難治君到謁廟畢卽詰獄問吏彼纍纍者何因耶曰竊賊曰吾以爲巨盜耳若小竊何繫焉召而集於庭畀以十金曰與汝作傭與汝約再犯者死應聲曰唯乃悉縱之邑之人相與匿笑以爲君書生泥於古故然亡何所縱者犯法君語行杖者曰立法之始不可寬也鈦其足而杖之斃亡何又斃一賊邑之人股栗相與駭曰是非書生乃一健吏亡何又獲賊方喝杖而疑之曰汝面有淚痕何耶曰自分必死適與母訣故悲偵之果一嫗抱裹屍席哭而來君曰勿殺渠有孝心尚可悛改再畀十金曰汝持金販他方勿居此爲老捕所捉搦也仍縱之故事臺灣道巡縣供張華侈有某公者將至吏以舊例白君不可餽粟十斛羊四羫某公銜之俄而檄命造冊將丈其邑田君爭曰臺灣一府皆濱海斥鹵之地與他府不同康熙清丈時原留餘地濟貧氓今或有浮漏處而生齒日繁丈之將於民大病抗冊不上巡道符下如火督愈急諸紳士謀賂萬金以免君又不可曰我在此不使

諸君賄上游鏹橐行矣半途奪歸某大怒摭他事申督撫劾之委員逮君諸羅民數萬洶洶然揭竿起將逐委員君曉之曰諸百姓抗王章生事是殺我非愛我也再三言且泣諸百姓曰若然則我等護公往鞫有不測願同公死甫登舟擔服脯糗糧者壓其艙幾滿出海一男子透水上手餅金爲獻問何人曰公所赦養母賊也受公金販魚漳浦得十倍利已成家矣今聞公行老母命來報恩君笑曰汝改行與否我實未知手中金安知非又偷而遺我乎拒不受曰公勿受是仍以賊待我也歸何顏見母不如死躍然蹈於海舟人救之腹膨亨矣君不得已受之到省頌繫月餘獄不具會福建將軍新公入覲密以其事奏 天子召見復原官再遷灤州知州順道還家舁至一大宅門牆巍峨君不肯入曰此非我家輿人笑不言已而夫人子婦出迎曰嘻此前年君罷官時諸羅人送我家居此也并券在焉出而視之購價萬金

書悔軒觀察五事

袁子曰士大夫爲政愛民者多知所以愛者少孔子云可與立未可與權孟子

曰是乃仁術也聖賢行事不諱權術要歸於適道歸於仁而已余偶聆悔軒先生稱說作州縣時五事出奇智異術牖民可以觀可以師愛而錄之示後之從政者

先生權安化縣時南鄉李姓族繁始祖有仕元封萬戶侯者賜葬某山碑禁後人祔葬乾隆初族人李澄犯禁李經阻之澄恚棄棺控縣縣令往視棺已焚矣乃收殘骸貯庫申牒大府澄與經各以焚尸互控歷任訊鞫株引百餘三十餘年獄不具先生抵任憫兩家之苦訟也亦知兩家之厭訟也堂問其人爾等若干歲矣曰三十有奇曰四十有奇先生笑曰焚棺事在三十年前汝等幼未曾目擊今日之訟何由措詞皆叩頭曰明知官民兩累奈焚尸罪重兩家騎虎不下奈何先生曰當阻葬時棄棺在屋乎在野乎曰在野野有藟梩掩棺乎抑暴露乎曰以茅覆之曰若然則兩家之訟之誤久矣阻葬者不必焚棺盜葬者不忍焚棺此人情也棺既在野又覆以引火之茅安知非他家上冢人化紙錢因風延燒耶汝等退訪明後再訟何如越三日李氏族千餘人泣謝曰公神明也

訪諸耆老焚棺事悉如公言先生命別擇地葬庫中骨兩家祭奠妥靈牒諸大府銷案

先生宰益陽時縣民劉克俸有臨街五樓身居其三以其二賃與張某亡何張族兄錦文來亦借居焉張妻下樓執爨怪錦文行李狼籍檢之失銀二百張兄弟偕地保報官訴壁瓦無穿窬形先生問何不與房主偕來曰侵晨外出矣方疑詢際忽堂上擊鼓聲甚急則房主人劉克俸也先生叱曰汝膽太麤白日攫人金尚敢來報我乎克俸嗒然口不承而色已奪脅以三木乃曰問爨四爨四者其家傭也先生知情已得不過欲卸罪於爨乃遣役至克俸家問其妻曰汝夫同爨四竊張錦文銀何在妻哭頓足曰我勸吾夫毋作賊今果敗矣出銀二百封記宛然或問先生何以知之曰渠擊鼓時手戰而目斜睨故疑之且報竊乃尋常事非奇冤官又在堂何必擊鼓耶

先生知衡陽時邑紳趙某虎而冠者也入粟得州同銜以罪褫再爲子入粟得封典以罪褫乾隆庚辰冬報失千金先生知其狡也單騎往驗見穴難容肩牆

甓鑿痕亦小訊其家屬一媪從竈下出面焦然雪中猶敝葛先生不問竊事但好語曰汝供役人何寒至此媪曰老婢投身十餘年矣主人不衣食之又不許去奈何先生曰官作主汝即得脫但主人失竊事不明汝何能去曰此事易明也主人刻暴而嗇且病有妾李氏久不侍寢又虐使之李亦求去不得其兄某賣酒回鴈峯下暗相往來老婢不敢聲此可疑也喚李至則甚少艾服飾嫣然而愁鬱之態眉頭不申先生亦不問竊事但好語曰主人待汝何如不答曰汝甘心事主人乎抑不得已而居此乎又不答先生曰我知之矣趙刻暴而嗇於汝無恩汝亦如老媪之求去不得故不便明言耳李且泣且叩頭先生曰老媪告我此金乃汝竊也趙某尸居餘氣死期近矣汝不得不爲身後計故私匿其金信乎李抵讕先生曰汝慮罪故不承耶律載親屬相盜者勿論況趙某匪人不宜之財一朝失去人人稱快汝以情款所不爲汝脫身者有如此日李涕兩下曰妾死罪主人金止六百妾竊二百藏兄某家餘四百尚在筩中所報千金僞也牆穴係妾用小刀開鑿假作穿窬狀公所勘者亦僞也妾願隨役到兄家

取金先生許之果得二百搜趙笥中果存四百趙駭服先生怒責之曰孟子云身不行道不可行於妻子汝之謂也汝浮報欺官理宜治罪姑憐汝病爲汝懺悔之取二百金分賞老嫗及李氏命嫗送李氏還其兄家

先生牧平定州時樂平縣民侯充世者富而無子嗣兩異姓者一名百糧一名丙寅旋娶妾生三子長曰觀音保纔五歲充世死未逾年其妾赴縣訴百糧不孝縣斷百糧異姓不得爲後酌給田產歸宗百糧不服訴臬司稱侯氏疎族某貪其遺資屢誘繼母變產百糧阻之以故唆訟臬司委先生決之先生曰縣令依律而斷不爲蹐駁但於侯氏後患未爲置想按侯氏本族未嘗無子而充世兩繼異姓其不悅於本族可知百糧果不孝充世必逐之於生前不待繼母逐之於死後婦人耳軟受惑亦閒有之倘今日逐百糧明日再逐丙寅則傫然一寡婦抱三孤兒何以自存一義子之忤母易制而羣族之窺產難防是不可不爲之慮也應將充世家資區分爲四所生三子各得其一百糧丙寅共分其一仍依繼母居代爲料簡俟觀音保成立後去留聽便臬司韙之依斷立案合郡

悅服侯氏至今小康

衡陽民爭墳山甲葬久矣以傍地賣與乙乙利其風水先葬墳於所買處繼埋骸甕於甲山中甲不服具控先生往勘閱其譜牒斷山歸甲乙爭曰某有糧彼無糧公何據而斷先生曰據無糧斷也湖南田土康熙三十六年巡撫趙公通省丈量始陞科則甲葬於未丈量前故無糧汝葬於已丈量後故有糧是無糧者先主其地明也乙詞屈乃出魚鱗印冊抗爭先生笑曰此卽趙公所丈冊也此冊縣令印之冊書掌之安得在汝處明係汝乘新舊官交代時賄胥私造爲訟根耳汝不服試以冊附卷待嗣後民間爭產再有以魚鱗冊呈者直汝未遲乙不能答噤聲去明日遣役拘之已挈所埋骸甕遁矣

小倉山房續文集卷二十七

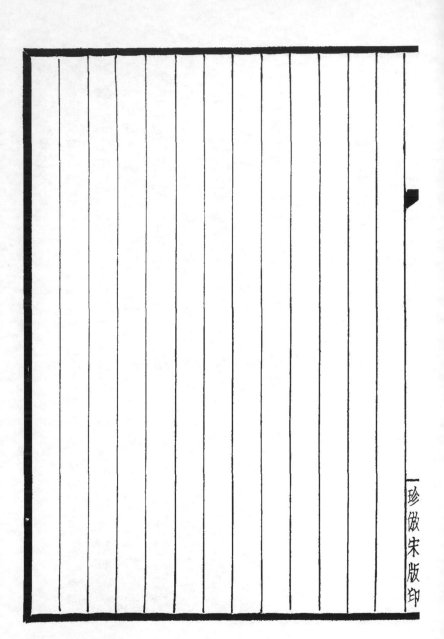

# 小倉山房續文集卷二十八

錢唐袁枚子才

## 錢璵沙先生詩序

庚子秋璵沙先生執訊來曰子許序吾詩二十餘年矣今兩人俱年衰而吾詩適又編成子其償諾責哉余伏思先生不必以詩傳者也先生之詩又不必以序傳者也然而先生雖官尊雅好吟詩余少所伏膺獨嗜先生之詩在當時所以欲序而未遑者原擬積歲月工吾文以寫宣懿美而不意先生之詩日進而吾文日退則敢不就吾所能言者及今述之爲讀者先乎嘗謂千古文章傳真不傳僞故曰詩言志又曰修詞立其誠然而傳巧不傳拙故曰情欲信詞欲巧又曰神也者妙萬物而爲言古之名家鮮不由此今人浮慕詩名而強爲之既離性情又乏靈機轉不若野氓之擊轅相杵猶應風雅焉先生之詩其神清其韻幽曲致而不晦于深直言而不墜于淺沈隱侯稱斯文如日月雖終古習見而光景常新陸魯望稱張承吉善題目佳境不可刊置別處此爲才子之最也

能之者其先生乎先生立朝有風節仕外多惠政余疑其不屑爲詩以詞臣改臺諫司倉司關再司刑獄屏藩兩省走燕吳楚越蜀江閩海萬餘里余疑其不暇爲詩乃每落筆而乙乙抽思有專門名家所不能到者然後嘆白太傅蘇玉局一流代不乏人而轉覺當年之房杜無詩李杜無官爲可惜也余半世山居視先生勛高而望隆殊不相侔然垂髫時卽隨先生入泮弱冠後追步詞垣晚年又同奉大耋親終養林泉五十年來數當時朋輩零落殆盡而此二人者猶能白髮如此各寄一編相悅以解相倚以傳嗚呼豈偶然哉昔白公與孔子論微言曰以水投水何如孔子曰淄澠之合易牙能嘗而知之余因讀先生之詩而愈有味乎聖人之語也

## 趙雲松甌北集序

晉温嶠恥居第二流而雲松觀察獨自負第三人意謂探花辛巳而於詩則推伏余與蔣心餘二人故也夫以雲松之才之高而謙抑若是疑是謔語不足信今年以甌北集來索序擷之祇心餘數行而他賢不與焉然後知雲松於余果

有偏嗜耶抑其詩別有獨詣之境己不能言他人不能言必假余與心餘代爲之言耶嘻余與心餘之詩之所以然俱不能自言也又烏能言雲松哉然去春過南昌心餘病握余手諈諉詩序一如雲松擷卷首一序弁無然後知此二人者交滿海內而孤睨隻視惟余是好然則余雖衰殆不許其嘿嘿然竟以不言已也今夫越女之論劍術曰妾非受于人也而忽自有之夫自有之者非人與之天與之也天之所與豈獨越女哉以射與羿弈與秋聽與師曠巧與公輸勇與賁育美與西施宋朝之數人者俱不能自言其所以異於衆也而衆之人方且彎弓鬬棋審音習斤學手搏施朱粉窮日夜追之終不克肖此數人於萬一者何也雲松之于詩目之所寓即書矣心之所之即錄矣筆舌之所到即奮矣稗史方言龜經鼠序之所載即闌入矣李衛尉之營陣隨處可置也熊宜僚之丸信手可弄也而忽正忽奇忽莊忽俳忽沉鷙忽縱逸忽叩虛而逞臆忽數典而闕靡讀者游心駭目磔磔然不可見町畦或且規唐摹宋千力萬氣以與之角卒之騏驥追日未暮而日已在其前所以然者又何也嗚呼此皆羿與秋師

曠公輸賁育西施宋朝之所不能言而惟越女能言之者也余之為雲松言者亦止此而已矣或謂雲松從征西滇官海南黔中得江山助故能以詩豪余謂不然世之行萬里歷險艱者或十倍焉而無加於詩如故也或惜雲松詩雖工不合唐格余尤謂不然夫詩寧有定格哉國風之格不同乎雅頌皐禹之歌不同乎三百篇漢魏六朝之詩不同乎三唐談格者將奚從善乎楊誠齋之言曰格調是空間架拙人最易藉口周櫟園之言曰吾非不能為何李格調以悅世也但多一分格調者必損一分性情故不為也玩此二公之言益信雲松之所以長處余不能言雲松之所以短處余轉能言之此即雲松之所以謝却他人而必亟亟焉以詩序見屬之本意也

蔣心餘藏園詩序

作詩如作史也才學識三者宜兼而才為尤先造化無才不能造萬物古聖無才不能制器尚象詩人無才不能役典籍運心靈才之不可已也如是夫然而自古清才多奇才少晉人稱謝邈清才宋神宗讀蘇軾文嘆奇才奇才才中分

量又不可以十百計蔣君心餘奇才也癸酉過真州見僧舍題壁心慕之遂與通書後來金陵唱喁講討相得益甚去年余遊匡廬過君家君半體枯矣聞余至蹶然起力疾遮留手仡仡然授口吃吃然託曰藏園詩非先生序不可藏園者君所居園名也嗚呼君之初心豈欲以詩見哉及今病且老計無所復而欲以詩傳可悲也然君有所餘于詩之外故能有所立于詩之中其搖筆措意橫出銳入凡境爲之一空如神獅怒蹲百獸懾伏如長劍倚天星辰亂飛鐵厚一寸射而洞之華嶽萬仞驅而行之目巧之室自爲奧阼祖而搏戰前徒倒戈人且羨且妬且駭且却走且訾謷無不有也然而學之者非折脅卽絕臏矣非壺哨卽鼓儳矣故何也則才之奇不可襲而取也雖然君之奇豈獨詩而已耶君秀挺矗立目長寸許聞忠義事慷慨欲赴趨人之急若鷙鳥之發恩鰥寡耆艾無所靳詣笑縱謔神鋒森然其意態奇初入京師望之者萬頸胥延登玉堂將速飛忽不可于意掉頭歸其行止奇不數年間　天子屢問及之乃往供職卒浮沉不遷及　召見將以御史用而君病甚不得已歸遇合尤奇嗟乎君之數

奇豈其才之奇有以累之耶然使君竟不病竟不歸峨峨而升安知不躡青雲爲麟鳳之翔又安知不缺且折爲干將莫邪之傷今雖其官棄其身全殘於形不殘於神其名園以藏也取善刀而藏之之意宜也不知刀可藏詩不可藏周官之書藏山巖屋壁矣白傅之詩藏香山東林兩寺矣千百年來誦讀遍天下藏耶不藏耶同時趙雲松觀察服君最深適以詩來索序余老矣思附兩賢以傳遂兩序之而兩質之

碧腴齋詩存序

碧腴齋詩妹壻書巢作也書巢之詩不得已而存焉者也書巢弱冠舉于鄉從桂林來修婚兄弟禮既見即別別三十四年矣聞其成進士宰什邡走川峽再爲東諸侯遷郡將登臨于泰岱琅琊之衆間凡一切大府艱巨事皆所辦治又性好交契重然諾廉俸朝入饋遺暮盡答四方箋奏日舂斗麪爲糊五記室掌之手腕欲脫猶不能徧此其希通慕大豈肯以一吟一詠賓賓然作學子終哉其所癖嗜尤在於書署中縹素山積躬自排比雖圊溷所猶手一編拳拳不釋

今年秋以詩集見寄且曰子爲我序而行之嗚呼吾今乃知書巢真欲以詩自存矣今夫孔雀負青天而飛方將追鳳皇儀虞廷不自知其身有丹翠也及其折清風而抎茳洋無之則不覺自憐其尾作吉光片羽之珍使書巢當得意時一日千里隆隆而升必無暇爲詩就使爲詩不過編成於故吏門生之手甘苦終難自知乃書巢之於宦途也若稱意若不稱意莫益之或擊之三仕之三已之年垂六十髮蒼然而室蕭然除骨肉妻孥外只此一編與伴晨昏其理而存之也可喜也尤可悲也然世之寵榮赫耀十倍於書巢者一旦聲澌影滅没世無稱其效亦歷歷可覩矣天之厚書巢而使之有詩書巢之能承天之厚之之意而能工于爲詩皆所謂三公不易者也其梓而公諸天下也奚疑哉奚讓哉惜余年衰不獲與書巢多相唱喁以抒老懷且喜書巢詩集之成得於吾身親見之故爲述其生平梗概以見書巢之所以爲書巢者别自有在原不與富貴浮雲同爲留去者也至於其詩之淵源得力處諸序中申之甚詳余不復贅

## 錢竹初詩序

竹初明府爲少司寇錢文敏公之季弟生而婷雅有仲容之姣傳其家學麗詞雲委余曩以清才目之尙未審其學之深力之弘也前年余還杭州讀其全集能破萬卷而總百家昔人云應瑒和而不壯劉楨壯而不和竹初爲能兼之今年春余從天台歸竹初方宰鄞縣見餉古風二章修意修言進而愈上余方惜竹初以如是才宜登蘭臺上石渠詠歌昇平何屈於州郡之職爲梁敬叔所嘆哉乃其精思詰微若因簿領煩人而轉有進焉方信古之人誦詩三百授之以政政之道原息息與詩通毳衣政嚴緇衣政寬皆於詩乎見之故曰詩者持也持其性情使不暴去然後可以臨民今人界詩與政而二之詩之廢政之憂也竹初之詩如是其政可知且余嘗謂作詩之道難於作史何也作史三長才學識而已詩則三者宜兼而尤貴以情韻將之所謂絃外之音味外之味也情深而韻長不徒詩學宜然卽其人之餘休後祚亦于是徵焉東坡詩風趣多情韻少晚年坎坷亦其證也竹初音情頓挫使我誦之而憬然不忍與之離然則千秋萬世又誰誦之而忍與決捨哉竹初晚景之榮詩之傳俱無疑也惜予老矣

自文敏公亡後諸賢零落無可與言不圖遲暮重遇竹初竹初之乞序于余也余之序竹初也豈徒稱引爲哉區區甘苦亦欲借此數行交相質證故讀其集勸其梓以行世而俟然以余言爲之先焉

## 童二樹詩序

嗚呼余束髮受詩交天下詩人多矣或先知之而後見之或先見之而後知之常也若相知三十年相訪數百里而卒不得一見以至于死者可不謂大哀乎雖然見其面不如見其詩何也面形骸也詩性情也性情得而形骸可忘則吾與山陰童君二樹是矣君有越中三子集行世丙子歲余讀而愛之無由得見今春忽扺舟至值余浙行又不得見及冬初余往揚州就訪之則君死永不得見矣亡何吾鄉詩人周汾來曰先生知童君之願見先生更勝於先生之願見童君乎君矜嚴少所推許獨嗜先生詩稱爲　本朝第一病殗殜矣夢中懵呼猶曰望先生至揣其意蓋自知年命不長將以數千篇嘔肝擢胃之作就平生所心折者而證定之耳余感其意入哭寢門抱其集歸伏讀三日嘆曰君之詩

惟我能知之亦惟我能序之今夫導官之擇米也已堅好矣必舂揄揚簸使趨於鑿乃名侍御王所食也歐冶之鑄劍也取精鐵矣必千辟萬灌青氣既極乃成干將帝所佩也君天資超絶又能轥轢書史烹煉烟墨窮高縋深播爲風騷此亦導官歐冶之故智也常恃其逸足往往奔放作七古題畫疊韻字韻百餘首藻思坌湧與古梅槎枒同搖風雲古之人古之人君奚讓哉惟是我兩人道合若是倘一握手罄胸中言當不知作如何懽忭而卒使錯午膠轕此來彼去如相避然不獲半面以抵於死天耶人耶誰靳之耶徒使我咨嗟涕洟至今如有所負而不能自克也昔張堪臨終以妻孥託朱季元微之病命家人將詩集交白二十二郎古人身後拳拳大概如斯然吾謂託妻孥易託文字難何也妻孥之計或十年或二十年足矣文字之計動關百千萬年尙無津涯非精思詣微同歷苦甘者疇能任之余年垂七十竊不自揆謹取君集排比分疏鈌摘英華得□□卷共□□□首將明以示海內而幽以質九原焉嗚呼童君不見之見殆勝見耶

## 何南園詩序

詩不成於人而成於其人之天其人之天有詩脫口能吟其人之天無詩雖吟而不如其無吟同一石獨取泗濱之磬同一銅獨取商山之鐘無他其物之天殊也舜之庭獨皐陶賡歌孔之門獨子夏子貢可與言詩無他其人之天殊也劉賓客亦云天之所與有物來相彼由學而至者如工人染夏以視羽畎有生死之殊矣何子南園生而與詩俱來者也雖爲秀才不喜制藝雖讀書不矜博覽雖爲詩不事馳騁其志約故邊幅易周其思專故性情易得居秣陵城闉愔愔然竹籬葦垣與方外人遊憩薄醉微嘯兩餘風停有愜于懷一付于詩久之而何子與詩亦兩相忘也予往往見人之先天無詩而人之後天有詩於是以門戶判詩以書籍炫詩以疊韻次韻險韻敷衍其詩而詩道日亡然則吾安得忘詩之人而與之言詩哉若何子者斯其人矣

## 莊念農遺稿序

余老矣世上事百不經意惟於友朋存歿之感偶棖觸焉輒低徊留之而不能

自己況平生所最暱與常酬唱者哉莊君念農七十餘年其季子宸選持詩二卷索余爲序嗚呼君抱經世略鬱爲時用僅官太守中年而殂又值　天子四巡江南以供張得名終日瞿瞿然心計手畫徼劻靡寧不特其治民之才有所未盡卽吟詠之情亦有所未已也然資稟絕奇雖單言片詞必有天真溢流篇什具存徽徽可誦惜君不自料其歿歿時宸選尚幼故詩多零落近年遍覓于酒樓僧牆親知故舊家纔得若干其志可哀而取也猶記君好余詩雖隆冬嚴寒必呵手抄存積數寸許余或有遺忘必向君處借而證之今君詩散失而余當時未留善本代爲護持揆之古人先施之義不能無愧然則君之詩愈少而余之愧愈多矣揭揭焉就其少者而存之豈徒副宸選之求哉亦聊以補余過云爾

## 程綿莊詩說序

作詩者以詩傳說詩者以說傳傳者傳其說之是而不必其盡合於作者也如謂說詩之心卽作詩之心則建安大曆有年譜可稽有姓氏可考後之人猶不

能以字句之迹追作者之心矧三百篇哉不僅是也人有興會標舉景物呈觸偶然成詩及時移地改雖復冥心追溯求其前所以爲詩之故而不得況以數千年之後依傍傳疏左支右吾而遽謂吾說已定後之人不可復有所發明是大惑已相傳小序爲子夏所作古無明文卽果子夏所作亦未必盡合詩人之旨其他毛鄭皆可類推朱子有見於此別爲集解推其意亦不過據己所見羽翼詩教啓發後人而並非禁天下好學深思之士以意逆志也吾友程君綿莊爲詩說二卷其思深其義遠掃攈妙蘊皆前儒所未發綿莊之於朱子也卽朱子之於毛鄭也師其意不師其詞可謂善學朱子者矣或者以爲詩人不作未能知其必盡合也然詩人不作又何以知其必不盡合哉

玉井搴蓮集序

乾隆壬申夏余與華陰令姚君同遊華山姚至青柯坪便止而余則勇進三里許覺巖壑嶄絕氣奪而返忽忽三十稔矣今冬嚴道甫先生以玉井搴蓮集見寄所稱天井之阻犂溝之險搦嶺三巒之崔巍皆余昔未遊目者身既未臻語

何能詳故爾時小有吟詠亦自覺無俚而先生則如悍將追敵不掃其穴不休卒使山無剩境境無遁形危辭硬語淩暴莽蒼縋深者而出之揭隱者而明之以七尺軀三寸管與四千仞奇峯相為傲詭嘻何其壯也夫安近者其耳目不周才絀者其賦物不工無翼助者其舉趾不勇先生以沉鷙之性雕鑱之筆又藉中丞畢公禱兩之便為之召夫役具絙布以張之是殆嶽靈閟寂渴思文藻故暗中噏呼以相成就耶昔曹孟德謂楊修云我不及卿乃三十里余不及先生且數百萬丈匪徒才懸抑亦膽薄雖然余羸老也諒難再從先生補前遊之缺而讀此一編則古人所謂金精削成鳥猿愁視者一旦呈形獻狀於簷席間豈非才人咳唾遠勝真靈位業圖哉唐賢羽皇周氏以到難命篇述所到之難也余謂所到不難到而能言之之為難耳到而能言則不到者皆如到矣

## 隨園隨筆序

著作之文形而上考据之學形而下各有資性兩者斷不能兼漢賈山涉獵不為醇儒夏侯建譏夏侯勝所學疎闊而勝亦譏其繁碎余故山勝流也考訂數

日覺下筆無靈氣有所著作惟捃摭是務無能運深湛之思　本朝考据尤盛判别同異諸儒麻起予敢披靦顏恰逐康成車後哉以故自謝不敏知難而退者久矣然入山三十年無一日去書不觀性又健忘不得不隨時摘錄或識大于經史或識小于稗官或貪述異聞或微抒己見疑信並傳回冗不計歲月既久卷頁遂多皆有資于博覽付之焚如未免可惜乃題隨園隨筆四字以存其編嘻予老矣自此以往假我數年有所觀便有所記有所記便有所筆此書之成吾見其進也未見其止也

## 子不語序

怪力亂神子所不語也然龍血鬼車繫詞語之左邱明親受業於聖人而內外傳語此四者尤詳厥何故歟蓋聖人敬鬼神而遠之人教方立周易非取象幽渺不足以窮天地之變左氏恢奇多聞垂爲文章其理皆並行而不悖余生平寡嗜好凡飲酒度曲摴蒱可以接羣居之懽者一無能焉文史外無以自娛不得不移情於稗乘廣記尙矣睽車夷堅二志缺略不全聊齋志異殊佳惜太敷

衍於是就數十年來聞見所及足以游心駭耳者編而存之非有所惑也譬如嗜味者饜八珍矣而不廣嘗夫蚔醢葵菹則脾困嗜音者備咸英矣而不旁及於侏㒧僸佅則耳狹以妄驅庸以駭起惰不有博弈者乎爲之猶賢是亦裨諶適野之一樂也昔顏魯公李鄴侯功在社稷而好談神怪韓昌黎以道自任而喜駁雜無稽之談徐騎省排斥佛老而好采異聞門下士竟有僞造以取媚者四賢之長吾無能爲役也四賢之短則吾竊取之矣書成即以子不語三字名其篇

## 隨園食單序

詩人美周公而曰邊豆有踐惡凡伯而曰彼疏斯稗古之於飲食也若是重乎他若易稱鼎亨書稱鹽梅鄉黨內則瑣瑣言之孟子雖賤飲食之人而又言飢渴未能得飲食之正可見凡事須求一是處都非易言中庸曰人莫不飲食也鮮能知味也典論曰一世長者知居處三世長者知服食古人進鬐離肺皆有法焉未嘗苟且子與人歌而善必使反之而後和之聖人於一藝之微其善取

於人也如是余雅慕此旨每食於某氏而飽必命家廚往彼竈觚執弟子之禮四十年來頗集衆美有學就者有十分中得六七者有僅得二三者亦有竟失傳者余都問其方略集而存之雖不甚省記亦載某家某味以志景行自覺好學之心理宜如是雖死法不足以限生廚名手作書亦多出入未可專求之於故紙然能率由舊章終無大謬臨時治具亦易指名或曰人心不同各如其面子能必天下之口皆子之口乎曰執柯以伐柯其則不遠吾雖不能強天下之口與吾同嗜而姑且推己及物則飲食雖微而吾於忠恕之道則已盡矣吾何憾哉若夫說郛所載飲食之書三十餘種眉公笠翁亦有陳言曾親試之皆閼於鼻而蜇於口大半陋儒附會吾無取焉

## 嚴道甫侍讀五十壽序

余居山久矣於海內士夫不敢迎而距之也亦不敢迎而許之然未見輒相思與之言惟恐其去若是者三十年來胸中不過數人而道甫嚴君其一也君負萬夫之稟聰強絕人於學若泛海然探之莫窮其厓挹之必有所益其恢宏深

沉往往流露於眉睫間意其仕於朝必有奇術異智爲人之所不能爲者而無如余年衰伏而不出君又未嘗自言則不得不以欽挹之懷徒相索於文字之末而已今年八月君五十生辰其子子進狀君事索文以壽君余讀之可喜可愕而於救羅公源浩事爲尤奇羅公者滇南監司也分償汪别駕帑金有詔逾期卽誅羅繳不如數期過十日逾矣乃牒請弛限　天子命軍機大臣會刑部議之其時諸城相公主試禮闈秋曹無任其事者君時以內閣侍讀直機地因撾鼓入棘闈見諸城公曰羅事急矣第所追乃分償屬吏汪某帑也今汪已捐復將曳紱綬出都而羅乃駢首東市於義未協按法宜著汪某分繳以活羅命以昭公平諸城公曰具疏稿乎曰不具稿不敢見也振其袖而出之詞義明析諸城公喜卽畫諾奏聞　天子是之羅獄遂解其他事多類此受恩人有圖君像以祀者今夫梟俊之士智者慮明能者慮策尚矣然大概已謀者多人謀者少縱有一二姝姝然號稱惠慈者又或無術以濟之無勇以決之則亦不能迂其身以拯人於危若君者可不謂賢哉然君之視官職也甚淡其家居也甚

靜兩持所生服卽乞病不起同僚或至方伯連帥而君絕無所欣人多疑君之嘿嘿藏身與其矯矯行義兩不相符豈眞賢者之不可測哉余曉之曰在易豫之六二曰介如石不終日貞吉此言自守之堅也夫子繫之曰君子知微知彰知柔知剛萬夫之望此言澤物之弘也兩者亦絕不相符也然夫子合而言之者何也蓋言有見幾之智有介石之操而後可以損剛益柔以澤萬物也使君非有恬退之懷輕視爵祿之意則闌入禁地豈無處分焉肯仡然挺身而往又非深知　天子之聖相公之賢亦必不肯爲無俚之舉貿貿然向人白冤君之嘿而當言而當進而宜退而宜皆有見幾而作不俟終日之妙焉惟深也故能通天下之志惟幾也故能成天下之務古惟留侯鄴侯能之而君亦庶幾其近之矣余平生不以文壽人嫌其體之戾於古也然犬馬之齒於君有一日之長慮不能爲傳志以揚君而性又樂道人之善則姑擷其事之至大者聲之以應公子之請後之人知余集中有介壽之文者蓋爲君始也雖然有介壽之文而無期頤昌熾尋常祝嘏之詞則自余始也

## 胡勿厓時文序

古文者自言其言時文者學人之言而爲言自言其言以人所不能言而已能言爲貴學人之言亦以人所不能言而已能言爲貴夫至於學人之言而爲言似乎傳聲搏影而言人人同矣不知所學者何人也聖人也聖人之言聖人之心也能得聖人之心而后能學聖人之言得之淺者皮傅於所言之中而不足得之深者發明於所言之外而有餘孔子學周公者也孔子所言周公未嘗言孟子學孔子者也孟子所言孔子未嘗言周程張朱學孔孟者也周程張朱所言孔孟未嘗言時文者依周程張朱之言以學孔孟之言而實孔孟與周程張朱皆未嘗言然明諸大家學其言而言之矣本朝諸大家又學其言而言之矣言之肖與否雖不能起數聖賢於九原而問之而天下之人皆以爲肖皆以爲聖人復起不易其言此四百年來時文之所以至今存也胡先生學聖人之言爲能深妙奇博有直而致者有曲而宣者有澄其神詣微而索之者有取材卷軸旁引曲證以光明之者要於聖人之心不差累黍嘻其至矣或謂時文小道

不足以取士不知天下事莫不有名焉有實焉如務其名乎則古之鄉舉里選卽今之時文也古之策論詩賦卽今之時文也其無人焉一也如按其實乎則於時文觀心術卽古之鄉舉里選也於時文徵學識卽古之策論詩賦也其有人焉一也若胡君者可謂有人中之一人雖然韓子稱聖人者時人之耳目也吾以爲能學聖人之言以得聖人之心者亦時人之耳目也胡君於聖人之心既先衆人而得之矣顧墨墨然私諸己而祕之不肯以其言示天下可乎然則君之編所作而開雕之也非好名也亦韓子意也

集中不存壽序及時文序此篇與嚴侍讀壽序俱破例而存之亦不免蹈歸熙甫之陋習云 自記

## 史閣部遺集跋

少宰彭公以明故閣部史道鄰先生像并家書絕筆進呈 皇上蒙 上深許其忠賜題賜諡其裔孫開純感 君恩懷祖德將 聖製及先生遺文開雕傳後而屬枚爲跋枚 謹按夏禹封防風氏之臣成湯不徵巢伯之朝皆三代大聖

人泯人我之見扶植彝倫非凡所及後世雖忠如文信國爲元祖深知而身後之恩禮無聞其他則袁粲除名韓通無傳者更不勝屈指矣獨先生殉節前明百數十年後遺像忽蒙　聖覽苦節忽蒙　聖褒遭逢之隆千秋獨殊然在當時先生自矢孤忠豈復有心希恩異代即異代之恩亦未必爲先生所樂受而卒之幽隱之光日熠之而愈明栴檀之氣風吹之而愈芬凡此者皆天也我皇上先天而天不違將假先生以立萬世人臣之式故不吝洋洋　聖謨而嘉嘆之又寵宣之亦豈欲前代之臣銜恩地下哉世之爲臣子者得是編而雒誦之可以觀可以興矣

德山公手書詩卷跋

嗚呼此吾師德山先生之手迹也先生開府桂林枚才弱冠以八千里外諸生蒙國士之知館餼三月代爲治裝薦博學鴻詞入都雖廷試報罷而從此名聲起公卿間遂得登館閣擁吏卒走數州今當不親學之年息影蓬廬百事屏棄惟省記平生知己欽欽在抱逢北人來必問先生墓所及其後嗣而息耗杳然

今年季夏盧存齋太守見訪道是先生第三壻因得見先生手書立幅墨瀋淋漓彷彿二王家法疑先生在天靈爽必欲一見白髮門生故藉此數行俾女夫傳到耶紙尾紀元乾隆丙辰正枚受知歲也四十三年來世事遷變何可紀核而此一箋者獨完善如初若有神物呵護嗚呼豈偶然哉詩多見道之言神韻高淡又想見撫粤九年政簡刑清光景似此公卿何可再得願盧氏世世萬子孫其寶藏之

小倉山房續文集卷二十八

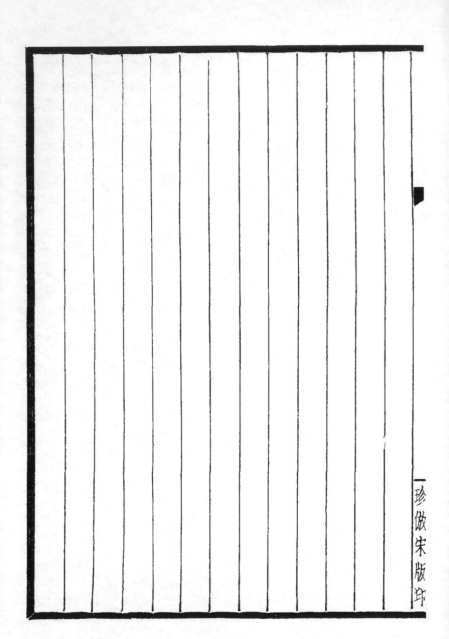

錢唐袁枚子才

## 所好軒記

所好軒者袁子藏書處也袁子之好衆矣而胡以書名蓋與羣好敵而書勝也其勝羣好奈何曰袁子好味好色好葺屋好遊好友好花竹泉石好珪璋彝尊名人字畫又好書書之好無以異於羣好也而又何以書獨名曰色宜少年食宜饑友宜同志遊宜晴明宮室花石古玩宜初購過是欲少味矣書之爲物少壯老病飢寒風雨無勿宜也而其事又無盡故勝也雖然謝衆好而暱焉此如辭狎友而就嚴師也好之僞者也畢衆好而從焉如賓客散而故人尚存也好之獨者也昔曾晳嗜羊棗非不嗜膾炙也然謂之嗜膾炙曾晳所不受也何也從人所同也余之他好從同而好書從獨則以所好歸書也固宜余幼愛書得之苦無力今老矣以俸易書凡清祕之本約十得六七患得之又患失之苟患失之則以所好名軒也更宜

# 散書記

乾隆癸巳　天子下求書之詔余所藏書傳抄稍希者皆獻大府或假賓朋散去十之六七人卹然若有所疑余曉之曰天下寧有不散之物乎要使散得其所耳要使於吾身親見之耳古之藏書人當其手抄縑易侈侈隆富未嘗不十倍於余然而身後子孫有以論語爲薪者有以三十六萬卷沉水者牛弘所數五阸言之慨然今區區鉛槧得登　聖人之蘭臺石渠爲書計業已幸矣而且大府因之見功賓朋因之致謝爲予計更幸矣不特此也凡物恃爲吾有往往庋置焉而不甚研閱一旦瀧然欲別則鄭重審諦之情生予每散一帙不忍決捨必窮日夜之力取其弘綱巨旨與其新奇可喜者腹存而手集之是散於人轉以聚於己也且夫文滅質博溺心寡者衆之所宗也聖賢之學未有不以返約爲功者良田千畦食者幾何耶廣廈萬區居者幾何耶從來用物弘不如取精多刪其繁蕪然後迫之以不得不精之勢此予散書之本志也

# 散書後記

書將散矣司書者請問其目余告之曰凡書有資著作者有備參考者備參考者數萬卷而未足資著作者數千卷而有餘何也著作者鎔書以就己書多則雜參考者勞己以徇書書少則漏著作者如大匠造屋常精思於明堂奧區之結構而木屑竹頭非所計也考据者如計吏持籌必取證於質劑契約之紛繁而圭撮毫釐所必爭也二者皆非易易也然而一主創一主因一憑虛而靈一核實而滯一恥言蹈襲一專事依傍一類勞心一類勞力二者相較著作勝矣且先有著作而後有書先有書而後有考据以故著作者始於六經盛於周秦而考据之學則自後漢末而始興者也鄭馬箋註業已回冗其徒從而附益之抨彈踳駁彌彌滋甚孔明厭之故讀書但觀大略淵明厭之故讀書不求甚解二人者一聖賢一高士也余性不耐雜竊慕二人之所見而又苦　本朝考据之才之太多也盍以書之備參考者盡散之

洞庭徐氏重修始祖吉卿公墓碑記

徐君西圃邀予遊西洞庭授館其家因得瞻其棠里宗祠棟宇隆赫栗主森布

皆合族所傮然共力而西圃弟禮珍所營治者予不覺心儀徐氏多賢而嘉其門風之足爲天下式也遊於野見頹垣中古樹蓊鬱氣葱葱若兆域然西圃曰噫此始祖吉卿公之墓也吉卿公諱嘉宋乾道間爲平江太守能奪金人詔書爲孝宗所重卒後其子大本感古人隨葬爲達之義卽合窆其母夫人於是而子孫附焉予往拜墓下一堘土七百餘年風雨頹侵無峷如鬲如之象矣予因謂西圃曰檀弓雖云古不修墓而周禮有墓大夫之職南齊劉虬以不修墓貶官然則復土樹欒似亦仁人孝子所不宜得已者也越翼日禮珍來肅予而請曰修墓之事先生命之今如命矣卽煩先生記之予思古人營寢廟所以妥先人之靈崇馬鬣所以寧先人之魄孝子求神於陽求神於陰二者能兼可謂知禮徐氏以予一言齊其心謖然斂袂而興聞義能徙誠可嘉尚而予以遊故得拜先賢祠墓幷從臾後嗣增其堂防觀美是因遊而有所得於遊之外者也善哉遊也爲記其壙域丈尺劵臺廣狹昭穆位次宰樹若干勒諸石俾徐氏子孫隆基養本罔壇替焉

## 銅陵永濟橋記

濟人於水者舟濟人於陸者橋舟之用濟百十人而止橋之用濟千萬人而未止木橋之用濟百十年而止石橋之用濟千萬年而未止若是乎濟人之中亦有大小久暫之分焉銅陵陶村三溪會流綿亙六十里行者有揭厲之虞土人絙五板渡臨流坻木道難行而日炙雨淋勢易顛隮蔣君蘗齋行義素高將裒家資創易石之謀功未竟以歿其子廷爵與其弟憲章踵而行之以某年月日興工某年月日橋成凡長十丈闊一丈有奇費金若干邑之人儃儃然車輦馬駢萬趾魚貫以達於莊逵一切夫錢物價蔣獨任之不借助於將伯余按國語單襄公適陳因輿梁不修知陳之衰孟子譏子產以乘輿濟人惠而不知爲政彼皆君大夫也操任事之權猶不能賦工屬役爲所當爲而蔣氏父子兄弟獨能繼繼承承濟人於久遠此豈徒其仁可嘉哉其孝亦加人一等矣余白下羈客也未至陶村因蔣氏孫嘉猷受業門下狀其事索文故爲記其顛末且名其橋曰永濟俾銅陵人之世世來往於此橋者一舉踵一曳屨而毋忘所自

## 榆莊記

凡園近城則囂遠城則僻離城五六里而遙善居園者必於是矣揚州撫松主人有榆莊城外遊者約炊五斗黍許即詣其所乾隆庚子春主人招余同往門外白榆歷歷始悟命名之意堂三楹署曰城南別墅栽鼠姑花循堂而右爲無隱樓再右爲同春閣樓下植桂閣上望遠江南諸山可坐而致也東有薜荔覊挐號翠微深處竹猗猗者號此君軒架石棧曲榭紆回以達於梅亭而遠見耕垠者一號寒手亭一號小滄浪其宋窟戍削窔宧蔽虧而宜於冬者號雲窩爲傴邪隥彴以通小池者號魚樂國此園中即景分名之大概也是日酒半巡主人索余爲記余思揚州古稱信士左思所謂繁富夥夠處也又孔頴達云揚州人性輕揚故曰揚州因之爲園者靡不百栱千櫨以爲勝抗虹翼綺以爲華而且所與遊者非高軒引喤即豪士投甇其爲魚鳥所嗤業已久矣獨撫松主人道韻平淡朴角不斲素題不枅除一二幽人憩息外雖顯貴挾勢以臨之卒色然而拒守園如守身有古人鑿坏閭土之遺風園將隱焉用文之哉然而余羸

老也路隔一江未卜何時再到性又善忘勝景過目少縱卽逝矣畫以珍之不如記以存之雖微主人諈諉亦必纂梗概爲臥遊張本而況二人之趣甚同交甚狎耶其時偕遊者一爲孫君芝亭一爲汪君芝圃皆余戚也合牽連得書

## 重修南捕通判廳壁記代弟香亭作

嘗讀孫可之書褒城驛歎官舍常新振古爲難矧今之通判權輕而俸薄士大夫之履斯任而郵驛視之也亦宜雖然不有署何有官不有官何有政腹擊爲室而鉅曰以安民也叔孫昭子所到雖一日必葺其牆屋古之君子於私居之舍猶矜矜然鄭重將之而況懷印曳紱將呼唱於堂皇以治事者乎庚子春余承乏江寧南捕之職入其門奧草滿焉行其庭宲霤墜焉考之府志缺不載也詢之老氓杳不知也相傳署本前明監司舊居頹圮已久乾隆壬辰前任密公葺向西三舍以寧其孥此外承塵摶壁日就顛隮幾無容膝處矣余不得已請於大府命隸須材工屬役慮事量功甓祴塗塈凡成堂樓庖湢賓館丙舍五十九處費金九百有奇支廉俸也益之以三百有奇捐私財也一時過客來遊者

靡不豪余所爲余笑告之曰余惟不豪於官故豪於屋耳夫外任閑曹有閒於通判者乎使急於進取者居之方決捨之不暇何肯僋然造作哉惟余之性拙而才疎官於是卽安於是將盡臣職而報　君恩亦未嘗不在於是然則公舍也卽私舍也人居也如己居也捄之築之苟美苟完吾已乎哉園之西有水有石有古柳有高梧猶人有美質而未學鋤理出之亦足小寄情賞功既成爲文以記其梗槪而意有未竟乃爲之歌曰日之斜兮吏散衙兮棘茨既剪樹槎枒兮通判何判盍判花兮公事餘兮步庭除兮小池既清水渠渠兮南捕何捕盍捕魚兮勿懈當官勿侵事權施於有政作造屋觀平水置埶表正形端後賢定笑癃之言然

重修中和道院碑記

人但知道教無爲不知惟有爲也而後可以無爲有爲者勇猛精進所以成天下之務也無爲者幽深玄妙所以研天下之幾也務之不成幾於何有班固之言曰道家者流清虛以自守卑弱以自持及放者爲之則曰獨任清虛可以爲

治夫但言淸虛之守而不言創造之功此道法所以不振也古之人相馬以輿相士以居輿與居尚不可苟況真靈之所棲符籙之所藏而可蘧廬視之乎吾家月渚道人深契此旨前年持湯文正公手書道院碑記屬余爲跋今年又以重修道院狀屬余爲記按院始於洪武初歷歲四百興廢屢矣　本朝自薛文憲葺治後王沈二公又繼志焉星霜既移隊剝旋生月渚纂其師退庵公餘業尺營寸度積累成功妥神則有真武神武桂香三殿尊祖則有柏庭澹寧迎暉聽雨諸舍踵舊者改朗吟閣爲敬畏堂是也新增者雨蕉書屋臥雪廬是也其他爲著爲陳爲庵爲湢爲蒲牢爲法鼓爲長庲重橑爲央瀆匽豬爲錙壇之宮爲麗譙之所靡不精心致思畍分殊事地則黝之牆則堊之度筵而堂建度几而室立落成後增榮益觀邦之人咸亹亹然眴轉以遊葉拱以敬噫非月渚才之敏心之堅何能如是昔王荊公作龍興講舍記羨浮屠慧禮之能以爲此失而彼得焉似若閔儒而媢墨者不知周孔之教以開物成務爲貴月渚爲吾宗六後公後裔通儒書耽吟詠以幼病故習靜院中是蓋先有得於此而後旁通

於彼者也其索記也豈好名哉亦欲留此規模俾後之人肯堂肯構踵而行之庶幾無形之道教藉有形之道院而永永無極焉貞石有靈亦當鑒其志矣

## 遊仙都峯記

或告余曰子從雁宕歸則永嘉之仙岩縉雲之仙都峯均可遊焉余謹識之誤記仙岩爲歸途之便舟行十里方詢土人曰南北殊路矣心爲缺然及至縉雲以仙都謀之邑宰有難色以溪漲辭余遂絕意於遊行三十里止黄碧塘日已昳望前村瓦屋鱗列從隸曰此虞氏園也盍往小憩如其言園主迎入茗飲未暇深語仍還旅店將弛衣眠聞門外人聲嘈嘈則虞氏昆季曰別後見名紙先生卽袁太史乎曰然乃手燭上下照嗜且駭曰我輩幼讀先生文以爲國初人年當百數十歲今神采若斯是古人復生矣願須臾留明日陪遊仙都余未及答而少者捲帳長者捧席家僮肩行李已至其家折堅張飲次日廚具饌里具車導入响巖石洞隆然叩之應聲有小赤壁有鼎湖草樹𦬊歙高不可上仙榜岩雉堞橫排可書數百姓名暘谷爲溪水所囓非梯莫登僅遙矚於大方石上

有宋嘉定磨厓及王十朋詩約略可識未一日而仙都之遊畢仍宿虞氏家嘻是遊也非虞氏主之則仙都不可遊非從隸有請則不詰虞氏非日尙晏温或有雨則從隸雖請亦不往非具生紙以名通則虞氏亦不知我爲何人我之當遊仙都仙都之當爲我遊天也非人也然仙岩咫尺可遊而於意外失之仙都心已決捨萬不能遊而於意外得之一遊也無大關係而世事之舛午如是其他何可類推哉亟記之以志遭逢之奇以表虞氏好賢之德主人名沅字啓蜀爲唐永興公之後人

## 遊黃龍山記

壬寅四月余遊天台雁宕畢遊處州之黃龍山山皆磥磥大圓石坻伏鬱堙各相跆藉類東魯嶧山與台宕絕異人疑造物矜奇乃爾予曉之曰此豈造物者之有意爲哉使有意爲之必不能成如是形就成如是形亦不能有此奇變惟其氣化推遷偶然而生適然而成正恐造物者有意不爲之而反有所不能何也余幼時嬉戲好置水盂鎔錫投之沸然有聲俄而立者蹲者臥者疊爲架倚

者巨而宏者碎且雜者欹側而斜楕者若相鬬又相悅者蓋無弗備焉其狀則爲獅爲象爲龍爲馬爲雞蟲雜物爲華嶽嵩岱諸名勝亦無不備焉是豈余之有意爲哉其傾之於水也余之所知也其成如是形也非余之所知也閩之錫錫不知閩之水水亦不知山之道何獨不然當玄黃未判時元氣茫茫山水土沙鎔爲一片石如柔乳羼和其間一旦天浮地沉沙飛水歸風從而蕩揉之星横於天石横於地詭狀殊形或開闢卽露或俟後人搜爬始露歷年愈久蘊畜愈厚山形愈奇今人見山頂有船有匣有屋有朽槥此豈真有人焉飛上置之哉所以然者職此之由惜人形體小年壽促後天地生先天地亡不能坐而待之瞭然視之耳然其理不過如是或曰是山說也非山記也於黃龍何與曰舉一隅可知三隅并可知千百萬隅余因遊黃龍而憬然有悟故揭所見以書之且遊台宕俱有詩遊黃龍無詩記之所以代遊黃龍之詩也

## 浙西三瀑布記

甚矣造物之才也同一自高而下之水而浙西三瀑三異卒無複筆壬寅歲余

遊天台石梁四面崒者厜㕒重者甗隒皆環梁遮迣梁長二丈寬三尺許若鼇脊跨山腰其下嵌空水來自華頂平疊四層至此會合如萬馬結隊穿梁狂奔凡水被石撓必怒怒必叫號以崩落千尺之勢爲羣磥砢所攩掞自然拗怒鬱勃喧聲雷震人相對不聞言語余坐石梁恍若身騎瀑布上走山脚仰觀則飛沫濺頂目光炫亂坐立俱不能牢疑此身將與水俱去矣瀑上寺曰上方廣下寺曰下方廣以愛瀑故遂兩宿焉後十日至雁宕之大龍湫未到三里外一疋練從天下恰無聲響及前諦視則二十丈以上是瀑二十丈以下非瀑也盡化爲烟爲霧爲輕綃爲玉塵爲珠屑爲琉璃絲爲楊白花既墜矣又似上升既疏矣又似密織風來搖之飄散無著日光照之五色眣麗或遠立而濡其首或逼視而衣無沾其故由於落處太高崖腹中窪絕無憑藉不得不隨風作幻又少所抵觸不能助威揚聲較石梁絕不相似大抵石梁武龍湫文石梁喧龍湫靜石梁急龍湫緩石梁衝盪無前龍湫如往而復此其所以異也初觀石梁時以爲瀑狀不過爾爾龍湫可以不到及至此而后知耳目所未及者不可以臆測

也後半月過青田之石門洞疑造物雖巧不能再作狡獪矣乃其瀑在石洞中如巨蚌張口可吞數百人受瀑處池寬畝餘深百丈疑蛟龍欲起激盪之聲如考鐘鼓于甕內此又石梁龍湫所無也昔人有言曰讀易者如無詩讀詩者如無書讀詩易書者如無禮記春秋余觀于浙西之三瀑也信

## 遊黃山記

癸卯四月二日余遊白嶽畢遂浴黃山之湯泉泉甘且冽在懸厓之下夕宿慈光寺次早僧告曰從此山逕仄險雖兜籠不能容公步行良苦幸有土人慣負客者號海馬可用也引五六壯佼者來俱手數丈布余自笑羸老乃復作襁褓兒耶初猶自強至憊甚乃縛跨其背於是且步且負各半行至雲巢路絕矣躡木梯而上萬峯刺天慈光寺已落釜底是夕至文殊院宿焉天雨寒甚端午猶披重裘擁火雲走入奪舍頃刻混沌兩人坐辨聲而已散後步至立雪臺有古松根生於東身仆於西頭向於南穿入石中裂出石外石似活似中空故能伏匿其中而與之相化又似畏天不敢上長大十圍高無二尺也他松類是者多

不可勝記晚雲氣更清諸峯如兒孫俯伏黃山有前後海之名左右視兩海並見次日從臺左折而下過百步雲梯路又絕矣忽見一石如大鼇魚張其口不得已走入魚口中穿腹出背別是一天登丹臺上光明頂與蓮花天都二峯爲三鼎足高相峙天風撼人不可立幸松針鋪地二尺厚甚軟可坐晚至獅林寺宿焉趁日未落登始信峯峯有三遠望兩峯夾峙逼視之尚有一峯隱身落後峯高且險下臨無底之溪余立其巔垂趾二分在外僧懼挽之余笑謂墜亦無妨問何也曰溪無底則人墜當亦無底飄飄然知泊何所縱有底亦須許久方到儘可須臾求活惜未挈長繩縋精鐵量之果若干尺耳僧大笑次日登大小清涼臺臺下峯如筆如矢如筍如竹林如刀戟如船上桅又如天帝戲將武庫兵仗布散地上食頃有白練繞樹僧喜告曰此雲鋪海也初濛濛然鎔銀散綿良久渾成一片青山羣露角尖類大盤凝脂中有筍脯矗現狀俄而離散則萬峯簇簇仍還原形余坐松頂苦日炙忽有片雲起爲蔭遮方知雲有高下迥非一族薄暮往西海門觀落日草高於人路又絕矣喚數十夫芟夷之而后行東

峯屏列西峯插地怒起中間鶻突數十峯類天台瓊臺紅日將墜一峯以首承之似吞似捧余不能冠被風掀落不能韈被水沃透不敢杖動陷軟沙不敢仰慮石崩壓左顧右睨前探後矚恨不能化千億身逐峯皆到當海馬負時捷若猱猿衝突急走千萬山亦學人奔狀如潮湧俯視深阬怪峯在脚底相待倘一失足不堪置想然事已至此惴慄無益若禁緩之自覺無勇不得已託孤寄命憑渠所往覺此身便已羽化淮南子有膽爲雲之說信然初九日從天柱峯後轉下過白沙矼至雲谷家人以肩輿相迎計步行五十餘里入山凡七日

## 遊廬山黃厓遇雨記

甲辰春將遊廬山星子令丁君告余曰廬山之勝黃厓爲最余乃先觀瀑于開先寺畢卽往黃厓厓仄而高篾輿升奇峯重累如旗鼓戈甲從天上擲下勢將壓己不敢仰視貪其奇不肯不仰視屏氣登巔有舍利臺正對香爐峯又見瀑布如良友再逢雖百見不厭也旋下行至三峽橋兩山夾溪水從東來巨石阻之小石尼之怒號噴薄橋下有宋祥符年碣諦視良久至棲賢寺宿焉次日聞

雷已而晴乃往五老峯路漸陡行五里許回望彭蠡湖帆竿排立已所坐舟隱隱可見正徘徊間大雨暴至雲氣坌湧人對面不相識輿夫認雲作地踏空欲墮者屢矣引路里保避雨遠竄大聲呼杳無應者天漸昏黑雨愈猛不審今夜投宿何所輿夫觸石而顛余亦仆幸無所傷行李愈沾濕愈重擔夫呼譽家僮互相怨尤有泣者余素豪至是不能無悸躑躅良久猶臨絶壑忽樹外遠遠持火者來如陷黑海見神燈急前奔赴則萬松菴老僧曳杖迎喈曰相待已久惜公等誤行十餘里矣燒薪燎衣見屋上插柳方知是日清明也次日雪冰條封山觸履作碎玉聲望五老峯不得上轉身東下行十餘里見三大峯壁立溪上其下水潺潺然余下車投以石久之寂然想深極故盡數十刻尚未至底耶旁積石礎碎瓦礫無萬數疑即古大林寺之舊基輿夫曰不然此石門澗耳余笑謂霞裳曰考据之學不可與輿夫爭長姑存其說何害乃至天池觀鐵瓦就黃龍寺宿焉僧告余曰從萬松菴到此已陡下二千丈矣問遇雨最險處何名曰犂頭尖也余五年遊山皆樂惟此行也苦特志之

# 遊丹霞記

甲辰春暮余至東粤聞仁化有丹霞之勝遂泊五馬峯下別買小舟沿江往探山皆突起平地有橫皴無直理一層至千萬層箍圍不斷疑嶺南近海多螺蚌故峯形亦作螺紋耶尤奇者左窗相見別矣右窗又來前艙相見別矣後艙又來山追客耶客戀山耶舛午惝恍不可思議行一日夜至丹霞但見絕壁無蹊徑惟山脅裂一縫如斜鋸開人側身入良久得路攀鐵索升別一天地借松根作坡級天然高下絕不滑履無級處則鑿厓石而爲之細數得三百級到闌天門最隘僅容一客上橫鐵板爲啓閉一夫持予烏飛不上山上殿宇甚固甚宏闊鑿厓作溝引水僧廚甚巧有僧塔在懸厓下厓張高幂呑覆之其前羣嶺環拱如萬國侯伯執玉帛來朝間有豪牛醜犀犂靬幻人鵾張蠻舞者余宿靜觀樓山千仞銜窗而立壓人魂魄夢亦覺重山腹陷進數丈珠泉滴空枕席間琮琤不斷池多文魚泳游余置筆硯坐片時不知有世不知有家亦不知此是何所次日循原路下如理舊書愈覺味得立高處望自家來蹤從江口到此蚰蟠

蚓屈縱橫無窮約百里而遙倘用鄭康成虛空鳥道之說拉直綫行則五馬峯至丹霞片刻可到始知造物者故意頓挫作態文章非曲不爲功也第俯視太陡不能無悸乃坐石磴而移足焉僧問丹霞較羅浮何如余曰羅浮散漫得一佳處不償勞丹霞以遒警勝矣又問無古碑何也曰雁宕開自南宋故無唐人題名黃山開自前明故無宋人題名丹霞爲　國初所開故幷明碑無有大抵禹迹至今四千餘年名山大川尚有屯蒙未闢者如黃河之源元始探得此其證也然即此以觀山尚如此愈知聖人經義更無津涯若因前賢偶施疏解而遽欲矜矜然闌禁後人不許再參一說者陋矣妄矣殆不然矣

## 峽江寺飛泉亭記

余年來觀瀑屢矣至峽江寺而意難決捨則飛泉一亭爲之也凡人之情其目悅其體不適勢不能久留天台之瀑離寺百步雁宕瀑旁無寺他若匡廬若羅浮若青田之石門瀑未嘗不奇而遊者皆暴日中踞危崖不得從容以觀如傾蓋交雖懽易別惟粵東峽山高不過里許而磴級紆曲古松張覆驕陽不炙過

石橋有三奇樹鼎足立忽至半空凝結爲一凡樹皆根合而枝分此獨根分而枝合奇已登山大半飛瀑雷震從空而下瀑旁有室即飛泉亭也縱橫丈餘八窗明淨閉窗瀑聞開窗瀑至人可坐可臥可箕踞可偃仰可放筆硏可瀹茗置飲以人之逸待水之勞取九天銀河置几席間作玩當時建此亭者其仙乎僧澄波善奕余命霞裳與之對枰於是水聲棋聲松聲鳥聲參錯並奏頃之又有曳杖聲從雲中來者則老僧懷遠抱詩集尺許來索余序於是吟詠之聲又復大作天籟人籟合同而化不圖觀瀑之娛一至於斯亭之功大矣坐久日落不得已下山宿帶玉堂正對南山雲樹蓊鬱中隔長江風帆往來妙無一人肯泊岸來此寺者僧告余曰峽江寺俗名飛來寺余笑曰寺何能飛惟他日余之魂夢或飛來耳僧曰無徵不信公愛之何不記之余曰諾已遂述數行一以自存一以與僧

## 遊桂林諸山記

凡山離城輒遠惟桂林諸山離城獨近余寓太守署中晡食後即干于焉而遊

先登獨秀峯歷三百六級詣其巔一城烟火如繪北下至風洞望七星巖如七穹龜團伏地上次日過普陀到棲霞寺山萬仞壁立旁有洞道人秉火導入初尙明已而沉黑窅渺以石爲天以沙爲地以深窪爲池以懸崖爲幔以石脚插地爲柱以橫石牽挂爲棟梁未入時土人先以八十餘色目列單見示如獅駝龍象魚網僧磬之屬雖附會亦頗有因至東方亮則洞盡可出矣計行二里許俾晝作夜倘持火者不繼或堵洞口則遊者如三良殉穆公之葬永陷坎窞中非再開闢不見白日吁其危哉所云亮處者望東首正白開門趨往捫之竟是絕壁方知日光從西罅穿入反映壁上作亮非門也世有自謂明於理行乎義而終身面牆者率類是矣次日往南薰亭隄柳陰翳山淡遠縈繞改險爲平別爲一格又次日遊木龍洞洞甚狹無火不能入垂石乳如蓮房半爛又似鬱肉漏脯離離可摘疑人有心腹腎腸山亦如之再至劉仙巖登閣望鬬雞山兩翅展奮但欠啼耳腰有洞空透如一輪明月大抵桂林之山多穴多竅多聳拔多劍穿蟲嚙前無來龍後無去蹤突然而起戛然而止西南無朋東北喪偶較他

處山尤奇余從東粤來過陽朔所見山業已應接不暇單者複者豐者殺者揖讓者角鬭者綿延者斬絶者雖奇鵠九首貛疏一角不足喻其多且怪也得毋西粤所產人物亦皆孤峭自喜獨成一家者乎記歲丙辰余在金中丞署中偶一出遊其時年少不省山水之樂今隔五十年而重來一邱一壑動生感慨矧諸山之可喜可愕哉慮其忘故詠以詩慮未詳故又足以記

遊端州寶月臺記

亭館之宜避寒易避暑難大概氣疏以達少日而多風爲避暑之最也端州北門外有寶月臺夷庭高基粱長九丈餘六古榕樹東西遮蔭北望曠如荷萬頃搖風送香遠望七星巖如竹林客差肩而坐余雖好遊得此於他處甚寡且喜離府署近常攜筆硯避暑其間高要令楊蘭坡知余之好之也時時招客治具爲老人歡六月朔自臺醉歸天大風次日水暴至城不沒者三版臺爲巨浸矣噫家弟守端州三年未嘗一詣臺所自余遊焉而臺名大噪四方之屨畢至又未半月河伯亦爇而奪焉名之不可久居也如是夫然臺不余約而余來余不

楊約而楊公來余與楊公俱不水約而水又來名勝之隱晦人事之變遷居處之久暫人耶天耶若可知若不可知雖水退後臺將自出而余則齒衰路遙不可以久留矣明年避暑時余之不能忘情於臺與楊公猶臺與楊公之不能忘情於余也爲文以記之使明府高義此邦陳迹常留存於人間而不隨水爲滅沒云

## 遊武夷山記

凡人陸行則勞水行則逸然山遊者往往多陸而少水惟武夷兩山夾溪一小舟橫曳而上溪河湍激助作聲響客或坐或臥或偃仰惟意所適而奇景盡獲洵遊山者之最也余宿武夷宮下曼亭峯登舟語引路者曰此山有九曲名倘過一曲汝必告於是一曲而至玉女峯三峯比肩鼙如也二曲而至鐵城障長屏遮迣翰音難登三曲而至虹橙巖穴中庋柱拱百千橫斜參差不腐朽亦不傾落四五曲而至文公書院六曲而至曬布厓厓狀斬絕如用倚天劍截石爲城壁立戍削勞逸不可止竊笑人逞勢天必天閼之惟山則縱其橫行直刺淩

逼莽蒼而天不怒何耶七曲而至天游山愈高徑愈仄竹樹愈密一樓憑空起衆山在下如張周官王會圖八荒蹲伏又如禹鑄九鼎罔象夔魖軒豁呈形是夕月大明三更風起萬怪騰踔如欲上樓揭煉師能詩與談燭跋旋即就眠一夜魂營營然猶與烟雲往來次早至小桃源伏虎巖是武夷之八曲也聞九曲無甚奇勝遂即自匡而返嘻余學古文者也以文論山武夷無直筆故曲無平筆故峭無複筆故新無散筆故遒緊不必引靈仙荒渺之事爲山稱說而即其超雋之概自在兩戒外別豎一幟余自念老且衰勢不能他有所往得到此山請嘆觀止而目論者猶道余康強勸作崆峒峨眉想則不知王公貴人不過纍拳石濬盈畝池尚不得朝夕玩遊而余以一匹夫髮種種矣遊遍東南山川尚何不足於懷哉援筆記之自幸其遊亦以自止其遊也

## 祭孔南溪方伯文

嗚呼同年者四海九州之人耳何君與余之獨親既乍見以欣然情彌久而彌眞苟逾時之契闊必執訊之殷勤上堂輒攬其衣裾入座必鍥其車輪傔從不

知其故賓朋莫探其因謂兩人之名位相同耶乃一則顯而一則藏也謂兩人之情性相合耶又一則狷而一則狂也然則胡爲固結而不可解耶亦各指心而口不能詳也憶君之初來爲江城之司馬偶承顏以接詞便慄然而意下降夫人之魚軿迎諸郎之偏駕龐公妻子不知主賓祖約深談屢忘晨夜已而揚州領郡蘇州專城再遷轉運再司祥刑以周昌之強直兼伯夷之孤清上游無誣諉之事僚屬斷聽請之情惟余飛一詞以相抵則儼然桐魚之扣而石鼓爲之應聲其性夷姤其心淡泊笑比河清政如霜肅不寵人以片言不受人之半菽惟余之清詞曼句則時時雒誦而當作笙簫雖余之廢札纇箋亦必急急瀆治而寶如珠玉偶來秣陵銜參大府王事敦迫未詣我所亡何書來陳謝千語謂子見責胸中有吾若竟恝然視吾如無請將歉懷爰告僕夫庶幾見諒待吾如初嗚呼一鄙人何足爲君輕重而竟若是之瞿瞿乎客歲之秋　天子命公屏藩江左老幼呼曰正人來矣民其怗妥余亦喜曰彼君子兮此來爲我誰知未稔遽爾懸車　君恩愈深臣力愈差神雖存而形敝壺未至而凶嗟值我病

痁未能走送君來訣別登牀號慟雖四奴之扶顛猶雙趺之怯重果白首之恩知付黃壚之一夢嗚呼傷哉人生局促逝者如斯溘然化盡賢聖何辭情依依而宛在魂迋迋以何之我差君兮三歲知後死兮幾時折疏麻兮遙奠特䙰縷以陳詞不然我兩人之風義將千秋其誰知哀哉尙享

## 祭李竹溪文

嗚呼竹溪竟先我死我失良朋世喪君子既摶我膺更僂我指海內之交如君有幾昔舉京兆榜下散矣雖同師門一揖而已後二十年君宰上元蒙來相訪澀於語言如玉在璞其光勿宣心猶遲疑未審君賢及觀君政漸見本原勞不言勤清不言貧無須笞吏吏不爲姦不夸愛民民情歡便交君既久敬君彌篤毅而能擾剛而勿黻先施忘報有諾不宿辭隆就窳風神落莫余雖山居惟君是適誤君官衙是我書室茶呼兒烹酒喚嫂設君但倓然笑言吃吃君畢王事亦詣我家壽或拜母閑或玩花詩謀一字書借五車嫛婗稚女呼君爲爺奴婢驚詢官耶客耶君丁外艱貧不能去余典裘裳悉力相助旁觀嘖嘖此叟非豪

如何楊朱肯拔一毛我但匿笑難語爾曹推遷評事得拜　殿上　帝知老吏命陳忠讜君奏民隱如指諸掌未盡臣言已聞　天獎遂擢不次惠州黃堂嶺南一過金銀爲牆豈知君心淡如雪霜萬車圜轉一輪獨方如何能行宜斷厥鞅微罪歸來廉泉滿口對余大笑未辱君友余亦稱賀還我故人且住隨園痛飲十旬臨行訣別流涕覆面各指頭顱無幾相見果然信至元晏病風細玩手書點畫猶工雖枯半體不廢兩肱可憐膠漆難通鱗鴻白門河間雲山萬重君接我書如獲珍怪潰治收藏雒誦必再我接君書喜極而拜所拜者天留君尚在今年四月郎君寄訃述君遺言命余志墓嗚呼竹溪竟返眞矣而我儽然尚爲人矣追思疇昔隔兩塵矣如日之夕難再晨矣且喜頽侵逾七旬矣與世漸疎與君親矣有芻一束有文一道遠寄郎君必祭必告哀哉尚享

小倉山房續文集卷二十九

珍做宋版玲

錢唐袁枚子才

## 與程蕺園書

從熊公子處接手書云有索僕古文者命爲馳寄僕於此事因孤生嬾覺古人不作知音甚稀其弊一誤於南宋之理學再誤於前明之時文再誤於　本朝之考据三者之中吾以考据爲長然以之溷古文則大不可何也古文之道形而上純以神行雖多讀書不得妄有撦拾韓柳所言功苦盡之矣考据之學形而下專引載籍非博不詳非雜不備辭達而已無所爲文更無所爲古也嘗謂古文家似水非翻空不能見長果其有本矣則源泉混混放爲波瀾自與江海爭奇考据家似火非附麗於物不能有所表見極其所至燎於原矣焚大槐矣卒其所自得者皆灰燼也以考据爲古文猶之以火爲水兩物之不相中也久矣記曰作者之謂聖述者之謂明六經三傳古文之祖也皆作者也鄭箋孔疏考据之祖也皆述者也苟無經傳則鄭孔亦何所考据耶論語曰古之學者爲

己今之學者爲人著作家自抒所得近乎爲己考据家代人辨析近乎爲人此其先後優劣不待辨而明也近見海內所推博雅大儒作爲文章非序事嘾沓卽用筆平衍於剪裁提挈烹煉頓挫諸法大都懵然是何故哉蓋其平素神氣沾滯於叢雜瑣碎中翻擷多而思功少譬如人足不良終日循牆扶杖以行一旦失所依傍便倀倀然臥地而蛇趨亦勢之不得不然者也且胷多卷軸者往往腹實而心不虛藐視詞章以爲不過爾爾無能深探而細味之劉貢父笑歐九不讀書其文具在遠遜廬陵亦古今之通病也前年讀足下汪宜人傳紆徐層折在望溪集中爲最佳文字此種境界似易實難僕深喜足下晚年有進於此僕之文非足下之獻而誰獻焉尚有近作數篇意欲增入須明春乃來衰年心事類替人持錢之客臘殘歲暮汲汲顧景終日辜榷簿冊爲交代後人計甚殷豈不知假我數年未必不再有進境然難必主人之留客與否也一笑

荅蕺園論詩書

來諭諄諄教刪集內緣情之作云以君之才之學何必以白傅樊川自累大哉

足下之言僕何敢當夫白傅樊川唐之才學人也僕景行之尚恐不及而足下乃以爲規何其高視僕卑視古人耶足下之意以爲我輩成名必如濂洛關閩而后可耳然鄙意以爲得千百僞濂洛關閩不如得一二真白傅樊川以千金之珠易魚之一目而魚不樂者何也目雖賤而真珠雖貴而僞故也人之才性各有所近假如聖門四科必使盡歸德行雖宣尼有所不能君子修身先立其大則其小者毋庸矯飾韓昌黎上宰相書杜少陵獻哥舒翰詩後人頗相疵瑕而二賢集中卒不删去想見古人心地光明日月之食人皆見之惟沈休文賀多隱慝故有綺語之侮竹垞存風懷一首慮爲配享累此亦一時戲言何足爲典要試思竹垞當時竟删此篇今日孔廟中果能爲渠置一席否儒者誠其意虛其心終日慊慊望道未見豈有貪後世尊崇先掩其不善而著其善之理僕平生見解有不同於流俗者聖人若在僕身雖賤必求登其門聖人已往僕鬼雖餒不願廁其廟何也聖門諸人聖人所教必非庸流配享諸人後代所尊頗多僥倖傑豪之士不屑與僥倖者同升使僕集中無緣情之作尚思借編一二

以自污幸而半生小過情在於斯何忍過時抹摋吾誰欺自欺乎且夫詩者由情生者也有必不可解之情而後有必不可朽之詩情所最先莫如男女古之人屈平以美人比君蘇李以夫妻喻友由來尚矣即以人品論徐摛善工體能挫侯景之威上官儀詞多浮豔盡忠唐室致光香奩楊劉崑體趙清獻文潞公亦倣爲之皆正人也若夫迂襲經文貌爲理語者雖未嘗不竄名儒林然非頑不知道即疏不任事贓私諂諛史難屈指白傅樊川恥之僕亦恥之人能改過自佳然必深知其非有所不安於心而后從諫如流非可隨聲附和緣情之作縱有非是亦不過三百篇中有女同車伊其相謔之類僕心已安矣聖人復生必不取其已安之心而掉罄之也宋儒責白傅杭州詩憶妓者多憶民者少然則文王寤寐求之至於轉展反側何以不憶王季太王而憶淑女耶孔子阨於陳蔡何以不思魯君而思及門弟子耶沈朗又云關睢言后妃不可爲三百篇之首故別撰堯舜詩二章然則易始乾坤亦陰陽夫婦之義朗又將去乾坤而變置何卦耶此種讕言令人欲殼善乎鄭夾漈曰千古文章傳真不傳僞古人

之文醇駁互殊皆有獨詣處不可磨滅自義理之學明而學者率多雷同附和人之所是是之人之所非非之問其所以是所以非之故而茫然莫解歸熙甫亦云今科舉所舉千二百人讀其文莫不崇王黜伯貶蕭曹而薄姚宋信如所言是國家三年之中例得臯夔周孔千二百人也寧有是哉足下來教是千二百人所共是僕緣情之作是千二百人所共非天下固有小是不必是小非不必非者亦有君子之非賢于小人之是者先有寸心後有千古再四思之故不如勿刪也

答平瑤海書

四月一日接手書洋洋千言所以矜寵枚文者至於再至於三若發於中心之誠而不能自已枚自問何以得此于先生始而疑繼而懼終乃狂喜而感至於天故何也昔人稱龐士元奬引人才每過其分蓋是善善從長而非其人之果足以副之也疑先生以此意見待故懼且疑繼而思之先賢呂新吾云凡評人詩文徵吾心不欺之學先生豈肯欺我兼自欺哉以故喜欲狂也然而知音之

難自古記之子雲太玄世取覆醬祇桓譚篤好比諸周易温公通鑑人人庋束高閣惟王勝之肯讀一過今知詩者多知文者少知散行文者尤少枚空山無俚爲此於舉世不爲之時自甘灰沒獨先生假借數言俾其自信豈非天之哀枚衰朽故生有絶大知識人爲闡揚以光明之耶古人得一知己死且不恨蓋言知己最難苟得一焉則死者之魂魄雖長逝千載猶無憾也枚竟未死而得之於並生此世之先生感先生能不感生先生之天乎假使先生遲生百年枚早生百年則雖知我愛我亦彼此付諸冥漠而已矣枚之得交于先生天也枚讀書六十年知人論世嘗謂韓柳歐蘇其初心俱非託空文以自見者惟其有所餘於文之外故能有所立於文之中雖王半山措施不當致禍宋室而其生平稷契自命欲有所建立之意何嘗不矜矜自持故所爲文勁折遒峭能獨往來於天地閒札中道枚幹濟之才十不施一枚何敢當然以論文故是探本之言毛詩云惟其有之是以似之得毋先生之懷抱言至此而亦不自覺其流露耶枚再拜

答沈省堂觀察書

前書述所志無所慕而爲善無所畏而不爲惡斯言也平平無奇而足下來書疑僕自許過當云二語是生知安行地位非聖人不能嘻過矣夫飲食者見物階敗而斁之以其不悅於口而非以其能傷人也見物甘旨而嗜之以其悅於口而非以其能養人也雖養人傷人之機未必不伏於一嗜一不嗜間而爾時必不暇及者尋常飲食之人皆能之不必易牙也聖人非人中之易牙乎而何必以此尋常語相震驚乎書中云僕晚年得子宜勿姑息訓之以義方斯言是也又云宜種福田以圖後慶則又誤矣春秋之法誅心不誅事惡出無心其惡可閔善出有心其善可鄙子曰視其所以足矣必曰觀其所由若爲善而先有子孫之見則所由寧足觀乎又曰某之禱久矣此豈預知其將疾病而先爲之禱乎夫善可爲惡不可爲理也福與禍數也好善者雖禍不懼然后謂之真善惡惡者雖福不喜然后謂之真惡惡若有心較論於報復之間挾其私意與天爲市則偶然氣數之不齊報施之略爽其平素操持岌岌乎殆矣禹稱惠迪吉

從逆凶論治天下之大權也易稱積善必有餘慶積不善必有餘殃言履霜堅冰之象也皆非世俗所刊陰隲文感應篇瑣瑣齷促家人言也史冊名臣傳中亦往往稱吾家積德後世必有興者此皆子孫顯貴後歸功先人追頌之言斷非當其行善時先爲此說猶之魯頌稱太王翦商亦後人追頌之詞非太王當日果有翦商之志也且理數之不齊更有難言者周家積德累仁自后稷公劉千餘年至於文武成康至矣乃一再傳而昭王溺於楚孔子至聖先天而天不違乃衰年目睹伯魚早卒此皆後世大不祥之事而當時偏逢其厄使非古聖人爲之祖爲之父安知不有俗流見解疑其先人必有隱慝故受此孽報耶常謂以行善勸人猶以讀書勸子弟也以因果勸人猶之誘以果餌威之夏楚也在子弟幼時原應作如此教法若年到十四五當心知書味俛焉日有孳孳矣若猶須如此督誘便是不肖行逕今以福善禍淫之說誘人是以不肖子弟待人也足下與僕相交四十年而相待之薄乃如是哉昨春過無錫楊宏度來舟中亦如君所云云僕應之曰君因我有子故勸我急行善然則我無子君將勸

我急行惡乎楊亦張目而不能荅也

與楊峙塘書

昔退之作爭臣論諷陽亢宗諫僕欲作一論諷足下不諫諫御史職也足下爲御史而教之棄職過矣然天下事有不爲而賢於其爲之者醫是也諫是也孝子之事父也不修瀡以甘之而湯藥以苦之豈得已哉然父之飲之也非所甘而強焉雖當時惡其螫口覆盂逐醫而過後諒其子之用心或疾益甚則未有不翻然悔者悔則復肯受藥若當其上口時雖不甚苦而實乃無疾而攻又或朝丸夕劑促數煩志而於肯膂處離隔太遠彼爲父者必恍然於其子之務名而非以爲愛醫之射利而非以爲功則愈信己身之無病愈疑天下之無藥而一旦有真疾有良藥亦復不受矣諫之爲道亦猶是也三代後宋仁宗最賢最納諫其時諫者殆無虛日及考其章疏率皆沽名徼訐無關政體其所謂直臣如王陶唐介余靖孫甫輩僕甚鄙之今　上首開言路風聞者不罪稱　旨者遷官近年來諫章雲集最上者取宋儒陳言迂遠牽引令人聞古樂而思臥其

次小有條議改刑部一律工部一例從亦可駁亦可其下爭風氣之先伺上意而迎之其冒誤者亦復後悔此輩喋喋雖中主亦所厭聞況聰明睿智遠過堯舜者乎僕恐數年後諫道將廢諫路將絕則今日之御史爲之也且夫御史之職較宰相卑而御史之道與宰相同何也宰相無專司燮理論道而已御史亦無專司補過拾遺而已非如九卿百官有政事之程督也有可諫則諫無可諫則已敢諫則諫不敢諫則已行其道以盡職養其身以有待與留其路以讓人三者皆可以無愧於天下陽城七年不諫雖不裂麻卒爲君子杜欽谷永攻上身及後宮雖終日諫卒爲小人此其故可思也足下近劾大僚逐之海內懾其威僕以爲受逐者水就傾矣伐之不武恐足下巧有餘而道猶未足故以不諫規足下

書呂東𨻶傳後

治天下國家無難惟當其可之爲難古之人事苟當伊尹廢太甲文王廢伯邑考無所爲非事苟不當高祖不廢呂后晉武不廢惠帝卒亂天下易曰貫魚以

宮人寵無不利言宮人進幸於君后不得專也又曰恆其德婦人貞吉夫子凶言陽剛統陰不貴貞恆也光武廢郭后其時漢儒質樸無爭之以爲名者仁宗廢郭后宋人章疏交攻在孔范諸賢豈不有鑒於唐武氏之禍而隱然以韓褚自居哉不知仁宗無晉王之昏郭后非王后之比楊尚二美人無武氏之惡呂夷簡亦非許敬宗李義府之流擬人不倫固不可也當是時章獻崩帝始知宸妃爲生母宮寢紛紛異論蜂起帝心大不安至於開棺驗視蓋其心已有戒乎母后之專而惴惴乎宸妃之不得其死矣郭氏者章獻黨也恃勢專悍本無窈窕之儀而又忿爭手搏形同委巷帝時無子帝之心其能無履霜之戒乎賢如光武豈爲陰貴人廢后哉亦鑒前代人彘之禍幾乎以呂易劉故先黜呂后配享隨廢郭后英主所見大抵相同其爲社稷計至深且切彼孔范者迂儒也可與立未可與權而呂夷簡者亦陋儒也諸臣嘵嘵便宜曉以此義乃引光武故事支吾及諸臣以堯舜折之遽不能對不知堯舜不廢后曾廢太子矣事以義起本無典故之足云而孔門三黜其妻孟子以順爲正諸賢又何以不聞也范

公之言曰后之罪未聞當廢公言誤矣禮曰出妻放子怒而不表禮焉故蒸梨不飾皆古人忠厚之意范公身爲臣子知母后有罪止宜含畜覆護不忍探聞乃苦逼帝以廢后之故布告天下於是以頸痕示執政如嬰兒格鬭乞憐於長者之前國體何在且姑前不叱狗齒路馬有誅原以豫遠不敬也當宮內忿爭時至尊在前后自搖手不得乃當帝而手批其所愛又拒救觸帝至傷漢法所謂大不敬也漢任后與李太后爭門誤格太后措指卒梟首律文傷尊長無誤不誤之分誠以名分爲重故也公又言曰子不宜聽父出母又誤矣伯魚之母被出期而猶哭可矣執其袪而留之可乎匡章之母被出章屏妻出子可矣助母以益父怒可乎古之善處此者郅君章一人而已其告光武曰夫婦之際父不能得之於子況臣能得之於君乎願千秋後毋使人議陛下而已委宛微言仁之至義之盡光武感焉故待陰郭禮必均而后亦以壽終自孔范忿爭之後內外相激宦豎震恐至於挾毒眕后而后卒暴崩嗚呼后亦不幸而遇孔范諸賢也歟

## 書大學補傳後

朱子以讀書窮理訓格物致知此是千古定論惜其補傳一篇別生枝節致召天下之疑不可不辨大學雖出戴記而文古理醇不似中庸敷衍且其意義周匝絕無隙漏序治平齊修誠正之先後畢矣慮其無所致功蹈思而不學之弊故以致知格物次之天下之物又多矣慮其探賾索隱蹈博而寡要之弊故又以物有本末知所先後曉之而且以聽訟一章證之其始終條貫燦若列星傳固未嘗缺也今抹却本文而補之曰在卽物而窮其理天下物無盡時知無致時又曰一旦豁然貫通所謂一旦者杳無年月蓋誤解夫子一以貫之之語而增出一旦二字遂墮入佛氏參禪頓悟之邪徑而不自知陸王因之創爲良知之說大相牴牾不知孟子所謂良知者卽言人性善之緒餘耳擴充四端正有無窮學力非教人終身誦之肫然若新生之犢也且孔子大聖人其良知豈不千百倍於陸王諸公然而學射矣學御矣問官於郯子問禮於老聃矣至齊而始聞韶反衞而始正樂矣兼多識於鳥獸草木商羊萍實之文使在陸王觀之

早宜收視返聽寂坐杏壇而萬物皆備何必玩物喪志若是之僕僕不憚煩哉大抵古之聖賢未有不以讀書窮理爲功者書稱學古入官易稱君子多識前言往行以畜其德子貢曰賢者識其大不賢者識其小孟子曰博學而詳說之將以返說約也皆是格物致知之本旨而子路曰何必讀書然後爲學則尤見聖門教人直以讀書爲學矣聖經一章內聖外王兼備獨缺讀書明理一條豈正心誠意齊家治國之君子皆目不識丁者乎依朱子之言則未到一旦豁然貫通時意可以不必誠心可以不必正身可以不必修乎其亦遠於理矣善乎先師史氏之言曰論語博學於文格物也約之以禮致知也女以予爲多學而識之者歟物格也予一以貫之知致也朱子不引聖人之言而反竊取程子之說何也

## 書陸游傳後

宋史稱陸游爲侂胄記南園見譏清議余嘗寃之夫侂胄魏公孫智小而謀大不過易所稱折足之鼎耳非宦寺流也南園成延游爲記出所寵四夫人侑酒

游感其意爲文加規勸其禔躬活民毋忘先人之德在侂胄親仁在游勸善俱無所爲非宋儒以惡侂胄故波及於游然則據宋儒之意必使侂胄剗除善念不許親近一正人而爲正人者又必視若洪水猛獸望望然去之嗚呼此宋以後清流之禍所以延至明季而愈烈也孟子曰逃墨必歸於儒歸斯受之而已矣孔子曰人潔己以進與其進也不與其退也侂胄有好名慕善之心游因而導之以正宜也漢廉范名臣也而依竇憲陳寔高士也而弔張讓一以成功名一以救善類其效皆彰彰可睹且孔子所謂與上大夫言誾誾如者夫獨非逐君之季孫黨惡之叔孫哉然而仲弓冉有子路俱爲之宰聖人不禁且曰自季孫之賜我粟千鍾也而交益親聖人非不畏清議也以爲潔一己之名小仁萬物之功大以故佛肸公山弗狃雖不善皆不厭其召不特此也子路贖人受謝夫子是之子貢贖人不受謝夫子非之夫受謝貪也不受謝廉也聖人之心又豈獎貪而斥廉哉以爲受謝可以誘人爲善不受謝可以阻人爲善一阻一誘間關係甚巨己之貪廉抑末也夫貪尚且不避而況區區文墨之事乎使游果

有附權貴希冀倖進之心則當曾覿龍大淵柄國時略與霑接早已致身通顯
矣而乃大與之忤逐歸不悔豈有垂暮之年反喪其守之理卒之侂冑自咎前
失大弛僞學之禁又安知非游與往來陰爲疏解乎彼矜矜然自夸清議者或
陰享其福而不知蓋宋史成於道學之風甚熾之時故楊時受蔡京之薦史無
譏詞胡安國受秦檜之薦史無譏詞京與檜之姦十倍於侂冑游之過小於楊
胡而反詆之不休何也游不講學故也張浚伐金之謀與侂冑同符離之敗與
侂冑同然而張浚不誅士林不議者何也則一與朱子交一與朱子忤故也善
乎寧宗之言曰恢復豈非美事惜不量力耳金人葬侂冑首謚曰忠繆言其忠
於爲國繆於爲己故也夫侂冑之罪尚且一敵國一君父爲之末滅而游作一
記之過乃著于本傳中不亦苛乎吾故曰史不易讀讀全史而後可以讀本傳
讀旁史雜史而後可以讀正史不然知人論世難矣哉

書茅氏八家文選

凡類其人而名之者一時之稱也如周有八士舜有五人漢有三傑唐有四子

是也未有取千百世之人而強合之爲一隊者也有之者自鹿門八家之目始
明代門戶之習始於國事而終於詩文故於詩則分唐宋分盛中晚於古文又
分爲八皆好事者之爲也不可以爲定稱也夫文莫盛於唐僅占其二文亦莫
盛於宋蘇占其三鹿門當日其果取兩朝文而博觀之乎抑亦就所見所知者
而撮合之乎且所謂一家者謂其蹊逕之各異也三蘇之文如出一手固不得
判而爲三曾文平鈍如大軒駢骨連綴不得斷實開南宋理學一門又安得與
半山六一較伯仲也若鹿門所講起伏之法吾尤不以爲然六經三傳文之祖
也果誰爲之法哉能爲文則無法如有法不能爲文則有法如無法霍去病不
學孫吳但能取勝是卽去病之有法也房琯學古車戰乃致大敗是卽琯之無
法也文之爲道亦何異焉或問有八家則六朝可廢歟曰一奇一偶天之道也
有散有駢文之道也文章體製如各朝衣冠不妨互異其狀貌之妍媸固別有
在也天尊於地偶統於奇此亦自然之理然而學六朝不善不過如紈袴子弟
熏香剃面絕無風骨止矣學八家不善必至於村媪呶呶頃刻萬語而斯文濫

焉讀八家者當知之

讀左傳國策

余讀左氏不禁嘆曰世運盛衰其以財貨爲升降乎魯自成襄以前除取郜鼎一事外未有以貨聞者傳至定哀僅越百數十年而若楚之子常晉之范鞅荀躒竟有非此不可之意自上下下相習成風崔杼之亂晉六正五吏三十帥皆有賂公叔文子欲享衛侯史鰌苦禁之道子富而君貪恐以財賈禍君臣相伺如劫盜然回憶君如楚莊晉悼臣如令尹子文范武子杳如天上然則財貨盛而人才衰亦一奇矣雖然當時行賄者不親相授受也必有習慣居間如申豐高齮一流暗爲關說然後其貨始達於權臣蓋猶有羞惡之心焉且所謂賄者亦不純用金也或縛錦或置璧或以馬或以裘蓋猶有承筐是將之敬焉降至戰國嫌其委曲繁重盡行芟除而直以金行以故張儀得千金則夸鄭袖矣綦毋恢贏四十金則贈溫囿矣公孫衍得百金則敗齊楚之約矣秦散不三千金而天下士相與鬭矣其他以金賄者凡數十見並無賓介爲之通其意也並無

錦璧裘馬爲之隆其文也刀墨之民明目張膽親富不親仁較之春秋其局又變蓋不如此則周不亡想亦氣數使然非孟子諄諄義利之說所能挽移者耶或以平準一書爲漢武病余謂漢武報仇開邊費多聚斂尚非得已天亦諒之故昭宣中興惟桓靈當東漢無事之時專務掊克殊不可解卒之長安之亂天子露宿饔飧不繼不知向之金錢山積藏於少內者都散歸何所也嗚呼

## 讀胡忠簡公傳

余讀李燾長編覺宋仁宗時政無缺失而諸臣上疏喋喋不已蓋恃其君寬仁必不罪我而我借此得名可相夸栩其心皆不出於忠愛孔子曰有德者必有言彼既無德言於何有以故讀其所奏非倦思臥即煩而欲嘔及讀宋史至胡忠簡公請斬秦檜一疏不覺再拜嘆曰有宋三百年公其諫臣之第一乎夫人臣報國非必執干戈死戰陣也以忠誠義憤奮臂大呼使敵國聞之凜然變色至以千金買其書此何異秦軍聞魯仲連數言而却軍五十里哉使高宗能從其言斬此三人整師而出則朝廷之氣已早吞河北而有餘公此疏足抵精兵

十萬矣公雖遠貶十餘年歷諸險惡地檜死得歸仍還原官遷至龍圖學士一息尚存猶時時以恢復爲請向之救公慕公者轉零落殆盡可見人各有命自貴自賤自生自死亦非姦臣之力所能貴賤生死之也或惜公在廣州戀黎倩爲朱子所譏嗚呼卽此可以見公之真也從古忠臣孝子但知有情不知有名爲國家者情之大者也戀黎倩者情之小者也情如雷如雲彌天塞地迫不可遏故不畏誅不畏貶不畏人訾議一意孤行然後可以犯天下之大難古之人蘇武娶胡婦關忠武請秦宜祿妻袁粲八關齋與張淹私進魚肉彼其日星河嶽之氣視此小節如浮雲輕飈之過太虛而腐儒矜矜然安坐而捉搦之譬鳳皇已翔雲霄而鷽鳩猶譏其毛羽有微塵甚無謂也不然使公亦有顧前瞻後謹小慎微之態則當其上疏時秦檜之威不在侂冑下公豈不能學遯翁取數枝蓍草自筮吉凶以定行止哉孟子曰此之謂大丈夫微忠簡吾誰與歸

# 小倉山房續文集卷三十一

錢唐袁枚子才

## 湖南巡撫陸公神道碑

公姓陸名燿字朗夫吳江蘆墟人生卽端愨六歲受孝經論語以古賢自期乾隆壬申舉京兆補中書入軍機房以戶部郎中補登州府知府再遷運河道按察使權布政使事母病乞歸侍養終喪

天子命視運河授山東布政使湖南巡撫裁一年薨公起家寒素性淡泊不慕寵榮惟於仁民惠物之事朝夕宣究多識前言往行其守濟南也上書徐中丞請截留南糧爲積貯計任河道時上書總河姚公請疏泉源增修月河作臬使時以徒犯罪輕請免解司以省苦累署藩司時以流外壅積請停分發　上皆是之公風骨秀整靜氣迎人雖恂恂謙謹造次必於儒者而臨大事則屹不可動甲午壽張縣王倫作亂距運河甚近人情洶洶有欲閉城者公不可曰寇未至先閉城門是示之怯也且鄉民爭入城何忍棄之乃募鄉兵拒守而身自坐

城闉彈壓稽察賊知濟寧有備不敢南向已而　王師奏捷一城雞犬不驚公
在樞垣儤直至於日晡猶不退猝有急務立辦以故大學士傅文忠公屢薦公
上亦知公深凡巡幸處俱令扈從所奏察虧空事宜及救荒策俱蒙　聖獎
臨終前一月猶奏湖南社倉穀業已敷用其息穀請免征收奉　旨允行批到
日方伯秦承恩捧劄子啓告柩前慰公泉下愛民之心時公已歿二十餘日矣
天子聞公薨悼惜者再嗚呼以公忠誠　天子之恩眷明良遇合千秋一時
使再永其神明以竟其用其所敷施必有更遠且大者而竟扼以無年壽止六
十有四悲夫公事母孝初選守大理府再遷甘肅監司俱以親老調近省撫楚
時見屬吏有篤老親猶來赴補惻然憫之奏官員凡親年七十雖有次丁俱許
終養一時中外官歸養者千餘人封公虔實先生有清德卓行精八分書與枚
京師有交甲辰冬枚過長沙公執後進之禮甚恭曰昔先人題先生乞假歸娶
圖某年十七侍旁磨墨不敢忘也所著有河防要覽甘薯錄切問齋古文朗夫
詩集若干卷公三代皆以公貴受二品封夫人陳氏生三子恩受綱俱修飭能

守家法孫六人以丙午十月葬公於吳江之東顧阡公　予告時所自營生壙也

銘曰從來巨儒行不迂拘真嗜詩書體用必俱毣毣中丞澹如粹如內入　禁庭吐納機樞外任旬宣東馳西驅有力必抒匪以徇譽見義必爲匪欲功居忽棄隼旟歸奉板輿若將終身戢影蓬廬　天子思公速下鋒車曰朕知汝任大有餘佐我邦家赤子扶扶公拜稽首敢不勉諸東治河濟濬其沮洳南奠楚邦嬈解苛除事繁力耗恩重心瞿蘉勉額額卒以捐軀朝野惋惜吏民號呼蒼蒼越山瀰瀰鴛湖葬公其閒馬鬣龜趺千秋過者必式必趨

## 董太恭人墓志銘

董太恭人王氏直隸豐潤縣人生而婉嫿明淑不苟笑言年及笄來歸封公公纘先生其時尊章在堂正妻劉恭人當室太恭人孝於姑順於嫡從禮無違勖帥以敬雖分居之築里咸和若穆羽之調生兩子而封公卒其長君即今觀察也當是時太恭人年甫三旬觀察纔八歲僳然一嫠孀獨支門戶內淩外侮未

免俛張而太恭人能持大體處之綽然檢校分書護持遺產爲子延名師婚望族凡家務之犖犖大者無不畢舉旁人聞之疑封公之尚存也亡何次子又殤太恭人進觀察而勖𢡟之曰汝弟亡則吾與汝益孤矣趁此年華可不黽勉前進報 國恩而揚先烈乎觀察泣而志之遂援豫工例得同知引見發皖江歷署赤檗州縣凡六處題補安慶同知在繁昌六安時有水旱災太恭人施棉衣百領爲紳士倡恤獄囚飢寒贍以錢米觀察訊貴池盜案其渠魁不刑而服叩頭曰盜雖不良然叠荷太夫人恩所以供詞無隱不敢煩公心者卽以報太夫人也其感德之感人如此未幾觀察陞廣西思恩府知府思恩瘴癘僨輿觀察以迎養爲憂太恭人恬然不以爲意曰從子禮也生死命也兒何所依違耶遂同往二年歿於官署觀察起復後陞湖南糧道調江安糧道三署布政使事嗚呼以太恭人之神明豈不知瘴雨蠻烟非高年所慣然決意驅車而相隨者慮觀察乖離膝下將毋心殷不能一意辦公上報 朝廷恩故耳豈料身亡不過數年觀察所蒞皆聲明文物之邦可以娛親而竟不能烹武昌魚飲建業水供

板輿一日之歡此皐魚風木之悲古今同慼宜觀察之每一念及而不禁淒然泣下也太恭人天性仁慈待奴婢如子女然不忍笞督聞罪人呼號常廢寢食問決獄有所平反則喜溢於顏以故觀察之行事厚居心寬皆母教也卒年五十有九子二長世明次世華孫二人以 覃恩 誥封恭人以乾隆三十八年閏三月二十六日葬遵化州城東北莊

銘曰月孤彌明松寒更清從古甘臨之吉皆由苦節之貞愔愔恭人爲魯陶嬰劬躬肅後訓子成名天道似遠而非遠地道無成而有成必報者善動物者誠貽謀者遠聞風者興卜茲元宅安藏慈靈峨峨綽楔鬱鬱佳城儲休啓佑永蔭孫曾

## 廣東惠州府知府李君墓志銘

河間有篤實君子曰竹溪李君名棠字召林以壬戌進士宰如皐元和豐縣句容上元天長合肥七縣薦卓異入都遷大理寺評事

天子召見清問良久閔其沉滯州縣二十餘年裁博一薦又入閣曹非國家獎

拔人才之道　特授廣東惠州府知府君感格外恩益奮勉思報而以忤大府故抵任未久劾徇庇罷官家居授徒中風而卒壽七十三君勤於爲政常言前案不清則後案又積乃立摘案法如幼時讀書自爲程課十日必結民咸便之尤長治獄如皐陳某販紅草不歸其兄過張氏池塘得其尸遂控塘主謀害塘鄰姚德助其詞甚力君厲聲曰殺陳某者汝也不必妄引他人姚色變脅以刑乃云素銜陳知其身有鬻女金故乘醉而夜擠於塘人問君何由知曰姚有佯哀詐泣之狀故疑之而以恫喝得之也句容賊王二供與孔姓同偷孔不伏君不訊孔而專訊王乃惡丐某挾仇所教也人問何由知曰凡盜賊引人往往不實我先根窮原犯使真情得而后再訊所引之人則思過半矣原犯盜也刑之非過倘無辜垠雖誤披其頰於心不安而況加刑乎官不可爲賊所用也上元滿營小兒迷路隨一跛者行兒頭眩跛者教飲井水遂愈街卒擒之云以術迷拐人者君笑曰此冤也彼果拐人當挾以遠奔而乃跦跦然跛行於市乎且既迷之又教飲水以解之無是理也街卒不服訴制府制府命與營員會審跛者

果良民教飲水者憐其暑暍故也乾隆二十一年江南米貴句容姦民聚衆萬
餘謀劫王貢生家君單騎往問爾等何爲答聲嘈嘈不可辨君喚老成者前有
三人闖然出曰無他愚民求賑耳君曰求賑當在縣倉不當在王貢生家汝命
衆人歸家賑卽至矣三人回顧麾其肱衆皆星散君知此三人創亂者也命具
姓名至署領粟旋卽縛之荷校以徇合郡肅然如皐有坍江蘆課民疲於追君
力求莊中丞奏聞奉
旨豁免揚州至通州有舊河運鹽泰州徐家壩乃閘上河之水使不下洩者也
堵蔽百餘年忽商人賄閘官私開之致上河水涸民禾盡槁君勘明下河有七
十二洞原可通水商不疏通舊迹而罔民以取便請於大府勒碑永禁犖埌懽
呼江寧通濟門外有教場甚寬中間旗人牧馬民田其旁亦百餘年矣忽奉將
軍檄稱民佔旗地宜歸還滿營君請將軍發檔案以便辦治將軍曰此係旗員
口訴無案可稽君卽請旗員同丈得三千三百餘畝周圍石柱有界界外民田
糧券鑿然旗員憆視無言將軍亦悔制府尹文端公聞而嘆曰人言李令有德

無才吾不信也余戊午試京兆與君同出廷尉鄧遜齋先生門下兩人意趣絕不相似初見亦落落難合交久覺君意思深長不忍決捨臨終謂其子曰袁公知我最深必以墓銘爲託嗚呼二十年前余已銘君之先人矣今又銘君君長余無幾而竟銘君兩代哀君之餘兼自哀焉所著詩集　卷年譜一冊夫人　氏子燧邑庠生効力四庫館好學善文能世其家以某年月日葬君於某

銘曰月蒼蒼涼涼而可親兮帛戔戔純素而有文兮惟其木訥斯近仁兮惟其至誠故如神兮過貪泉而不酌甑生塵兮循莊逵而不詭車折輪兮余不信爲今之友而常疑爲古之人兮嗚呼嗚呼此其墳兮他日九京誓從子以結鄰兮

## 周君少霞墓志銘

竹橋太史執訊來曰吾邑周君少霞病且革索某銘墓某謝曰子奇士非奇文不足以銘君爲代請於隨園可乎少霞喜力疾賦四詩並狀以來狀曰君諱昂江蘇常熟人從虞東顧先生學顧故經師嶷嶷自守君雖往習詩禮助校讎而意氣倜然不爲繩約所羈學手搏法能持挺鬬白刃兩目不眴轉或挾惡少年

遊狹邪與倡優雜坐狂歌酣顏人諫之輒謝曰吾悔吾改未幾逋蕩如初專趨人之急遇難事衆皆愕也君獨奮任之往往以智得解以拔貢生得宣州司訓宣州狄太守愛其才善待之涇令詹某罷官虧倉穀二千石後任李將揭報矣狄不欲起大獄召宣城張令及合城諸紳士謀相顧愕眙最後召君君至笑曰是何難吾未晡食盍法鳬羹啖我與之食畢徑騋馬馳去狄亦不知其何往也先是宣城前令盧某欲以糶餘穀二千石餽太守託君關說君知太守廉拒之至是直入盧所謾曰詹令有穀若干借貯公倉可速還渠盧色然而駭不解所謂君徐道詹令虧穀有性命憂且曰君前以官穀媚上官私也今以官穀還官倉公也一轉移間人品心術判若天淵肯從某計太守視公爲何如人盧大悅服拱手曰先生行矣某卽輦穀而往矣君歸報狄狄大喜詹令聞之闔門感泣不五日而兩任之事平亡何以他事被劾奉　旨留任嘻君乃廣文微官一彈指可去而能受　聖恩於格外然則君之生平匪獨人奇事奇卽遭際亦未嘗不奇君雖跅弛而內行甚敦事母與兄孝周卹戚里不使人知君有用世心登

原缺二字賢書六上春官不第益侘傺嘗病中強起攬鏡悲呼自投於牀蓋猶有烈士暮年故態云

銘曰劍無芒難割玉士不奇難拔俗天生老周非碌碌意欲先人孝侯逐有才無命徒蟄伏中夜悲呼自指腹抱此雄心老空谷天卑其官薄其祿更夭其子罰何酷末路英雄惟一哭殗殜於牀疾已篤曰墓銘須袁丈作我感其意不諾宿急撰文成走急足或未死前君一讀長夜悠悠可瞑目

## 誥授奉政大夫湖廣道監察御史蔣公墓志銘

乾隆四年余春秋二十有四受知於虞山蔣文恪公主其家得見用安蔣君其時君以諸生爲寧邸上客每出城則宿余家兩人不飲而好論古折聖相對凡三千年國家治亂人才臧否有所見解動輒相合拍几叫呼以故益相得家人聞君來必治具濡蠟以待亡何余改官江南君在藩邸如故又十年余乞假入山君舉壬申鄉會試入詞林改官湖廣道監察御史充貴州主考隨丁內艱服闋過揚州謁榷使某某以上聞遂挂吏議放歸丁亥兩江制府高公聘修　南

巡盛典寓金陵一年余得過從如前時權君清標奕奕目有青光年雖高善自
修飾雖戚里不覺其衰每製衣召縫人親爲指示荼前屈後必合內裁分寸不
茍治味如治文精潔詰微余聞君招輒喜不多作詩而洞悉甘苦源流發一難
必中款奧遇才人後學孜孜汲引力雖盡心猶未已批黔人落卷教以宜讀某
書學某家文以故治行時被放者亦走送數百里外曰此吾經師恩勝座師也
晚年以次子重耀攝蕭山縣事就養於浙適余遊天台歸與君同飲方司馬署
中漏沉月落依依不去隔四載余再遊武夷過浙而君先十日亡嗚呼歐陽公
稱世之賢豪不能常聚理固然矣然余果知便與君訣又何難於前去時小留
後來時早到耶或者故人重逢扶持酣嬉竟能生精神而延歲月亦未可知而
今已矣握筆銘君五十年來君之笑貌聲音奔趨腕下泫然不知涕之何從也
君名和寧字用安一字榕菴行四封公鎬雍正元年進士官松江教授以古文
名家家本儒素無擔石儲而君天性闊達輿服鮮明坐客常滿振枯粟乏族里
待以舉炊者無慮十餘家人知君貧君不自知其貧也卒年七十有八夫人陸

氏先君卒子齊耀候選縣佐重耀直隸州州判孫二長方增次禮增以某年某月日葬某所著詩文若干卷

銘曰高飛得羽徐行失履是運數之偶遭非人生之自主然而寧恢恢毋踽踽雖中規不踰矩孔猶獵較孟非貨取率敦和而從天羞谿刻以自處善逸生故不殖善樂生故不寠苟九原之可作微斯人吾誰與

## 林君毅菴墓志銘

林君毅菴病革語其子鎬曰隨園先生工金石之文汝所知也我死爲我乞墓銘于先生第先生集中所載皆將相名臣以我流外吏廁其間未知許否已而君亡鎬來如其言以請余道漢青翟爲丞相一事無聞而王奐以功曹名聞千古人傳不在位也而翁有狀既授我矣我又奚辭狀曰君諱嘉俊字墀賜號毅菴福建龍巖州人寓居蘇州齊門之金鵝鄉生有幹略父克旋服賈折閱家無擔石之儲君持錢負販權其子母走閩粤齊魯晉楚吳越間渡海越山瀕死者屢矣卒以誠信勤敏累至萬金循例入粟得州判分發安徽歷權丞倅最後署

六安州吏目君嘗誦先儒言雖匹夫苟存心利物必當有濟況有微權薄秩者耶以故勇於爲善乾隆　年六安災長吏欲減報災數君不可欲掊克賑糧君又不可長吏怒欲中以危法君不顧也恤獄囚如家人有楊德者誤殺人擬絞君探知其母老力請於州牧援例留養飢民篡糧長吏報盜君爭不聽卒以緝盜不力鐫級罷官治行時民送於野因泣於獄歸吳門後悔幼不讀書乃積卷軸吟哦其閒門對十頃菜花與村氓往返夷然自得生平強直自遂行其心之所安一切浮屠術數陰陽拘忌之說彌口不言嗟乎國將興聽於民國將亡聽於神古之訓也孔子與漆雕開論臧氏祖孫以卜龜之多寡定其家三代之賢否奈今之士大夫官愈高則拘忌愈甚問卜益虔其故何哉蓋沉迷於富貴利達之說而其中無所守故也君雖不由科目進而見理之明遠過凡庸余非君之銘而誰銘初娶謝氏再娶何氏子四人　孫一人年七十五以某年某月日葬於某

銘曰相傳繁昌有古生孤憤獨居行硜硜感君之恩報不能臨死諄諄口作聲

願爲君兒君勿驚其人素慕隨園名向君稱說心尤傾果然古死子鎬生從遊於余師事誠輪迴之說儒不稱考之於古恰有徵蔡雍前世爲張衡羊祜金鐶認得清我故採拾爲君銘君當九原笑絶纓

引稗史入銘詞非古也韓昌黎徐偃王碑用王母瑤池事故明知其非而偶一效尤自記

## 弟婦陳恭人墓表

香亭弟婦陳氏以香亭貴　誥封恭人香亭守端州歸恭人薨於南昌舟次香亭權厝白下逾年將卜葬祖塋狀其事屬余表墓余長香亭十五歲恭人事兄公如尊章知其賢尤悉銘幽之文所不當得辭按恭人名荆字鈿如廣西臨桂人年十六歸香亭其父某初以財豪已而折閱先叔父與錢通大有所負叔父卒世母食貧歸咎恭人詬誶時加香亭又順親爲孝牀笫間隔越若陌路先慈及內子絶愛憐之代爲不平私相勸慰而恭人安之若素有暗泣無顯懟媞媞然茹荼集蓼者十有餘年及香亭登進士出宰河南恭人侍世母之任家有兩

弟俱授室世母覺兩婦之孝不如冢婦家計又豐待恭人漸有恩而香亭亦深悔從前之不善處家庭間也補過修好伉儷之篤較常人倍甚香亭作令時有任俠名恭人脫簪珥助之施揮霍數千金往往傷惠余以爲仁不勝道心勿許也甲辰春余遊端州居未一月海水暴至城不沒者三版香亭又以事羈番禺城中文武官及諸災黎知府署地高爭挈眷來奔余意欲納之懼恭人有難色乃告之故恭人欣然曰此安所避既守此邦便與此邦人同存亡微伯氏言妾固將納之於是延貴者於內安賤者於外堂皇上頃刻炊烟四起而內署供頓之費日亦不貲半月水退始各寧其家嗟乎晉閉秦糴許不弔災古絕大諸侯尚不知吉凶同患之義而恭人以一女子獨能安行仁義若此此何如識力哉然後知高柔愛玩賢妻有終焉之志非徒燕婉之私有以見欽於君子也恭人性好靜不慕紛華常勸香亭急流勇退香亭是其言卒不得間乙巳秋膺卓薦又因公左遷遂決志歸里置園金陵頗饒花竹而恭人不及見矣嗚呼有鸞妻勸隱之言無鸞妻共隱之樂中道乖分可哀也已恭人晚年病青盲雖一無所

見而處分家事益精當蓋靜極而慧生云生子安衆早殤撫妾生兩子一庚一
端俱如己出卒年五十有四

原任江寧布政使內務府總管永公傳

公姓姚諱永泰字石菴正白旗漢軍人父二格官內務府慶豐司員外郎公生
而端靜樸誠自矢有初入關老輩之風雍正三年以筆帖式保舉引見　世宗
命發湖南以知縣試用題補湘鄉調武陵遷辰州府永綏同知再遷辰州府知
府永綏故苗地改土歸流之後獷悍未馴有聚衆械鬬者公將往治或請以兵
從公不可曰兩酋私鬬非叛也臨以大軍彼必懼懼且合謀挺而走險矣乃袍
而騎直抵其寨召兩酋歸曲責直諭以德威皆慹服感動炊雞黍獻公公卽宿
其帳中鼻呴呴甚鼾遲明羣酋大悅吹蘆笙送公跪滿箐谷終公之任民夷帖
然九年　王師征烏蒙調辰沅兵軍需檄下缺行糧一條公撥倉米運濟幕府
猶豫慮難開銷公曰師行糧從國家制也倘有不韙我任其咎巡撫布公蘭泰
嘉公知政體檄各郡守如公所行今　上御極之元年公以親老調補山東登

州府知府九年奏請終養部駁旗員無此例公泣涕五請　制曰可嗣後八旗
許養其親皆從公始回旗補內務府慶豐司員外郎調茶庫員外郎兼咸安宮
官學總管十九年服闋授河南歸德府知府尋遷河北兵備道兼管河務公到
任卽跨一馬周度長堤託宿茇舍二十一年防秋陽武夜大風公立堤上驗水
漏盡歸寓夢中聞有呼起起者急醒呼燭果報五堡決矣公手絮衣鐵釜馳往
堵塞泥污及骭須臾閘水勢倒回民以爲神公請於河督曰頃所辦獾鼠穴耳
雖潰易塞所慮者河身日高堤日卑河自三門兩厓束急怒而奔於孟縣之小
金堤衞懷二郡正當其衝歲下竹楗百萬往往負岸而沒殊覺可惜爲永遠計
請歲搶兩修外加帑銀以三年爲率每年增堤一丈闊若干需用丁夫卽以現
在堡兵充數畚築轟硪兵較民夫尤熟可使也河督笑公無病而呻公嚬蹙曰
治水如治身平時調養原可無病待病而呻不已遲乎卒不許後任張公師載
來聞公議而是之奏請　允辦其年南岸崩北岸安瀾公之力也薦卓異引見
上召對良久賜朝衣一襲二十四年授山西按察使調四川遷河南布政使

護巡撫印再調雲南其時緬甸頭目有宮裏燕者平時與緬子比肩事主緬子弒主自立燕不服唱大義討之反爲所敗乃率其屬來投孟連土司孟連利其有欺其孤令繳兵械出口糧尋又竊取其子女燕妻攘占素梟雄心懷不平時有報仇之志故事苗俗印信兵權統歸妻掌號曰印娘領軍陷陣率在夫先調兵以帚箸爲號箸下則能食者行帚下則掃境全出二十八年秋燕妻夜舉帚傳令率麾下男女三千人焚孟連署庫滅其家驅財帛牛馬而歸猛艮猛艮者燕妻之母家也燕多內寵妻惡之不與同宿別居一帳相離遠故孟連滅而燕猶不知內地官有貪功者誘燕入關誣其反公聞大驚亟詰督臣曰孟連貪淫被印娘賊殺罪由自取與 天朝無干請以實情具奏 天子聖明必有處分督臣先入貪功者之言竟以叛聞而戮燕於市居亡何燕妻唆緬子犯順勞王師撻伐明將軍忠烈公殉焉人始服公之先見也二十九年調貴州布政使再調江寧兼織造龍江關稅務在任二年以老入都補盛京佐領又授 泰陵總管內務府大臣以兩次失物私償未奏引大不敬律擬斬監候在獄七年卒

年七十九公廉儉而慈任方伯時凡支收解給者原收原放不揭印封廠課盈
餘給微員爲薪水費袍褶敗裂補綴衣之出巡傔從止三五人榷關稅不發囊
篋料餉征課足額而已秉臬蜀中姦民宋朝倫以邪教惑衆從者數千公殲厥
渠魁少所株累有教主妻楊么姑者未婚事發公引律苦爭擬流收贖行棧道
中見赭衣婦而憐之卽具奏婦人秋審緩決一次者可免解府部議允行遂永
爲例守登州奉檄查封閩撫王士任家產籍其資印立檔冊仍給與家用撫軍
大怒將劾以徇私俄而奉　旨賞還所封公乃得免官滿臨去軍民送者牽衣
嗅靴造生祠置酒攔馬不能行其得民心如此然公雖靄氣迎人而義之所在
強直自信不知有風氣有權要并不知世上有周旋貪緣之事江寧理事同知
名按圖以贛忤制軍大計劾其老公諫不從乃聘其女爲子婦而資其歸初宰
武陵受知於節相西林鄂公夸非百里才在江寧受知於節相望山尹公恨相
見之晚嗚呼此二公者皆君子也惟君子能知君子公之爲人蓋可想矣初娶
氏再娶　氏子二人明新明華俱舉京兆以能文世其家

論曰公官中外四十餘年恩吏勤民靡所不施不可謂之不遇也乃衰年終請室中雖蒙　聖主矜憐獲保首領以沒而論者覺惠迪之報尚未盈量豈古人慎毋爲善之戒竟爲公設乎不知記有之曰與人同功其仁未可知也與人同過然後其仁可知也公之過天欲發露之以大彰其仁故不得不加摧折猶之旃檀之香非燒灼不能遠聞也公之末路坎坷或以是哉

## 江西督糧道省堂沈公傳

君姓沈諱榮昌字永之一字省堂湖州竹墩人也祖涵督學閩中以清節著父桂臣宰廣東因事被逮君年甫十七騎驢入都歷險難脫父子罪以進士出宰山西文水縣朔州知州懷慶府知府甫抵任而河決君率兵役宿危隄三晝夜板幹畚築萬手齊下水稍平乃踰雉堞入城倉開撫恤民以救寧丁艱起復擢守蘭州調鞏昌平涼還陝西糧道再丁艱起復補雲南驛鹽道雲南鹽政廢弛虧課二百餘萬君知滇省井鹽皆產於層巖疊壑百川交匯處因井滷濃淡之味不齊致衰旺之時不一薪少惰煎人疲則惰運鹽積則惰消乃身作竈戶取

滷試煎計一石得鹽若干悉其苦累請大府加給薪本在廣通縣設立腰站俾各井窮黎赴省領脚價者先給一半資其路費於是煎運踴躍其時前撫李公奏將各商鋪鹽盡歸官銷以杜私販行之期年地方官竟有按戶口多寡將鹽押領者民情譁然君以爲鹽係民間日用飲食之物不可強派請仍舊通商循先課後鹽之例依限報銷後撫裴公以君言奏 天子是之於是惰銷之弊亦漸清除總督璋公以習峨縣楊武鄉縣澗險窄有礙郵程檄君開鑿又命擒取普洱逃竄土司時當炎夏瘴霧鬱烝密箐中蝦蟆如豕大瞪目吐氣當之者人馬盡仆君深入不毛染受毒淫遂患疲曳方薦卓異遽乞病歸二年病愈入都因濫給驛馬事鐫級發河南以同知用循例捐復補江西鹽法道調糧道當是時君年過懸車傴僂自強兩次督運適遭堤決糧艘滯留乃冒暑親執撲笞催運丁目營心瞿蹙蹙無須臾安船雖渡淮而歸途病發卒於皖江年七十有四君任事詳審信道太篤從牧令起家知民疾苦常刊列爲政事宜手授屬吏如老嫗訓兒諄諄千言聽者欠伸欲臥而君尤覺其言之未盡也又念歷官久受

上厚恩盡一分心作一分報倚健忘老瑣屑必親硃出墨入無所旁假彌留之際猶催辦明年漕務夢中懵呼若氣雖絶而心猶未死者然居家敝衣蔬食安之若素惟於師門故舊鰥寡戚里周恤倍至渡淮時葬浮尸數百船戶有鬻其女者爲贖還之以故歷年清俸無餘轉多逋負死之日宗親民吏皆爲隕泣夫人姚氏子五人璟境玭瑊璮皆以科名庠序世其家幼女全寶許配余子阿遲蓋兩人幼同學長同年一子一女皆年過六十所生者也

贊曰漢書稱蘇桓公好教督人人多相畏及其不見則又思之君誨人不倦晚年尤甚有桓公之遺風焉君風趣與余絶不相似而心契交深常戲余曰子但能欺人不能欺天余驚問何也曰子性儻蕩口無擇言人也是風流人豪耳及省其私內行甚敦與外傳聞者不符豈非欺人乎然而造物暗中報施不爽使子衰年有後終身平善豈非不能欺天乎嗚呼君之知我勝我自知然而君之行事居心卽此亦可想見矣君回舟時養病隨園彌月不忍去而余奔姊喪故先與君訣登牀號慟而行揆之聖人我殯之義不能無愧云

## 候選郎中成君衞宗傳

君姓成諱城字衞宗一字成山生而英異目睒睒有神父上坤雍正元年舉人以文名於時君稟承家學修業不息舉戊午鄉試庚辰進士補黃巖縣教諭遷福建羅源縣知縣調永春縣陞臺灣府海防同知君善折獄羅源民有悔婚者君知嫌壻貧也助以婚錢爲成禮於堂上鼓吹送歸夜行聞鬼聲掠車而過心疑之次日有報殷續命案者尸在昨所聞聲處君心愈疑而仵作堅稱無傷君按指尸腹下陷處有疻痏痕召鬭者問之俯首慹伏曰鬭不勝急故以足蹴之也王某控陳姓佔墳陳故營卒巡道某疑其倚武越佔檄令往勘詞多袒王君諦視王碑色尚新其上有九層石與陳契相符王詭稱陳墓在山之右君密遣役探得陳祖骸罐於山凹中指示王王惶不能對蓋王貪風水盜拍其墳而私立碑契以相扇惑也巡道聞之嘆曰兵乃無罪士乃爲姦事出意外官之不可有成見也如是夫永春有水來自天馬山與通德溪合上流四壩截水溉田其下自香洋廟至西關等處雖近溪而田多水少恆苦旱君偵知舊有永陽壩廢

久矣乃捐俸募費築而新之兩圳並流彼此勻灌無穿漏阻閼之虞歲增畝一鍾閩俗械鬭動至千百人君訪知南安監生某某糾衆有期出不意擒其魁一大創之其風永革一日赴省中途蓬蓬然馬頭塵起則遊擊率兵來嘈曰德化民叛矣刺史不知耶君笑曰刺史不知民叛但知民不叛若果叛刺史一人能平之毋勞公往遣散其兵單騎詣勘果村氓賽神有弓刀儀仗之飾兵貪功妄報君笞督會首以狀上聞一城免徤兒轥轢大府知君才以同知委權臺灣知府事再權臺灣巡道事一時三印纍肘人以爲榮捐選郎中以繼母年高乞養在家及母卒君年已七十遂不復起家素貧少壯時奔馳四方藉館餬口宦後雖有餘俸猶攻苦皾淡如初惟於戚里之困苦者曾受恩者振卹無所吝人以是稱之娶馬氏生二子皆夭嗣子二鉅丙午舉人

贊曰余與君爲總角交同聽鹿鳴晚年又同歸林下余還武林必主其家君愛偉余文每見必以家傳見託余考生而作傳古人所希以故屢負諾責近聞君有臺灣處分將行萬里彼此就衰無幾相見忍再稽遲負良友之拳拳乎莊子

曰爲人之所爲者人亦無訾焉君所行善政人人之所不能爲也君所獲譴事人人之所爲也爲人之所不能爲而未見功爲人之所共爲而忽然得罪數耶命耶雖有達人其能知耶

## 黃君蓉江傳

君姓黃諱楷字端士號蓉江休寧之高堨人幼喪兩親有三弟甫成立又喪其二門內嫠孀煢煢君料簡家計撫遺孤居萬山中野多磽确民常苦旱君尋得水拖舊迹嘆曰此吾鄉所以名高堨耶歲久堙廢羣流如馬逸不可止桔槹無功宜哉乃身爲紳士先辦央瀆匽豬隨高下爲畜洩歲以頻稔君精於醫初習鍼治毒熨之術繼乃廣集方書畜良藥四方之病者跦跦然疲曳而來君診脈施藥皆脫手愈不尸功不受謝如是者六十餘年嗟乎士君子不爲良相則爲良醫斯言也人人知之然吾曹縱具經世略能作相者幾人哉就作相矣古來周召之功必世後仁其餘姚宋韓范遭逢明盛尙有掣其肘老且死未竟其施者豈若醫之一布指一刀圭其效彰彰立見於須臾哉然則以君之才家又素

封博一祿仕何難而甘心於潛身濟物以里閈終匪獨其心仁其擇術且智矣君既以德聞邑中人凡侜張者雀角者皆相率詣君得片言便釋年雖高神明不衰豫知死期與戚里訣年八十三而終

舊史氏曰余離君家七百餘里以故知其賢未得相見君孫世壒以高材生受業門下道君行義甚詳幷贈雪蕉一幅君所畫也君素非畫家而筆墨超秀乃爾心頗疑之及讀君行狀方知行成而先藝成而後君行義如此則畫與醫皆藝也一以貫之者也世壒又言君弟病吳門君趣裝往視夜過三白蕩天暴風舟幾覆矣方震驚時耳聞郭索聲風遽止理楫則一碧蟹如盆大橫伏艙閒送君登岸回眸再顧乃去嘻神怪之事儒者不道然而結草見巫春秋內外傳往往記載何必以釣奇病太史公哉其事甚異合附志之

## 陳烈婦傳

江寧有烈婦曰陳淑蘭庠生鄧宗洛之妻也祖坰能詩淑蘭幼侍側卽學吟詠鄧生雖才遜於淑蘭而性端謹牀笫閒搜句徵典賓賓如兩學子然家居万竹

園余觀竹過之淑蘭褰簾請見曰讀先生詩疑是古人今幸同時願爲女弟子出其所作清婉處故唐音也居恆善繡嘗繡兩絕句於吳綾丐余詩序余作駢體七百字以應之今年鄧生失授館所意鬱紓不怡六月四日投池死淑蘭驚哭嘔血夜即雉經翁救之蘇淑蘭亦悔噆曰吾過矣翁在堂夫柩在室繼嗣未定非吾瞑目時也越半年族人立嗣子霖筮日爲宗洛引輴淑蘭有喜色家人覺其哀減禁防稍踈十月二十日遣女奴瀹茗掩扉而縊端書几上云有子事翁吾心安郎柩既行吾不獨生矣家人蹋戶入硯墨未乾爐中告天之香尚濛濛然有餘烟也編其詩得若干卷

舊史氏曰鄧生爲貧死淑蘭爲義死均死也而泰山鴻毛之輕重判焉且其從容料量能曲折以自赴故是湛深詩書而非徒一時意氣之爲尤可尚也先是其家二月間開紅蘭一枝生徵詩志瑞及今人以爲不祥余按毛傳釋彤管有煒言女史能以赤心正人也或者烈婦之赤心蘭先知之耶抑其姓氏將登彤管故先爲之兆耶不然如蘭之馨長留千秋生得藉婦之傳又安知俗所謂不

祥者乃卽鄧氏之大祥耶

俞蒼石詩序

吾浙故多詩人惜余離鄉久寡所省識昨年遇蒼石俞君於江邑官舍貌樸而神閑知爲綴學之士出所爲詩命加校定讀之其思深其學邃能合古人以就範能離古人以存真洵於此道三折肱焉聞其幼好吟詠家無擔石夷然不以爲意常交吳西林翟晴江兩先生研究詩旨又嘗遊山陰窺禹穴過嚴陵七里瀧登眺金焦得江山之助下筆加恢奇屢困秋試頊頊然不能無悶余歎且謂曰今人動稱科名不知科之與名相離久矣唐韓袞以退之爲大父身中狀元無人稱說而終身不第之羅隱方于至今編詩者不能祧其一席君將百年中與一二人爭耶將三年中與千餘人爭耶君知余之好其詩也以序爲請余適有東粵之行意欲稍緩而君諈諉甚堅若急欲得余言以自信者余老且衰所言何足爲君重然竊思異寶當前而噤不發聲是啞人而享太牢也奚可哉爲綴數行弁諸卷首且從臾其門人王晉川公子爲梓而行之以質諸天下

何南園詩選後序

金陵有二詩人一爲陳古漁一爲何南園陳詩矯健何詩清婉三十年來過從甚歡今年俱委化去余豔然心傷爲梓其詩以存之因陳詩雖多已有詩概一集行世其子能讀父書事可有待而何則名未出於一鄉家又式微予聞病即往搜其詩得稿若干選成兩卷或疑所存太少答之曰古陶謝諸公名垂千秋詩存無幾禮有以少爲貴者詩亦宜然或嫌何詩境太薄又答之曰以一物而論劍臘貴厚劍鋒貴薄以兩物而論裘貴厚鮫綃貴薄詩之佳否不在厚與薄也惟是予所悒悒者十年前許代鐫其詩故爲作序蹉跎至今今雖終踐此言而不及使其生前一見爲可悲也且校其稿與予平素抄存者尚缺二三則易簀時所搜羅慮其美猶未盡也然則人之自存其詩與存人之詩者可不汲汲然顧影而爲之哉南園名士容江寧諸生卒年六十有二其生平梗概已悉前序中

陶怡雲詩序

伊尹論百味之本以水爲始夫水天下之至無味者也何以治味者取以爲先蓋其清冽然其淡的然然后可以調甘毳加羣珍引之於至鮮而不病其庮腐詩之道亦然性情者源也詞藻者流也源之不清流將焉附迷途乘驥愈速愈遠此古人所以有清才之重也十餘年前葉書山庶子向余稱京山同年之孫之才其時怡雲初勝衣耳執箕膺擕進止安雅已而入泮受業於辛楣抱經兩先生俱口其才不置怡雲好吟詩尤好吟余詩余勸其力追古昔毋域於凡近而怡雲每成一篇必來商榷數年來其詩益進灤灤然如湘水之清雖十丈可察摴蒱矣明年將試京兆欲學唐人寫生紙覓覺于公卿間而欿然以少作爲疑余告之曰元相秋夕清都少陵東郡趨庭皆少作也作苟佳何嫌乎少怡雲又以古體少學植薄爲疑余又告之曰唐人五言工不必七言也近體工不必古風也鍾嶸詩品滄浪詩話尙悟不尙學也且吾再語子以水之說方諸之水一勺也可以羞神方塘之水半畝也可以喻性放而極之原泉渾渾浮天沃日又何常非方塘一勺之始基乎子富於春秋徐之以俟其至原無津涯而余則

頹然就衰假數言為宣張勢難緩矣況三世通家子弟之詩及於吾身親見之又親序之亦是人間罕事讀怡雲詩者當不蒙龐士元稱引人才每過其分之誚也

## 重到沭陽圖記

昔顏裴戀京兆盧悊戀靈昌古之人往往於舊治之所三致意焉蓋賢者視民如家居官而不能忘其地者其地之人亦不能忘之也余宰沭陽二年乙丑量移白下今戊申矣感呂嶧亭觀察三札見招十月五日渡黃河宿錢君接三家錢故當時東道主其父鳴和癯而髯接三貌似之與談乃父事轉不甚曉余離沭時渠裁斷乳故也夜闌置酒聞車聲啍啍則嶧亭遣使來迎遲明行六十里嶧亭延候於十字橋彼此喜躍駢轔同驅食頃望見百雉遮迣知沭城新築衣冠數十輩爭來扶車大概昔時騎竹馬者俱龍鍾杖藜矣嶧亭有園洒潜居我越翌日入縣署遊觀到先人秩饍處姊妹鬬草處昔會賓客治文卷處緩步婆娑悽然雪涕雖一庖湢一井匽對之情生亦不自解其何故有張沈兩吏來年

俱八旬說當時決某獄入簾薦某卷余全不省記憬然重提如理兒時舊書如失物重得邑中朱廣文工詩吳中翰精賞鑒汪叟知醫解陳二生善畫與棋主人喜論史鑑每漏盡口猶瀾翻余或飲或吟或弈或寫小影或評書畫或上下古今或招人來或呼車往無須臾閑遂忘作客兼忘其身之老且衰也初意欲遊雲臺以路遙不果居半月冰霰漸飛歲將終矣不得已苦辭主人主人仍送至前所迎處代爲治筐篋束轝靷畢握手問曰何時再見先生余不能答非不答也不忍答也嗟乎余今年七十有三矣忍欺君而云再來乎忍傷君而云不來乎當余來時妻孥皆不欲也余灑然就道而今竟得千里生還其初心寧及此哉然以五十年前之令尹揭來舊邦世之如余者少矣四品尊官奉母閑居猶能念及五十年前之舊令尹世之如呂君者更少矣離而合合而離離可以復合而老不能再少此一別也余不能學太上之忘情故寫兩圖一以付呂一以自存傳示子孫俾知官可重來其官可想迎故官如新官其主人亦可想孟子曰聞伯夷柳下惠之風者奮乎百世之下而況於親炙之者乎提筆記之可

以風世又不徒爲區區友朋聚散之感也諸詩附書於後

## 康方伯睢南治河記

乾隆己酉夏江寧方伯康公奉　天子命隨制府防汛南河會河水暴漲六月十日決魏塘公聞信奮曰魏塘者睢寧保障也倘有不戒萬民爲魚雖現在周家樓亦復漫溢然其地人烟稀少且近洪澤湖水有所歸智者當務之爲急不可緩也遽詣魏塘督夫下埽立隄上指揮忽埽裂一縫若地陷狀竹楗芻泥壓公而下時已昏黑救者愕眙莫措倉卒間急溜衝去所壓泥沙擁公而上手有所觸乃埽船纜也援之登岸官吏奔赴見公揚揚如平時冠不弛襻帶不移孔水不入口手仍搖扇羣驚以爲神制府書公憐公勞瘁勸還寓小憩公不可曰官散則夫散某若去隄今夜潰矣某身受　國恩願與此隄同存亡遂閉車帷易濕服旋卽登隄督辦夫役兵丁壯公之節爭先踴躍邪許之聲徹天甫至夜半埽定而工成上流既治周家樓得以幷力合作不數日睢南水患悉平大府上其事　天子嘉之手解荷囊以賜枚按漢王尊守東郡治河隄壞立水中不

動吳子顏溺荊門援馬尾而起古之名臣履險如夷往往相似然而公之初心豈望及此哉當遏墜時洪濤掀天自分無生理矣私念人誰不死爲民而死猶不死也此念甫動若有扶之而起者立水中如立土上登岸後覘所援之纜尙離丈餘不知何由入手莊子稱至人入火不爇入水不濡宋子京稱郭令公忠貫日月神明扶持今觀于公信矣枚舊史官也愛公奇績可備　國史之遺故纂而紀之俾後人有所矜式且知仁以爲己任者忘其身而身存危其身而身安人定勝天轉不在脫帶腰舟競競爲自全計也意所未竟更爲之歌其詞曰

異哉方伯猛不畏死直走龍宮奪還赤子所奪何地淮睢之交河決魏塘人心動搖公命驅驅急則治標具乃畚築下乃芻茭身立於隄表帥羣僚突然隄裂水擁公去雖去不去公如砥柱公非善泅有沉必浮公非輕鷗立水上頭人道死矣公乃起矣萬目睽睽驚且喜矣雖有智謀不如一膽雖有慈航不如一纜涔涔者袍峨峨者冠炯炯者目飄飄者髯公之自視逌然淡然人之視公氣定神完吏民愛公牽衣而泣爭取瓣香爲公禮佛大府敬公以手加額勸且離工

小爲休息公曰不然事須及熱民命所關千金一刻請賈餘勇與水一決儘力今宵將河堵塞河伯聞之嗒然色阻夫役聞之蹲蹲起舞魚鱉爲橋蛟龍捧土頃刻隄成漏鑱三鼓　天子曰咨嘉汝勤劬賜朕雜珮以光汝軀公拜稽首仗王威靈從茲睢南永慶綏寧賤子有言請參末議前聖後賢事同一例湖名召伯隄號康公壼易新名以垂無窮

## 與稚存論詩書

文學韓詩學杜猶之遊山者必登岱觀水者必觀海也然使遊山觀水之人終身抱一岱一海以自足而不復知有匡廬武夷之奇瀟湘鏡湖之妙則亦不過泰山上一樵夫海船中一舵工而已矣古之學杜者無慮數千百家其傳者皆其不似杜者也唐之昌黎義山牧之微之宋之半山山谷後村放翁誰非學杜者今觀其詩皆不類杜稚存學杜其類杜處乃遠出唐宋諸公之上此僕之所深憂也昔人笑王朗好學華子魚惟其卽之過近是以離之愈遠董文敏跋張卽之帖稱其佳處不在能與古人合而在能與古人離詩文之道何獨不然足

下前年學杜今年又復學韓鄙意以洪子之心思學力何不爲洪子之詩而必爲韓子杜子之詩哉無論儀神襲貌終嫌似是而非就令是韓是杜矣恐千百世後人仍讀韓杜之詩必不讀類韓類杜之詩使韓杜生于今日亦必別有一番境界而斷不肯爲從前韓杜之詩得人之得而不自得其得落筆時亦不甚愉快蕭子顯曰若無新變不能代雄莊子曰迹履之所出而迹非履也此數語願足下誦之而有所進焉

## 書楊鏡村

楊太守名燦字鏡村以福建舉人權知上元縣事乾隆三十三年四月總督高公出巡有禹郭氏者攔輿訴其子尊玉與同產姊姦已有身矣高公大駭交君辦治君坐堂皇召郭氏及女至俱戟手詈尊玉不良尊玉無言涕泣而已君疑姊弟亂倫不應和於前仇於後且尊玉狀甚愿非行險者但未便以子質母乃分別須繫即親至其家見尊玉牀覆麤布被甚單寒而其母及女則紅衾爛然訊其鄰僉曰事關暗昧某等何能知須臾有小女擎茶出問其年曰七歲問郭

氏何人曰吾母也君喜抱入署暗囑役有隨小女子車後刺探者擒以來果得一男子壯佼而傾名解五爲總督擎繖隸也乃啖小女果餌好語誘之使與羣兒戲三日後欣欣然忘其家具言母與姊同解五寢兄尊玉詬誶受笞者屢矣問知汝姊有身乎曰知何以知之曰姊姊腹大鄉鄰見之皆掩口匿笑前數日解五買小兒文葆及紅抹肚來阿孃爇熨斗爲之煩擱隨置酒三人同飲兄尊玉蹙額走出不知所往君命役搜其家所置物宛然在箱乃召解五及母女來取示之各叩頭伏罪蓋解五庸奴不知律載內亂者兩犯俱斬意欲誣尊玉戕遣之己獨占其全家故也獄具合郡稱爲神明擢知蘇州府蘇州有周顧氏者以他事勒婢致死官疑與其奴吳祥有姦刑逼誣伏君超雪之張欒盜于闐玉事發誤買者多株累君訊不知情俾寧其家事後各來謝金君不受

舊史氏曰君貌清氣和明達政體訊解五一案余所目擊故知之也詳後貶謫海門爲決獄事代上游受過終不自言尤可尚也聞近得狂易之疾年餘未痊雖天報善人病與官均當復起而余則頹然衰矣慮旦暮塡溝壑無人傳循吏

故倣孫可之書何易于之例取君逸事爲著於篇

## 書汪鍪菴

杭州汪鍪菴富且達者也築家菴於西湖年七十將居召其子女而告曰慶生日不過絃歌燈宴鞠跽拜趨縱極豪侈我嘗之厭矣今年心有大願說與兒曹衆皆起立拱聽曰人誰不亡我願未亡而受亡人之奉哭則能聞奠則能餐拜則能受汝等縗麻則能量其長短而觀其稱身尤妙者引輴時旃檀之香黼荒池紐之設鼓吹導從旌旗柳翣之儀緇流梵音羽士法曲夾道數十重吾坐靈車中游目傾耳威儀赫然行者避道汝等佯哀詐泣送入西湖靈妙菴中選精舍授几作殮靈狀開奠三日極牢醴而甘焉是享古人未享之樂也樂極再歸行生日禮何如家人色不相許鍪菴怒云孝莫大於順親我豈不知預凶非禮然此亦亡於禮者之禮也較之唐人李清爲壽縋入少室山中不猶愈乎遂親買紙錢魂旛啓期畀之諸戚里愛其通脫笑其癡至期來送路祭者百餘家鍪菴稷稷慼服停車揚觶不遺一席是日飲至石許顏愈温克到菴禮畢語妻子

曰吾不歸矣吾在此茹葷伴佛玩山水以終餘年汝等來則相見不來我亦不汝召有以家事白者雖來亦不見也居湖上十五年而卒今湖上小有天園即其處矣

杖銘

走不以手非所論於老叟自得此君山之巔水之藪俱爲吾有樂莫樂兮與鄉人飲酒

竹杖銘

節瞿瞿是何簌簌扶之以當車亦步亦趨

藜杖銘

藜瘦如竹竹堅如玉老人得之添一足

灌木杖銘

磥砢多節頗似奇士吾與汝偕不知老之將至

木拐銘

契丹木拐見者避道此拐聞之淩雲一笑

小倉山房續文集卷三十一

錢唐袁枚子才

## 海州知州何君墓志銘

乾隆庚戌八月老友何君獻葵臨終以蒞官事狀蠅頭書付其家人云爲我交隨園當必有以報我其時君長子承燕作天台校官次子承薰需次秦中三子承福尚幼餘皆婦女治喪倥偬遺失其狀今年將卜葬矣承燕來乞志墓知秉筆者不能鑿空爲文而又不忍没其先人諈諉之志涕泣而謀諸余余道古人碑銘事迹與交情並書余交而翁四十年爲子者不忍死其親余亦不忍死其友也豈可以事狀不具而聽其没没哉謹就所知聞爲之銘曰君諱廷模字獻葵號西舫杭州丁卯舉人分發江蘇知如皋縣調沛縣遷牧高郵再遷海州俸滿引見丁母憂歸服闋不起終於如皋君清癯矗立皙而尋目睒睒有光聰強詳審頗饒幹略常愛余所撰州縣心書手抄以去蒞官時試而行之所到豪暴屏迹胥役肅然如皋素稱難治君初臨投牒者如麻一二年後訟庭如水以其

暇修冒辟疆故址建水明樓與紳士詠歌其間在高郵重到如皐修城鄉邑父老扶杖攜幼而迎者遮馬首不前君愛其風俗之醇遂卜宅焉嗟乎古之賢人往往樂居舊治孔僖之於臨晉盧悊之於靈昌莫不皆然其故何哉蓋當其作官時視官如家視其民如隸子弟及其去也民之奉其官亦如父如主人居他鄉轉勝故鄉也奈今士大夫作官如作賈虐取諸民在官時莫敢誰何一旦解印歸瓦礫爭投者如雲而起尚敢緩須臾出境哉君能安居如皐是即循良之明效勝行狀一篇矣先是余宰沭陽有吳某就館洪氏妻昏夜被殺主名不立洪氏子與其奴互相誣余屢訊不決遂成疑獄偶與君言及君曰此獄固難辦然君亦未盡心余問何也曰君何不將二因合繫之陰使人察其所言再分繫之使人爲鬼嘯以怵之或眞情可得余憬然若失悔計不出此因服君之才之過余也君行義敦篤性殊瀟灑在江寧小住輒來山中佐余疏流泉蒔花竹登天風閣看江相約結鄰蕭然有出世之想厥後急流勇退樂志林泉者十餘年在當時亦預覘梗槩云先娶某氏再娶某氏女二人孫五人葬某

銘曰勿放勿拘持身瞿瞿未老而賦閒居卜一廛於所治之區葢事事學余也然長余一歲而竟泉路之先驅得毋愛余文而有意歸真將身後之名見託歟吁

誥授資政大夫兵部右侍郎抑堂史公墓志銘

公姓史諱奕昂字吉甫號抑堂漢溧陽壯侯之裔世居夏莊祖夔康熙壬戌翰林官至宮詹父貽直歷任三朝官文淵閣大學士兼吏部尙書諡文靖有子三人公其次也雍正四年　世宗欽賜諸大臣子弟舉人文靖公愛公聰敏意屬公公讓於長兄奕簪而已亦旋中順天鄉試乙科以恩廕授刑部山西司員外郎出爲山東兗沂曹道調運河道公長不踰中人而風骨秀整有守有爲乾隆十六年黃河決豫州自陽武建翎而下穿張秋之挂劍臺勢洶洶不止議者或欲塞臺口或欲掃麥田下流公皆不可請於河帥顧公曰上源不斷而徒治下流無益也爲今計宜聯東兩省爲一局先塞陽武咽喉乃從事於東棄故河開新河築兩堤如翼遏水北行則河力自退如其策水患果除會有　旨命協辦

南河石料濟寧乏舡公借停運糧艘運石以往爲漕帥所劾亡何南河奏他省協濟之石未到而東省協濟之石全輸　上知公有才免其處分旋命攝甘肅布政使辦理軍需時　王師征準噶爾故事兵四名所過處供肴烝一席健兒呼呶州縣苦之公奏官兵原有口糧按站支給請飭州縣改所供爲牛羊乾脯俾兵且食且走免稽行程上可其奏臯蘭令奉將軍嚴檄限五日內解送穀袋三千令錯愕無措公命各典鋪將質押民間糧食袋借出記數責成押運官運畢歸還不三日而事辦當是時甘肅路遠自涇州起至甘肅共二十餘站尖宿五十餘處一路廛市寧謐兵無驛騷二十年補授福建按察使閩故多盜南洲積賊范某渠魁也有拳勇歷任不能擒公訪知賊頗孝乃拘其母以招之范果出請死公許自新命縛羣盜以贖范涕泣叩頭去終公之任不再犯法公又多置哨船增營兵按月輪巡全部肅然每訊囚反覆詳審不得其情不止有邱廷華者姦同舍生致死事屬暗昧誣引他人前臬使獄已具矣公鉤距得實力爭於大府前訊釋無辜而置廷華於法在閩六年　天子擢公廣東布政使公感

上恩益奮奏首領佐雜雖微員有佐理之任宜加斟別繕摺呈　覽不必拘
六年俸滿之例奏雲貴川廣路遠大員丁艱宜速奏限驛行四百里免懸缺久
待奏　國家封典原以教孝也今見請封生母供結內註並非再醮二字殊乖
忠厚傷人子之心按結內既稱某人室女以禮聘娶則非再醮可知何必多此
詞累疏入　上皆嘉許飭部頒行瓊州舉人某請咨入都吏嫌用印處殘損駁
回州文公念瓊州隔海往返甚難命補藩印給發吏爭無此例公不聽次日出
行此人持香跪謝方知搵破州文者即吏所爲作脅索張本公之精神淵箸細
事不遺皆此類也丁文靖公憂服闋入都　聖眷益隆驟遷兵部右侍郎晝日
三接行將大用同官忌之以蜚語搆公　天子休公於家與三品銜回籍讀書
公遵　旨掩扉足不入城家有　賜書數萬卷朝夕自課葺文靖公故園蒔花
栽竹嘯詠其閒雖高年猶臨帖作楷神似晉人家居後疊次祝　釐迎　駕
上必召見　温諭寵錫復二品原銜五十年與千叟宴賡歌賦詩　恩賜稠疊
士論榮之辛亥仲秋公慶八十生辰仲冬四日無疾遽終子八人女四人第六

子培與余壻也猶記壬寅歲到公家住紅泉書屋每晚公必命童子提燈而出絮語生平決某獄辦某案漏下四鼓猶娓娓不休其卓然可傳者無慮數十事惜予年衰善忘不及筆記而今又十年矣諸公子丐余銘墓不能如當年撰吾師神道碑之詳嗚呼余其負公也夫以某年某月某日葬某

銘曰桀桀史公炯介明淑端右之才旄車之族真想在衿精神滿腹既勤施於四方亦遂心於初服爾壽爾康無適無莫爛其盈庭森蘭挺玉欺魄無傷神霄有籙以一个臣享九五福倜然逝矣如客不速又何必絮語諄諄而啓予之手啓予之足

## 永昌府龍陵同知金公墓志銘

吾師金中丞震方先生有從孫曰岳字哲訓生而英異十四歲聞其父觀察公誦于清端公文集慨然慕之及長善射好談兵凡握奇風角奪槊跳刀之法靡不殫究始筮仕平樂府通判歷署麥嶺梧州同知荔浦靈川來賓等縣皆邊地也最後署羅城縣羅城者于清端故所宰邑瘴癘毒淫人皆憂之君獨喜曰余

仰止清端數十年今竟蒞公所治或者公其有以默相之乎到即創建公祠輯
公所著政書爲之傳播居羅城一年前後獲盜百餘里無夜警調補桂林龍勝
通判龍勝水土尤惡抵境不及三月妻妾家人死者纍纍君亦殗殜幾死者數
矣然伏櫪之志雖病不衰每獨策一騎周歷叢篁深箐搜訪其山川阨塞宵小
竄匿之所著爲桑江平樂紀要二書某宜屯兵某宜置戍科別其條若指諸掌
適制府蘇公巡邊見其書稱奇才奇才即欲薦君君以疾辭退而語人曰蘇公
不能馭下慮他日有事未幾蘇竟以罪免巡撫熊公聞之歎曰金別駕知幾其
神乎君浮沉粵西最久復移官於蜀於滇所歷皆瘠苦磽确之地其戹屯勞悴
若從骨相中帶來雖力疾自強遇險益奮而馳驅烟瘴垂三十年君亦皤然老
矣君短視秀羸多能恢奇自喜所至重文學興教化故人子及先賢苗裔有貧
不能自存者傾囊賙之必盡其駐龍陵也永昌諸生越數百里裹糧從之遊又
共述君實惠紀略文行節錄傳於世終以龍陵同知乞病就養於長子見龍八
閩署中年六十三而卒嗟乎君有志慕清端公其動心忍性相似其才亦未必

不相及也然當日清端公宰瘴地死者七人耳不及五年總督江南君宰瘴地死者至十三人之多乃卒以同知終老豈天之將降大任或然或不然耶抑必欲放清端公獨占千秋而不容後人追相存偶耶余受君叔祖中丞公知因得與尊人觀察公遊後中丞薨余爲撰碑觀察公死余爲銘墓今君亡又因君子見龍之請而爲銘君之墓然則昌黎哭殿中馬少監三世悲哀不勝轉怪世之欲久不死而觀居此世者何耶不知有昌黎之文而少監至今死猶不死則又未嘗非久居人世者之爲也嗚呼銘人三代古人希有余竟公然爲之則其老且衰又寧堪問哉君若有知其悲我當更勝於我之悲君也巳君子二人妻某氏以某月某日葬某

銘曰木性根土人性根祖道素之門自兼文武嗟哉金君心追古賢何地不可官而與瘴爲緣能使百姓活而妻孥轉歿三宿隨園一朝決捨握筆銘君老淚傾瀉雖久屈於人間終當伸於地下

## 淮徐營遊擊加贈文林郎田公墓志銘

余屢遊蘇州聞人道長洲令田涵齋之孝與其封公香泉先生之賢問狀何若曰涵齋善養父志知老人愛山水時奉一騎一板輿恣其嬉遊以吳人之浮薄而封公排日出署竟齊其口無一人造作蜚語者非其道韻平淡有以深孚於人心何能如斯余聞而敬焉丁未冬遇涵齋於酒所愛其伉爽每兩人語輒移時今年刺海州丁封公憂書來乞余銘墓狀曰公諱玉字存璞號香泉世籍瀋陽祖翾色公始遷大興少時豪健善騎射務爲名高一日在郊外遇潘長者教之讀書曰好勇不好學將流爲逋蕩矣公歸讀大學集註至去其舊染之污六字憬然有悟遂折節改行爲滿洲完顏公所知公督南河挈公相助完顏公薨相國高文定公尹文端公尚書顧公琮相繼作河帥皆器重公以碭山把總驟遷高堰河營守備歷遷至淮揚淮徐遊擊嗚呼完顏公者名偉余座主留松裔先生之季弟也明允篤誠造次必於儒者壬戌歲余改官江南蒙以通家子弟見待留宿署中慰誨殷勤其他若高尹顧三公皆海內正人而亦余所親炙休光者昔人云窮視其所與達視其所舉以四君子之舉公公之爲人從可知矣

公生有至性在袁浦官署忽趑趄然心驚急歸視母母果病視湯藥半月竟得送終年過懸車堅求解組歸常端坐手一編凝塵滿席澹如也所著有省吾錄附蓬小草等集卒年八十有七元配趙氏繼劉氏子文龍孫慶豐三代皆贈如公官以子貴加贈文林郎以某年某月某日葬某

銘曰逖矣田公誰與伍漢之朱雲晉周處游俠趪趪力如虎一朝納約循規矩盾頭磨墨兼文武與來詩筆如牛弩三品尊官棄如土來看子舍綵衣舞終其天年歸紫府高風不愧古人古

誥封光祿大夫奉宸苑卿布政使江公墓志銘

乾隆己未冬余　恩假歸娶路過揚州初識江公穎長余年二十有四而公始任戴冠其時兩淮司馬莢者侈侈隆富多聲色狗馬投煢格五是好而公獨少年淵雅與王已山程午橋諸先生遊山賦詩余灑然異之士何鹺務濅削商中耆舊凋謝恭遇　國家大典禮大徭役大府無可咨詢惟公是賴公閱歷既久神解獨超輔志弊謀動中款要每發一言定一計羣商張目拱手畫諾而已四

十年來凡供張　南巡者六祝　太后萬壽者三迎　駕山左天津者一而再最後赴千叟宴公年已六十餘每跪道旁　上望見輒喜召前慰勞詢問家常所賜上方珍玩加級紀錄之恩莫可紀算轉運使出都請　訓上面諭江廣達人老成可與咨商廣達者公行鹽旗號也公自念一商人並非勳舊閥閱而帝心簡重如此受寵若驚𥦗𥦗如畏亦不自知其所以然丁丑辦治淨香園稱旨賞給奉宸苑卿銜壬午盤獲內監逸犯有功晉秩布政使銜辛卯　上知公貧　賞借帑三十萬以資營運一時羣商之趨下風受指麾者或相噎媢退有微詞公絕不與較未幾兩淮提引案發　上震怒不測羣商就逮京師勢洶洶度不能自脫而公慨然一以身當　廷訊時唯叩頭引罪絕無牽引　上素愛公又嘉其臨危不亂有長者風特與赦免其他鹽政諸大吏咸伏歐刀而公與羣商拜　恩而返妻孥迎門先咷後笑方知大樹之下可借餘陰無怪其干霄而捧日焉先是揚州城南有高阜相傳前明康海讀書處公家其旁葺而新之疊石穿池請　駕臨幸　上喜平山之外得近處小憩兩幸其園賦詩以賜

公抱七歲兒迎駕　上抱置膝上摩其頂親解紫荷囊賜之　恩幸之隆古未有也公長身矗立角犀豐盈晚年雖鬚白如銀而神采煥發聰強不衰性尤好客招集名流酒賦琴歌不申旦不止邗江地當衝要公卿士大夫下至百工伎藝得珍怪之物及法書名畫無不從從然屨及公門如龍魚之趨大壑公一與申納周旋必副其意使去以故賓從藉公起家者無慮數十輩而公轉屢空身歿之日家無餘財人以比古之樊靡卿陳孟公一流而風雅過之公諱春字穎長生時白鶴翔於庭因別字鶴亭本籍徽州歙縣祖演徙居揚州父承瑜皆以公貴贈封如公官生　子　女皆不育繼弟昉之子振先爲後又夭公歿之前一日再繼其弟振鴻壬寅春余持公詩遊黃海一邱一壑如得導師歸告公公曰我將遊天台亦持君詩作證兩人盍以名山作交易耶嗚呼息壤在彼而公有志未行竟從此訣其可哀也已公卒時年六十九以某年某月某日葬某

銘曰四民之末三揖以前問厥由來奇賞自天奕奕江公宏智辨達手握牢盆葬枯粟乏善與人交靡不有終赴義若熱艾物必豐均輸　國計軍餉河防惠

我黎烝盲禿傴尫遭逢　虞巡靈臺營造工垂神明馬鈞機巧　天子曰咨汝寶卿才奉朕宸遊源源而來公承　寵命千里駿奔遨遊　宮苑歸夸戚隣一箇匹夫三公不換鼻息所衝上拂雲漢年高委化人琴千秋歌吹已寂聲華未休松耶柏耶志幽者石耶我爲之銘石敢泐耶

## 太子太師文淵閣大學士錫山嵇文恭公墓志銘

乾隆五十九年七月十七日文淵閣大學士嵇公薨於位　天子駕幸熱河聞信震悼加贈太子太師　賜謚文恭命　皇八子靈前奠酒　遣官護喪歸里飾終之典海內榮之次年九月其子承豫等卜葬有期馳書爲貞石之請枚伏念文恭公碩德重望年登大耋名聞四夷古大臣中惟召康公文潞國差堪比肩枚才盡年衰何能當茲重任然追思弱冠試鴻博報罷落魄長安蒙公聘教公子得朝夕沾接風采受公知最早而因此知公亦深誼不當以不文辭謹按公諱璜號尚左字黼庭晚又自號拙修系出晉侍中紹之後家居金陵祖永德還無錫以諸生在福建總督范忠貞公幕中同殉逆藩耿精忠之難　聖祖追

贈國子監助教陪祀范公祠父文敏公諱曾筠以康熙丙戌翰林歷任江南總
河浙江總督拜文華殿大學士公其第三子也生而嚴重寡言笑雖貴公子而
動容周旋造次必於儒者九歲讀禹貢恍然曰禹之治水皆自下而上蓋下流
宣通則上水自順流而下長老咸驚異之識者曰此子他日必爲名臣能宣汾
洮而障大澤者也雍正七年春奉　世宗特恩大臣子弟一體會試公年纔二
十以太學生登進士入詞林給假歸娶散館授編修　命南書房行走尋遷左
春坊左諭德乾隆元年今　皇上登極文敏公總督兩浙三年秋有　旨召入
閣辦事文敏公病奏請解任公驚駭乞假省親倍道奔馳爲馬傷血浹袑袴到
署未浹月文敏公薨當是時文敏公年高病久一切公私事叢雜如麻中外頗
有讕語非公到不能料簡帖然也六年服闋入都奏請停各省采買極言其病
國病民病官諸弊又奏河東總河一缺宜專其職守凡有題補修築等事不
必會同兩省巡撫致有掣肘推諉之弊　天子可其奏七年遷學士再遷僉都
御史副都御史工戶兩部侍郎充經筵講官十八年扈　駕木蘭甫進哨而江

南黃水為災高堰圮於風浪奉　命勘驗督修功成議敘二十二年　命為江南副總河公奏淮揚運河自邵伯以北者皆歸海邵伯以南者皆歸江多一分入江之路卽少一分歸海之水歸海路近歸江路遠宜開挑引河正對閘河改曲為直趨海為便又奏湖河源流分合設壩放淤諸務尤詳奉　上諭所奏甚合機宜下河一帶經理汝功不小也二十三年遷工部尚書調禮部尚書入都仍侍值　南書房二十四年公母何太夫人有疾公陳情乞養　上許之先授總河時太夫人年已八十有三公早有此請　上諭汝父久任河工汝趨庭時見聞甚悉長淮一衣帶水儘可迎養不必在家侍奉也公不得已而赴任至是得請才能領天倫之樂陶陶遂遂侍寢問安自言此千金一刻時也孝養五載而太夫人薨三十一年服闋還都實授禮部尚書旋授河東總督兼兵部尚書公起任之便卽繞道河南相度河形蒞任後裁壩夫栽堤柳革除墊崖貼坡諸弊偶巡河至商邱五堡命幫裏戧十丈衆不喻其意俄而節過白露河官皆慶安瀾酬神張飲公尙欲詣工親勘衆以公積勞咯血勸勿往公不聽行至半途

而探馬飛報大隄湮塌八丈幸有新幫裏戧可資保護衆始嘆服公之深識遠
慮也然亦有神助出於意外者公每巡河輒先屬吏冒風雨或手持畚鍤以行
一日宿廟中聞虞城工險馳往其時天甫曉雨雹交下趨視所下之埽岌岌欲
崩從者瑟縮面皆改色或遮勸勿前公立堤上厲聲叱曰埽去則我與俱去聲
息雨雹亦息堤卒無恙又因防險宿河堤行館夜聞訇磕聲撼臥榻皆動起視
無他黎明報對岸河塌數十丈公所宿堤下忽漲起沙灘如其塌數人以爲神
又勘驗曹縣三保河河溜漸逼羣議下埽而未定某所公夜夢金甲神持劍指
溜處曰吾張桓侯也速下埽吾與趙順平助汝驚起周視形勢如所指處下之
竟得安瀾因於月堤建桓侯廟而幷建順平侯廟於對岸論者僉謂　聖朝福
大百靈効順而要非公之精誠不能感格也四十四年以吏部尚書兼翰林院
掌院學士充日講起居注官四十五年授文淵閣大學士教習庶常　賞海淀
官園居住四十六年加太子太保在　尚書房總師父處行走公歷事　兩朝
垂七十年兩爲山陝正主考一爲乙未會試總裁其他殿試讀卷朝考閱卷以

至總裁三通四庫國史實錄諸館者不可枚舉　上亦視公如商彝夏鼎雖不必服用而陳之廟堂醇樸典重邦家有光故五十年行千叟宴　命爲漢大臣領班五十五年庚戌會試喜公重赴瓊林　賜詩矜寵公又與　上同庚八十生辰本在六月公道臣不敢先君擬改期於　萬壽後　上嘉其知禮代定八月十九日　遣侍衛明安爲之稱觴　賜詩及上方珍玩金幣無算公慮盛滿難居屢疏乞歸至於再至於三　上念老成凋謝不忍公歸又憐其年力就衰詔嵇璜高年入直如遇風雪不妨遲至即不入直亦可先　賜紫禁城騎馬再　賜肩輿到殿公銜感次骨泣且嘆曰君父體恤老臣至於如此死有餘榮自後不敢復作思歸之想然素性恭謹非體有不適與極大風雪仍步行入朝如故也公議事畫稿無鉅細必沉思審定求一是處雖位極人臣而依然儒素猶記戊午年枚館公家每　朝罷歸相與談史鑑數千年事如指掌自言在南書房汪文端梁文莊諸公各言所長推公見解爲第一公亦夸枚云先生非特文佳人亦好也其受知如此公精小楷能於胡麻上作書所作詩多不存稿

惟奏疏數十篇藏於家娶楊氏誥封一品夫人子八人長承謙受業於枚最純靜官至翰林院侍講先公亡次子承豫雲南劍州知州因公褫職　上加恩以主事用次承閑承羣承樸承恂承艮承廉女一人嫁袁氏孫十二人曾孫三人享年八十有四葬暉嶂山之新阡

銘曰錫山峯高惠泉水清降生嵇公明允篤誠少如威鳳來儀虞廷壯司水政元圭告成官久能貧廳堪旋馬貴而不驕惵然意下有所薦引不圖報謝惡隱善揚矜孤恤寡每逢　召對讜論直陳退而慎密溫樹不言傾衿禮士正色立朝人之仰之孤月行霄豈不戀闕臣力已竭　天子留公纏綿悱惻給扶俠侍曠典重重自天而降觀者動容　恩重身輕歸心難遂從古皐夔不聞引退巍巍華表鬱鬱松楸銘公者誰我亦千秋

## 蘇州府知府楊公墓志銘

余嘗書楊君鏡村測因事爲作吏者法已十餘稔矣今冬其子書來乞余銘墓當楊君存時余倘恐沒其善行故書而志之今楊君亡可不彰其所聞慰孝子

之心哉謹按君諱燦字鏡村號質亭福建邵武府人幼郎入學食餼以乾隆丙
子舉人發江南權知上元縣實授寶應調長洲遷知高郵州再遷常州府知府
調蘇州因公鐫級補海門同知年六十卒君秀挺機警長不滿六尺而精悍之
色溢於眉宇所蒞處除苛解嬈侃侃事上温温接下吏民帖然長洲案牘麻起
兼開白茅河君判決如流疏濬得法高郵大旱布政使閔公不肯報災君爭之
閔曰汝擢守常州將行矣何必強預人事君曰官之於民父也安有父將遠行
而忘其子之飢寒乎閔不能奪卒如所請乾隆五十年海門災君請招商領照
赴運漕採米屯戶聞之盡行出糶價以大平總督高公出巡上元有禹郭氏者
訴次子尊玉淫其妹已有身矣高公大駭命君鞫訊君覺情狀非是乃陰召其
小女啖以果餌得其情案遂以定其隣人聚而歎曰天乎前三年禹郭氏與姦
氏解五誣其長子積玉逼嫁阿孀官不細詢已斬決矣今解五欲占禹氏家產
故又唆其母妹謀殺尊玉微楊公則一門奇冤又誰雪哉蘇州顧周氏笞婢婢
縊死前官疑周氏與其奴吳祥有姦故殺以滅口已刑逼誣伏矣君曰周道如

砥其直如矢治獄不可以意爲也周氏笞婢致死自有本罪若以暗昧事陷人
於十惡非法也卽省釋之撫軍楊公魁謂余曰子屢稱楊守之賢我猶未信今
春張鑾盜于闐玉事發　聖旨嚴切我震悚不知所爲一時獄繫纍纍賴楊守
部居別白專誅鑾而寬其誤買玉者奏上果蒙　俞允歡聲如雷我方信楊守
之賢而嘆子之能知人余笑曰是奚足哉公知楊守終未盡也撫軍驚問余曰
買玉人杜開周常向余言玉案事平渠感楊守超雪恩邀諸買人輦金幣爲謝
昏夜致之楊絲毫不受此公所不知楊所不言而余所獨知者也撫軍爲嘆息
者再君之降調也爲辦常州府弓兵一案　天子怒其擬罪失入特予降調永
停陞遷不知刑部所擬卽君之初詳也撫軍閔公三詳三駁君不得已還就從
之及遭嚴譴勢不能再揭部科又不能遺諸胸中遂隱忍紆鬱妄笑語昏亂竟
成狂易之疾以至於死嗚呼其可哀也已夫人某氏子學基候選布政司理問
孫二人以某年某月某日葬某
銘曰鏡能照物無隱慝兮君取自號其儀一兮施於爲政上下悅兮蒼蒼者天

斯人也而有斯疾兮固知壽爲欺魄夭爲凫沒古有說兮然而未竟所施民思何極兮吾不能臨其穴但能志其石吁嗟楊君安此室兮

蕪湖兵備道張公墓志銘

公張姓諱士範字仲模號芷亭先世爲山西洪洞縣人遷居陝西蒲城祖國祚父克光俱以公貴誥贈中憲大夫世有積德卹饑拯災戚里受其惠者咸交口祝延之遂生公幼卽穎異舉止異凡兒每塾師出對句或分韻題詩公應聲如響聞者讋伏丙子舉於鄉庚辰補內閣中書甲申援例選福建興化府知府旋丁母憂歸服闋選浙江衢州府知府因公左遷捐復原官選安徽池州府知府久之　特授安徽蕪湖巡道又因公左遷公離家久將歸省墓途間患痁就醫白下遂至不起年六十四公被飾厥躬藁君子之安雅善氣迎人行安而節和見者皆憬然意下四權臬使兩膺卓薦　天子召見輒加　温獎奏對移時池州民多凋𢦤官俸淡薄蕪湖轄五府一州兼榷關稅俗尚華離人俱爲公憂公夷然不以爲意抵任後問民疾苦察庫盈虛廉不言貧勤不知懤不矯虔以弋

名不舒緩以廢事卒使吏靜民安商賈屬至課以報最貴池縣西有火燒蕩公嫌不祥建天一亭取以水制火之義未幾融風頓息己酉皖江水暴漲漫港有麻浦圩幾淹矣公親往堵塞露立三晝夜堤竟保全丙午旱蝗公自爲文禱於神山李衛公祠甫下山而雨蝗亦蔽天飛去公於治獄測囚尤詳審權臬使時鳳陽孀婦迮管氏刈麥於田姑老矣墜樓身殞長子鳴九素忿婦謀吞其產以婦推姑墮控縣縣令不察擬婦極刑公詰之曰姑死旁無見證身無他傷何由知是管氏所推耶鳴九不能聲婦寃始雪鳳陽人嘖曰微張公吾鄉其六月飛霜乎公道韻平淡於人世紛華投焭博弈歌舞諸事絕無所嗜平晝閒居惟手一編吟詠不輟或取古人法書臨摹自喜愛才出於天性遇寒素必傾衿禮下之所屬書院有廢必興厚其餐錢嚴其課人文蔚起丙戌秋與余初遇於高制府署中一見如舊相識三十年來酒賦琴歌時時霑接今秋病中氣息綿惙猶強起絮語約小差後過從爲懽不圖余往京江未半月歸而公訃已橫几上嗚呼浮生局促天意渺茫原不許人控揣然余犬馬之齒猶禮先一飯矣分當先

塡溝壑乃一旦郎君反以墓銘見託其能無悲從中來筆未揮而淚先下哉古語云善人云亡百身莫贖如公者當亦海內士林所異音同嘆者夫所著有澹園詩鈔所臨有十七帖絕交書三種先娶雷氏再娶王氏俱誥封恭人子汝驤壬子科舉人試用教諭次汝驥廩貢生出繼 弟夢選三子阿玉尚幼女七人俱適士族孫 人以某年某月某日葬某

銘曰旃檀一樹百里外聞其香也福德一星九州內瞻其光也肫肫張公國之良也身雖逝兮民不能忘也壽固未爲短兮餘慶知更長也鬱鬱佳城此其藏也猶有鬼神俾爾子爾孫隆隆其未央也

## 江防同知倪君帝培墓志銘

君倪姓名廷模字帝培別字春巖爲山陰倪文貞公之後還居杭州昆仲五人君其季也生而聰敏嶷嶷不凡髫年入泮己卯舉人庚辰進士補安徽潛山令調桐城還宿州牧因公落職起復補直隸保安州牧又因公落職起復補皖江懷寧令權知六安州又因公降調補黟縣令再署桐城膺卓薦實授江防同知

署穎州太守滁州牧委審湖北黃梅事路染疾歸遂不起年六十有四君少時美秀性通脫不受拘閡嘗學小冠杜子夏搖蕉扇簪花游冶方領矩步者動相訾謷君夷然不以爲意及作吏精廉強力桴鼓不鳴人驚以爲不可測嘗言理民如理髮也亂髮不除好髮難整孔明爲政路無醉人故其治一以嚴爲主潛山武舉萬年青虎而冠者也君到一大創之地以寧謐桐城災一時無賴者藉荒爲名糾衆劫奪君知天寧莊梅能哲爲首擒其父子當街杖殺之羣黨解散所到處利必興弊必除潛邑無城君曰城以衛民無城則奸宄出入自如且地形若釜雨久外水灌入民游釜底矣請於大府領帑與工烈日中親執撲以行築者功城而水患除滁州向例銀鞘過境地保糾錢助費君不可曰滁鞘來往不絕地保斂民民何以堪即發官錢馱送下站餘差盡革宿州辦公蠹役強拉民車與錢則免君乃通計各鄉車數若干編列字號挨次輪直出示曉民當直者自行赴官承應民踴躍稱便君尤長於治獄桐城義津橋有盜案四參將屆君比捕嚴捕役章標賄賊某冒充君疑之略究詰知其冤登時縱之胥吏皆失

色幕友尤君君曰吾寧受處分不忍以民命爲兒戲亡何他案羣盜互相投首而此案遂明英山僧廣明姦杜某兒婦値杜撞見遂擊殺之而反誣其兒逆倫縣令不察獄已具矣君爲平反合郡懽呼君槃槃有才而宦塗乖午英山一獄

天子嘉其能得正兇特

旨召見正在請咨而忽奉部文降調最後受知於孫補山相公許薦知府薦草成而補山入閣旋爲有力者所奪屢起屢躓嶔奇歷落如其爲人若暗中有齮齕之者君雖作達如故而中懷鬱紆年力亦從此衰矣君赤貧初試春官賣屋以行而慷慨好施揮金帛如棄涕唾肩任前官虧項兼助其歸不一而足桐城饑捐俸倡賑所活數萬人其他歌場酒所亂擲纏頭亦復豪宕自喜以故歷官數十年家徒壁立幸而所莅之地臨去時民皆具服脯捆載以從常入都留眷奉太夫人僑寓宿州家無旨畜私心憂之比其返也跪膝下問安太夫人扶起笑曰兒去後不料此間童叟供給較兒菽水之奉尤覺豐盈此皆兒平日作好官之效也兒他日其始終如一哉乾隆二十九年

聖主南巡尹文端公辦攝山供張委君與商人汪楷亭曹學賓委員魏廷會

莊經畬朱龍鑑等董率其事山光水色中輪流置酒招余留宿說鬼評糞漏盡不休嗚呼纔三十年前事耳今文端公久葬諸賢零落殆盡幸存者惟余及君君又溘然先去而余年亦七十有九然則歐陽修所謂賢豪不常聚而交游之感爲難再其信然耶恐山靈有知亦當泣下君善談笑能詩隨園詩話中所采甚多著四蟲備覽一書尙未付梓妻魏氏再娶余氏無子繼兄子本仁爲嗣舉丁酉孝廉孫三人以某年某月某日葬某

銘曰漢有朱邑葬於桐鄉君能繼之兩臨茲邦善政流風迢迢相望異世通夢盍祀其旁胡爲後人歸櫬於杭我思疇昔雪涕浪浪未憑其棺但銘其藏音塵雖遠詼諧未忘爲民之爹爲國之良風流人豪宿草亦香

## 金纖纖女士墓志銘

蘇州有女士曰金纖纖名逸生而娟妮有天紹之容幼讀書卽辨四聲愛作韻語每落筆如駿馬在御蹀躞不能自止年甫笄嫁吳中少年陳竹士結褵之夕新婦烟視媚行忽一小婢手花箋出索郎詩催妝竹士適適然驚幸素所習也

即應教索和從此琴鳴瑟應匳具旁烟墨鋪紛不數日變閨房爲學舍矣纖纖事尊章謹不以文翰自矜一切煩搁衣圭燀瀹秩膳事罔或不涓當是時吳門多閨秀如沈散花汪玉軫江碧珠等俱能詩俱推纖纖爲祭酒一日者過諸女於虎邱日將昳矣偕坐劍池旁相與談越絕書吳越春秋諸故事洋洋千言此往彼復旁聽者搢紳先生或不解所謂咸愕也有識者喈曰山海經稱帝臺之石上帝所以享百神也昨千人石上毋乃真靈會集耶其爲鄉里所欽挹如此纖纖論詩於唐宋諸名家靡不宣究尤酷嗜余詩得小倉山房集伏而誦之盡四晝夜畢寄書諄諄乞爲弟子余感其意今春往訪則病已篤強扶起呼先生再拜余旋往西泠逾月歸則纖纖死矣臨死語竹士曰吾與先生一見已足千秋所悁悁而悲者吾聞先生來即具門狀招十三女都講作詩會於蔣園畫諾者已九人而吾竟不得執筆爲諸弟子先此一憾也我尚有書中疑義欲面質先生而今亦復不及此二憾也欲釋此二憾須先生憐我肯銘我墓則我雖死猶不死也余聞而泫然昔東坡老矣貶惠州有溫都監之女窺其讀書坡奇賞

之海外歸此女已亡坡不能忘情作小詞以弔余愧非東坡而受知於纖纖則百倍於温家女矣貞石之文尚復何讓第目論者動謂詩文非女子所宜殊不知易卦兌爲少女而聖人繫曰朋友講習離爲中女而聖人繫曰重明以麗乎正其他三百篇葛覃卷耳誰非女子之作迂儒穴隙之見誠不然也然余閱世久每見女子有才者不祥兼貌者更不祥有才貌而所適與相當者尤大不祥纖纖兼此三不祥而欲其久居人世也不亦難乎余三妹皆有才皆早死女弟子中徐文穆公之女孫裕馨最有才最早死其他非寡即貧今纖纖又死方知吉耦永諧福比將相王侯天猶靳惜此固造物之結習故智牢不可破者也而又奚言纖纖所著有瘦吟樓詩　卷卒年二十有　以某年某月某日葬某

銘曰昔蒼帝之造字兮賴女媧之贊襄遂鍾靈於織室兮率釆伴以相將有金天氏之苗裔兮曾筮於有黃曰歸妹之翩翩兮將稅駕而南行揚清矑以流視兮羨人世之有鸞凰騎元雲以來降兮戴香纓於壻鄉含菱蕤以俟風兮騰佳俠之函光協歸昌之奇律兮極和鳴之鏘鏘既刻雕其靈府兮又百怪之昜𧾷

其膏肓竟殗殜而不復興兮去九疑而訪英皇徒執手以奄然兮累奉倩之神傷豈不知九州之一老兮亦涕淚之淋浪嗚呼此睪如者乃其詩骨所藏兮將見優曇花之開其上而書帶草之護其旁兮九州一老四字纖纖書中贈語

## 封公胡葆亭先生墓志銘

君姓胡諱開熙字士端一字葆亭系出陳胡公後唐末節度使諱學公者卜居徽州婺源之清華世爲清華人祖應裴父廷瑾俱有隱德以淑行聞君生而孤露修然自東清矑湛然爲大父所奇賞教之誦習博覽竹素志絜而行芳鄉里有難決事咸就正於君君苦食貧假館富人某某有鬩牆之釁以千金怵君爲左袒君不可曉以天倫大義某色忿然君遽辭歸採木黔中出沒毒淫險絕之地濱於危者數矣得圭撮之資皆寄歸供母歎曰易稱君子尚消息盈虛言消之時當行消道也我今行消道而轉致贏餘其敢見義不爲奄奄如泉下人哉於是趨人之急除苛解嬈嘗客毗陵有鄉氓相鬩者邑宰命尉往勘氓輕尉官卑羣聚侮尉尉不忍其訽而主名不立無所發怒乃誣監生陸某申牒訴縣鄉

里知其冤相與慴也君奮曰救鬭者不搏戟吾能爲之道地遂往關說於縣於尉二人素重君卒解脫之逢生公有祭田鬻去久矣君盡贖還幷增益若干畝念族中絶嗣者無慮百有餘人倣古祫祭之禮於清明後一日聚各栗主具普淖以供合族歡呼曰吾宗有葆亭此後無子者其無憂乎君好學工詩記性絶人少時登黃鶴樓默識樓中翰墨歸錄不遺一字又能肆心廣意以自鈎考常與洪孝廉壽山見訪山中縱言及於方輿君言江源發於南北金沙泰山之脈自遼左橫海而來崇山即嵩山古二字通用皆余所未聞也恨相見之晚有子三人長丞熾早卒次丞煥次岳次丞煇皆訓以義方常曰吾貧時思著一縑單衣必與汝母作數日謀汝今安居褖飾可無念哉與丞煥渡江故犯險浪而行曰忠信涉波濤膽可習也及丞煥以丁未科進士候補工部主事又訓之曰汝年少受　國恩惟勤以集吏事謙以逹衆懷其庶幾不負　君父耶嗚呼君雖不挂朝籍以老而此二語者於居官之道已盡之矣夫人黃氏俱以子貴　誥封如例年七十而終女四人孫三人以某年某月某日葬某

銘曰叩樹本則百枝皆動聞義聲則一鄉皆重槃槃胡公材本梁棟隱於貿遷億則屢中薦祖一羹輒思族衆授兒一裘必加規諷爲樊靡卿爲孔獨誦如謝夷吾之自知死期如管幼安之海中風送未展志於巖廊徒揚休於家衖克臧厥心未竟所用宜其戢影於白下之一壥而鍾美於河東之三鳳

## 徐君星標墓志銘

余常銘弈國手范西坪之墓矣今又得一人於吳江梨里曰徐君星標名璇生有心計以羸廢書性獨好弈父培雲故國手也四方弈者爭來相角星標衣文葆梳雙丫髻啞啞然旁立諦視竟日不去亦不言父奇之微哂而已居士何有西江棋客來值培雲外出乃抱星標膝上戲曰若能代而翁與我弈乎應聲曰唯客憐其幼問讓子若干星標跽而請曰兒主人也客遠來願讓客先客笑而從之甫數著覺有異勢不能休攢眉苦思裁下一子星標隨手支應即往階下抛埼嬉戲客懼損名佯作便旋狀遁去當是時星標年裁十有一其布局審勢雖本家法而常出意外之奇或敵人堅壁高壘萬無破法星標強投數子於閑

處若惹人姍笑者俄而近聯遠映若火生積薪中燎原莫遏又如降兵內應伏甲四起觀者且驚且喜且叫絕而卒莫測其所以然古稱人能數遍天星則盡知棋勢星標其庶乎余按六朝人主好弈有圍棋大小中正之官有以弈得太守者使星標生其間當如何榮寵而竟沒沒然抱技以終然則天下事有遇有不遇類皆如弈耶嗚呼悕矣星標有子達源能詩能書偏不能棋星標亦不教也

銘曰天之所相其生不偶以故駃騠生七日而超其母吁嗟徐君世罕有能向弈秋借其手坐隱一枰消永晝天年終時六十九我爲之銘葬高阜棋之藝一日不絕君之名一日不朽

## 太子太保文淵閣大學士封一等公孫公神道碑

公孫姓諱士毅字智治號補山先世爲姚江望族遷居仁和臨平鎮父玉亭公生丈夫子四公其季也幼卽聰雋神明湛然玉亭公爲治生計教之貿鬻公所到輒有奇贏然非所好也溺苦於學窮晝夜額額有有子惡臥自焠其掌之風

遂博通經史入泮舉於鄉辛巳中進士　皇帝南巡公獻詩　召試一等第一授內閣中書軍機處行走遷侍讀充戊子科四川正主考是年冬　王師征緬甸大學士傅忠勇公素悉公才奏請同往駐軍騰越州一切羽書章奏公指揮於矢石間動合機宜忠勇公嘆曰古所稱上馬能擊賊下馬作露布者其孫某之謂乎亡何大軍奏凱授戶部廣西司郎中庚寅鄉試充湖南正主考督學貴州擢大理寺卿出爲廣西布政使調雲南雲南有鹽銅二廠數十年來礦老山空柴薪騰貴又自大兵過後夫馬疲曳官商多惰煎惰運惰銷者前督撫不敢上聞致獄囚纍纍公奏請豁免一時廠員沙丁如荷校之得脫咸懽呼祝延之未幾陞任巡撫以失察總督李侍堯革職效力軍臺簿錄其家不名一錢　上嘉公廉未至軍臺起用爲翰林院編修或笑謂公曰昔陸伯言爲大將軍封侯後吳主命其還鄉補舉秀才欲其出身之正也公先封疆而後詞館　天子恩公得毋此意耶公故工文章亦覺自喜旋授山東布政使巡撫廣西調廣東陞總督兼管粵海關務廣東濱海民有佔沙地者爭訟不休公設局清釐升科千

餘頃沙突多盜有黃姓者聚衆萬餘前撫李湖擒殺二百餘人不無寃濫公率
大兵張旗鳴鼓環其突而圍之命自獻渠魁否則將移其民赭其地黃大懼縛
盜首七人以獻不血刃而沙突平是年冬臺灣林爽文反公以閩粤海道相通
而潮州最近先到其他備戈甲芻突未幾　王師渡海果調粤兵徵餉遂咄嗟
而辦　上大悅晉秩太子太保賞戴雙眼花翎世襲輕車都尉戊申安南國王
黎維祺爲其臣阮惠所逐率其母妻叩關求救公得信卽檄安南各處總兵起
義而身自領兵防守鎮南關　上嘉其能識輕重知大體　命提督許時亨領
兵送黎氏母妻還國　命公率兵相助阮惠遣將抗拒擊破之進兵市珠江將
造浮橋以渡探知南岸有賊據山乃於北岸列陣攻之親自督戰相持三晝夜
砲聲震天賊衆大潰乘勝直抵富良江賊驚曰江在安南國都之外　王師渡
江是無安南也乃盡收戰艦泊南岸拚死拒守天大霧公縛竹筏命將士大呼
渡江賊不知我兵多寡自相蹂踐獲其大小戰艦數百擒斬無算是役也賊衆
四萬守江我兵之先至者僅千餘人竟送黎維祺還國復位阮惠遁歸故城事

聞　上封公一等謀勇公賜寶石帽頂下　詔撤兵公亦渺視小醜遵　旨遽
退而黎維祺本孱王也孤立無助阮惠率餘黨傾國而來倉猝間衆寡不敵公
欲以死報國策馬直犯其鋒參將某牽公馬泣曰損大臣有傷　國體公怒擊
以鞭墜其兩耳而馬首已被牽回不能再進矣公上表自劾辭公爵繳還恩賞
上以撤兵太早引爲己過釋公罪授工部尚書　賜第一區　紫禁城騎馬
充順天鄉試正考官旋署四川總督庚戌調兩江未半年授吏部尚書協辦大
學士回京供職辛亥西藏廓爾喀與喇嘛搆釁川督鄂輝帶兵赴藏　上命公
往打箭爐辦理軍需其時大兵已進後藏而前藏爲軍營要道公督理糧餉路
經察木都瓦合山等處上下七十二峯嶔崎尼嵲盛夏積雪下消凝爲冰稜人
馬無駐足處公令土人立山頂以繩繫腰懸縋以下身帶糈糒和雪而食每遇
險輒以身先人多感奮凡器械軍糧無不如期而至是年秋廓爾喀平奉　旨
授文淵閣大學士仍駐前藏辦事乙卯黔楚苗叛延及四川秀山公移營平塊
堵禦各隘口丙辰春湖南白蓮教反侵擾酉陽公往來鳳扎營乘其不備分四

路進兵剿除茶園溪旗鼓寨一帶屯聚之賊晴用火槍雨用短刀高處用雲梯
叢曲處用鉤戟應手稱心如風掃葉有千總張超者手持丈八矛闖入賊營斬
一騎赤馬而白衣者梟賊也餘賊奪氣漸漸解散公追奔九十里至龍嘴扎營
將圖進取而年已七十有七瘴癘毒淫積勞成疾自知不起乃延請軍中大臣
福寧交代印信軍務連夜輿至平塊軍營未半道而薨當攻旗鼓寨時賊兵號
稱十萬皆虜脅良民爲先鋒公病中將所獲囚皆爲訊明判別生死以故騎箕
之夕遠邇哀號　天子震悼下　詔追念勳庸復還公爵　命內臣護送其喪
賜金　賜祭　賜葬　賜謚錫典之隆爲近代大臣所未有也公五官並用
精悍之色垂老不衰每日晨起除校簿書見屬吏外一切章奏尺牘親自操觚
灑灑千言詞藻法書皆可付諸石刻甲辰秋枚見公於廣撫署中蒙執後輩之
禮甚恭談輒移日別後北毳南金餽遺不絕今年四月公在西藏軍中半夜秉
燭而起操筆疾書衆將弁鵠立帳外驚疑有緊急軍符悚息以待俄而老兵捧
墨箋出乃和隨園壽詩六章嗚呼當軍興時虜氛甚惡他人當之或飯不知口

處而公好整以暇歌詠臨戎可以想見其平生之局量矣先是兩江總督官尊不甚理事公一莅任如光弼將軍旌旗變色所到撤去前站躲馬便行不拘嚴鼓之節白事者到轅即見至今父老刊刻公所張告示傳播閭閻相與嘆曰如此好官不得借寇一年江南可謂薄福矣通判葉文麟權知通州巡撫閔公忌其戇借驛遞事嗾司道劾其遲誤公文與以華職葉飲忍數年待公到方投牒申訴公不動聲色立發五百里馬遞取某年月日驛站號簿送轅呈驗遂無俟發訊而葉冤已雪得復原官至今銜感次骨公雖風裁山峻而貞不絕俗受人誣諉必委曲爲謀刻意憐才一介之士輒與抗禮故事京師士大夫在軍機者例不見客不答拜獨公反其所爲與故舊周旋宴飲如平生懽家本寒素能耐艱險凡繩行沙度之地人騎瑟縮而公視若康衢然亦有天幸出於意外者從忠勇公征緬甸時虜氛甚惡公自防一利刃朝夕摩挲天雨糧斷公靴中藏筍脯五以其三奉忠勇公而留二以自給餓三日而糧始通過天生橋馬駭墜山澗中澗深數十丈公昏絕良久馬忽蹶起負公掀淖以出曲折數十里竟達大

軍公受　主恩深嘗慕古大臣遺子入宿衞之義隸入旗下臨危時遺表倥匆
竟忘及也奉　特旨聞孫士毅生前曾有入旗之願著令其孫均入籍漢軍嗚
呼安南之敗既寬之於生前從龍之誠又慰之於死後此雖　聖德如天非凡
所測而亦由公平日忠誠有以格　君心之深也夫人張氏賢能有德　誥封
夫人妾沈氏封宜人俱先公薨子二人長曰輿大理寺評事次曰衡內閣中書
二女四孫遺表請以孫均襲封伯爵從子儀給與一品恩蔭　上皆許之三代
皆贈如公官以某年月日葬西湖之天馬山
銘曰奕奕孫公天人眉宇絳灌能文隋陸能武不兢不絿知今知古纔揮銀毫
便持蕭斧既拔菁莪又擁貔虎左之右之無不宜之亦惟　聖人爲能知之東
蕩西除十步九算長艦渡河短兵接戰黑山讋服黃巾遠竄一紙奏聞　九重
嘉嘆事兄如父友愛肫肫施於寮采內厲外溫能不自恃貴不自矜勞不知倦
廉不知貧才餘於事力大於身堅持心肝上奉　至尊在昔成周伯禽呂伋雖
受侯封仍衞王室　天子恩公曰改黃籍俾爾孫曾　國同休戚一朝星隕大

風拔帳乘馬悲殉三軍悽愴鯨鯢未盡遽藏吳鈎麟閣未畫驟掩山邱知公忠憤雖休勿休定起神兵石馬汗流

小倉山房續文集卷三十二

錢唐袁枚子才

## 吏部尚書東河總督顧公傳

顧琮字用方姓覺羅氏滿洲正白旗人祖八代有奇力能挽十二石弓折節讀書兼通文史以蔭生從信郡王征李定國追至永昌大敗之又從趙將軍良棟征雲南奪取銀定山發砲擊賊賊魁吳世璠自殺其僞將軍某以城降功成賞精奇尼哈番父顧儼襲世職生公公天性岐嶷習兵農書算不屑章句之學聖祖開算學館公得與焉議敘得吏部員外郎　世宗登極稽核財賦開會攷館以公領職有書吏行賄某官某官首之於總理局務怡親王王命公審理吏狡抵公笞之同官忌公者誣公欲殺吏以滅口王疑公亦受賄遂奏劾公交刑部一并嚴訊吏證公無絲毫染公得無罪而怡邸意終不慊不爲請開復未幾奉　世宗特旨起授戸部銀庫郎中出爲河南觀風正俗使當是時有奏豫省歲荒者　世宗命山東運米十萬石爲賑濟總督田文鏡諱災以爲歲熟民無

需米仍令運官帶回公爭曰此時民未必不需米就使不需然既已運來留存州縣倉中亦有備無患之義若仍令運回則運脚船費例不准銷地方官賠累無力仍取諸民民何以堪且王者有分土無分民豫省官民卽山東官民爲臣子者當同心共濟不必自分區域粉飾太平以希恩寵田滋不悅密奏公倨傲氣淩其上意滅其下　世宗問公公曰觀察爲欽差官與督撫平行無所爲上也司道府州隸於督撫非觀察屬吏無所爲下也既無上下臣何淩滅之有
世宗笑曰奏卿者田文鏡也毋乃爲爭米事忮汝乎公上書立言務培本根持大體不屑承順風旨嘗奏開捐非善政永宜停止洋洋千言又嘗入朝天旱多風　上有憂勤之旨公徐曰洪範云蒙時風若今風色過厲慮朝臣有蒙蔽君父者　上爲之動容公於友朋風義尤敦篤任山東總河時前任完顏偉奉召來京未行而病篤意欲出署調養公力止之曰君之母妻兒女俱先回京病中左右無人吾與君同事君父卽兄弟也弟尙在兄何憂凡一切湯藥便旋事皆公親自料理完公氣息纔屬猶戀戀呼公公應聲而至不傾刻離完公歿後事

宜公一力周旋護送還其里第後巡漕御史伊靈阿在寓亦病臨死嘆曰有顧大人在玆吾死何憂公亦典質衣物爲治其喪如送完公時公雖剛正孤介百折不回有顧鐵牛之稱而性耽花竹左右侍立校尉千總皆清俊少年浙江總督李衛氣出人上而最敬公見侍者而尤之問此輩可使戰乎公笑曰蘭陵王貌美戰則戴銅面具入陣矣公不信可遣公帳下健兒與角力及交手皆應聲而倒又多製髹漆盤盛佳硯良墨聞屬吏能詩文者輒手贈之其風趣如此公官至七省總漕內權吏部尙書年七十而薨

論曰乾隆七年余改翰林官出宰江南拜辭首相鄂文端公問及當代諸名臣如尹望山楊江陰諸公公意俱不滿但云汝到江南有一眞君子不爲利動不爲威懾守其道生死不移者可交也問何人曰顧某我此時不必通書汝見時但道是我門下士渠必異目相視及到淮見公於總河署中果如舊相識臨別求公教誨公曰君聰明任君行去但要大處錯不得可緊記老夫語眞儒者之言然公信古太過有限田一疏要均民間貧富與廷臣力爭意非不善卒亦不

能行云

領侍衛內大臣撫遠大將軍費費襄壯公傳

費公楊古滿洲正白旗人居董鄂地方以地爲氏年十四襲三等伯爵性朴直而貌雄奇待人以和無疾言遽色好在　上前自言己短人多笑之康熙十九年以御前侍衛爲火器局總管兼議政大臣二十九年厄魯特噶爾丹不靖　聖祖命隨裕親王征之破賊於烏蘭地方先是厄魯特部落與喀爾喀連界厄魯特之子縱獵喀爾喀地方爭獸被殺厄魯特酋長噶爾丹謀報讎陰令番僧千人詭遊牧在其界內一年而喀爾喀不知也突於除夕率衆鼓譟直入所伏千僧從中接引喀爾喀度歲轟飲醉臥矣變起倉猝父子不相顧向南狂犇噶爾丹追逐所殺士卒無算喀爾喀犇至中國款關求救面目如鬼自言饑餓垂死乞　大皇帝活命　聖祖憐而納之仍與位號賜牛馬撥有水草處俾居遣人諭噶爾丹曰汝兩小國唇齒相依當各守甌脫何必互相吞噬朕仰體天地好生之心不喜人爭鬭汝可休兵回國毋違朕命噶爾丹奏云喀爾喀殺我子

我理當報讎　大皇帝要我罷兵可將我讎人車臣汗哲卜尊二人交出我便回去　聖祖詔答云人窮促來歸朕心哀之豈肯以讎人畀汝汝他日窮促來歸朕亦如待車臣者待汝不歧視也噶爾丹恃強不服　聖祖怒下詔親征分三路出塞命公出西路　御駕出中路將軍馬斯哈出東路先遣諜者誘其來噶爾丹疑　聖祖必不親臨果以兵至到克爾倫地方離中路營四十里其前哨探知　御駕所在精兵悍將萃焉西路費將軍兵已糧盡噶爾丹遂避中路而直犯西軍公下令曰我兵深入不毛噶爾丹探知糧盡故直來犯我當先示弱以驕之而一鼓作氣以禽之我軍今日視我鳴角然後發矢砲我角不鳴先發矢砲者斬令畢噶爾丹兵數千至矣各列隊兩山岡公先遣疲卒四百人挑戰噶爾丹張兩翼圍之四百人盡沒於陣噶爾丹大喜直薄我師矢石如雨公端坐胡牀手執大角而不吹將軍孫思克跪請曰事急矣賊騎相離二十步我軍弓引矢張目待將軍若再不戰勢恐不支公怒叱之退又稍稍近前公鳴角左右俱鳴角矢礮齊發瞬息間煙塵蔽天賊衆披靡馬散走山凹公仰天大笑

指揮衆兵取虜糧物而窮追之其衆大潰酋長頭目或死或降噶爾丹僅以身
免奏上　聖祖諭云九月十三日卿奏已到朕甚欣慰現丹濟勤雖降噶爾丹
降表未至然知其破壞已極不能支拒倘其來降卿可善言慰導令至歸化城
候旨當籌一地方安置之亦是古聖人柔遠之義　王師凱旋公以軍功進爵
一等仍管撫遠大將軍事公退而告人曰我兵枵腹不能耐久故鼓其銳氣忘
命一戰竟能勝之如彼持重不鬬環圍一日則我敗矣或有頌其功者謝曰我
有罪無功我恃勇深入至於絶糧一罪也約會後期致勞　聖慮二罪也倘不
仗　聖主如天之福虜不知兵我死有餘辜尚敢言功乎其謙退如此公在軍
中與士卒同甘苦坐帳下事無大小皆親決之有求見者不待傳宣登時召入
好讀左氏春秋手不釋卷一日立營未久民捉一兵至訴其闖入渠家調其婦
公問成姦乎曰未也公拔一刀與之曰今立營之初斬之不祥嗣後此兵敢再
來汝家卽將此刀斬之民與兵俱叩頭去後作先鋒衝虜陣者卽此兵也朔漠
既平　聖祖詣箭亭觀射諸大臣皆彎弓發矢公奏臣臂痛不可以弓　上許

之出而告人曰我曾爲大將軍倘一矢不中有損國家威重毋乃爲外夷所笑

故不與諸將軍角伎也人服其雅量薨後賜謚襄壯

文華殿大學士領侍衛內大臣來文端公傳

公名來保滿洲人字學圃姓祈他拉氏年十三爲　聖祖御前侍衛舉止端凝

容貌眉目如畫　聖祖呼爲人樣子善騎射弋獵而被服造次必於儒者仕於

朝七十餘年其語默動靜及所跪立處與幼年初入內庭時不差尺寸　理邸

在東宮再獲譴左右近臣以不能導王於善多誅竄者公獨持正不阿竟得無

罪　仁廟升遐公奉祠　景陵七年蔬食菜羹淡如也乾隆元年　上召爲工

部尚書兼內府總管時方議敘水利營田官公不可曰所謂議敘者爲其開水

利於北方故獎勸之若收其所營之田而議敘之是利之也　皇上初登大寶

當以義爲利人嗤公迂闊公亦淡然尋遷刑部尚書圓明園大內被竊獲係內

監法司審擬充軍　上面諭曰盜朕臥榻前物豈可與尋常竊盜比可赴部再

議公出仍照原議覆奏　上大怒曰汝故違朕旨市恩沽名叱之出公曰本朝

祖宗定律竊盜贓滿貫纔死此未至滿貫而殺之是律不足信矣　陛下旣
付法司臣愚但知執法不敢任意爲輕重　上滋不悅命內府斃內監於杖下
公遽引疾具疏通政司乞退　上念三朝老臣降温旨慰留公強起視事旋授
文華殿大學士仍兼領侍衞內大臣乾隆十九年　王師征伊犂將軍舒赫德
以路遠糧盡致誤軍機　上封刀遣內使斬之首相傅文忠公泣救不得公聞
排宮門入歷言人才可惜舒某罪宜寬娓娓千言　上怒解曰旨去已二日矣
柰何公曰但求　皇上賜赦詔臣能追之出喚其子某曰汝卽上馬往宣　聖
旨如救不及舒某不必歸來見我其子素驍勇且孝一晝夜行八百里竟收回
成命而歸傅文忠公嘆曰似此回天之力非來公不辦然非平素公忠見信於
主上何能如是公尤長於相馬常言相馬如相人人無全才馬無全力有宜
徐行穩步鳴和鑾者有宜馳驟登戰場者有宜行水曲蟻封而不蹶者有宜上
高山峻嶺可託死生者有無可用而只可負鹽車者用違其才則人與馬兩敗
矣宰相用人亦當如此晚年眼毛垂睫每相馬則用寸許金篦撐起之內府備

上騎馬公試其走法曰此二馬可餘一疋不可用圉人曰此馬行頗穩已試過
六次矣公曰汝再試之果一奔而蹶常與史鐵崖相國同坐政事堂聞牆外馬
行聲曰此良馬也白身而黑蹄史公曰聞聲知良容或有之若隔牆兼知其毛
色則吾不信遣人視之果如公言乃嘆曰公前身是伯樂耶公笑而不答公常
云我心如鏡藏在匣中瑩然不動要照物則用匙開匣出之用畢仍藏匣中故
年至八十有三神明不衰公薨後繼其相位者爲尹文端公
贊曰枚登朝雖晚猶及見公乾隆十七年病起引見大學士傅公引至軍機房
背履歷公亦在坐傅公問兩江總督尹公繼善黃公廷桂孰賢余曰枚小臣也
何敢論兩大人優劣但外所傳尹公爲政寬黃公爲政嚴者皆誤也傅公愕然
問故余曰尹公遇下屬有禮貌多體恤語故人以爲寬及犯大不韙必劾雖司
道不能求故曰嚴黃公遇人倨傲呼叱隨意然頗多縱捨常漏吞舟之魚故曰
寬公又問寬與嚴孰愈余曰尹之嚴可以得君子黃之寬只可用小人蓋語未
畢公在旁笑曰汝以君子必爭禮貌而小人甘受呵斥故耶余曰然公以手拍

几曰好伉爽南蠻子豈不將尹黃兩大人神形都畫出乎然足下胸襟亦可想見余感公以一言爲知己故采所聞者爲之立傳餘大節尚多不能悉也

## 內務府總管丁文恪公傳

公姓丁名皂保號鶴亭漢軍正黃旗人幼卽選入　內庭長　聖祖仁皇帝一歲康熙十三年爲內府郎中榷稅崇文門崇尚寬大人多願出其途　聖祖有愛弟曰恭王患病甍　聖祖責問王府長史總管不先奏聞長史總管曰王命也王疾危下教曰我受　帝恩未報倘以疾革奏聞必勞　聖駕臨視定增悲痛我死難瞑目不如待我殮後再奏未遲故不敢違王之命　聖祖聞之泣數行下乃大怒召公曰汝往問長史總管二人伊王如此囑付何不卽以王言具奏且伊等不敢違王教如此忠臣何不竟與伊王同死汝卽往教其速死勿污朕歐刀也諭畢聲色俱厲公亦作怒狀到王府召長史總管跪階下宣　旨畢卽奮拳痛毆之碎其鼻出血乃馳馬回奏　上問二人死矣乎曰以臣觀之必死矣卽不死被臣痛毆要害處亦必死矣　上遣人視之血流滿地　上怒亦

解不復追問公退而告人曰　皇上手足情深激而爲怒我若順承　聖意殺此二人過後必悔　上性仁慈我服事最久每杖人見血便轉頸不視我故擊其鼻使易見血得免然非　聖主如天之仁則不特二人死我亦死矣須知爲善者亦有幸有不幸焉雍正元年公變產償官家產什物值二十萬而司官某素刻薄只估四萬未一年公事得白給還家產擢授內務府總管其估產官緣事被逮交公審訊惶恐伏地求寬公笑曰君等足與校乎聖人云以直報怨我若借公事以報私怨是不直也竟超雪之乾隆十一年公年九十有八　今上爲建坊表命八旗大人朝中文武官偕往稱祝賞賜金幣無算所居里巷二十里外車馬喧闐男婦千百爭看地行仙者填衢塞路又一年而薨余在京師常往參謁問公養生之方曰薄滋味少愠怒六字而已又囑曰人在世居心行事不可一日無喜神護持余拜而識之嗚呼今余年亦八十矣公賜謚文恪有二子因　聖祖嘗賜素心松桂扁額故名其長者曰丁松次曰丁移桂

## 浙江督糧道金公傳

金公諱溶字廣蘊順天大興人雍正八年進士以刑部員外郎主試貴州擢山東道監察御史性忠純梗亮嶷嶷自立乾隆元年　皇上求直言公上培養元氣疏其略曰國之所恃者民民之所恃者養養則安不養則不安是以有天下者必以安民爲急務　本朝太平久生齒日繁金饑木穰之災閒或有之近年來陝西地震江南水災　皇上如天之仁屢發百萬帑金賑濟恩至厚也奈鄉曲窮氓　君門萬里未必能盡達於　聖聰幸而達矣而蠲賑之下逮者不無遺漏臣以爲補苴於既災之後不若保護於未災之前臣所願陳者有五事焉一曰開墾之地緩其陞科二曰帶征之項宜加豁免三曰關稅正額之外免報盈餘四曰州縣殿最首重民事不以辦差爲能五曰巡狩之地崇尚樸素不以紛華取媚我　聖祖仁皇帝澤被八荒民到於今謳歌思慕所以然者總在散積聚以充編戶輕珍玩而重人才我　世宗憲皇帝遺詔云凡各衙門條例有本嚴而朕改寬者此從前部臣定議未協朕登極後斟酌改定以垂永久嗣後應照改例而行若例本寬而朕改嚴者此乃一時整飭人心權宜之計俟諸弊

革除後當仍照舊例而行大哉　王言其爲　國家培養元氣至深且厚伏願
皇上敬法祖宗事事以厚生爲急時時以國本爲念則社稷之福蒼生之幸
也當是時　上命翰詹科道各進經史摺子公又以損上益下之說進謂頭會
箕斂以裕囊櫝者匹夫之富也輕徭薄稅使四海咸寧者天子之富也易卦損
下益上上益矣而反名損損上益下上損矣而反名益蓋謂百姓足君孰與不
足百姓不足君孰與足此聖人制卦之本意可深長思也乾隆九年湖廣總督
孫嘉淦因扶同撫臣許容事部議革職奉　旨罰修順義城公上疏云賞罰者
人主御世之大權向例臣工有罪於應得處分外有罰鍰一項因其素非廉吏
褫職不足蔽辜是以罰令出貲効方使天下曉然知所得者究不能爲子孫身
家計故也今孫嘉淦歷任以來其能否優拙臣未敢深論至其操守不苟久在
聖明洞鑒之中亦中外所共信也今罰令出貲効力似與用罰之本意有所
未協於國體不無少損恐天下督撫聞之謂以孫某之操守尚不免於議罰將
來一不得當而罰即相隨勢必墮其廉隅預爲日後受罰地步是罰項行而貪

風從此起不可不慎也雍正七年孫嘉淦爲直隸副主考臣爲所取之士不敢
避師生之嫌而隱默不言奏上部議革職未半年　上特旨起用爲福建漳州
府知府漳俗強悍胥吏千餘交結大府家奴勢力出長官上有吳成者設局誘
羣少年淫博聞拏即竄公半夜開門出召徼巡三四輩突入其家擒治之合城
歡呼鄉有華葑村離縣二百里民納租赴愬皆不便康熙間太守某請設縣丞
駐其地督撫批准至公到已四十餘年尚未具奏詢其故以設官則胥吏無權
故爲所格也公再具詳又爲藩司所駁文書不下府而直行縣公大怒嚴訊縣
胥得其交通狀乃詳請治罪而設官葑村至今父老嘆曰微金公來我輩將奔
馳道路死矣乾隆十三年春閩省旱斗米千錢大府檄公平糶公計府縣所貯
穀止十六萬石而新穀登場尚早慮其不繼乃先勸富家出糶給印紙令商人
赴糴於豐收處又請寬臺灣米入內地之禁一面開倉出糶而羣穀畢集民情
帖然其他修文廟樂器增書院膏火皆次第舉行前明燕王之變有漳州陳教
授某率諸生六人殉節明倫堂舊祠蕪敗公葺治歲祭以黃石齋先生配享焉

十四年遷臺灣道二十一年補陝西鹽驛道署布按兩司事二十九年調浙江糧道與巡撫熊學鵬抵牾奏其迂緩不任事以原品休致在家十年而卒年七十三子四人

## 吏部侍郎留松裔先生傳

公完顏氏名留保字松裔滿洲正白旗人康熙甲午舉京兆辛丑會試總裁李穆堂先生用唐人通榜法落第者不平聚譟馬首爭投瓦礫堵其門 聖祖不悅命 雍親王撿閱落卷奏公文佳遂 欽賜進士入翰林次年 雍親王登極卽 世宗憲皇帝雍正元年也三年中驟遷侍講學士充日講官起居注再加 經筵講官遷通政使禮部侍郎署掌院學士雍正六年廣東巡撫楊文乾與前總督阿克敦不相中密劾其侵用海關稅銀與所屬司道方願瑛官達李濱等朋黨爲姦 世宗命公馳驛會同總督孔毓珣辦治行至半途楊文乾病亡又有人奏阿某與方官諸公彼此慶賀張飲觀優 世宗震怒 詔公一幷嚴審且痛責孔督縱弛失察之罪孔惶悚無措卽召阿公具三木以待公不可

曰公與阿公先後總督也匣印猶温一旦以重囚待之褫其靴露其足於心安乎孔疑公反言相試俛首禁聲但云公意云何公曰我平日與阿某無交但禮稱貴貴爲其近於君也阿某官階一品貴近君矣辱大臣卽辱　朝廷大刑宜撤孔曰然則何以成讞曰向例審事先大員後小員今日審事當先小員後大員先問知府問司道最後再問大員之家奴則衆情俱得而案已定何必刑及上大夫然後成讞耶孔曰倘　皇上知之奈何公笑曰公何所見之晚也天威不違顏咫尺我輩爲臣子者一言一動豈可希冀　皇上之不知而縱意妄爲哉今日不刑阿某　皇上知而問我我卽以存國體對　皇上聖明必能鑒恕倘有不測留保以一身當之與公無干孔卽出座下階三叩首曰吾今而知先生真君子人也除敬服師事外尚復何言旋訊明所揭數條各分虛實擬罪奉旨依議阿公後官至刑部尚書文華殿大學士今廣廷公相名桂者其子也

雍正七年　命督建闕里文廟九年　命監修江西龍虎山上清宮乾隆四年今　上命查看蒙古三處軍容五年奉使盛京收糧公往來勘歷不下七八千

里所到必有日記書其山川要害土俗華離爲治理張本又必賦詩推廣風化之情昭彰玄妙之思屢唱皇華不知勞瘁然積年蒙犯霜露車殆馬煩而公年力漸衰鬢亦皤皤老矣晚年以吏部侍郎調工部乞病閒居自稱恤緯老人又十餘年而薨壽七十七公風神寧靜弱不勝衣造次必於儒者遇大事則神識超然屹不可動　世宗方崇修寺廟時直隸知縣某有盡逐僧道出境者奉旨拿問公奏僧道皆無告之窮民寺廟皆養濟棲流之院落　聖上所爲即文王視民如傷意也彼腐儒學究何足以知之　世宗嘉公能識政體怒亦旋解縣某從輕治罪公在浙時　世宗批摺尾云朕聞汝尚無子汝在浙可買一二婢妾回家織造隆升以女子奴奴贈公世傳奉　旨取妾如此寵榮古未有也公三歲喪父四歲喪母庶母　氏守志撫孤公亦孝敬出於天性身貴後奏請旌獎　馳封一品夫人幼年氣盛常易生嗔太夫人屢折簍戒之及長使於四方跪太夫人前乞一杖交蒼頭曰嗣後我倘不戒於怒汝即以杖示我蒼頭如其言公每嗔喝見杖必悚然曰母在斯怒爲之平其純篤如此公初艱於子嗣

晚年得子松筠娶夫人鍾氏繼配角洛氏
論曰昔人稱舉主之恩重於座主故何也座主衡文務滿額數所取俱暗中摸
索不知誰何之人非真知己也若保薦一人則其人終身行爲與薦主息息相
關非知之深不敢形諸章奏且極多不過一二人故知我之恩同於生我宜也
余己未會試出公門下壬戌　上命大臣保薦陽城馬周一流人公命枚擬時
務奏疏一通大加矜寵即欲以枚應詔疏已具矣枚適外用喜得薄俸以養親
苦辭而出事雖不行然公業以座主而兼薦主矣恩較他弟子爲尤深壬申余
病起入都謁公於里第赴陝拜別公投杖大慟枚亦悲不自勝其時公年高彼
此未必再見故難訣捨果別十年而公薨至今又三十餘年枚屢思採公事爲
立傳以文報德而公門戶寖衰求不可得心常缺然幸近年受知於奇麗川中
丞中丞姊夫趙碌亭先生寄公自作年譜來枚欣然奮筆雖事跡無多枚亦年
衰才盡而寫宣梗概後世觀者或想見賢人丰采焉嗚呼公門下士三百餘人
零落殆盡枚年亦八十矣隨武子雖不可作而由也升堂業已將近公九原有

知其轉悲爲喜也夫

此傳成後二年碌亭先生又寄公年譜及自省錄來覺尙有逸事應書者守泰陵時禮部郎中官福請曰祠牲芻豆錢太豐盍奏請核減以博上懽公不可曰天子富有四海山陵乃萬古烝嘗之地汝以一人之小見而欲損聖主之孝心可乎曰恐他人妬羨必生物議奈何公曰吾與汝約牛羊肥汝不食以芻豆錄汝功牛羊瘠汝雖食以芻豆治汝罪汝問心而已何恤於人言聞者悅服在戶部時織造某請征已免關稅飯費錢公不可曰關吏巡攔亦百姓也君欲屯膏則此輩必虐取諸商賈矣又有請裁河東總河者公不可曰當初設立總河原爲南北不能兼顧故也一旦廢之所省廉俸幾何耶向例旗人有負官項者死則免有縊死者出差死者先後牒部部以爲疑公曰縊死出差均死也例俱應免有何疑耶向例兵出征官賞棉甲凱旋繳庫公請卽賞本兵不必再繳公大旨總在損上益下以養民固邦本爲務其他如請關稅羨餘以賞八旗增汛地兵糧以防盜賊寬諱盜處分免民

之不敢報盜留錢糧耗羨使吏胥略有盈餘雖奏上有行有不行而公之忠誠遠慮亦可概見云

## 禮部尚書姚公傳

公姓姚諱成烈字申甫號雲岫浙之錢唐人世有積德曾祖樹齋好施捨有南陽樊氏之風公以戊午舉人乙丑進士補文選司主事累遷至山東道御史禮科給事中出爲常鎮道調江安糧道授安徽按察使江寧廣東兩省布政使巡撫廣西湖北入爲禮部尚書年七十一薨公性惇厚行安而節和自居家以至臨政一以仁慈爲務山西大同寧武等處例納丁糧有本戶故絕者累里族代償公奏請飭撫臣核明丁未歸地之區就人民實數均攤完納　上可其奏積累一清運弁朱封之兄某辦鹽虧課部臣慮寄匿封家檄訊甚嚴或請褫封職械送京師公不可曰封寄匿無實據未便先褫其職命入都與兄對質可也漕帥楊文恪公嘉公能識政體粵省倉支給旗營兵米有扣除餘留者五六年間積至二萬餘石倉米紅朽而民間翔貴公奏請出糶嗣後積至萬石者允其出

耀一次奉　旨允行官民懽呼公雖姝姝煦煦持齋禮佛於蟲蟻不忍妄傷然頗能持法安徽富人某隱納逃婦事發輸作鬼薪中丞將許之贖公不可曰恃財爲惡不可寬也有僱工強姦主婦其家掩執交僕送官姦者誣與主婦素有姦僕人怒毆殺之有司以罪人已就拘執而擅殺問擬公不可曰強姦主母反敢污衊此罪之決不待時者不得以擅殺擬也粤犯李萬春逃至桂林總督李公奏公往辦不逾月而萬春父子就禽人俱疑公強毅與平素柔道不合公笑曰非義不能成仁此孟子之所謂以生道殺民者是也公所到處一切考棚書院橋梁渡船登時修舉遇蠲除豁免之案必迅速詳題如逋負之在身計在江寧湖北兩粤任內請免版荒沙壓鹼廢諸田數千頃又請豁免凱旋已故兵丁借領行裝銀萬餘金俱蒙報允先是廣東鹽阜係浙江江西兩省商人辦治曰久商貧欠課脫逃當事議令本地富民承認致有姦商匿其資詭稱疲敝請替者公謂轉運秦公曰商人辦鹽數代矣習知利弊猶且消耗今忽責之於局外之人是驅之破產也愚見宜令富商協助疲商彼皆平日彼此洞知虛實者旣

可調劑盈縮又可免其推諉秦不能用已而有控部者　上命大臣核訊官商伏辜秦公嘆曰悔不聽姚公言致有今日也公內行淳篤凡昆季從子戚里輩卵育扶持內外無間言有記室某庸於才每創稿公必削改或請別薦之以省己累公瞿然曰若老矣非我焉歸若知其才庸而以薦諸人是欺友以便己也留之八年至內召方已其用心如此子三人嗣震嗣憙嗣懋俱經明行修克世其家

論曰余與君同年生同肄業書院同舉孝廉交五十餘年知公最深自幼即聞公常勸人充無欲害人之心其素矜清尚概可想見雖時際明盛恪恭奉職無所顯其才而能任真推分善氣迎人使難事之長官難馴之吏民皆齊其心約其口帖然悅服唐權文公薨天下泣且弔曰善人死矣如公者殆其人歟

## 方君柯亭傳

敘奇行易敘庸行難古今文人都操此論然而庸德庸行聖人所重故曰中庸不可能人果能於倫常日用間爲人之所不能爲則庸中之奇又何嘗不觥觥

藍立耶吾於方君柯亭見其人矣君諱源聚字函光號柯亭古歙人也生而孤露事親孝行己恭家業先豐後嗇或爲君危君嘅然曰窮通命也素位而行道也吾何容心哉早廢舉子業貿遷有無稍稍自立便趨人之急鄉黨義舉赴之若熱辛未歲大饑君出境購粟還鄉平糶賴以存活者無算同產六人其季早亡兄弟析產時君又嘅然曰嫗孀撫孤傫然孑立薪水殊艱我丈夫也自食其力安用祖宗餘庇耶遂却所分田產全以畀之嗟乎仁義不行鹿鳴興刺今之人往往爭一缺口盆折足几兄弟勃谿者比比也即史載薛包分家奴婢取其老病者田廬受其荒頓者號稱古之賢豪然彼終有所受分非脫手不取也以君相較其義心清尚不更超越古賢也哉至於葺琳宇修浮圖又其末節餘行不足爲君異也君以捐修城工議敘主簿年六十而卒子五人名如川者九歲能詩以文噪於時今年就試金陵餉隃麋百螺上鐫隨園先生著書之墨曰昔韓昌黎能文求傳志者輦金幣如山如川家貧無能爲役故辛苦捶烟爲先生潤筆爲先人乞傳余嘉其意而不忍辭也

論曰傳記之體有敘無斷嘗謂蘇子瞻作温公神道碑以一誠字相貫串是温公論非温公碑也然事迹少不得不以議論行之太史公敘屈原伯夷參入己意方有波瀾回折余書方君亦此意也

小倉山房續文集卷三十三

# 小倉山房續文集卷三十四

錢唐袁枚子才

## 帆山子傳

真州有逸人曰帆山子性逋宕不羈雖補弟子員非所好也讀經書悉通曉卒不爲先儒所囿嘗曰漢儒泥器而忘道宋儒捨情以言性皆誤也今試策士而問之曰何謂仁何謂義對者瞭然無所乖舛再問之曰梲嶡若何形壜奠若何數議者昏然異同紛起何也道有定器無定故也或下一令曰途遇彼姝平視者笞受笞者必多又下一令曰歸而家能毆兄若妹者賞受賞者必少何也一情中所有一情中所無也嗇爲學者務宣究大義而順人情以設教其持論快徹大率類是余每至邗江必招與俱帆山知余之好之也搤掔而談汩汩如傾河聽者舌縴口呿不敢發一難尤長於說往事敘先賢遺迹凡可喜可愕可嗢噱絕倒者騰其口抑揚而高下之盡態極姸雖優施之假孫叔敖李龜年之談開元天寶不是過也身短而髯圓面終身布衣家無擔石氣象充充然不類貧

者逡巡有恥遇人無町畦假館某某家偶不可於意色斯舉矣居常不繫襪或戴道士冠挂麈尾幅巾几上羅列觿燧圖書珮環小器楕狹零星手自摩拭雖匽湢所必折埾掃滌纖塵不留見美男子則媟然意下目往而足欲隨或尤之笑曰吾何與哉易稱見金夫不有躬聖人詔我矣其風趣如此姓員名燉字周南帆山子其別號也先世陝人學第五倫載鹽來揚州卒致折閱年七十四而終

論曰莊子有人貌而天之說帆山子真氣盎然蓋純乎天者也聞臨終預知死期奉其祖父木主埋先人壠中而以所玩器物盡貽朋好拱手而逝自稱無方之民其信然矣其執友江吟香素敦風義有友五人哀其無後每逢寒食輒具雞黍紙錢設位祀之於江上之延生佛舍帆山其一也蓋卽宋玉招魂聖人於我殯之義嗚呼仁哉

## 蘇州管糧同知曾公傳

西江有篤實君子曰曾曰琇來宰上元與余爲忘形交通家往來事吾母尤敬

母年九十餘時坐板輿赴君署飲酒觀劇已而還任蘇州夫人來別與老妻泣下甲辰春余赴粵東過南昌訪君則頹然衰矣須扶曳乃行而家貧益甚又二年接訃知君考終嗚呼吾母七十餘年矣每一見君便思吾母今君亦不可見而君之高義終不能忘常思作傳以永君苦不能悉君事迹恆悒悒於懷適其孫懋相過江寧細詢之纔得其失官得官之顛末而其他則郎君年幼亦不能舉其辭也君以流外官爲漢陽尉膺卓薦遷福建莆田縣丞權臺灣縣事有黃教者以盜牛犯案君杖而遣之適莆人林椿與縣役吳經冒一夔有隙遂誣控經與黃教謀反兵器悉貯經家君親往搜捕杳無蹤跡隨訊林椿盡吐實情遂以挾仇誣陷申牒大府未兩月黃教又盜牛懼捕聚衆三百人張旗爲亂巡撫鄂公大驚特劾君庇逆當誅會鄂公有他事爲將軍密奏　上怒曰曾曰琇以縣丞署令事尚不可隱逆賊情汝爲巡撫乃聽內地人民爲賊擄去竟不奏耶其時君已擅動帑金募村民擒黃教斬之而鄂公亦已去任新撫來深知公冤然據實奏則從前承審諸大員俱干嚴譴乃授意勸君誣服君性仁慈不得已

伏疏縱之罪新撫以縱逆虧帑擬絞具奏奉　上諭曾曰琇爲殺賊動帑非尋
常侵蝕可比且其才似有可用著送部引見君見　上叩頭謝恩遂蒙　恩發
江南以知縣用補上元令嗚呼公老吏也就罪科罪不能預知日後之爲亂又
仁人也不忍人而自忍拚罪己以救同官此其心自分死矣孽矣萬無全理矣
況以兩巡撫劾一縣丞如風掃落葉耳而所縱釋者又叛迹昭然雖萬死固當
卽至愚人敢希意外之恩哉乃初參時　皇上不允再參時　皇上加褒　聖
天子之聰明睿知千載難逢而君竟身逢其盛道路聞者皆控揣不到爲之舞
蹈流涕而況君之身受者乎君抵任後自言刀鋸餘生萬念俱灰惟有勉爲循
吏以報　主恩養廉外絲毫不受重門洞開巨細必親爲政清而能和交友推
心置腹愉愉如也制府高文端公薦授蘇州管糧同知凡三年以老病辭官卒
年七十有八
贊曰余老且病遇人有傳志之託輒愁眉惟於君若有所不得已於懷而百計
以求其事迹得君孫數言如獲奇珍急急書之然則君之爲人亦可思矣

禮部侍郎海住金公傳

公姓金諱牲字雨叔號海住其兄虞故宿學也人稱長孺先生教公爲文溺苦不休夜臥轉側時聞諷倍生有至性母患腹疾公以口熨臍而噓呵之疾遂平舉　世宗元年鄉試　今上七年會試　廷試俱第一授翰林修撰尋遷至正詹內閣學士禮部侍郎三逢　御試皆　上親擢冠首受知最深以故衡文之任重疊委用凡典試廣東江西山右者三督學安徽江西分校禮闈者二或未散館未撤棘　寵命先下或許持節便道上冢皆異數也所蒞處嚴關防減夫役飭條約卷雖盈萬必手披而目及之往往搜得遺珠爲幕府補過或生童文字未協代爲改削如訓子弟然有被黜之人捧落卷而感泣者　上命公行走上書房課　諸皇子前後入直十有七年卯入未出覺勉勤慎從無休沐之請遇事納規忠心拳拳緝承華法戒一書備　青宮觀覽壬辰秋扈　駕熱河馬驚墜地　上慰問者再遣醫治痊次年五月入直胃痛僨作中使扶歸具疏乞休　上許之出都時　諸皇子不忍艮師之去握手欷歔賦詩贈行問承華

法戒書成否同僚及門下士餞者麻集車馬駢轔供張塞路大司農王文莊公見而嘆曰吾輩異日出都得如是光榮足矣先是公奉　命祭南海適公子三吾卸篆翁源趨庭侍奉士論榮之少苦家貧通籍後依然儒素每食二簋鬱肉漏脯不以爲嫌任學使時皖江學租故事給貧生外皆因公開除公鈐封其餘交提調備修文廟其廉儉蓋天性也然於濟困扶傾之事慷慨仔肩內宗族外師友周恤倍至歸座主仲公永檀之櫬繼世好怡雲鄂公之粟葬故交晚菘居士之四代八棺見義必爲無絲毫顧藉　予告後掌教萬松書院生徒來不冠不見曰吾教之以禮也雖篤老而纂思奮筆終日孜孜春秋佳日與鄉里耆英爲五老六逸之會嘯歌湖山薨年八十一所著清語錄十九帙史漢平林訂誤若干卷詩八千餘首子三人

贊曰枚生八歲即讀公闈墨欽若天人後入館閣先公一科及公侍直　禁廷而枚已外用五十年來末由霑接但聞公愛枚文向人口之不置薨後長君奉公遺命具狀乞傳余敢不表章前哲亦以報知己哉客春遇公次子三俊於蘇

州爲校校詩集指示誤用漢書北史二事想見公趨庭之教所貽謀者遠矣

## 邛州知州楊君笠湖傳

雍正間西林鄂文端公作蘇州布政使設春風亭招致四方賢俊如沈歸愚華希閔皆以耆舊見重而以十四齡童子與會者惟楊君一人君名潮觀字宏度號笠湖常州無錫人生而沉默寡言秩秩見於面目以乾隆元年舉人歷宰晉豫滇南三省遷知四川簡邛二州再調瀘州年八十終君在官凡三十餘年正署一十六任釐勉額額一以禔躬澤物爲務在文水值五年編審之期歷年徭役不均君親加區別除鰥寡孤獨者千餘人常過杞縣有尪羸男婦百餘焚香跪道旁鄉保指曰此公所活氓也君愕然鄉保曰公不記某年聞賑歸來一案乎大府不准報銷此輩皆公捐俸所活氓也亡何長子掄舉進士而公奉調瀘州年逾七十初志不欲往旋聞瀘大饑道殣相望慨然曰見義不爲無勇也即到官碾穀檢校一切在官閑款分設三粥廠令男婦各隨地坐給籌以起之換票以出之在瀘不滿百日凡活五十九萬七千人笑曰吾事畢矣即以老乞歸

其孳孳爲善皆此類也然君亦非偏於寛慈者固縣獄訟債與君預示審期立限拘集赴訊者晨到午回民間號楊半升言案結無需再食也瀘州散賑有嘓匪率百餘人夜破廠門攫食君追擒之斬爲首者一人衆遂帖然河南布政使蘇崇阿查賑問有濫否曰有有遺否曰有蘇怒厲聲曰又遺又濫何以爲賑君曰口稱無遺濫而心不自信故不敢欺公蘇曰然則汝有可信者乎曰有官無侵吏無蝕是可信也蘇嘉君言之誠慰勞而去君以古賢自期與今之從政者格格不入河南災奉檄辦河料二百萬君頻蹙曰野無青草何能辦料卽牒民疾苦求免俄而有省會來者曰君癡矣此是上游知君杞縣有累故特多其數爲君生財計君不解乃固辭耶君笑曰吾誠不解亦卒不問其作何解也君常自言居官信心而行投艱不辭理繁不亂然往往有未慊者在杞縣回署求賑者麻集有一人裸而攀車隸人逐去次日早出已死深雪中瀘州營兵借穀所送冊漏造防汛者姓名續請而君病竟忘補給以此二事時時抱憾嗚呼今士大夫乘堅策肥知有己而已視民若秦越人之不相關君能仁其民而過後猶

欿然若不足此其行事居心豈凡所及耶性無嗜好惟躭音律愛花竹在邛州得卓文君妝樓舊址構吟風閣數椽吏民上壽者令各種花木一株取古今可觀感事製樂府數十劇付梨園歌舞以落其成七十生辰與夫人重行合巹之儀兒孫捧觴上壽撤帳坐牀號白頭花燭偕老新聞古無有也所著□□若干種□□若干卷夫人孔氏子掄官太平縣令次子搢歲貢生

贊曰君與余爲總角交性情絕不相似余狂君狷余疎俊君篤誠余厭聞二氏之說而君酷嗜禪學晚年戒律益嚴故議論每多抵捂然君居家聞余至必喜在邛州特寄金三百屬置宅金陵將傍余以終老歿後其子掄以狀乞傳莊子曰仁義之人貴際際者大德不踰之謂也古之人游夏交相譏管晏乃合傳雖異猶同其卽君與余之謂耶

吳縣文學蔡君勉旃傳

乾隆己亥秋余遊洞庭觀荷於消夏灣愛其桑麻鋪紛山幽而水淸知必有隱君子家其閒弟子徐心梅爲道蔡君涵虛閣可遊遂叩其扉君外出見其子子

範修然自東人風可愛今十有四年矣心悔以狀來曰蔡君業已委化顧其行
義甚高望先生爲傳以永其名余舊史官也闡幽之責其曷敢辭謹按君姓蔡
名璘字勉旃以太學生居洞庭山東蔡里生而醇粹通識懿文遊楚貿遷以其
贏奉高堂恤孤稺常過湘潭見楚人以箐茅搆舍多鬱攸之災爲置水龍激射
行火所燬融風頓息鄉人之不能歸壟者爲謀裨窟以掩諸幽尤重諾責敦風
義有友某以千金寄君不立券約亡何其人亡君來其子而歸焉其子愕然不
受曰嘻無此事也安有寄千金而無券者且父並未語兒知君笑曰券在心不
在紙而翁知我故不語耶君知卒與之輦而致之嗟乎人心醇古動稱三代然
而周當極盛時即有質劑二字載於地官司徒章鄭註以爲今之畫指券也先
生距周二千餘載而行事宅衷乃在黃農虞夏以前猗歟休哉即其寄金之父
之子亦戛乎其不可尚也已鄉人以此重君凡遇疑難事傱傱然爭來就決人
指消夏灣爲高陽里云卒年八十有三
論曰君有子勝斐然之志無江左虛勝之風較漢之獨行則行已純比周之逸

民則濟物廣謀所位置其在楚國先賢襄陽耆舊間乎

九江府同知汪君傳

君諱沂字魯濱號少齋世居休寧四都之汪村君生而惛定嶷嶷自立有踐繩之節初攻舉業念贈公錄貿遷吳閩傫然隻身乃投筆以從凡所料觔操其奇贏駔儈奔赴若魚龍之趨大壑贈公奇之歎曰以汝才移之治民報國不亦善乎援例得九江府同知權臨江府事當是時奉新安義兩縣民爭洲前吏不能決積牒山齊大府檄君辦治君甫往勘姦民虎而冠者糾集千人闖然蜂擁冀以脅君君曰今日往勘未分曲直汝等倂張欲爲亂耶命健役縛渠魁荷校以徇衆陰喝不能聲登時解散君持弓尺親履畝加丈鉱刮窾要爲之區分無黨無偏兩造讋伏德化縣蘆屯𡑞雜界址不清軍民互控君鉤考攲隱曉以片言案以立定峽江蕭某身亡族人涎產爭繼獄訟數年不決君爲處分安其遺孤大府聞之喜曰非盤錯不顯利器我固知數大事非汪某不辦今果然矣具疏請實授適丁母憂服闋不起有惜君才勸再出者君曰孔子稱惟孝友于兄

第是亦爲政何必腰金紫搖千旌然後以爲光榮哉於是里閈之間修廢舉墜凡鄉鄰疾苦田畝匽瀦悉引爲己任厚村有路爲休歙通衢山溜衝齧砂礫堙鬱春夏之交行者跋岌君甃築石隄百餘丈靡金錢千緡工捷且固邦之坻兩祛高蹶而來者傱傱然魚貫而行歎曰微汪大夫之功不及此先是臨江屬之清江有舊隄護田久而陀隕君捐俸修葺匝月告成收皆畝一鍾君生有至性友愛尤篤諸昆先後凋謝晚年季弟洪又疾篤君在吳聞信馳歸已不及視含殮悽愴傷懷殗殜成疾戚誼中有來諈諉者勿輕諾諾則必踐或有過則隱諷而曲諭之冀其改悔改後相待如初以故猥子盭夫靡不慄然意下論者以爲東漢獨行傳中人不是過也歿時神明不亂訓兩子如平時教以行仁履禮詢明日期呼水盥沐而逝年七十有二　覃恩誥授奉政大夫晉階通奉大夫三世皆贈如君官先娶王氏卒再娶吳氏簉室方氏子三人長曰轂次曰穟早卒三曰秉孫五人俱侁侁力學秀出班行不愧萬石家風云

舊史氏曰南史有言山林之士能伏而不能出功名之人知進而不知退性各

有所偏也惟宏通碩士能審時度己而出處皆宜汪君槃槃大才治民獲上方有無窮之聞乃祿養事終逌然遠引家居二十餘年章聞揚和感孚遠邇明道若昧進道若退若而人者真古豪哉

## 汪存樸先生傳

先生姓汪字衞南號存樸徽州休寧人生而敦敏觥觥束修與俗寡諧亦不立異謏其儕偶人接之如臨春風事親孝眡意承旨雖一淖糜一滫瀡必手淪以供當是時尊人上聞公治業毘陵先生隨侍居亡何上聞公還徽道出棠邑以驟疾亡先生見星奔赴卒不得視貝含柴毀欲絕者屢矣以太夫人在堂強進溢米家五昆季先生居中自毀齒至髮有二色耦居無猜及雁行相繼歿先生以爲己戚嫠者安之絕者續之幼稚者教督之門以內人亡如未亡也一切主進錢通諸雜事獨自辜榷雖家居能料簡千里外盈虛事圭撮不爽以故所業日豐推其餘義掇仁粟以次第舉族有宗祠久黝剝矣先生就其基而恢宏之潤枯給乏由親及踈靡勿周遇金饑木穰之年則散廩米之饘鬻平道路之阸

陵購珍貴之藥物拯濟甚廣國之人僉以手加額曰賢哉汪大夫吾曹雖捐頂踵其何以報耶性無他娛惟蒔枕圖史手一編寒暑罔閒或措書中芳言懿行作家語勗子姪及戚里聞者多感化焉年六十三卒循例得知府銜蒙　覃恩三代皆贈如先生官子二人長穠次和俱好學能文世其家

贊曰古君子禔躬澤物不必仕於朝也若漢之陳仲弓王彥方終身不仕而優子戾夫聞風胥格豈非以其章志貞教抱殷勤之心哉先生行義與兩賢同未綰銀黃亦與兩賢同然而受　聖朝寵榮晉爵通奉大夫較之古人豈不倜然其又勝耶想彼逢衰世而此逢　聖世故耶

## 鮑竹溪先生傳

乾隆乙未余過真州同年沈椒園廉使以所撰同老會序示余同老者六老人同庚爲會以聯昆季之歡也會主爲鮑竹溪先生余心欽遲之苦孺悲無介末由修士相見禮今歲乙卯矣余小住邗江先生之子志道以先生行狀乞傳余不禁謖然斂袂而起曰有是哉二十年前思見之人不可得見今因交其子得

見其事狀是不見先生猶見先生也奮吾筆以永其人舊史官其奚辭謹按先生諱宜瑗號景玉一字竹溪新安棠樾村人世爲望族先生生而醇粹幼習四子書聽人講解憬然夙悟侍母疾窮晝夜不出塾師疑其憚於勤詗知其故乃異目視之亡何生母不祿太公與繼妣在堂家貧甚先生出賈於外歲終必衝風雪歸具甘旨爲堂上歡昆季間辭隆就窳有無通共愉愉如也先生爲人胸無單複諾責必踐見義必爲晚年子志道善經紀家業漸裕先生益得行其志凡有裨於鄉黨戚里者赴之若嗜欲之切於身先是宋元鼎革間族祖宗巖壽孫路遇賊劫父子爭死賊義而兩釋之又有名邦燦者亦以孝稱村故有二坊曰慈孝曰孝子歲久傾夷先生葺治如初里中大母堨畜水溉田亦漸淤圮先生並無升種在焉而亦爲之疏滯宣流歲以大稔常曰爲善最樂安得做古人置書院以育人才置義田以贍宗族乎易簀諄諄猶訓志道曰兒能繼我志勝椎牛而祭我也志道泣而志之以次第舉行先生卒時年六十五恭人鄭氏未笄來歸值先生未得志時拔釵市穀勤針黹以養尊章媞媞然安行仁義不以

亨屯介懷送子讀書必以一師曰吾欲其教之專也歲饑鄉豪出穀平糶勿許兒攜筐往曰貪此便宜必損男兒志氣矣其識大體如此先生子二女一以子志道貴與恭人同受　誥贈如其官

論曰漢青翟官至丞相史不書一字而張長公黃叔度終身一布衣傳名千秋其故何哉蓋君子在上則善其政在下則善其俗遂古以來未有無所以然而能成名者如竹溪先生之里俗交推敦善行而不怠其張黃之流亞歟目論者謂志道料簡禺莢才流經通爲上游所器重故能恢宏其聲光而不知皆先生之積善貽謀有以基之也聞志道業已饒益而先生儉約如初猶時時以訓詞相勖毖可謂大行不加之君子矣惟是鄭恭人年逾四十遽以考終未享一日養堂之奉是能瞑目於泉下而不能伸眉於生前宜先生之終身無妾媵而志道每一念阿孀必涔涔泣下也所謂爲善必報而天道無全功其信然耶嗚呼

三賢合傳

奇中丞生父姓黃名惠色與苑副塞勒交好塞老矣時以無子爲戚惠公慰之

曰君無憂我有二兒今婦又有身若雄也卽以相畀已而中丞生甫免乳卽褁文葆抱交塞公屬曰嗣後兩家僕媵俱禁聲愼毋洩露使兒知塞公夫婦教養中丞愛憐倍於所生至十六歲懵然不知爲惠氏子也亡何將應童子試寫履歷塞公矍然曰吾寧絶嗣不可改祖宗以欺君父誘中丞與遊闖入惠公家指惠公曰此汝父也吾非汝父也今送汝還父惠公驚失色中丞憆也塞公卽告所以還兒之故且曰兒貌英秀天資超絶必腰銀艾我福薄不足以當遂與惠公各以一童子推讓者再言畢縱馬馳去中丞無如何仍歸宗應試旋中進士作刑部郎中外遷至臬使布政使而塞公夫婦相繼殂歿中丞感養育恩欽欽在抱常於元旦默禱於天有可以面奏之日必謀所報乾隆五十七年授江蘇巡撫入覲謝恩畢奏曰臣乞　主上天恩卽連叩頭淚坌湧幾不能聲　上愕然曰汝求何事而急迫若此曰臣有二父　上大笑曰父是何物而可以有二耶中丞備述原委請以本身應封之典貤封義父兼請以第三子廣麟繼義父爲孫　上曰汝具摺來但異姓請封繼嗣部議必駁待議上朕自有處分中丞

摺到吏部引例駁奉　旨著加恩照所請行
讚曰惠公之仁塞公之義中丞之孝三者皆東漢獨行傳中所希有也論者稱
塞公爲最難何也譬如鄰有嘉樹代爲辛苦壅植者久矣正將纍纍結實而一
旦還其主人於心遽能恝然乎至於日後中丞之貤封繼絕皆非塞公初心所
能希冀而逆料者也塞公眞古賢哉然惠公能知塞公之賢而忍割毛裏之恩
綿其烝嘗因明生誠談何容易中丞圖報禱天果如所願方知　皇上卽天也
先天而天不違聖人之言於斯益信且人但知中丞之孝塞公而不知卽中丞
之孝惠公蓋體惠公不忍絕其友之後而以己子爲彼孫是卽惠公未竟之志
欲行之事也善繼善述惠公九原有知亦當稱孝三賢所爲於世道人心皆有
關係故備書之聞伯夷柳下惠之風者百世之下可以觀可以興矣中丞名奇
豐額滿洲正白旗人
香山同知彭君小傳
君姓彭諱翥字竹林雲南大理府進士選廣東封川縣知縣調香山乾隆四十

九年春余寓端州彭君來見執弟子禮甚謹其人秀羸多能賓賓然一學子也
所著詩甚多頗得唐賢神韻別五年音問亦不時接忽一日見訪山中帽曳孔
翠翎襜襜盛服而至余驚問所由方知立功海外裁入　覲歸五十三年海賊
僞張有號平波大王者率衆爲寇福敬齋公相總督廣東調水師營兵出海擒
捕飭香山令辦軍需半年不獲一盜將弁無以自解反造蜚語誣君供張不周
器械朽鈍福公怒召君入厲聲曰汝齷齪不任事雖文官我獨不可以軍法從
事乎出諸武弁密揭示之君神色不變但申明香山小邑所辦糧餉業費三萬
餘金所以久而無功者緣武弁退縮不能軍之故公相默然顏稍和公知兵事
不可以口舌爭也卽奮曰𦏁願解任親往擒賊公相莞然曰汝孱弱書生果臨
陣得不被賊靴尖蹴倒乎曰𦏁非手打賊也乞公相賞精兵二百聽𦏁指揮必
有以報公相許之君歸署捐俸支帑造戰船三隻料簡鎗砲火藥賞賚糗糧犂
然備具著短後衣率健兒戎服出哨諸武弁以爲迂且妄無不匿笑者君禱天
妃廟乞風舟中忘帶鼓卽借廟中鼓聲之以壯軍威次日黎明風果大順君徑

出海口公相命諸武弁會勦相遇海島中武弁搖手云風雖順少頃卽轉宜緩
行或云今日反支日也不利行師或云海賊出入無定須探明所在巢穴再往
君毅然不聽飽餐士卒揚帆竟行行百餘里遇盜船二隻發砲擊之殺十餘人
賊久不見官兵突出不意驚乃遁去君知數日內賊必聚衆來乃入島約武弁
一齊出洋衆武弁亦媢君之先得功也唯唯聽命翼日君見風順霧消開船出
果賊船八九隻從上游來初猶逡巡欲避繼見官兵少乃持鎗直犯發砲擊之
閉君知賊以穢物相厭勝也殺黑犬取血釁砲砲果發適大軍亦至擊破賊船
賊盡落水千百賊頭出沒海面如浮瓜然反向官船號呼乞命君命以鐵鉤拉
起之而以長繩彙縛之纍纍然魚貫者七百餘人解督轅請示公相大悅飛章
入奏奉　旨彭翥著賞五品頂帶送部引見授湖南岳州府同知福公奏留辦
善後事宜仍補瓊州同知權知府事
贊曰古文武無分途然郤縠悅禮樂敦詩書左氏以爲美談幾幾乎有欲分之
意吾門下文士多武功少彭君亦文士而能立武功以張吾軍覺山林生色終

以文弱故染烟瘴亡年栽及艾爲可悲也猶記君在隨園拜别余厚餞之贈幣帛不受贈服脯腒畜不受但乞崑山徐氏九經解及他稗史唐宋人文集載滿船而去嗚呼此鴻覽轉物之張茂先所以謚壯武哉

## 慶遠府知府印公傳

雍正四年　世宗憲皇帝詔天下督撫各舉孝廉方正之士江蘇布政使張公坦麟以寶山廩生印公應　詔奉　旨發廣東以知縣用初署高州石城縣實授廣寧調高要再調東莞所到之地捕盜殺虎去其害民者修學校設書院拔其俊秀者不逾年民間外戶不閉人文蔚興乙卯四月黔省古州苗叛公趨告制府鄂公曰黔省軍興東西兩粵宜爲聲援但用兵須神速如雷霆震駭之可不戰而服鄂公以爲然卽命參將某發所部介士鳴鼓張旗而往羣苗果潰東莞臨大海兩戒之守以虎門爲限癸亥六月海大風有二巨船進虎門泊獅子洋鬈髮獰獰兵械森列莞城大震制府策公楞欲興兵彈壓布政使富察託公庸笑曰無須也但委印令料理抵精兵十萬矣公白制府曰彼夷酋也見中國

兵與恐激生他變某願往說降之卽乘小舟從譯者一人登舟詰問方知暎夷
與呂宋讎殺俘其人五百以歸遇風飄入內地篷碎糧竭下碇修船五百人者
向公呼號乞命公知暎酋將有乞糧之請而修船必需內地工匠略捉搦之可
制其死命乃歸告制府及託公先遏糴以饑之再匿船匠以難之暎酋果不得
已命其頭目叩關求見公直曉之曰　天朝柔遠一視同仁惡人爭鬬汝能獻
所俘五百人聽中國處分則米禁立開當喚造船者替修篷桅送汝歸國暎酋
初意遲疑既而商之羣酋無可奈何伏地唯唯所俘五百人焚香懽呼其聲殷
天制府命交還呂宋而一面奏　聞　天子大悅以爲馭遠人深得大體卽命
海門添設同知一員而還公駐劄焉居亡何番部咭唎哂入澳貿易暎咭唎貪
其利先後發六艘詭言來市陰謀篡取公察其姦探暎酋將至命熟海道者導
其船果起碇揚帆將尾其後公駕戰艦督水師營兵出海召暎酋厲聲叱之曰
若來何爲利人貨物將作賊耶我奉制府令若傷咭唎人卽將爾國人之在黃
浦者抵償若奪其貨卽將汝貨之在牙行者抵償言訖揮健兒千餘披甲張砲

環其舶而守之嘆爲禁聲登時六船搖櫓去而咕唧船早已安渡虎頭門矣當是時微公逆折之俾其奪氣則二國兵交而中華亦受其跆籍賴君任海疆久於諸夷種類支派某強某弱某狡某愚其地之山川形勢靡不部居別白於胸中以故先事預謀當機立斷終公之任海面肅然丙寅夏因前任失察開墾事落職引　見奉　旨仍發廣東補用順道還家省視先塋泣別昆季悽愴傷懷有林泉終老之思適粵督策公過吳強起之曰汝神明不衰尚宜出而報　國公感知己恩重到粵東補南澳同知陞廣西慶遠府知府再調太平粵西與黔滇接界民苗屭雜有劫殺一案五年未得主名公到逾月真兇盡獲會太平鹽引不銷又被議解任篆已卸矣聞所屬都結州有冤獄公奮曰我舊長官不忍赤子覆盆下也即往其地廉得巨姦某向充土司頭目竊其印作祟乃突詣其家搜得舞文底稿袖呈大府一訊而冤雪公歎曰吾臨去猶能活數十百姓勝賜卓茂三公之服矣出城時一路老幼攀車轅嗅靴鼻者不絕於道公名光任字黼昌籍隸寶山生而伉爽與高要舊令某交代知其賢代爲還課屢建奇績

而絕不自矜歸後囊槖蕭然散步田野人不知其官二千石也所著有翊𦤎編

澳門紀略等書

舊史氏曰三十年前余書富察託公四事即深知印公之賢心儀之久矣今秋

其孫鴻經太史乞爲乃祖立傳讀狀方知公才流經通具絕大器識受知　聖

明官至太守而屢起屢躓未竟其用然其長子憲曾觀察吾鄉仁心仁聞聲施

爛然長孫太史於余爲詞館後輩追述祖德通書往來仁孝可風昔人云文章

有神又曰善人有後嗚呼吾觀印氏三世斯言信矣

徐靈胎先生傳

乾隆二十五年文華殿大學士蔣文恪公患病　天子訪海內名醫大司寇秦

公首薦吳江徐靈胎　天子召入都　命視蔣公疾先生奏疾不可治　上嘉

其朴誠欲留在京師効力先生乞歸田里　上許之後二十年　上以中貴人

有疾再　召入都先生已七十九歲自知衰矣未必生還乃率其子爔載楄柎

以行果至都三日而卒　天子惋惜之賜帑金　命爔扶櫬以歸嗚呼先生以

吳下一諸生兩蒙　聖天子蒲輪之徵巡撫司道到門速駕聞者皆驚且羨以
爲希世之榮余舊史官也與先生有撫麈之好急思采其奇方異術奮筆書之
以垂醫鑑而活蒼生倉猝不可得今秋訪爔於吳江得其自述紀略又訪諸吳
人之能道先生者爲之立傳傳曰先生名大椿字靈胎晚自號洄溪老人家本
望族祖釚康熙十八年鴻詞科翰林纂修明史先生生有異稟聰強過人凡星
經地志九宮音律以至舞刀奪槊勾卒嬴越之法靡不宣究而尤長於醫每視
人疾穿穴膏肓能呼肺腑與之作語其用藥也神施鬼設斬關奪隘如周亞夫
之軍從天而下諸岐黃家目瞠心駭帖帖詟服而卒莫測其所以然蘆墟迮耕
石臥病六日不食不言目炯炯直視先生曰此陰陽相搏證也先投一劑須臾
目瞑能言再飲以湯竟躍然起唶曰余病危時有紅黑二人纏繞作祟忽見黑
人爲雷震死頃之紅人又爲白虎銜去是何祥也先生笑曰雷震者余所投附
子霹靂散也白虎者余所投天生白虎湯也迮驚以爲神張雨村兒生無皮見
者欲嘔將棄之先生命以糯米作粉糝其體裹以絹埋之土中出其頭飲以乳

兩晝夜而皮生任氏婦患風痹兩股如針刺先生命作厚褥遣強有力老嫗抱持之戒曰任其顛撲叫號不許放鬆以汗出爲度如其言勿藥而愈商人汪令聞十年不御內忽氣喘頭汗徹夜不眠先生曰此亢陽也服蔘過多之故命與婦人一交而愈有拳師某與人角伎當胸受傷氣絕口閉先生命覆臥之奮拳擊其尻三下遂吐黑血數升而愈其他如沈文慤公未遇時診脈而知其必貴熊季輝強壯時握臂而知其必亡皆所謂視於無形聽於無聲者其機警靈速皆此類也先生長身廣顙音聲如鐘白鬚偉然一望而知爲奇男子少時留心經濟之學於東南水利尤所洞悉雍正二年當事大開塘河估深六尺傍塘岸起土先生爭之曰誤矣開太深則費重淤泥易積傍岸泥崩則塘易倒大府是之改縮淺短離塘岸一丈八尺起土工省費而塘以保全乾隆二十七年江浙大水蘇撫莊公欲開震澤七十二港以洩太湖下流先生又爭之曰誤矣震澤七十二港非太湖之下流也惟近城十餘港乃入江故道此真下流所當開濬者其餘五十餘港長二百餘里兩岸室廬墳墓以萬計如欲大開費既重而傷

民實多且恐湖泥倒灌旋開旋塞此乃民間自濬之河非當官應辦之河也莊公以其言入奏　天子是之遂賦工屬役民不擾而工已竣先生隱於洄溪矮屋百椽有畫眉泉小橋流水松竹鋪紛登樓則太湖奇峯鱗羅布列如兒孫拱侍狀先生嘯傲其間人望之疑真人之在天際也所著有難經經釋醫學原流等書凡六種其中鉥刮利弊剖析經絡將古今醫書存其是指其非久行於世子爔字榆村儻蕩有父風能活人濟物以世其家孫垣乙卯舉人以詩受業隨園門下

贊曰記稱德成而先藝成而後似乎德重而藝輕不知藝也者德之精華也德之不存藝於何有人但見先生藝精伎絕而不知其平素之事親孝與人忠葬枯粟之造修輿梁見義必為是據於德而后游於藝者也宜其得心應手驅遣鬼神嗚呼豈偶然哉猶記丙戌秋余左臂忽短縮不能伸諸醫莫效乃拕舟直詣洄溪旁無介紹惴惴然疑先生之未必我見也不料名紙一投蒙麥門延請握手如舊相識具鷄黍為懽清談竟日贈丹藥一丸而別故人李蓴溪迎而笑

曰有是哉子之幸也使他人來此一見費黃金十笏矣其爲世所欽重如此先生好古不喜時文與余平素意合故采其嘲學究俳歌一曲載詩話中以警世云

小倉山房續文集卷三十四

# 小倉山房續文集卷三十五

錢唐袁枚子才

## 書秦檜傳後

宋至今垂七百年人但知秦檜之惡而不知發秦檜之姦人稱高宗害二聖之歸檜以和議迎合冀久相位是殆不然按高宗急欲還二聖故屈從和議不得以是罪高宗光武曰使成帝復生天下不可復得唐玄宗返蜀肅宗不讓位檜智人也不必以此迎合或謂檜不肯負金人之約則更不然檜之喪心欺君父矣何有於金人謂檜樂和之逸憚戰之勞則又不然披堅執銳諸將當之檜坐享其成而已何所爲勞然則檜之主和者何也曰檜之不得已也檜欲帝中國耳蓋金人以劉豫許之也金人立張邦昌而敗再立劉豫而敗檜之才十倍於此二人故金以和議紿宋而弛其守備以成立檜之計檜以和議紿主而便其入寇以成自立之謀趙鼎在則和議不成岳飛在則入寇無益彼二人者其肯北面而事檜哉則除之而殺之亦檜之不得已也及其再起大獄誅不附己者

五十二人蓋中國之事定矣不踰歲而金人亦大舉入寇矣檜不自料其死金人亦不料檜之死也檜既死金人奪氣采石之戰虞允文一揮而定使檜尚在天下豈宋有哉徽宗有玉帶值千金金主歸之或有吝色金主曰帶在江南終爲我物夫金雖強屢敗宋雖弱屢勝非恃檜爲應何言之易易也高宗始聞和議成二帝太后可返故屈己從之及知和議之非已爲檜所制搖手不得檜死曰吾今日始免檜逆謀檜之心帝固已知之也靖康元年金人求三鎮檜力持不可金人立張邦昌檜與馬伸爭之檜之前後迥如二人蓋始則但求富貴國利而已可與繼則窺竊神器國滅而已乃與歸時即倡言曰南人歸南北人歸北中原歸劉豫檜目中豈有劉豫哉歸中原於劉即如金歸玉帶於宋也張扶請檜乘金根車呂愿中獻秦城王氣詩檜靦然不以爲怪然則如檜者古之爲操莽而不成者歟

書張郎湖臬使逸事

公張姓名坦熊字男祥號郎湖康熙湖北辛卯科舉人發浙江以知縣用後遷

至雲南按察使有善政初知桐廬時過柴埠有路死者頸有重傷吏請報虎傷掩埋可免緝兇處分公曰爲民父母畏處分而置民命於度外可乎命仵作驗明貼身布襖有小鈔袋扯落又見屍場有一人在衆人頸後不看屍而專看官心異之卽喚二役隨到樹下更衣公徐步到山凹諭役云場上有一人穿藍色衣隱在人頸後瞧我汝等可訪其人平日是否良善一人來禀一人仍尾之勿使逸去公再到場驗畢卽命裝棺出山五里有一小村公佯腹痛要在此尋一寓所衆曰有土神廟一間無門窗多虎不可住公曰用大席攔遮何害卽入廟二役來告曰屍場瞧爺者名郎鳳奇乃分水人歷年來此賣栗子與死者同姦一有夫之婦事實有之死則役不知也公卽帶郎鳳奇至問汝爲何把人謀死低聲答曰沒有公命鎖押再訊仍到廟中密諭役曰汝尋一間房要前後各半間潛窺聽他是何言語又將其所姦婦人之夫係縱姦者亦帶訊送入兇犯同房縱姦者見而哭且罵曰你爲何帶累我犯人曰有我在不要怕房後役聞之卽來告公公命速帶犯訊吏曰爺教他認了救他性命不認定行夾死彼自肯

認公曰萬一犯人認了我如何救他吏曰此不過是誘他認非真救他也公曰官長可失信乎處決之日何顏對他況我在桐非止一年此等之事非止一件萬一又有此事犯人必曰此官慣騙人不可直認取死是此案幸免參處將來有案仍不能免也不若平心再鞫隨赴犯人寓搜尋兇器銀袋不獲卽帶房主問訊士民曰此是好人決無同謀之事余曰此人年逾七旬原可不問無如兇犯在伊家樓上止隔一破柴籬下樓開門謀命之事彼焉得推爲不知批其頰郎鳳奇搖手曰勿苦此老犯與死者爭姦一婦故毆殺之問兇棍何在曰擲在隔山銀袋何在云藏在谷樹皮內乃親往取出覆訊定案

柴埠報船上有少年女屍驗有掌傷頭上一孔石傷衆民聚看問其船號小脚船問屍何來衆云上游流來問何處人氏云不知公曰桐邑婦女好穿大袖此女袖大是本邑人但頭脚乾淨是良家女也面側有傷必此婦跪地有人從後批頰提髮故其痕左斜問是否船上人抑是死後送上船者衆云不知公曰此非船上人也必是樓上住人死後送上船者衆云何以得知公曰所穿新鞋底

有微泥而針眼黑色是以知之若是船上人則新鞋底何至有泥吏曰公言極是但此船離富陽止一箭遠不如將船一撥順流而下免得承招緝兇公曰作朝廷官逢寃必雪照汝所行萬一鄰縣再撥往下流卽入海門大洋矣寃沉海底我心忍乎卽命收殮密諭役將船連夜放至東門鹽船幫內輪流窺看有何人弄船卽拿來越五日頭役拿一弄船者來乃羅禮房之子也公詢汝何得謀死婦人其子不服其父云是渠弄船何得推托非重刑不可公向其子笑曰父不爲子隱汝尚何說乃供曰此船因朋友某託借船買貨我向相識之鹽船借與之借畢尚未送還故代爲收拾不料卽被拿往公拘訊借船者云實係借船賣貨貨完將船縛在江邊送還船主次早忽聞柴埠有此事不敢作聲是實公將借船之人一并看守諭頭役查縛船之岸上有無人家答云有皇甫老秀才家公卽差役帶訊囑云何皇甫秀才出門後衆人有何言語役敲門往喚誤至一寡婦家寡婦見役卽曰此事與我家無干要問間壁許媽方知役詰云你既係間壁若不早說定遭連累寡婦云死者係許媽所買少孤之女因其叔年老

無子將此女配之陽爲弟媳仍爲己用日前磨腐此女偷食許媽打他我去苦
勸誰知許媽平素與我不和惱他喊我怕我遮攔遂取地上石子打去錯打頂
心喊聲息而人死矣見小船泊岸半夜擡放船中任他流去但我不便質他差
頭替我代說替死者申冤役飛報卽差拿婦犯與死者之夫訊明招擬
公署富陽三日忽接公文有典吏金某姦佔乳婦其夫馬氏控府一事公思杭
州太守魏公定國正人也必批得好果批追取部劄責革其旁另有文書一角
係本府同知某頂詳求免公思魏公不應二三其說應爲改正商之幕友友曰
三年才署一篆定要開罪本府似乎不可公曰稟明何妨友色忿然公曰君歎
我不能作揭乎乃握筆將後詳拆留前詳入袖次日排衙典吏俱來參謁各呈
劄付公將金姓吏劄檢放案上取袖內本府前批示之金戰慄而退次日接見
紳士門子告云此地有楊紳者歷任官與交好每年饋遺數千金現在赴省故
未來見公素知其惡哂而不答早堂後撫軍黃叔琳檄公海寧相驗公退堂先
牒本府云金吏不法坦態久已訪知不料馬氏一案憲批前後互異坦態竟遵

前批追劄發落其後批一角同部劄呈繳旋即束裝就道半路見一華輿彪彪然僕從數十疑是來往大官擬即下轎門子云此即本邑楊鄉紳公曰是楊六先乎曰是也又低語曰楊紳已下轎矣意欲公出轎答禮公在轎看書不動而轎夫業已將轎杆放下公在轎中呼楊曰現在上憲行文傳汝赴省何以反回楊驚問何事公曰不知汝才在省來何以反來問我隨諭多役好護送楊鄉紳交與捕衙候文起解遂至省先見本府自思本府定不喜我然醜新婦終要見公婆何怯焉及至府署名紙投入則中門大開請進公曰此必怒我故揶揄我也徘徊不前而旁門已閉不得已於中門側身行魏太守迎至煖閣公云屬吏如何敢魏曰只管走公從宅門趨進跪曰坦熊有罪太守過謙魏笑曰君有功無罪賴君所投一稟保全老夫顏面故敬君迎君謝君不敢以常禮待非謙也坐定細述乃知馬姓又已赴院具控本府批詳互異撫軍不信云魏太守賢吏何得有此著將原卷發府適公所繳金吏之部劄已到遂加牒送上撫軍大喜曰果然非魏守原文同知舞弊由此凡杭屬州縣缺出魏公即力求公兼攝訂

成至交次早見撫軍撫軍云富陽有一大猾汝知否公曰正爲大猾求見問何人曰楊六先撫軍曰汝署事三日何以得知公曰桐廬與富陽接界聞之已久私收公糧結交官府佔人妻女通邑忿怒而不敢發故路上相逢即擒收監撫軍連聲呼好官賜飯而出公回富陽提六先出獄通縣城鄉百姓探聽審期雇船來城爭看男婦千人高聲呼曰今日遇青天楊六先果有報應初公署富陽到任時月選官業已出京路上病故改選一官故得攝篆兩月除此二惡人以爲有天意云

公知仁和滿營將軍鄂彌達之壻黑姑山之子某貪夜入人家百姓數百人綑縛赴縣時已四鼓公出堂問訊某傲然曰多大的官敢訊我挺立不跪公命打腿始跪命入獄又瞋目曰你敢監我公命收監連夜通報次日滿營各姑山等官俱來公拒不見上院回衙忽撫軍傳去曰汝爲何得罪將軍速去賠禮公曰伊壻犯法地方官無禮可賠倘進滿營是渠等世界倘或淩辱笞駡職不能忍勢必直揭部科反成大案司道傳詢答如前語囑令開放人犯公云事已通詳

候批照行旋即批發理事廳鞭責了案先是杭州滿兵每三年一送骨殖回都地方官封民船百數十隻兼送路費而滿兵故爲刁掯或嫌船漏船朽勒換不休甚將兵工兩房毆打有懸梁投水者舁將骨殖桶圍住縣官坐處必需索盡意始行公查照舊例用鹽驛道所造紅船若干隻差押伺候不封民船仍捐俸一百二十金送行書役請公匆往公曰我不往誰能彈壓及到北新關押船姑山大人某年七十矣分付衆兵曰此官不比前官辦船遵例又送銀甚豐汝卽刻開行不可滋事獨不聞前日擒拿將軍女壻入獄之事乎船行後握公手曰公眞好官我平日久已心服願爲忘年交解荷包贈公公亦解佩刀答之又一日在公所見將軍將軍曰張明府好利害公曰坦態冒昧不知利害則有之若自己利害則不敢也撫軍司道一齊大笑

仁錢兩縣有赤脚光丁一案十餘年不結地方官欲將丁糧攤於田上有田無丁之家聚衆鼓噪不攤則無產有丁之戶聚衆鼓噪公調仁和穀然曰丁出於地無田何得有丁其故總緣原業主貪速得價故賣田留丁買主圖價賤故買

田遺丁誰知皆爲子孫憂平心酌之應照糧攤丁爲是若既不攤又聽其鬧是
取亂之道也即指出原委自作告示諭勸有產之家並傳紳士軍民集明倫堂
會議一面通詳攤丁貧富惕服錢塘令新到任又膽怯不敢照攤一日公方聽
訟忽錢令來神色俱喪挽手云現在衆士民鬧入北新關要毀縣堂我與本府
業已報院特來告君相助公恐百姓驚擾仍坐堂上故將先審未完之件草草
帶問心中思事急矣新撫李公名衞者素強毅必定發兵民人受傷成何事體
乃選役之壯佼者四十名各帶短棍藏於身內衵扣外繫加紅繩一束作記坐
轎急詣北新關行未四五里見洶洶然虎而冠者千餘人鳴鑼揚旗喝令罷市
閉戶稍緩者石糞交加市鋪俱上板閉門響聲雷震班役攔轎請公回署公曰
勿怖大聲開道照常前進姦民直前問來者何官從役大聲云仁和縣張爺鬧
者齊懽呼曰好官來矣作速跪下公見衆人以禮相待即下轎坐胡牀問爾等
爲何而來衆曰仁和已經攤丁錢塘竟不攤丁我們要去拆他衙門公曰攤丁
一事仁邑已攤錢邑焉有不攤之理本縣自當催辦但爾等如此橫行不但不

能攤且恐頭不能保豈不知鳴鑼扯旗乃斬決之罪乎可速將鑼旗收藏我保全汝等出城丁之一事在本縣身上衆人唯唯叩頭而奔公督押至北新關外分付管門之滿兵曰城門上如何容多人進來倘有無知續來者我告知將軍惟爾等是問當是時撫軍專待公到同副將帶兵擒拿見公久不上院命營弁至仁署窺探適副將李燦與公不睦誣云張知縣不知潛避何處撫軍曰張知縣素有風采不應如此著副將領兵千人擒拿姦民并速拉張知縣來旁有院差搖手曰不必適自北新關來親見張知縣押衆出城矣撫軍連呼像像像聲未息而公到撫軍大喜曰好膽量好才情如此才是個張郎湖也隨令協同錢邑於十日內將丁照攤闔城肅然

雍正六年公兼攝太平縣事點保長見王姓者面有兇狀欲懲之因其人未犯事強忍而止未幾有訟三分地畝者即批此保查覆半月不覆公大怒召至重杖革役幕友諫曰公過矣三分地土原不拘審查覆半月何至杖革公亦心悔曰如此性情不可爲官即日減饍立意告病逾月忽報一婦投水呈稱有縣差

上門催糧不知何故自盡公往驗畢無傷召糧差曰汝雖辦公然報呈有催糧二字汝必有不妥處即與小笞收殮而回閱半月忽報某鄉雷擊死一人公聞雷擊人或背或胸必有天書十餘字未知確否差閽者往看歸大駭曰一雷打出一個奇事來雷擊者即爺前所杖責之保長也渠懷恨爺適本村夫婦口角婦氣忿死屍親索其夫買好棺做齋了事不必報官夫已依允有革保王某獻一策曰何不借他屍作一好事只說催差逼死張某係署事官不敢再催換新官來約有一年留此糧項可生利息衆人從之不料爺驗後半月天忽風雨雷提革保至相驗處跪地擊死豈不是個奇事

公還玉環同知玉環山誌載開墾事原議本山造城內用土墻不意觀風整俗使某條議必用方石大磚玉環四面高山山石粗脆外洋石又不能運來當事者憂心如焚忽起颶風白日天黑大雨如注但聞風聲水聲樹聲並龍吼聲如洪鐘大鳴屋瓦皆飛官民相見啼泣公即開倉振濟往勘各嶴災傷見洋嶴陡門前忽開小河一道直通大洋城石從此運入因名之曰天開河

公遷靜海道靜海有村民數十戶鹽快誣以販私現獲一人徑解分司鹽道鹽院已照販私治罪矣公巡河至靜海知縣馮某讀書人也告曰此案有寃公問何由知曰公訊自知公適有事上省卽告制軍制軍卽李衞也曰鹽院適有札來說君要翻案他是貴人之父不可觸怒且此是鹽務與君無干公曰作朝廷官百姓無辜被累不能超雪不如歸去制軍笑曰君強項乃如故耶意要如何曰委員會審才見分曉制軍卽委運司蔣國祥提犯到城隍廟士民觀者麻集巡攔供稱一村俱是私販止拿著一犯其擔袋與鹽俱在可驗被告云民一村從不販鹽巡攔將一村搜畢民妻生產猶提他起來將牀下掀翻實在無鹽總是商人圖佔地基故囑其誣控公詰巡攔曰販子肩上既挑一擔鹽稱有九十餘斤袋中鹽又稱有五十餘斤與其圍在腰閒難於行走何不勻在擔上更覺省事且看此重袋腰上如何圍得汝試挑鹽圍袋走與衆百姓一看巡攔取袋圍腰袋比腰短二寸公曰袋短於腰如何能圍命將此袋加帶縛在巡攔腰上巡攔委頓不勝士民拍手大笑懽聲盈野當將商人巡攔詳請治罪

舊史氏曰余八九歲卽聞仁和令張公之賢及長入都官翰林與公之子名藝者交好約略問公政績時公方秉臬雲南無由得見中心欽欽常想書其善政爲後人法而省記不全心爲紆鬱今年余八十矣忽在揚州遇其女夫查宜芳得觀公自編行狀乃擇其犖犖大者爲輯而存之方知循吏聲名天終不使泯沒而當其時之令行禁止亦平素之恩威有氣燄以取之也不然今之從政者無仁心仁聞而徒悻悻然鹵莽爲之其能皆如其意以成事功哉盍亦反其本矣

## 與孫倩之秀才書

凡人少爲壯謀則思學老爲死謀則思傳文章之道傳賢不傳子遂古文人不與日月俱逝者特此而已足下纔弱冠壯猶未至而僕年七十有七則死愈近而傳愈急矣奈數十年來傳詩者多傳文者少傳散行文者尤少所以然者因此體最嚴一切綺語駢語理學語二氏語尺牘詞賦語註疏考据語俱不可以相侵以故北宋後遂至希微而寥寂焉足下踔厲奮發不謀於衆不請諸父兄

而殷殷然以此事見師投一書一序皆的的然具歐曾形貌是足下之心腹腎腸業已非今之人乃古之人矣以古之人爲古之文如以水洗水此事非足下之傳而孰傳焉夫古文者卽古人立言之謂也能字字立於紙上則古矣今之爲文者字字臥於紙上夫紙上尙不能立安望其能立於世間乎不知者動引隋柳虬之言以爲時有古今文無古今唐宋之不能爲漢秦猶漢秦之不能爲三代也此言是也然而韶舜樂也孔子云樂則韶舞使夫子得邦家則韶樂未必不可復文章之道何獨不然僕以爲欲奏雅者先絕俗欲復古者先拒今俗絕不至今拒不儳而古文之道思過半矣韓子非三代兩漢之書不觀柳子自言所得亦不過左國荀孟莊老太史而已當唐之時所有之書非若今之雜且夥也然而拒之惟恐不力況今日之僕遨相從紛紛喋喋哉僕願足下博心壹志專學唐之文章而入門則自宋之王介甫元之姚燧始之二人者皆闖昌黎之室周其匽湢不自知爲宋元人也大抵唐文峭宋文平唐文曲宋文直唐文瘦宋文肥唐人修詞與立誠並用而宋人或能立誠不甚修詞聖人論爲命尙

且重修飾潤色所謂言之不文行之不遠也若班固序上官桀持蓋事故意分風雨為二錯落之以為古范史書陰與持蓋則云障翳風雨詞非不達也而已不古矣昌黎志房君云名聲益彰徹大行故意重累之以為古歐公志江鄰幾則云內行修飭詞非不簡也而反不古矣凡此之類指不勝屈故就幼時所曾留意者書之為足下告至於識解之超見聞之闊法度之縝密波瀾之抑揚流宕則又在作者之神而明之而非先生所可教也足下思之哉思之哉餘不盡

## 與俌之秀才第二書

前書已發偶讀皇甫持正與李生書而不覺又有進焉持正告李生云生方舉進士而作古文棄時文是伐柯而捨其斧也奚可哉斯言殊有意義僕少不好作四書文雖入學雖食餼雖受薦於房考而心終不以為然心之所輕烟墨知之遂致得題握管不受驅使四戰秋闈自不愜意不敢有閔於有司丙辰年二十有一蒙金中丞奏薦鴻詞科心乃婡婡然喜以為可長辭時文矣不料此科亦報罷齒漸壯家貧兩親皤然前望徑絕勢不得不降心俯首惟時文之自攻

又慮其不專也於是忍心割愛不作詩不作古文不觀古書授館長安教令甥
相國家七歲童子朝暮瞿瞿寢食於斯於無情處求情於無味處索味如交俗
客強顏以求懽半年後於此道小有所得遂捷南宮入詞館四十年來真與時
文永訣然則僕之棄時文作古文乃假道於虞以取虢而非貿貿然遽恃晉以
絶秦也足下既已舉茂才試秋闈矣勢必借此梯媒爲科名計而科名又以早
得爲佳何也意不兩銳事不並隆必絶意於彼而后可專精於此古之人不特
韓柳歐蘇爲科名中人卽理學如周程張朱亦誰非少年進士蓋天欲成就此
人必先使之得早出身捐除俗學惟古人是歸而后可傳之於無窮不特此也
作文戒俗氣亦戒有鄉野氣無科名則不能登朝不登朝則不能親近海內之
英豪受切磋而廣聞見不出仕則不能歷山川之奇審物産之變所爲文章不
過見貌自臧已耳以褻牖語人已耳此亦有志者所深懼也至於功令之文從
古不重昌黎所稱下筆大慚者詩賦也唐之時文也文文山跋李龍庚墓志云
今雖聖賢不能不爲時文然非其心之所安故苟足以訖事則已矣此策論也

宋之時文也詩賦策論何嘗不傳而應考試者則不能傳何也猶之濠上之魚與校人饋子產之魚生死不同故也僕願足下於未秋試之年分七分功於古學而於應試之年則以搏象之力爲時文不取其效不止庶幾名世壽世兩者兼獲譬如祭者未薦牲牢先陳芻狗固明知其無益而用之也一笑

## 答淮關榷使劉公書

冬至前一日從吳醉竹處接手書知起居平善爲慰閤下虛懷若谷殷殷然責枚不能如古人以道義相規徒以諛詞稱譽且云當勗其所未能而不必言其所已至公言過矣公之所已至者枚之所能知也公之所未能者枚所不能知也枚之所能知者公涖金陵絕浮華除敝蠹寡欲清心司關如秉鐸公餘手一卷以自娛此種丰采實係數十年來尚衣一官未見有如公者枚所以每通書札必樂道人之善而獎勸及之其勗公始終如一不改前操之意已暗藏於字裏行間不料公之自以爲已至而不深思之也至於公所未能者枚茫然不知所指謂德之不修邪學之不講邪明心見性之未能邪此皆泛而不切迂腐陳

言知公意未必出此若夫用人行政之得失則淮關至江寧千有餘里枚年登八十門掩空山既不能扶杖而來觀德化又不能作商販而出於其途更不能作執鞭之僕從榷稅之巡攔而日伺於公之側公雖有不妥枚非仙非鬼如何能知既不能知又從何處規勉譬如人本無病而刻刻求醫服藥其用心亦已謬矣其不解爲醫者徒順其意以取悅必貌作關愛之狀加之針灸下以參苓是相率而爲僞也君子不爲也夫進言豈有一定哉有以頌爲規者有以不諛爲諛者諸蟲嗜甘獨蓼蟲嗜苦捉蓼蟲者卽以苦食之不可謂之非善欺蓼蟲者也子游曰事君數斯辱矣朋友數斯疎矣枚以爲不獨君與友也雖吏胥僕妾幼子童孫均宜卽之也溫而不必時時教督所以存其廉恥而我亦自養其威重也使彼見我詞色小變卽驚疑改悔若朝加一詈暮加一笞彼必厭其煩瑣而反習慣不悛矣陽城爲諫官三年不諫一旦爲相裴延齡事扣閣裂麻所謂君子務其遠者大者昔尹文端公四督江南枚受知最深尹爲一時名臣亦天下所共知然而往往行事枚心有所不然者輒直言無隱文端公或怒斥之

過後亦有直哉史魚之歎今文集中有送尹公入相序及上黃文襄公書皆可按而知也枚之待公豈不如尹黃二相哉交情有淺深行事有知否故也倘叨公福庇枚未遽塡溝壑將來公隆隆日上官封疆而持節鉞果行政臨民有大關係處則子產所云抑心所謂危亦以告也公其徐俟之而毋急責之何如

## 答汪大紳書

嘗謂佞佛者愚闢佛者迂僕非迂儒也平時不佞佛亦不闢佛以爲佛者九流之一家周官閑民之一種聖人復起不廢九流亦不廢佛至於人之好尙各有所癖好佛者亦猶好弈好鍛好結氂之類所謂小是不必是小非不必非友朋不爭以全交也乃書來強僕亦從事於斯則不得不辨據云收放心非念佛不可試問足下生時先有心乎先有佛乎孩提之童但知有母不知有佛并不知有心也君年四十然後念佛收心試問未念佛以前心放何所既念佛以後心歸何方若云借口收心則呼聖呼賢此口也呼雞呼狗亦此口也口何物不可呼而何必呼佛足下云收放心三字起於孟子然則孟子之言非歟不知孟子

云學問之道無他求其放心而已是教人收放心以勤學問非教人廢學問以求放心夫人止一心放心之心心也收放心之心亦心也以心收心心在我不在佛捨心求佛是猶淫奔之女捨其在家之夫而外求野田草露之夫謂之喪心則可謂之收放心則不可足下又謂慈悲戒殺卽聖人仁民愛物之心不知天地之性人爲貴樊遲問仁子曰愛人不云愛物廄焚則曰傷人乎不問馬魯昭公之馬死公將櫝葬之子家子請殺以食從者聖賢貴人賤畜大義昭然朝廷立法水旱斷屠可見屠殺者是天地之心百姓日用飲食之常而禁屠者乃凶荒減膳撤樂之變禮也孔子釣而不綱弋不射宿孔子可釣之弋之而放生乎抑亦食之而不厭精膾之而不厭細乎且子但知動物之有生而不知植物之亦有生乎子但知禽獸身上之赤者爲血而不知草木身上之白者之亦爲血乎今夫禾一穟之穀纍纍然種之可生無萬數穀而一旦付諸朵頤則一禾之生機盡矣今夫菜青青然數莖之搖雖葉乾根斬而中心猶翹然而起一朝烹爲羹湯則一菜之生機又盡矣安知一禾一菜不隱隱呼號乞命乎子以

仁慈自居將必不食粟不食菜而后於心安也而吾有以料子之必不能也僕常問彭尺木曰佛戒嫁娶歟曰然佛戒殺歟曰然人人可以成佛歟曰然然則萬國九州不四五十年人類滅絕盈天地間不過鳥獸草木而佛之塔廟何人建造佛之金像何人供奉佛之經典何人傳誦豈非其說愈行而其法愈壞又何必周武帝之毀沙門銷佛像韓昌黎之火其書廬其居哉卽以佛之道還治佛之身而佛窮矣此數條尺木至今不答吾子能代答之吾將姑捨所學而從汝

## 答倪春巖刺史

來札以某與足下同官同科目而路過尊寓竟不一訪以爲不可解僕道於解是也何有孔子曰道不同不相爲謀所謂道者非同官同科目之謂也業之所存心之所好之謂也今有場圃於此或種蘭或種葱二物之臭味格格不相入鬻蘭者亦不入葱肆而謀蘭價然其所生之地則同場師之灌溉亦同非有類乎同官同科目之謂乎吾子好談吏治而彼不知好詩文而彼不知好飲好歌

好詼諧而彼不知彼之所好者利而已利與足下所好數者相僢而馳如之何其求見哉然彼亦幸而不來見耳倘來相見而彼此不能道其所道反費一番卮語讕言加以廚傳酒漿之累足下又何不幸而受此紆鬱哉投骨可以嗾羣犬而焚香不能招蒼蠅理固然也僕山居四十餘年不特同官同年也兼與其祖父交好者或遇諸途乘軒不下者有之到金陵過門不入者有之彼非有心傲我也彼蓋自知其道不同故也然竟有道不同而反來相爲謀者遠省鄉坻武夫健兒下至僕隸女流或相思於千里之外而寄聲問安或竟投尺一之書而升堂受業其中且有不識字者亦復百舍重趼而至以得一識面爲歡其故何哉蓋彼雖無目猶有耳也耳其人之名而又欲借我以成名則自然如草木之本乎天者親上矣較之略讀四子書習幾篇制藝濫得高官傲然以爲道在己而耳目全無者皆僕隸女流之不若也君子於其近我者近而親之以見吾道之大遠我者淡而忘之以見吾量之寬是亦以人治人因物付物之道也子貢問今之從政者何如子曰斗筲之人何足算也味是言也可想見夫子胸中

所不算之人亦已多矣足下乃以某某爲問得毋氣力勝於聖人將斗筲之人欲升量斗斛而算之邪

## 答戈小蓮書

寄來古文在詩之上能從莊列韓非國策諸家蘊釀而出筆力又足以濟之再假數年如悍將開邊不知到何境界惟中有安民一篇勸爲政者多殺人似有所激而云然興到語可不必存何也天地之道有春温必有秋殺霜雪不加旱蝗必出是以儒言仁義仁是生義是殺舜誅四凶孔子誅少正卯荀子曰奪然後義殺然後仁此皆聖經賢傳不諱殺之明驗也然殺不難以當爲難當不難以察爲難與其不當殺而殺寧可不當生而生如有囚焉不當生而生有一臯陶來登時卽可補殺也不當殺而殺後有千百臯陶來不能使之復生也足下能保天下之治獄者人人皆臯陶則此論可存不能保治獄者人人皆臯陶則此論可不必存不特此也足下之意欲殺以止殺意非不善也然不知殺以生殺當殺不能殺亦未嘗不從此論而起強暴之徒知穿窬之必殺則明火執杖

者多矣知調姦之必殺則行強者多矣知一村人之必殺則通謀合算而數村之人起矣及其既起則王法已窮彼方殺我我安能殺人卽如楚中邪教使當日吏能訪察誅一二渠魁或竄逐數十人而其禍早息奈置之不察聽其聚謀生變此時　王師所到動殺數千百人而不畏殺者更如麻而起　國家竟有欲殺不能殺之勢是從前不察之過非近今不殺之過也昔聖人之戒季康子曰子爲政焉用殺孟子之戒齊襄王曰不嗜殺人者能一之繫詞云古之聰明睿知神武而不殺此數言者皆深思遠慮如日月之經天人必不能捨三書不讀而來讀足下之殺書也故曰可以不存也

漢武帝治盜作沉命法詔盜起不發覺及捕勿滿品者二千石以下至小吏皆棄市自此雖有盜匿不敢發光武使羣盜自相糾擿五人共斬一人者除其罪吏雖逗留故縱者皆勿問聽以禽討爲効但取獲賊多少爲殿最於是盜盡散走宋仁宗時法度太寬蘇洵上書勸上刑殺韓魏公見而不悅曰國家安用此傖子手耶我薦之乃爲歐九所誤此二事附錄一覽

# 楊文叔先生文集序 諱繩武康熙癸巳翰林

雍正癸丑余年十八以制府觀風受知於程尚書元章命肄業萬松書院其時山長爲楊文叔先生知先生爲吳下忠賢之後古文名家遂以所作高帝郭巨二論請誨先生墨其後云文如項羽用兵所過無不殘滅汝未弱冠英勇乃爾余竊喜自負從此肆意述作乾隆丙辰薦鴻博入都與先生別乙丑改官江寧先生又掌教鍾山官舍餘閒猶時時屈先生文宴析疑問難如作秀才時先生亦顧而樂之也己巳余乞病居隨園而先生亦釋帳歸里先生根柢深厚行安而節和所設教處文人蔚興在浙則有孫珠王士俊何承調若而人在江左則有秦大士朱本楫寧楷若而人率皆蜚聲藝苑拾取科名昔人云經師易得人師難求信不誣也今先生去世四十餘年余求其遺稿不可得甲寅七月先生之孫梅溪孝廉褒先生遺集索序於余余欣然讀之元氣鼓盪浩乎無涯得韓蘇氣脈而又能自出機杼不屑寄古人籬下於史學最深料量治亂鑒別得失尤足冠冕百家其必傳於後無疑也惟是先生常向余言康熙壬辰癸巳間雖在

長安名猶未彰爲撰太倉相國神道一碑而文名遂以大震今考集中並無此篇然則先生之宏篇鉅製煬沒者尚多存其小者遺其大者奚可哉余將廣爲搜羅交一鴻以補斯編之缺或庶幾無憾焉且追憶先生弟子不下數百千人人人自以爲將大昌先生之道豈料身後傳名轉託之於當時執箕膺揭之一童子哉然而余今年亦七十有九矣嗚呼

## 汪心農試硯齋記

古人藏器必有室魯藏樂器則有宣榭蕭子良藏古物則有古齋白太傅藏粟則曰廩藏書則有庫此皆見諸史册而獨於藏硯之所鮮有聞焉吾友心農主人性嗜古而於嗜研也尤今年書來道得一端溪石膩理而靡顏長五寸許面有鸜鵒清矑呼之欲活試以墨無所不靡主人愛之深護之密乃於屋之西偏葺小園構突夏使居顏其齋曰試硯階下書帶草茸茸然種蕉數挺取其葉可以書也有桂有松喜其陰可借潤也其齋後則庋置綈袠尊匜法書名畫取其與古爲徒以類相從也事已竣倩妙手作圖而丐余言以張之余曰唯唯今夫

知音遇合之難也大者君臣小者媵侍傔從下至渥洼之馬波斯之寶清秘閣之玩好珍奇知之難得之難得而位置之尤難茲硯也拳然一石耳已落市廛其不辱於狙儈之手沉埋於奧渫污邪之所也幾希矣一旦矜寵若斯石苟能言寧不點頭而稱謝也哉不特此也一齋之中硯既爲之主則凡供役之毛穎進飲之墨翟陪侍之楮先生非其良誰敢來耦而且四方之賓聞聲走觀者苟非靡研編削之才又誰敢入崔儦之室與訂石交哉余老矣所藏十餘硯終日策其勳甚苦而卒未謀一廛以居之聞主人之風能無忍愧於顏乎乃記其事又爲之歌曰紫雲一片墮入君家明試以功墨瀋飛花槃槃主人陶玄浴素居以軒楹葩華蓱布齋之幽兮惟石丈之遊兮石之貞兮惟主人之德之馨兮譬彼良田留與子孫耕兮

## 近文齋記

以近文名齋謙詞也何謙乎爾穆子司開雕文事也文則郁郁乎君子以懿文德矣彬彬乎通識懿文矣以文名齋何所爲疑而胡以近名穆子曰嘻近之一

字豈易言哉近蘭者芳近棘者傷近愚者悖近賢者良我不能揮柔翰掞天庭自著其文而徒揭揭然以攻木爲文以鐫金石爲文以摩崖搨碑爲文是我與文一而二者也不足以爲文也然而居是齋也已卅年矣所往來者商榷談笑者非方聞綴學之士即摩研編削之才染之久而不覺神移焉相親久而不覺與夢通焉其不得不與文相近者勢也取以名齋我子孫目擊道存從形下而悟形上或勿叛於文也其庶乎余告之曰昔揚子雲作太玄經至幽遠也而其言曰人之與玄近者玄亦近之人之與玄遠者玄亦遠之子之志即揚子之志也今士大夫身以文顯而往往得志後棄之如遺遠若萬里然則穆子因技悟道豈不高出尋常萬萬哉吾聞唐職官有鐫勒使一員銜居六品他日穆子及身而貴未可知也即不然而將來繼起者安知其不爲趙衰之文乎不爲公叔文子之文乎皆可於是齋也卜之吾爲欣然作記以待

## 韓生哀辭

錢辛楣先生掌教鍾山常爲余稱韓生之賢因得傾衿相接生名廷秀字紹真

年三十許深中篤行有壺遂風工散行古文余老矣每有述作輒屬其代往往
亂真隨園文宴必招爲祭酒同人敬而服焉癸卯舉於鄉庚戌成進士引見
天子命以知縣即用生歸自京師重執贄來槃辟雅拜受業於余余辭焉生曰
漢于定國官廷尉後乃北面迎師而學春秋廷秀願學焉余笑而受之又一歲
選廣西馬平縣知縣遂別去芳訊杳然聞受印八日死矣余初駭不信繼而其
子歸柩告哀方知馬平爲粵西最凋劫邑前官負國課至二萬餘金驚悸死骸
骨未歸生衙參唱名有少年隸衣藍縷跪泣求退者乃前任公子因飢寒投充
者也生盡然心傷退而顧其兒輩曰汝等他日亦將不免是夜即朝服雉經而
亡嗟乎以生之才之學之爲人使終其身一秀才一孝廉所得館穀頗足樂飢
學道詠先王之風就使循例需次亦尚有十餘年歲月其湛深於學未可量也
蒼蒼者又何苦誘而驅之於蠻烟瘴雨之鄉恐仇生者未必忍心若此雖然死
生亦大矣生見事不可爲辭官可也詭病行可也縱受劾甘處分亦無不可也
而何必授命如毛輕生如暫別哉先是生中進士報到時其母死赴官時其妻

死路上其子婦死以一官易三死而終之身亦殉焉豈趙岐所云遭命之說其果然耶余終夜思之而不得其故也乃爲之哀辭曰

苗乍長而揠兮蘭方榮而拔兮陽示以春温而陰加之肅殺兮豈造物之不仁抑斯人之不達兮嗚呼噫嘻吾仰首問天天其將何以答兮

## 祭徐心梅秀才文

嗚呼心梅從遊最久廿載於茲踦隻寡偶如何不祿遽赴重泉回思往事過若輕烟昔君初來少年英妙媞媞其躬觥觥其貌才流經通章志貞教旋歸吳下小別絳紗束修廬至執訊如麻招我遊棹遠到君家君家何所洞庭西麓湖影搖窗山光撲屋爲我張飲作魚脫肉愛我詩文篇篇手錄仲海季江弟兄爭讀山登飄渺我放歸舟軒然浪起舟阻中流收帆轉柁仍泊芳洲我有愁容君開笑口拜謝石尤吹回老朽再上樓眠再沽酒侑風代留賓雲還出岫七十二峯都來窺牖手指名山以爲師壽挑燈紀事曾作長歌揮予翰墨寫汝烟蘿再越五年我尋鴻爪更挈朝雲重遊蓬島君家賢兄其風肆好彼此妻孥推襟送抱

至今闈中津津樂道壬子秋仲駕詣金陵其時省試人競科名君獨逌然立雪柴荆花看金粟宴預華燈小住旬餘依依惜别君馬在門君詩在壁方盼重來豈期永訣君生世族家本華腴敦宗睦鄰孔晬孔愉薛包分產鄭緩爲儒兩番獻賦運阻 天衢生計折閱羣從析居硏桑心計未免憂虞昨春握手面無見膚正思刺探近狀何如忽然訃至使我心驚晨燈先滅夜燭空明他時扶杖吳苑重經法虔已喪支公伶傳嗟余老耄越疆難弔對此江流中心是悼何以招魂哀詞一章將何磨墨衰淚千行哀哉尚享

小倉山房續文集卷三十五

序

隨園先生古文三十卷以駢體六卷爲外集命英序之英按散行文尚矣然體裁必相題而作常讀韓昌黎黃陵廟碑柳子厚湘源二妃碑索索無味令人不得不思王楊盧駱蓋題本佽詭難以質言而表啓賀謝之類無甚意義非徵典不文非耦語不莊先生于此體不多作亦不輕作存者若干古藻繽紛大氣旋轉足冠一朝英擬學李善注文選以公之于天下苦讀書不多未敢貧相妄測乃先爲之揭其立言之旨而箋釋之功姑俟諸異日常州受業門人翰林檢討李英拜撰

## 題隨園駢體文

飛書用枚皐典冊用相如子雲實有言兼者其誰與文章有儷體六經開權輿
凡物比奇耦整散爲密疎取材各有宜載道無差殊揚馬盛西京班張冠東都
典論推七子繼美稱庾徐皆伸七襄手共握璇璣樞袁公秀江東珥筆游蓬壺
是古制誥才學士同中書顧以沈宋身出曳龔黄裾仕宦忽不樂買山賦閒居
栽花作友朋列屋成畫圖發揮巧匠心結構隱退廬萬卷圍一身才氣橫太虛
位卑乃著作李翺言有諸詩文積三篋億萬光明珠談笑出五能霑溉卿大夫
戶牖筆研陳瓶甖楷墨儲皇皇四六文雲霞相卷舒百家入箴縷羣史供庖廚
一索貫萬錢任沈顏謝俱文律一動搖宮商即奔趨詞源一沃蕩河海咸灌輸
趣昭事益博慮周藻相敷手持注水箭放溜決川渠思風鼓言泉造化不得拘
武夫與悍卒願爲老鐵奴序傳祖十翼表啓根三謨銘志列俎豆廟碑肅瓊琚
以意立真宰以氣爲匡扶彩繡赴纂組英華恣含咀花骨屬天稟綺靡亦其餘
翡翠戲蘭苕鴛鴦立芙蕖纏綿風月懷曲曲相縈紆此體有正宗不收歐陽蘇

何況陳迦陵碌碌章與吳我胸無書簏我腹非冶爐曾職應付文同官笑其麤
自慚張伯松不識揚雄徒公文我獨嗜負弩充前驅敢學皇甫謐佛頂強加污
乾隆己丑落燈夕館後學蔣士銓題

# 小倉山房外集目錄

卷之三

序



祭文

卷之四

書



卷之五

啓

卷之六

碑



墓志

卷之七補遺

卷之八 補遺

錢唐袁枚子才

## 擬乞假歸娶表

臣聞五算徵民嘉禮首隆泮合三清論職詞臣本屬閑曹故知納幣親迎卿士可以入告越境反馬春秋不譏曠官況乃宦在婚先妻因夫貴釋褐與結褵並賦花釵與爵弁齊明長源成婚北軍供帳敏中來婦金紫迎風凡文人未有之榮皆 聖代遭逢之盛欽惟

皇帝陛下兩儀合撰三皇如春秉龍德而山澤通吹鳳管而雌雄應雖上林鳴鳥無不帶露雙飛即太液游魚亦各銜恩逐隊固已民無怨曠草盡繁蕪臣西浙童牙寒門白望十二歲舉茂才二十歲舉鴻博樂昏未擾即來觀國之光皇雅未歌無暇房中之奏是以十年不字三族無虞藉瑟琴平學道之心懼兒女累風雲之氣雉朝飛而有曲雁宵奠以無聲茲蒙 皇上聖恩選臣爲翰林授臣爲吉士才非李白登七寶華牀學愧康成註三商昏義采蘋采藻方陳太史

之詩一陰一陽未卜家人之卦因五夜之待漏驚三星之在天愧六禮之行遲感九重之恩早賜面藥口脂於漢臘男子受之而不芳考褒衣褕翟於周官鰥生讀之而有羨蓬山風冷東觀宵長簪筆則金粉飄零早朝而衣裳顛倒偶然割肉無可相遺即賜沐湯不願居外青綾被好孤熏郎署之香黃紙緘封虛貯孺人之號仙侶疑其命隻中涓笑作童真如臣者想亦媒氏所平章相公所調燮者歟今乃故鄉冰泮下逹書來或盼遊子以倚閭或布几筵而筮日鄰夸衣錦晝可還鄉兒饜君羹歸當貽母承筐無實已歸妹之愆期有女懷春非吉士其誰誘而況單凫寡鵠豈宜濫列鵷行介特孤丁未敢纂修吉禮伏求皇上賜臣歸田之假成臣合巹之榮雙鳳闕前許借飛龍之廄三神山下輕回弱水之船取清俸以陪門五兩不過率陰臣而拜闕九十其儀將見燭撤金蓮光來天上袍披蜀纈香到人間史筆催妝銀管耀青廬之色天錢撒帳女牀聽鸞鳥之鳴當天下有道之時我黻子佩趁父母俱存之日男唯女俞明年春水生時屈指微臣來日步八磚而即至不敢迷花歌昧旦以趨朝同聽警枕

爲尹太保賀伊里盪平表

臣聞王者大一統之義春秋復九世之仇古之聖人握金鏡秉神機固將亭毒八荒廬牟六合也然神禹導河不過積石秦皇立界止於臨洮軒轅曫野之師高辛觸山之務成湯三朡之伐周王鮪水之誓雖智竭囊底而功止寰中未有我武惟揚窮天之界如今日者欽惟

皇帝陛下一人有慶五嶽無塵海水不波問摩訶無使者青雲于呂知中國有

聖人固已絕地通天瞻雲奉律矣惟準噶爾夷部僻處西陲跳梁沙漠稽兩朝之文化煩　列聖之天心楛矢來庭則許甘松之互市赤囊報警則鳴琅鐸以專征張弛異宜德刑兼用亦以事機有待夷性難馴故也今天誘其衷神厭其德達爾札與達瓦齊等篡弒相仍風災迭起撐犂不識敢倚天驕朝定無人自然鳥散車楞吳巴什等率衆投誠阿木爾撒納等領軍踵至或吹蠡享使或蒡面請兵或失鉢請除一官或燒當願當一隊國中牛馬盡向南眠天上旄頭早看星落五單于爭立是匈奴降漢之年九節度出師正回紇尊唐之日我　皇

上擴覆載之仁不置遠方於度外運照臨之智早悉此虜於目中於是牙璋先
頒金玦獨斷贊蔡州之伐惟裴度一人計烏桓之兵屈陳湯五指從竈上騷除
瀚海取灰盤指畫天山歸漢封君敂關者卽加顯擢袪衣作衞鳴鏑者俾作先
驅西北分兩道之兵聲勢動九天之上如太陽之沃霜雪所過皆消譬久旱之
得雲霓歸來恐後蚝矛未拔銀鶻先奔逐窮寇而狐尾頭低草降書而羊皮紙
盡但整六師而返不見一虜而還萬馬禁聲盡解鞍而蹴踘諸夷無事將買犢
以耕耘開壅門招纍箕之臣取流沙爲附庸之國惟聖人之德大斯不怒而威
亦王者之功高故有征無戰踐龍庭之草露偃春風出玉門之關花開內地伏
念我
聖祖遠滅延佗河西遺種我
世宗窮搜靺鞨黑水留州凡　祖宗累年未竟之貽謀皆　皇上一旦纂成之
鴻業金山擒車鼻本文皇漏網之魚渭水謁單于慰高祖平城之憾被我純續
戴我金犀飲朱提者三千人而未乾置驛遞者六百所而更遠從此受降城下

新來冠帶之民都護府中不用防秋之策禽黎呼毒望氣來庭煎鞏黃牴聞風請吏拔銅柱以掃地取金人而祭天化此輩爲孝子順孫何嫌荒服呼中國爲仙宸帝所都恨來遲臣職任兩江神馳九陛想北闕凱旋之日正南風解愠之時愧臧旻之才遍數三十六國譯朱普之句敢增千百萬言一曲鐃歌聽策勳於太史兩階干羽願增喜於龍顏

爲莊撫軍賀平伊里表

臣聞時不可失而知幾惟聖人功有非常而止戈惟王者歸邪星出國有降君騶虞獸來邊無烽警是以漢臣中西域而立幕府唐皇取松外而置縣官猶欲刻玉燕然鐫金青海況單極以外淳維之苗率土來歸無思不服求之邃古實所希聞欽惟皇帝陛下八紘靜壓十洲澄鏡久巳填盧山于赤縣擁狼望於黃圖惟準噶爾部落遠恃流沙荒驕大漠屢稽質子不供包茅我聖祖萬乘親征掃蠮螉之絕塞我

世宗五兵暫戢貸鳥鼠之餘魂如後漢之與南夷七擒七縱比延光之於西域
三絕三通未嘗不以丹水之師遠期伯禹崇墉之伐深望姬昌也今達爾扎自
嚙焦梨達瓦齊形同尸逐牛羊不壯知突厥之將亡魚鼈無橋識東明之不渡
坐金牀以望太歲星拱中華祀羱羝而問大神巫詫漢盛是以車楞烏巴什與
阿睦爾撒納等或舞天先至或嗅地旋來當是時也五幡遺孽只用箠笞九塞
旋風但需鞭打倘杜崇拒單于之上表則安國必捲帳而自驚班超還疏勒而
先歸則黎弇以遠漢而自剄懷皇仁者雖歌槃木議國事者爭棄珠厓　聖上
以爲非常之原黎民所懼先幾之務惟斷乃成在貞觀之拒康居雖云量力而
建武之辭西域終少雄圖乃射苑竹以卜西羌推棋枰而決大策轒盾一戟龍
麗十重網設周陸軍歌鐵拔以党項爲前導故知吐谷之風沙假北鞬爲疑兵
遂抵焉耆之巢穴周道如砥漢將皆飛反首茇舍而奔者膚行如風繩行沙度
而來者視道若咫收黑山四百三之部落耀朔方十八萬之旌旗雪嶺橫天上
下搜而全無虜跡賢王伏地左右視而都是陪臣築三受降城置五屬國府使

漢家長無北念信中國果有聖人數武庫之兵未遺一矢計鬼方之克何有三年檄傳古莽而猶驚碑借崑崙而尚小凡魚支之鞞婆駝之樂鼈封三目權扶兩頭朱蒙爲河伯外孫老胡號大荒樸父靡不分頒將士布列郊圻圖王會於
明堂坐舌人於門外陳牲告廟慰
列祖在天之靈晉冊承歡加
聖母深宮之膳捷書夜至羣臣悟怯戰之非　恩旨朝頒天下以從軍爲樂臣伐吳定策既有愧於張華平蔡刊碑又有慚於韓愈願譯歸義之章隄官隗搆更歌奉聖之樂獨鴿琴驃庶申雀躍之忱聊補鐃歌之闕

爲黃太保賀平大金川表

臣聞天地生成温肅並行之謂道皇王敷化神武不殺之謂功德至聖則股肱之効力也神化極隆則宇宙之包容者大欽惟
皇帝陛下秉神機而理百度握金鏡以御四方震旦國中金輪光湧指南車上鐵轄痕消久已四海鶉居八荒蛾伏乃逆苗莎羅奔艮爾吉等夜郎自大邛竹

未供懷駒支漏洩之謀走嬰翫鼇叢之路以爲湯升陑野巢伯可以不朝禹會
塗山防風且將後至　皇赫斯怒我武惟揚街亭撤馬謖之軍巴蜀用崇文之
將設金方一道從枕席行師聚米殿前早見丸泥之狀借籌闥內預知沃雪之
功蓋王者之兵原不得已而後用非常之將亦秉成訓而始行則有經略臣傅
恆穆行忠衿義心清尙雷符星斗光顏自有旌旗干櫓戈矛賀齊別爲文畫磨
劍則崆峒飛雪彎弓而太白揚眉金累爲之開山黔嬴爲之領路斬皇甫文之
頭先除謀主超張須陁之柵多用奇兵百尺井闌射公孫樓上千羣火雉投姚
襄陣中周訪之兩甄忽鳴光弼之三麾至地山形拔而不假五丁之力天網密
而但求一面之開正月初六日逆苗面縛詣大軍乞降當是時也雲捲天衡日
生倍璠砂能表赤大書北向之旗水尙知歸敢射南飛之雁在諸將以爲獸將
入檻雖搖尾而法無可寬在　聖人以爲鳥已含環旣投懷而情難盡殺蓋當
日之與師也原非貪其土地人民而必置之於死故此日之受降也實不忍其
悔過服罪而姑宥之以生於是廷光城下馬燧披襟回紇帳中子儀免胄姎徒

闟至捧牢賞以趨蹌織人兒啼擊蒙排而泣下倓錢賨布爭貢包茅渝舞巴歌長賡槃木赤眉得不死之詔南人無復反之心火鼠窮郊留將軍畫像元蹄外境傳露布風聲羣猺聽歛至之文吹蘆相告野老讀班師之詔鼓缶而歌大凱來旋策勳告廟此皆我
祖宗在天靈爽暗靖妖氛我
聖母覆物仁慈挽回和氣故能有征無戰惟斷乃成念切顯揚式崇　徽號宣
仁家法安邊塞於宋朝太姙徽音贊耑征於周伯輝生寶冊喜溢彤庭臣未列銀刀空名節度願供金版上佐秋官羌女呵陵曾隸韋皐之籍夷男始艾愧無仲郢之功遠百辟之班聯心知舞蹈獻九天之春酒花滿江南

## 代江南紳士謝　萬壽恩科表

蓋聞聖人御世八荒在壽域之中王者掄才三物重賓興之禮是以姬王受命蒸髦士於岐陽漢帝祈年辟孝廉於郡國莫不丹魚在藻翠鳳含綏然而成周辟在方隅空聞宴鎬泰元增受神冊但説呼嵩未有際　兩聖之昌期靈貺並

耀展九乾之文運汨作重書以八千歲爲春秋將五百年得名世如今日者也
欽惟
皇帝陛下如日之升慶六旬於今歲
皇太后陛下如天之福開九秩於明年凡横目冒髮者靡不羣歌佛誕卽巖居
穴處者久已如登春臺矣乃
皇上聖德謙冲孝思維則一切有司奏行　恩賚爲而不有統於所尊禮也
詔庚寅之年開甲乙之榜黄封頒下白首懽呼惟大孝以天下養親故慶典悉
遵　懿旨惟聖人以人才治國故賢書首列　恩綸淵採菁莪不羨蟠桃之色
廷收杞梓益增壽木之華以多士之絃歌代雲仙之羽奏以文昌之奎壁當貢
物之承筐玉載萬隻以非奢珠探九淵而愈耀枝枝丹桂飄香於王母筵前戢
戢龍魚跋浪於老人星下於是黄髮耆艾之士莫不乘景運以同升方聞綴學
之儒亦各有喜色而相告臣等生隸江東忝居文苑或影纓擔爵世受　國恩
或解綬懸車引恬鄉里捧　璽書而感泣率門子以觀光祝軒鼎之長生齊呼

萬歲喜周官之大比不待三年所有感忭之忱謹以表謝

鶯脰湖莊詩集序

夫金石之載不殊而諷詠之情匪一故思綺者春榮響哀者秋厲音和者鳳噦絲寡者繭悲引氣不齊意製相詭各家之旨斷可識矣若夫游雲無質五色兼麗崑竹久淹八風齊協徽儕羣雅喉衿六藝搜仇索耦能者誰歟丙辰歲天子張天網以羅八紘握金鏡而闢四門予正縻係履而來都下遇王梅沜讀其詩倜倜然亂費乎錦繢彫彫然履綦於欃槍研閱以窮照含章而司契楚豔漢侈殆具體焉爾乃解巾吳會弭筆燕臺仲宣履至公卿為之擁篲平子歌成洛下於焉卷舌且復負雜次以西嬉歌闌囊而晉適澄神道岸回志元祺生死多羊舌之仁慷慨重侯嬴之義其所述也如彼其所蘊也若此使之吟鶯陪軒鳴蟬映鬢隨鼂賈入室共應劉待詔張皇發揮元元本本胡寧恧焉乃昔者同登明光之殿對食大官之餐蒙以弱冠之問物色賈生遂因連牆之謁通好列子亡何黍谷方吹豐城氣掩東陽未晞北溟翼戢臥龍具以忍寒握蛇珠而匿

耀感奇律之不采抱棣黃而莫卜與鄧康辟者比牒皆爲宰相同高尤徵者連名半屬公侯其能無撫髀而嘆八騶呪柱而看三匝乎雖然珠之藏也不久不能矚重淵之深劍之割也易用不能致蛟龍之惜故白露之思蒹葭之隱也俎豆之馨叢蘭之敗也今梅汧內學七緯外遏八流其藏身也鮒入而鯢居其治行也春規而夏矩入則流黃體素陳焉出則烟阜雲隰覽焉宜其因情生文上符三百之旨緣隙奮筆流爲千載之觀彼夫車赫馬耀傳呼甚寵而寸枝不入鄧林尺渠不登山經者何哉豐嗇之遇殊而大小之報異爾或者傷　國朝諸老慓忽代謝竹垞南滄阮亭北逝不知璧不並耀駿不雙馳根斷靈苑秀擢江波所謂長麗去而宛虹來耀靈淪而望舒睇夫固有繼之者也而況夫大雅之運豈偶然哉

## 萬柘坡欒于集序

夫神之所至百骸聽焉志之所壹萬物避焉故鯱俞審音不聞暴雷之駭夔人運斲不見疾駒之馳士有握瑾瑜懷芬芷絕地理掞天庭抗才金碧之上弭節

江湖之下恢恢元音務諧雅奏之和落落淩飇詎假繁音之會則吾友萬柘坡其人也生而醇粹第作其冠長多咫聞溺苦於學參六家之要旨窮五際之絶業遊目竹素殫心忽微故能含孕嚴徐淩轢崔蔡懸黎不見池隍耀繼起之寶皇娥歲淹夷光矜代出之色惟古於茲亶其然矣然而憶日月之熛忽追縞紵之伊始時則迅秋標爽嚴鼓應節石渠廣鴻生之召郡國有文學之徵僕與柘坡解巾之郡削牘受辭魚集龍門摩游鱗而認隊馬來西極銜長鬣以得朋所爲傾蓋於程生締蘭於謝覽也已而扶搖同志修翮互殊或霞舉於嘉禾或翰飛於粤嶺赤堇未錮齊踊躍於洪爐白鹿可尋仍渺迷於蕉葉東隅已失南金不雙宜乎鮑申跪石而吟伍員兩袪而走矣而柘坡方且得不挺心失不表色結情禹井延首舜梧考元唐隆谷之瑰奇辨封鉅大塡之原委忘陽數之摽季扶元音於正宗空谷霜零蘭性寧其隕貴崇邱風靜椒林於焉露芳抒懷而貊其音說學而振其采詩若干卷幾幾乎華孫許之風變太元之氣焉且夫瓠梁託絃以流韻痛知音之難也師曠審鐘爲不調嘆逃聲之易也柘坡鄙磈散之

五降美棣通於八風既煉滓以澄音亦鴿金而飾貌考之鳧氏㮚曰欒于震蒲牢之砰磕招銅山之遠聞他日麟鼓南郊軒宮北敞發揮韶護洪宣陰陽則夫聲震三川力逾九象者其在斯人歟其在斯人歟

## 送姚次公刺史之景州序

景州領定遠之軍連青齊之甲走幽冀之道當德棣之衝

天子以唐代武功必資姚合漢廷黃霸亦號次公遂降　璽書馳龍節命公移篆建康建牙渤海五馬從大夫之後一鶴與先生並行所以簡賢俊重神都也夫玄黃自炫者玉之奇匠石必顧者木之用故庚桑入楚風移碨礨之鄉張楷居雍俗號公超之市公以何比干之符策楊於陵之家世坐有揖客門無雜賓朔來朔來本門子之恩蔭郎出郎出爲捕盜之督郵三任繭絲一從征伐襄城劉令謂之不煩弘農桓公稱爲長者王修知變魏武以之自隨虞詡入城朝歌因而解散其吏術也若彼其武功也若此加之居句如矩在約思純比性鴻毛方義熊掌有公綽之廉史魚之直焉乾隆十六年

天子南巡公千夫爲吏七萃從戎凡申明之未壤奠之事攝衽抱機之視侯遮扞衞之儀一切供張罔不肸飾遂乃歌傳爲蕎名記王邱超授非因歲遷除拜悉從中出蓋六鷖十雄之報最方牘薦之風馳而三公八座之交推己得州如斗大將以東阿付黔夫之守高唐覬樗子之用豈徒黃金橫帶遽喜遷官白鹿夾輪將期入相而已哉然而使君活汝父老哭於碑前賢者遷官百姓爭於境上房君去而味變井泉之甘虞公歸而雲藏海石之彩未免持靴雲涕輦粟連年認馬司州占珠合浦民之情公之德也其能已乎僕同鄉識面共事知心元武湖邊各持手版小倉峯下先築瓜廬行矣孔璋飄然賀監白雲飛而故人遠朱琴彈而聽者稀嗟乎空山猿鶴本無戀於烟雲芳草芝蘭終有情於臭味送花間之車馬絕海上之蜻蜓謝瀹此中祇宜飲酒茅容以外誰與交言所期抗手此時班荊他日訊雖兩絕夢或魂交君望孤雲知安石之不出我瞻紫氣卜老子之仍來

## 許南臺悼亡詩序

同爲聽鼓應官之客夜起恆多旁有禁寒惜煖之人衰年忘老一朝白髮忽斷朱絃女牀之鸞鳥不鳴牧犢之朝飛有曲此我同寅南臺悼亡之所由作也夫人朱氏內嫺四教外副六珈乘几無違施鞶有訓秦篝齊絡雅善平章樂旨潘詞應如影響佐夫爲善寫安公美政之碑教子射科上蘭英中興之頌叔姬賢著三諸侯爭來滕之薛侯寵多七孺子爛其盈矣爾乃服帝休之草無避夕之嗔坐銀鹿之兒有緩帶之樂南臺雖羣雌之粥粥偏故劍之依依神君一言敬爲畫法白茅三復奉若金箴可謂雙棲不死之牀永臥同功之繭者矣何圖疾風吹籠竟占主婦之災青鳥傳書遽速上元之駕桃殳插首齊俗先驚白柰簪花吳孃共弔纏綿性在繅三盆手而蠶尚牽絲殗殜病成與九萬錢而醫難爲力兼之客兒佛婢婚嫁未終約指彄環零星棖觸金箱宵掩成君之衣補何時象笏朝回方領之繡痕宛在此在一往情深者尚且聞而結轖何況三生牉合者能無腸若湆湯也乎於是天錫小名自稱獨活子瑜庶孽不許長生枕拗木以無聊服牽機而難耐離當仄日盈易高歌賦哀蟬落葉之章寫鳳靡鸞吪之

恨心非孤雁照影驚秋聲似霜鐘因風奏曉是知元穹倚杵不能蕩此情波碧海成桑未必乾斯墨淚者矣僕並轡白門通家江左德操命龐妻作黍不辨主賓文通爲張稷徵歌但遮簾幔雜佩貽來想見斯人賢淑入宮不見難禁老子婆娑夜飛蟬在贈杜甫以無因世子書成向外黃而誰寄解愁有志分痛無方誦金鹿之哀詞贈玉臺之小序公乎自愛休傷兒女子之情僕也請前聊表君夫人之德

送尹宮保熱河陪宴西戎序

乾隆二十年

天子平伊里幸熱河受昆彌之降賜呼韓之宴　詔曰江南總督尹繼善厚重有體來與斯會足壯觀瞻公聞命黃閣束裝青溪桓溫北伐百官祖道於南州潘岳西征同僚賦詩於金谷禮也枚伏考唐太宗身幸靈州納降回紇漢武帝親臨瀚海獨當單于其時褒鄂碩佐衛霍英賢莫不司空奉橐條狼警蹕酌留犂而共醉歌槃木以宣威艮以倚漢如天有班超而後功定望君若歲見葉公

而乃民和非徒冠冕河山亦且彈壓邊釁我宮保夫子黃茵誕雲紫宮執斗神化丹青草木知其名姓亭毒元氣外夷問其起居帝愛文獻恨不處之禁中朕召德林昨日祝其夜短　皇上見戎容暨暨思黃髮皤皤召洛邑之君陳徵南郊之義叔乘三皇斜谷之車張百神帝臺之樂皇人受轂衢室開尊時則神雀宵鳴歸邪書見窮天俘玉罄地呼嵩舌人梟趨交閭鶴列凡雋鱗之翠壽木之華滑國之金牀條支之烏鞞木熙拔河之戲婆駝力華之曲莫不麟羅布列雲動雷屯伊里者西戎一大部落也兩戒所未收八埏所未圄茲乃騤瞿奔觸賜睒酣嬉比狠朊之嗅塵同鯱俞之飛耳未謁天容先望星辰之色已瞻日角兼看岳瀆之神見風牧而軒鼎非遙識皐夔而堯眉可想公繡衣垂跗琛版宜躬潤之以傅說之甘霖溫之以趙衰之冬日示之以周公之狼跋耀之以尚父之鷹揚驚狀貌於王商眞爲漢相聽音聲於景略無愧唐臣洵足以顯作長城隱若敵國且夫防秋者無全策綏遠者貴定謀是以突厥人衆魏徵諫留河南西域使來班勇請加都護或治城烏壘或置郡朔方食少則充國屯田兵安則孔

明徹衛凡事後之金湯皆先機之籌算公三商待漏常候色於宸慈五日詣臺
每參謀於黼座正可以定形方之訓進徙戎之策安全梟散慰撫華離使二庭
永空萬年無事豈止羹調御手人慶龍光酒賜銀鍾史褒風度而已哉茲者野
廬聚㩦元戎啓行萬里秋霜凝照於九花虬上三邊勅勒收聲於一品集中西
寇折心中國大有人在東山翹首袞衣早望公歸

小倉山房外集卷一

## 贈樊生序

錢唐袁枚子才

當短衣楚製之日而獨冠夏后之毋追嘗羔羝幾胎之羹而忽捧魯人之梡蕨吾知雖貧牀之孫亦欽欽然口呿而舌縪也況夫心古雲罍道高龜玉干飾廉隅秩秩見於面目馳驅文囿駸駸欲度驊騮如吾聖謨樊先生者能無述焉先生秉植鰭之雅容蘊吐鳳之靈質鉤河摘洛浴素陶元凡夫五木之攻三牙之辨十祺之筮九候之醫旁行敷落之教重差夕桀之術靡不巧搯周流精心冥造信文學中茂陵之唐生九江之祝子也爾乃年周七旬身老三舍損蘭本於匹馬闕珠光於重淵登高作賦不爲大夫恢奇多聞尙淹區里鄭緩爲儒呻吟裘氏之地王裒負戴磬折安邱之衢拳製錦之纖手喑敂絃之逸曲乾乾日稷甚矣吾衰彼夫士閑不知七星王平但識十字者或且跨天下而無靳策高足而相淩焉墨以爲明觭偶不仵升沉之數疇測之哉今夫借隱爲顯者黔天之

象也養菀於枯者富媪之神也圉馬不乘方臻彌年之壽幽蘭當路難保經時之芳假使星有少微世無處士卦名白賁占少幽人齊設九賓少稷受玎公之召堯咨四岳許由呼負黍之車呂尚早聘於英年宣尼大烹於陳蔡將何以彰聖哲之瑰奇偉二儀之寥闊乎先生明其然也自道不辱之謂貴無求之謂富屢絢冠鉢駕説人天屈後荼前無悶巾褐鴻文無範相羊翰墨之場老洫少波韜晦林霞之迹蠟屐訛而黑矣板牀鋭而逌然寧將論語代薪不向胡奴索米空波白鷺絶頂孤松未足方其高潔也然而經師名著貌孰人欽采薇多先輩之呼負笈半從遊之彥三千太學爭奉嵇康五百門人都尊郭瑀雞籠山色次宗之室常青槐市春風伯起之堂斯煖無勞影質各授咫聞束修牽羊童蒙求我譬之霜鐘水沒終留待扣之聲仙桂巖棲自有流香之所於以養夷白於以變丹青於以嚌道真於以廣津逮周冢宰以九兩繫邦國其四曰儒以道得民者先生之謂也豈非披七緵之布華過九旒傳一卷之書榮勝千駟也哉兼之百篇蒼雅張霸獨善九變律貫京房尤精長君手著神淵仲翔口吞爻象滿堂

蝌斗龍威靈寶之書半壁金箱沮誦佉盧之字不必飲終北之神瀵著躋虛之龍轍而早已爭年黃帝之兄高叱季心爲弟矣月逢長至瑞慶懸弧圖應三陽禮先一飯艾歷覸胥者徼循而來棃額樹頷者黎收而拜先生在貧如客著手成春亥字親書辛盤小侑樂可知也僕當宰單之年早知寗越每過賃舂之市定訪公沙呼范雲讀秦望之碑求孔晁釋安釐之簡道尊先進心契後凋爲張儀祝千秋學趙孟作一獻沃君僎爵將取陵陽太極之泉寫我徽言亦須黃玉緑純之冊

尤貢甫出塞詩序

夫審八音者以金聲冠石序百家者以笳拍續騷隋文品清商爲華夏正聲漢武置鐃歌爲軍國雅樂塞上之吟由來尚矣然而不過陰山難歌勅勒未通西域誰解婆䭾古之人未嘗奏䙴吼於房中寫邊聲於里耳是以賢者好遊詩多束髮從軍之句男兒作健吟到中華以外之天尤生江左名士真州少年心事拏雲文章射策獻五角六張之賦貧類朝霞答三桓七穆之文博同平一賜上

方之文綺遂待召於金門康邸河間纂才竟陵好學樂賢堂上孝綽圖形忘憂館中鄒陽首坐屏風未賦罰升酒以何辭公讌詩成泛浮瓜而自喜巾箱九案惟陸澄之能搜錦被十重祇劉峻之獨數甲戌歲

天子親謁

三陵望祭長白大蒐於塞外禮也王率八能之士扈七萃之軍贊明堂大袷之儀領異域朝天之隊生乃寬饒短服稱娖從行子春單衣嬋嫣並往奉辰牡坐寅車望木葉山經黃龍府斯時也平沙萬幕明月起而當天甲帳千燈旅雁驚而墮地日名筲却星辰當晝而忽明馬被霜封絳鬣侵宵而不見生以鞍爲几磨盾作書湔袍鴨綠之波滌研珠山之雪彈來朱鷺便唱新聲擊罷黃麞已成樂府鵰看作字飛來大翮之山馬助長吟噴出流沙之玉揮毫素而羊皮紙盡飛咳唾而真珠帳空豈徒識鼮鼠於終軍記隨兕於申子也哉雖然豪宕者境也俶詭者才也才之不存境將焉附倘絃幺徽弱強歌大角三章壺哨鼓儳自詡橫吹一曲構雲屋而材橈舉周鼎而臏絕與題不稱蒙竊惑焉生竟筆張牛

弩手挾龍文行閒作金鐵之鳴言外肅風雲之氣聽其音可以躍蕤賓於水上充其量可以降白雪於空天真不愧海上之崔駰軍中之孫楚矣今者明駝千里送子還鄉秋駕三年遂君初服攜金鞭而示客尚帶霜痕擊銅斗以高歌恍疑羽奏北平射虎之將半是故人野廬行炙之觴未乾殘瀝遂乃回頭沙漠撫笛江村集出塞之篇付開雕之手歌諸清夜長城之金柝如聞譜入琵琶絕域之關山在望

## 紅豆村人詩序

夫思王不序典論之書何點不和小山之作家庭標舉達者嗤焉然而同峯聽兩分樹看花雖弁雅之才難實吾斯之能信吐珠於澤誰能不含似蘭斯馨願詳所湛豈有自矜月旦擯文休而勿夸孤對池塘置阿連而不夢者乎則有張家鸑鷟穆氏醍醐號紅豆之村人爲吾家之臨汝采繩園宅早有奇徵騎鹿入胎羣驚英物視愛同采蜂之事遊善如原菽之甘唾地而文成三篇擊鉢則燭留一寸風神元定愛齊梁之音藻思芊綿追漢魏之始詩之作也僕有感焉當

夫大阮西征永辭家弄遺奴落地便伴姎徒寄薩保以錦袍音塵如夢泣邛南之竹杖相見何年弟匪徒秋士悲秋兼且越人安越矣亡何僕以徵士之車折灘江之桂鳳凰蠟下裁抱僧虔尉斗襦中更奇康伯叔也厝需於側兄乃見溷而行從此荊樹重分河梁再別雙旌萬里一面十年覽揆晚而郎罷先摧免乳遲而摩敦亦老孤兒有曲野錗無烟龍具爲衣馬人作伴瘴雲似墨誰送賈季之妻琴葛帔披霜空抱王孫之飢渴雖狐有首邱之想水尚知歸而鼓無記里之聲地難縮短飛奴不到沉沉連錦之書小子勤咍脈脈阿干之唱僕乃百縑遠寄雙槳星馳如逆椒鳴班荊楚地自同聲伯爲食鄭郊起渴葬之楄柎喪迎穆伯走敏闕之玉節私召陽生弟於是闉闍呼車昌披稅駕身猶楚服口尚傒音見故里之枌榆恍疑前世拜祖宗之邱墓哀感旁人觀者疑返漢之文姬識者嘆承祧之趙武當是時也春秋書季子來歸晉史記陶潛隱去靈寶之成人尚早監河之分潤無多款段籠東少游哀汝文戰再北鄧禹笑人一枝筆乾舉家鶴望弟於是重驅策彗再撲韜沂王粲遠遊騎馬登樓之恨元瑜書記殘羹

泠炙之場嘗世味之顑頷聽河流之鬱勃記往事於龍華小劫求知音於碧海青琴身賤恩多天寒袖短堂簑不御畫燭難明歌纂纂以星沉唱嗚嗚而雨泣人之情也其能已乎加以天性風華餘波綺麗何郎粉不離手荀令香能染衣長言則河女三章開卷則王昌十五丹心寸意驅烟墨以如飛流管青絲繞虹梁而不落量沙易竭下筆難休金鹿詞哀玉臺體豔人恐繁華流蕩君子之所勿欽我知比與溫柔宣尼之所必采嗟乎人不足而盱有餘才非患少春采華而秋落實學與年增許武未成弟之名景讓宜受母之撻所望焠掌自厲指心得師加弓之九和俟禾之三變形魚昌僕窮典誥之恢奇夷鼓青陽表榮華之族姓文章不妨放逸人品故宜謹嚴使薦者謂敏中酷類其兄後世笑僧彌難爲其弟殿中交代有君已是替人海內文章無我當歸阿士

## 周石帆西使集序

四序秋佳白帝肅江山之色八音金貴霜鐘冠匏竹之聲考祀典以嶽瀆爲尊稽國風則皇華先采是以魏帝清商置令蕭家白藏名通仲長灞岸之篇越石

扶風之作莫不抗絕節於高唱穆清風於妙音使者陳詩大夫臚岱由來久矣然而龍山高會誚元子之聲雌鄴下清流恨仲宣之體弱矧復潯陽九派華嶽三峯氣讓風雲何以低昂崔蔡手非天馬不能控駕齊梁苟無君子之九能難往金方之一道石帆先生文貞學士儒林丈人五入東觀三爲祭酒曳履步星辰之上乘舟過日月之旁乾隆十七年春

天子命公祭秦蜀兩省名山大川禮也公坐筍將衣袴褶借飛龍廏馬權攝行人出丹鳳樓門便稱天使船非樟木豈畏蛟龍身本雲仙何愁風雨烏櫳盤羊之所黃金子午之天董仲緩不愧儒臯謝康樂能爲山賊牙璋手握鐵馬宵鳴訪尺五之雲門飄丈二之圭組潼關四扇射曉日以初開鳥棧千盤度青天而直上蒼蒼在鬟鬬古雪於峨嵋脈脈有情聽淋鈴於劍閣於是移綿州之席則嚴武留賓吹鳳嶺之笙則王喬倒舄亭公負弩驛吏占星爭迎諭蜀之相如共拜入關之李叟公乃酌元流於春澗瘞封豕於秋林築鬻焚而煙墨香庪縣祭而山川助一臯破鏡八頌占風九河出沒於毫端五嶺盤旋於腕下境無虛接

必纂入於文樞景不空描盡雕搜於意匠摩挲銅狄感歲月之滄桑緬睎巫山寫荒唐之雲雨鐫姓名於崖上恍如委宛千言攜西海於袖中不僅韓陵片石復命　天子慶大禮之成付詩史官賡小雅之作編西使集八卷孔子稱誦詩三百使於四方先生有焉僕也三月過秦曾爲賈誼一麾入蜀未作唐蒙恨狹路之不逢羨我鞭之先著同聽鈞天之樂而師曠獨按其笙簫共遊福地之春而張華能誌其風物豈無玉笛讓清角之聲悲亦有珠林遜夜光之照遠夔關詠古愈欽杜甫之豪灞上還軍終愧桓温之劣少行千里譬如自偃旌旗朗讀百篇悔不早焚筆硯

繡餘吟序

繡餘吟者女弟雲扶所作也占歸妹之爻生逢第四學玉臺之體才竟無雙早喪靈椿裁騣娩而學語來依棠棣遂婉僤以南征弭節桂林之巔揚舲洞庭之渚萬重山翠寫入雙蛾九曲明珠穿成一笑珮瑱而浣答子貢之三挑敷袵而陳笑丁娘之十索機絶絲絶針可稱神俳歌緩歌詩將入聖繡餘之吟有自來

矣爾乃珠簾落葉鏡檻啼鶯銀蒜風涼冰荷燈小或懷兄楚戍或送姊夔關思若流波含烟墨其何託心如結轖假宮商以代宣探蠹簡而粉落雲牋寫蠶眠而痕留釵股結響則女牀鸞咽揚華而織室星飛使戴尺五皂紗定呼飛將倘設十重步障足解長圍可謂掃眉之才人不櫛之進士也已更喜留車無恙反馬初來姬姑耦新藁砧憐重三商却扇磨寶鏡以試秦嘉五日采藍詠盤中而寄伯玉紀事則姑恩有曲發言則女史成箴東廂夫壻既媞媞以成行魯國叔姬每雙雙而俱至豈非緣隨性嗇福與慧兼者與所望集洗麗情經通音義澤髮懷順傅粉道和珠多而首飾有光學積而心聲作采此時香閣助博議成書他日蘭臺爲阿兄續史將見吾家詩事六宮傳大拾之名海內女宗十哲配宣文之享

送梅循齋總憲歸宛陵序

昔龍負禹圖鳳鳴舜樂終亦潛九淵翔八表冥神霧以遊攬德輝而去何哉身不隱者道不全用不藏者仁不顯也是以祁奚請老子房學仙疏氏供帳於東

都廣德懸車於沛郡莫不謝情軒冕畢志烟蘿僎爵深衣陶元浴素若乃三休亭古萬石風高門無雜賓家有令子決獄二百朝廷就之問春秋封事一函天下以爲真御史則我總憲梅循齋先生是也先生味道之華腴執古之醇聽張蒼治歷算操夕桀之工平子知天手握銅輪之轉傳學家術撥才天庭奪東方學士之袍騎西第將軍之馬王沉見召馳鋒車者五人渠牟對君數漏點者六刻試之三輔則桴鼓靜黃圖耀其九能則郊天供金版載冑平刑不愧爽鳩之職勝之按吏更馳東海之軺

天子以爲有伯夷史魚之風使領五墨三仍之首聖無二道毀靜輪而米賊教衰臣只一心侍彤廷而神羊氣勇卿於白起倘惜官乎朕於孔戡知其賢矣公亦沾沾自喜毳毳竭思心爲肺石之函手如屈軼之草周昌負氣直壓蕭曹老瑪性剛慣淩房杜方將軒轅帝載麴蘖王風而歐陽名重後生之描畫已多元忠肉甘獵者之網羅無得　天子敬禮大臣護持耆舊允遂初志特予原官神武門前許挂仙人之冠服香山社日教添元老之鬚眉然猶深惜蒲輪眷留鳩

杖表爲人望賜毛玠以屏風遣問星文伺承天之顏色殷鐵臥疾密勅往來賀監乞湖宸章餞送行有本末恩極初終鳳闕排筵都望潞公再起江湖野服誰知裴令三朝先生愛鍾阜之山樂秦淮之水跨沈慶之小駟乘王尼之露車雲母自怡金貂高庋一颺一朏謝莊以風月名兒半郭半郊庾詵以山池作宅黃花香淡知諫草之都焚綠墅客稀惟怪松之滿坐今復辭白下返宣州式里閭展兆域木葉未脫秋水已波散盡賜金故里之枌楡拱矣摩挲老物兒時之釣弋依然傾耳幔亭人間曲好回頭營室上界官多雖韋孟乍歸尚夢面爭王室而次宗既隱定知車避城門枚得接繡衣初冠緇布識郎君於東閣通書七年忝比隣於南邦班荊朝夕送格天之勳舊作平地之神仙晝錦堂開慚無健筆宵征人去聊助清風

## 李紅亭詩序

夫才者情之發才盛則情深風者韻之傳風高則韻遠故悱惻芬芳屈子爲之祖葩華蒻布建安暢其流苟非弇雅之才難語希聲之妙則有紅亭主人者雁

門著姓爲宇文大呼藥之官柱下精苗居建武小長安之地兒時覯卜便已別著長歲橫經更能奪席醉六十日賦五千言久已集號烟花文成玉海矣爾乃賣田十雙入竹萬个千夫爲吏一命來南慕白學先生作黃車使者以衞風之狄濫學吳語之妖浮宰我過朝歌聆音欲駐子思搖銀珮奇服自夸于焉忍俊不禁棄位而姣徐吾有妹子南超乘而來阿君無夫陳遵奪門而入投幘以還太守銜杯而勸三騶幾幾乎迷漁父於花叢埋蕭綱於酒庫焉然而人呼公子天性都豪地住中州宮商最正唱洛陽之小海自記家鄉偷大內之霓裳繩其祖武每至青溪晚雨琴河曉霜怯夜幡高司晨鳥語未嘗不憑欄而飛筆擘錦以橫箋也更有奇女目成癡人相惜記泉臺之夢帷幕來奔築黨氏之臺盟公割臂神君既憐去病小吏肯讓蘭芝衷甸揚徽竟招搖而過市法冠先引常稱娖以同車綺陌花飛迎來吉耦風窗月墮吟出雙聲紙醉金迷三百六日之光陰如夢笙清簧煖二十五郎之歌管相隨無王事之獨賢且人生之行樂宜乎一州斗大作司馬以無期三十鬑然抱羅敷而自足也尤可異者與余無撫塵

之交而蒙君有良知之賞陸機師事只有張華唐衢服膺除非白傅延之設問希鮑昭於片詞何遜著書強休文之再讀微言識五雅奏登三感此心知奉貽藥石今夫遠而有光者美人之飾進而彌上者學士之才君子不重則不威修詞不誠則不立微之悔過多嫌小碎篇章孝綽陳書深戒繁華流蕩所以七子歌詩獨譏高厚五君作詠不取王戎者何哉良以行者文之本也廉者德之輿也脢胎者以無檢而宏曠佞兌者以有忮為嫪牙春秋譏毛伯求金左氏貶蔡侯失位解父狄淫以遭赧安丘博揜而奪侯凡彼虞箴皆堪殷鑒而況狂泉難飲當此日之時艱古瑟空操問知音之誰在乎嗟乎性自少成須至通而自然有節人誰無過晳於娙而能悟何妨僕願紅亭抱德煬和去風卽雅梗其有理袚飾厥躬守士之特招執古之醇聽以人意相存偶使物情無疵瑕將見三盈三虛無礙孔門之客再仕再化寧知伯玉之非窺日牖中不愧北人學問纔絲海內豈徒庶子春華

岳水軒詩序

夫高軒多簿領之勞處士少江山之助天下之文章其惟幕府乎是以鄒枚游客珥筆梁園應劉才人從軍鄴下靡不序行役紀星雲奮藻含章揚華振采然兩戒者天之奥府也百年者壽之大齊也身拘魁父之邱何以盧牟六合目窘蹄涔之水亦難揮綽三雍要惟口數青曾尻窮元圃者方能三駕以控齊梁七縱而擒風月哉水軒先生金佗後裔鐵券家風遠跡崇情深中篤行幼不好弄三步知方長更横經九變復貫凡師春筮書奇胲陣法九據玄理六出陰陽金布令甲之文夕桀重差之算鑄凝化聲之術含光宵練之鋒俱能游戲人閒環流手上於是西雍戾止東閣欽遲招隱者羔雁成羣問政者千旌四至關吏爭迎上客諸侯齊拜下風先生濡迹匡時測交擇主爲常何作奏帝問賓王爲寄奴草函人推齡石陰德及物自覺耳鳴清談干雲聽猶齒擊適楚國則書載一乘見哀公而文成七篇此固經世韜鈐別爲一集者也若夫分箋擊鉢對酒當歌悠揚四始之風祖述三唐之法則先生之詩有非凡所及者何也夫孔子西行不入秦地樂毅東伐未下齊城卞彬以青溪爲鴻溝陶侃棄郗城而遠戍陳

京賦北都不就宏景志沙苑未詳四海大矣九州遙矣方聞之士遠到爲難先生乃孟入西州檀來洛下五攀漢柳兩馱越裝別魯叟而遇齊兒厭燕南而來趙北望海則浮天無岸窮河則括地成圖過劍閣嘆劉禪爲庸才登廣武笑沛公爲豎子甚至呼延外地甌脫窮邊中周虎落之烽繞霤羊頭之險凡裴秀所編圖賈耽所繪布靡不馳驅煙墨號召宮商宜其壯采精思加人一等也然而一身道長八口星孤彗策笥將牛目常埋兩雪鬢飄蓬葆馬頭何處家鄉海上娵禺蠻府參軍之恨表中春蒐江東作奏之愁賓館久而醴酒清油幕舊而蓮花落殘羹冷炙曉角清笳孤憤獨居深懷誰告而況髮容難待烏兎先馳一林之松菊將荒半世之鍾期已盡貧憐徵在繡袚存無晚抱舒祺楹書讀否雙輪欲住則藁飫誰供百歲幾何而勞薪未息此又金壺傾汁未足寫此蕭騷紫水漚縑難以形其豪宕者矣更可異者當永恆齋宮保之領王師而西也以先生智同崔浩廉比道生奏與一銜俾隨九伐

天子憐其老故未許也士何遮住玉關廣利竟非生入牽連草索馬援不是榮

歸幾乎玉石俱焚池魚共禍而卒之塞翁馬失合浦珠還慟哭劉虞尚有將軍殘客飄零樓護還作城南秃翁此非天之所以報施善人乃即天之所以護持詩史也今年先生六十有八矣落日已過回風可悲有情於身後之名加意於曩時之作特交小子嚴切編摩欲表孤花先芟枝葉將彈白雪細按徽絃燒仙丹於劫後焚餘鑄神劍而千辟萬灌收回舊刻重付新雕庶幾字字華星行行寶唾四十年之珠玉照耀人間千萬里之風花紛披紙上

## 陳古漁詩概序

夫奏刀之伎神而桑林之舞合步瑟之絃妙而瓠梁之韻流苟循聲以觀於樂足以辨風矣隱色以考於古足以弁雅矣若夫冰瀆無界妃豨亂呼穉以凋鏤而味硯散肆笮之分赫其夸毗而忘重敏經迭之辨必致精疏殊會通閡乖方綴學之士豈其然歟陳子古漁名毅字直方江寧人也白望蜚聲青箱積學執禮器隨孔子以西行捧香爐駐神人於白下負雞次之典浮螺女之江檄奇相之神責穆王之璧將蒲作筆擒錦成篇如鼓琴然期鳴廉修營而不侈號鍾濫

齊如協律然務奮末廣賁而不矜駕辨勞商於是烟墨受召金絲引和其格閣易以戊削其聲清揚而遠聞高僧乞劉勰爲師元子望嘉賓入幕則有轉運盧雅雨先生飛耳審音傾衿作禮以爲出石所以旌處士谷風所以應騶牙乃孑孑揚旌戔戔束帛其時蕪城稱富媪之地禺莢爲徊載之鄉三百六日駢牢而埽鬻者如麻七十二鑽烟視而媚行者成市陳子偏笑同一吷蚩彼三招不唱檀來小人有母恥居盧後君子固窮慶復西遊但作北都之賦元平入幕大失宣武之歡白眼睨之黃鵠舉矣誰知楚幕未營趙旗已拔雲堂說法終非天竺之宮商齋鴿留賓反拒儒童之菩薩人相媒但路入迷陽卞賦枯魚趙吟窮鳥爾乃淮陰水闊韓王留乞食之臺阜橋月明梁鴻失傭書之所辛壬婦至庚癸山空公房身老於壻鄉太真裾牽於子舍不逢狗監姑作牛醫從羌博士以無聊爲里祭酒而自得然而軒光竈好難治枵腹之疴上池水清莫解高吟之渴元父信九州之窮地樊衢鳴一鳥而誰聽則又有制府尹望山相公採奇律於歸昌耀中黃於耳目焚山求阮瑀圖影召姜肱人以爲東閣一開溟池再奮矣

不料當其未面也紅紗籠壁錢王誦羅隱之詩及其入謁也如意帖箋李相掩香山之卷蓋見其骨鼻污脣之狀貌昌披了鳥之冠巾扈載清寒宰相似難造命朝霞貧薄山人祇可耕烟遂致吐握未終而吹噓已畢車茵欲污而行馬先施兩暴龍門空驚蕉鹿若陳子者寧怪其感同抱玉痛甚絕絃不銜歡伯之觴但哭憤王之廟乎嗟乎身無五技將駕羊種米於何方命有三科具梁卯梯黃而誰卜通天臺迥難與投箋廣桑山遙從何問孔且人驚上公之殘客誰敢測交而君抱高世之英聲更難詭遇詩窮至此僕請狂言今夫驍壺伴侶乃陽五之淫詞得寶胡騰亦開元之俳調何以一聲河滿歌遍六宮十首秦吟名傳四裔碑書修福錫持正以千縑霞賦丹城賞桓公之二婢潭峻寺人也而呈元稹之詩常何武將也而上賓王之奏任氏則因詩免役子仙則得句停刀他若金粉名倡綠林豪客新羅黑水行賈雞林默啜問張鷟之姓名吐谷供子昇之文集莫不目澄虛鑒鼻嗅狠荒賞才子爲艮知極欽遲於副墨將今擬古如夏思春汝自生遲公非可惱所望敬勖光采愛護波濤秋駕學成冬心永抱九天風

雪後來之清角音悲萬里桐花將老之鳳凰聲脆雉掩不得更順其風劍氣已青重加之鍛將見雅可安身苦能養氣娵娃珍髢寧索賴於蠻方姹女清吟或召歌於上帝蒼天與直登方干身後之科文章有神設柳習生前之位此日滕王之序庾信下筆欣然他時馬融之語康成吾道南矣

王郎曲序爲温皆山吏部作

王郎者茂苑靈狸揚州舊鶴小袖禿襟之漢制闌轟華羽之南音流激楚於陽阿聲希下里散天花於小海人滿浮橋則有皆山吏部太真姓温樊川第五愛吹玉尺小謫人間命入金星能知音樂王褒乞洞簫之諡高琳是浮磬之精一顧城傾三生石老琅琊刻其佩印畹青錫以佳名數闋新歌換中書而莫惜一條牙笏立簾外以晏如留仙則雪夜掃門顧曲則金貂換酒湔裙解帶代繫箜篌轉字催腔親持春櫝惟時琴堂小謝北郭蒙莊假相風之竿測愛河之水陽爲薄怒瑤光作髻之謠詐入飛章沙叱劫姬之說於是奚恤阿阿以謝張步負負而悲宋公閉門泣而目腫巫臣聞信竊而思逃情之所鍾僕有感矣夫用比

踈者刷以膠青飾圭璋者加之判白以玆妙伎得遇清卿釵挂臣衣花驚郎目豈非珠澄濁水鳳集阿房之盛事也哉然而十年協律不爲聾俗所知三峽流泉翻以回撾見賞屠門琴在非秦倡莫解其音荀草花香惟夏姬能留其色縱有驅環照骨水尺調鐘者亦復未採遺珠失之交臂一自神劍識於風胡人才升於吏部然後蘆中得月裙下生雲來則黍谷春回去則歌場燭暗衛多壯孌鬚眉且假先生齊有盲人耳順亦呼娘子由來知己強半前緣是以平津忤旨過六十而寵榮范悌感名失九重之目色孫騰棄妓專寵齊宮翁須曳縑稱尊漢殿或仳倠倚檻而艮士目之或哀駘弄姿而羣粲歸之或以舞轉西曹或因歌封王爵風花姅午才命升沉借此三思達觀一切嗟乎厭都梁而燒皂莢別有聞根嗜螺蠯而餉太牢得毋口過目亡虛鑒認符拔作祥麟耳失兜元誤歸昌爲諡隘豈非是者常是是有時而不行非者常非非有時而必用也乎然而國君好艾難尋息土之人賢者過情甘受妖夫之曳幸臣半擇上應星辰胡妲戲倡名傳文學甚至何晏愛婦人之服妹喜戴男子之冠任谷丈夫也而以脂

夜有身景公諸侯也而許羽人抱背張彫武因師愛貌得列儒林辛德源與友通衾卒成名宦誰爲雄伯同上雌亭此又戲引巵言堪爲乾笑者矣今者右軍爲樂非兒輩所知宮體編成須除陵作序主人六首和客百章刻劃烏絲淋漓斑管裝成貝冊儼同梵夾之書各唱回波寫入深情之帖

小倉山房外集卷二

## 尹公七旬生辰授文華殿大學士序

錢唐袁枚子才

夫三公爲保傅之官非高年則不能副望七十是從心之日許坐論而愈覺雍容是以尚父受璜皤皤黃髮叔孫突秃秩秩大猷龍鼐九鼎之系試鈞石之能勝也瓦斜太廟之風苦陰陽之未爕也其才難燧人刻矩以奚覓其任稱羲和浴日而彌光乃若朝扶玉杖爲

君王賜燕而來　帝取金甌作臣子稱觴之用則我望山相公古罕聞焉公旄車望族桴鼓聲名觀書石渠生花旌節南滇西陜化洽行春東部西曹風澄坐嘯陶士行八州兼督偏江左之功深唐休璟萬里在胸尤河湟之路熟雖出入三省綸扉久許其參知奈遲却十年蒼生欲問而不敢今年公七旬生辰奉

詔先期赴闕時則青旂引道翠柳扶輪一路香焚齊獻紫霞介壽九重天笑早

開黃閣迎公丹禁宣麻堂封受餽進張蒼爲計相兼可引年取劉瑑之曆書不

須擇日　詔補文華殿大學士百官賀於道黎幹減騶四夷聞其名契丹拱手公到先人批勅處記少年珥筆時得毋有延年避位之思劉向重來之感乎四月八日　天子賜壽筵於第王公以下奉　勅躋堂是日也朱轂塵霄華觴錦晝當晏温之曹敘頌少內之梟蹏聽遷哲之鳴笳張祭遵之御蓋撤來仙樂簫韶傳閬苑之音捧出蟠桃帝子拭金莖之露三貂故吏數亥字添籌八座門生赴午橋沃爵雖蓬萊仙雜難從散錄徵名而高密兒多正可分班應客在昔王導之鼓吹十部李穆之象笏百人史冊所夸方斯蔑矣且夫祝公之相者公論也望公之來者私情也倘温嶠內召罷領丹陽寇恂還朝遠辭河內公歸太促民借難禁　天子知之命仍督兩江南巡後入閣俾作霖雨將洒道以迓　鑾輿如彼重星且含光而照吳越念長途之溽暑衣賜吹綸將比德於瓊瑤筐頒瑞玉都梁十合賞黃花晚節之香如意一枝表魚水同心之樂枚空山耳冷傳盛事者如麻得信心開覩中台之晚耀自憐小謫非瑤池與燕之人且喜升堂是絲竹傳經之客猶記祝公大董遠拕小舟觴我黃樓同吟紅藥貞期可卜鶯

逝者之如斯靈眖自甄信後來之居上所願璣鏡百職陳揆五行生物協后土之功稽古應同天之號飲九乾之湛露勝服丹砂覆萬國以鄉雲都無夭札將見黃銀帶重靈壽杖高跨汪氏之龍魚薄陵陽之丹溜羅侯城下百歲尚擁干旄楊氏門中四裔俱爲太尉

## 孫小玫簪花圖序

姑蘇采蓮女子有孫小玫焉牽舟作屋家傳榜枻之歌以水爲家偷照龍宮之鏡黃玉志鼻金訶貼胸彄環明指骨之清瓊葉補眉痕之缺凡細君琴學茂猗楷書盧媚娘之經繡法華張靜婉之箏彈銀甲靡不手操成竹思若流波於是名聲大噪於人色態出乎其類夷光過則金錢滿市蓮香出而蜂蝶爭隨初七下九三挑迷蕩子之魂楚尾吳頭兩槳費中人之產洵廝波之光妓洛浦之莊姝也已爾乃抽觴自愛擁髻恆啼黃蘗生春早知心苦紅蕖出水偏惱泥污想解佩以誰投每留花而不發則有韓郎者吳中之高才生也橫塘借問本是同鄉泛宅相從竟成吉耦奔精照夜含菱荴以俟風鶩安采薇看文魚之警乘解

拋家之髻戴奉聖之巾自謂柳毅不歸與龍同老韓終既嫁煉藥長生矣士何生受妖夫之曳占徽纆之爻地市錢空天牢星逼先是小玫嘗語生曰若人後口蹶頤過頻涿視殆非佳士夫子覺者也盍遠之乎生初尤豫至是方讋服焉嗟乎眼中有鐵乃在娭光渺視之人裙下生雲竟爲別鳳離鸞之兆鶱方瑟縮繭豈同功鳥號流離棲難並翼於是小玫唾荆軻之耳中履士會之足下腰無一尺淚有千行置酒湖上捧觴屬曰生也有涯別如小死君趣辦裝妾敢不援請前乎然而遊仙枕斷記事珠存他日補春餘之墜歡尋邊撩之晚景盼蕩子之長信寄仙人之短書絳蠟分明應知此意取琴鼓歸風送遠之章拏舟竟別當是時也壺中紅淚彈罷燈涼江上青峯曲終人去目雖窮於楚澤翮若驚鴻腸方繞於吳門恍如覆鹿水波爲之於邑飛鳥過而徘徊韓亦無如何也今者長卿遊倦駟馬人歸崔護重來桃花門鎖念娟娟之此豸似隔千年盼粥粥之羣雌竟無一可錦裙尺六記存笠澤書中約指一雙詩在繁欽集上龍工可往將褰裳以何從桑姊焉歸問遊鱗而不答繫箜篌則繁霜入夢驚響板而鸜鵒

呼名紨絶陰天渺難跡矣幸而延壽畫成崔徽圖在蘭葉春風之帶著紙如飛苔花暮雨之鈿淩波欲活留墨淡矣將同烏鰂之魚執手奄然頗似潛英之帳望嫦娥於月裏光雖遠而長圓喚踏搖於屏風人雖在而難下僕也泛彼柏舟曾窺桃葉驚張冬目省識春風序弦超鮑爵之因緣補玉壺紫英之小傳所願輕霄再續阿軟重逢賣卜成都便訪支機之石吹簫吳市仍呼瀨女之船

尹似村公子詩集序

舉頭見日長安爲公子之家下馬傳書江上遇梅花之使擷千行珠字有九畹蘭言將編玉臺之詩遠索徐陵之序若曰陽文之姿非秦鏡不能描也祓夏之音惟魯鼓爲能協也臨淄交好祇有楊修劉尹生平最思元度然則表性情之幽愫寫煙墨之清光舍我其誰當仁不讓似村居士今望山相國之嗣君也榮公樂府久歌第六之郎孔鯉門庭夙稟二南之訓仲舒蘊藉夷甫鮮明目有青睛腰横赤痣腸浣西江之水沙篆成文夢餐一樹之花芬芳滿齒甲戌二月相見於袁浦署中蓋相公督理南河時也通家誼重一見心傾對柳淚以題襟映

桃波而泛月襄城君有手初握荀文若餘香尚留亡何相公四督江南似村揭
來官舍書聲隔竹遙知文選之樓帽影飄風迎出樂賢之館從此珠點夕露金
然曉光早燕新鶯斷霞殘雪非留連於函丈必宴賞於琴尊而似村苦志耽吟
偷閒出稿或片言欲下而攬袂深謀或一字未安而剪鐙勸改雖漏聲之兩急
猶才語之蟬聯反脣則頹雲不飛擊節而驚花亂下可謂義心清尚好學深思
者矣雖然鄧禹之兒十三能明經者幾輩安世之侯七代乘朱輪者數人相公
玉樹連枝麒麟接趾非高寢爲郎之彥卽期門試弁之才往往半面未終一鞭
遽別惟似村生而羸弱不能侍中長更温文好遊小學端門覆試表冑子之真
才玉殿揮毫取秀才之美號於是子駿得隨父任終日趨庭汲公老臥淮陽十
年不召江南花落往往逢君輞川月明時時過我雖風騷之道合亦香火之緣
深故也所恨潘陸才華竟遲科目蕭曹家世頗患清貧況復使相還朝小侯歸
第未免幽牕雪滿曲突煙希紅休未封綠車待幸根同秋水而羣花之得露先
開穴共丹山而一鳳之淩霄獨緩宜乎桓譚不樂平子工愁閒雲無出岫之心

倚竹有生寒之感絃幺徽急琴以鬱而彌悲風定潮回笛以孤而愈脆也嗟乎萬里雲程大器不妨晚就百年歲月浮生無奈情多僕也五載手分九回腸斷欲買絲而相繡帳倚玉以何年每折疏麻寄遐心於空谷恍如殘夢聽遙響於鈞天聊借弁言小申結轖但願三微接統九服扶輪龍泉鑄而青氣升泰華立而高呼遠此時采筆占一門宮體之先他日清風繼三代芸香之後

竹軒小集詩序

水軒居士子猷愛竹宋玉悲秋封嘉樹以無聊據槁梧而自得則乃滌文石召清流露籜爲茵風枝掃席此中有鳴琴焉可以移情其下設象戲焉可以坐隱惟時野王二老竹林七賢稱桑苧之翁號猗玗之子傅咸小語宋玉大言談橘叟之滄桑紀羊珠之歲月能餐柏葉即是仙人雅摘蓮花都稱博士或銀鉤犯淚或岸幘頹山或唐弓楚弓爭夸射鵠或魯鼓薛鼓各賭壺梟調絃而竹粉墜風布局而梧陰覆子歌成纂纂依然歷下之賓缶擊嗚嗚何必邯鄲之婦餐十七物飲一經程花落煎酥瓜橫待戰豈特湯官五熟夸居方蘘飫之書手勢三

分鬭玉柱潛虬之令也哉更喜水近燈涼秋深蟲急霜花新下芙蓉拒而更紅山骨初呈木葉脫而微瘦輕波弄月上下雙珠長風起松宮商一笛此時星聚身披三素之雲他日圖成影入九仙之鏡不有篇什曷追古風請分沈約之詩牌更倩長康之畫筆紅霞一口各吐風前青石三方永鐫池上

送尹太保從兩江入閣序

夫歲星周天仍傍紫微之座冬日可愛終依黃道而歸是以伯益作火正侯釐入輔夏室太公爲東西大伯老相周邦古大臣抱格天之勳佐寒晏之化者未有不始於旬宣終於坐論者也然而儒稱遭際佛重因緣均此山河疇是燭龍銜照之處同爲草木誰是孔陵手植之枝分一葉之濃陰數皆前定受半生之陶鑄事豈偶然今年秋望山相公從兩江入閣枚賦詩送行而先爲之序曰公之初來江南也荀羨華年八州兼督姚崇應變十事要君戴白垂髫者滿仲華之車下宛舌同聲者談吉甫清風其時人但知公覆物之高明而不知公成物之悠久也爾乃牙璋四至膏雨卅年竹馬兒童頭顱成雪甘棠官舍蔽芾參天元

武湖波成老臣湯沐之邑紫金山色當兒時釣弋之鄉官未奉魚符而望塵便服民但聞騶唱而捧轂先歡公且慼美不居與道大適糠粃簿領瀟灑烟霞瓠子防秋定黃河於掌上崆峒迎駕拔青山於地中自　本朝立國以來駐江之久艾物之豐問有如公者乎說者謂一時景運申公雖自開吳萬里長城廉頗豈徒用趙是以三秦地險六詔天遙金川受降元江奏凱公何嘗不鑄烏蠻之柱視紅柳之營而卒之陳湯有五日之成功汲黯無十年之不召或爽鳩之席未暖而仍賦南征或蠮螉之塞方行而忽停北轍來如明月徹夜常圓去似春風隔年又到此非淮水所能遮留南人所敢久借者也然則韋皐爲諸葛後身故享西蜀擁旄之報朱穆有冀州遺愛故受東都畫像之榮古人所言信有徵矣至於枚之於公也三年一盼夢不到夫讒門八表停雲誰先容於細席而乃識之於弱冠揚之於王廷目是銀河別澄虛鑒耳成荒市不惑訛言方辟睨未違而有　詔命爲師傅忽上清小謫而改官又隸帡幪夸公孫之能教攝五縣拜孔融之表薦刺一州雖艱進格於停年早退由於自晝良苗不實深負煙鋤

仙桂不高有慚月斧而不知遊夏之於孔氏重文學不重官階也籍湜之於韓門傳詞章不傳勳業也陳留小吏但數人才東京學堂偏尊下坐假使枚尙頭簪白筆腰綰銀黃則繾綣從公未必常依函丈文書銜袖亦難祖述風騷今陶令辭官而買山適逢麾下潘安奉母而抽身得傍晨昏此豈枚所及心儀公所曾控揣者乎於是曉衙官散高春探鼓角之聲野徑人來落日照麻鞋之影白雲入而朱簾捲晝戟橫而彩筆飛或花簇金鞍親來小住或堂鏗玉佩許拜夫人或逆薪而爨勉曾參之事親或禖祝以求盼商瞿之生子月落而軍門未掩知燈前尙有詩人山遊而掾屬爭看怪車後常攜隱者哀絲豪竹盡識彭宣奧旨精文定呼子愼置醴則諸郎投轄賡歌則駷馬傳箋凡此雅遊都成陳迹試問西雍多振鷺而何以偏賞閑鷗桃李遍春官而何以獨親小草豈非廣桑山上仲由尙有前生釋梵殿前法和原同香火之故哉此枚所以襒席頻驚而拈花頓悟者也茲者清宵露湛當藩侯秋請之期遵渚鴻飛是元聖東歸之日公德車卹勿初試沙隄假板康娛竟辭南國慈雲覆久風乍移而烏雀皆驚膜拜

聲多佛已過而香烟尙裊攝山萬丈難刊功德之碑秋水一江半是軍民之淚枚老辭夏篆不隨魯叟西行采盡商芝終出留侯門下遙瞻東閣便憶孫宏怕過午橋長懷裴令涼州爲翅何時飼脯吹來牟首淸香只有幽蘭宛在（公屢賜乾脯素心蘭）雖負笈有從遊之禮而顚毛皆垂白之年驪歌聽唱於僕夫秋駕絶塵於江上倘或前緣未盡定重逢問字之車如其後會難知誓永立來生之雪

## 瞻園小集詩序

山水以永趣也詠歌以抒情也生貴族者其性豪甫弱冠者其氣逸今日瞻園公子之宴殆其人耶瞻園者中山王之故府今方伯永公之官衙也有平泉之富梓澤之幽公子春巖品藻羣流主張勝地康樂心賞最是良知李翰文枯便奏音樂時則青春受謝赤熛行權雲可妒羅風猶動絮覩書花葉招三徑之幽人妙選排當助一堂之雅奏青山橫而簾捲碧荷動而香生攀崖呼鳥獸之門臨水吐蛟魚之背鹽形似虎酒味稱龍繁肴兩護世城中珍怪耀安成席上范致能雲霞作麴鄭司農狼腦爲膏乃召嚴春試車子吹比竹動交竿仙兩濕衣

都成酒氣美人流目欲鬬花光曲終而紅豆盈箱舞罷而珍珠可掃更有犂軒幻人木熙倀子蠅排舞隊虱唱阿房魚以名呼鼠能口召梯雲而上出明月於懷中覆手以藏歷七星於甕下有笙歌以韻之則亭臺活矣有雜伎以眩之則風月新矣然而羣公莞爾僕獨淒其昔習鑿齒重到襄陽賓僚換盡曹吉利再來鄴下涕淚潸然僕如公子之年早作瞻園之客綠波照影幾度琴尊黃土摶人萬重桑海花曾識面石盡題名而今日以安仁之鬢毛攀漢南之楊柳驚聞絲竹感極山河嗟乎過眼須臾莫非陳迹知音朋盍總是前因非序不足以傳蘭亭非詩不可以豔金谷郎主之音情頓挫行矣難忘諸公之妙手森羅袖之可惜請書生紙免脫容刀人賦角弓僕爲嗃矢

## 俞楚江詩序

夫刻削者比肩而班倕擅巧謳謠者成俗而射稽稱工非其人則神爲器滯得其道則籟與天通煩手淫聲乖惻隱古詩之義絕節高唱在義心苦調之人楚江山陰著姓燕北寄公賦幼年新月之章如古人初日之對其先人早異目視

之爾乃童牙五歲離民母之懷落索一飧作君甥之寄渭陽情薄共相罄餘荆樹心孤誰爲銜恤淳于齊贅仗健婦持家魏舒鄉居爲里人管碓烏方返哺樹已搖風呼阿子以不聞嘆遺奴之何託雖老子生於苦縣鶡兒逼上愁臺未足比此孤危方斯傻悒於是齎油素以遨遊犯風霜之爪甲或齊郊晉壘乘遽登臨或禹穴堯峯操觚憑弔每至雲中月墮天外心歸送雁秋風聞鐘暮雨遂乃驅使煙墨蕭條衆芳彈琴取絃外之聲飲水辨江心之味衍波精紙書花葉以同清密字眞珠化仙霞而欲去倘入鍾嶸之品不在下中卽登表聖之門自居高品宜乎庶士傾心萬流仰鏡招隱者于旄孑孑問字者束帛戔戔樂令語言全資潘岳竇融章奏半出班彪實至名歸猗歟卓矣先生方且輯錄其躬遺蛇其貌爲善有踐繩之迹修業無息版之時抄陸贄之方書喝人必蔭焚宋清之藥券龐禠必援又何其懷淳[illegible]之德而抱殷勤之心哉至於三倉五雅之奇雀籙雞碑之辨捃鳳夯蟲之事朱文綠字之章尤能奏刀投削潤古雕今見蒼聖於橐牆活冰斯於腕下此又學者之古懷風人之餘藝也今者當沈初明之暮

年爲徐孝穆之南返賦工不賣尚四壁之蕭然詩好能飛豈三公之可易王尼露處滄海橫流管輅清談總干山立僕以雲霞之契定杵臼之交初接康成一見而欽爲長者再招祖約深談而同入元中忘其才懸勉爲喤引庶幾咽厙辱官之唾福慧俱來韻宗少文之絃遙山共震

瞻園兩公子送行詩序

雲中笙好方聽子晉之吹海上琴孤忽斷成連之曲此師曠因之躅足孟嘗倍欲沾襟者也而況草元問字往來揚子之亭捧席橫經謦咳康成之側者乎則有竹叢鐵崖兩公子者江寧方伯承公之嗣君也公敷丹青之化表淳鬯之風陰德耳鳴屋漏不愧旁人目論後世其昌生合浦之雙珠比豐城之二劍爲舒祺晚得而少子加憐因賈嘉不凡而通書最廣公子懷文抱質潤古雕今十二月昭明錦帶之書八千張崔約手鈔之紙難爲其弟儀廙誰優酷類其兄機雲並耀荀卿五十始遊學而公子萬里趨庭酈炎十七作州書而公子髫年奮筆凡大行左右河水東西六詔雜關五溪瘴雨靡不遙山對酒孤月題襟加以乙

乙竭思賢賢易色文選樓中蘭臺客聚江洪館上銅鉢詩成雖以賤子之不才猶辱高軒之三顧鹿銜書至華陽十賚之文水泛瓜涼南皮三秋之宴掞張德講風扣鐘脣震攄咫聞花飛天口窺其學海不可量而知也擬其情膠不可剉而斷也不圖今年七月方伯全家入都孔璋行矣抗手何時洗馬愁乎悲風四起淄澠水合而靈犀忽斷其流蘭蕙香交而長鑱遽分其種秋草尚碧關河已霜蕭蕭馬鳴滔滔江水公子方且琴尊不御玉札頻來廣集鈔胥錄余草稿黃初金帛購北海之文章百濟樓船索蕭雲之筆墨人間知己心上恩波僕所以淚不知行而腸爲九轉也其業師嚴憩堂秀才傷吾道之欲東感青藍之小別賦詩七首索和羣賢悠揚彈素女之絲悲愴極秦青之奏嗟乎騏驥爾雲六閑兩泣鳳皇振羽百鳥啼烟物且同情人尤多感然而公等齒猶未也風無不聚之萍僕則鬢已蕭然樹有孤棲之雀探懷中之珠字送江上之瓊枝高惠神交難識夢中之路張堪前輩豈無見託之言所望努力烟霄羽儀　皇國他日車過三步休忘喬太尉之生平此時柳折一枝共唱江文通之別賦

尹文端公詩集序

夫無形者功德有象者詩書易泐者鼎鐘不朽者竹素是以八伯渺矣而朱干苓落之音傳三象亡矣而東山零雨之篇著上有文思之后下有文命之臣凡以喜起皇風軒鑿帝載非偶然也我　朝尹文端公以鉤河摘洛之才贊堯醲舜薰之化言敷形管早穆清風墨灑黃麻便成甘雨其功見於天下其草焚於篋中辰告訏謨有國史在非枚所敢知也若夫四始源流五際聲韻心乎愛矣情在於斯偷三接之光陰廣資省覽分九霄之謦咳潤色風花當其卷阿從遊柏梁應制淩雲賦而人主驚老鳳鳴而百鳥息對天揮筆晝日成章方知從古皐夔原稱才子於今燕許尚有風人他若擁旄憑弔之場三邊盡歷駐馬謳吟之地五嶽平看金石流其聲江山壯其采讀公詩者疑其生知敏性不假錘鑪者乎而不知又非也公功高百辟志在三餘督八州而逌然吟七字而自喜其精思也如其謀國其巽入也如其擾坻其綿麗也如其測交其矜嚴也如其弊吏而且纂言則油素書之愛士則傾衿禮之故能宣揚八風不差累黍吞吐四

瀆兼納細流行間消蹈厲之心言外得中和之氣較彼經生尚多孤詣就論風雅已壓羣公近今以來嘆觀止矣枚卅年隅坐由也升堂一旦山頽吾將安仰猶憶鼓角臨江之日牙旗捲雪之天張設肴烝爲賞休文之二句留連裙屐蒙呼王儉之三公點瑟方希牙琴又奏負牆請退刻燭重添軍門沉漏而不知燕寢横箋而忘倦孔子曰好之者不如樂之者其公之謂乎然而王筠喜押强韻讓天下以先楊綰戒不示人懼知音之少今者大星已隕餘光尚耿於天小子幸存斯文敢墜於地望九原之人遠慮二雅之道淹用是編集遺文都爲八卷雖閟字元亭無復春風之座而尋琴海上依稀流水之聲知我一生報公千古嗚呼

## 熊蔗泉觀察詩集序

熊蔗泉先生三生哲匠一代清才當典謁之年有成章之目取壁經置座右張霸饒爲坐羊車入市中王澄絕倒映日則腸胃之文可見臨風而哺啜之狀亦佳年十五舉京兆年十九補秋曹年二十軍機房行走三揩以俟雍容鳴玉之

儀七涓有隣摩曳清嚴之地當盧烏蠋飾盡內裁扈帶鮫函時從羽獵九乾之法咫令咫多所咨詢一時之公望公才隱然丰采然而香煙朝罷珠玉吟成潤古雕今舍章奮藻未嘗一日忘其所好也已而有湖北監司之命六劍具在雙旌啓行應奉記七十四縣之因陸續賦八百餘人之粥雉雉然萬物化焉喁喁然四野歌焉再權方伯益扇仁風膏雨布其恩卿雲表其瑞雖長沙地小舞袖不能回旋而襄陽壇高牽羊已至四匝帖荆日久詛楚文來爲采赤側之金遂坐王庭之獄解龜荆渚拾翠瀟湘片玦無聲三年待放當是時也漢女行歌於撤瑱巴童隕涕於持靴諸坻私阮略之碑行路喂房謨之馬先生罪經全雪年正方剛自然偪陽之懸蘇而復上秦宮之鏡磨且益明矣不料川方至而潮收霜乍零而蘭瘁機名佁蹶拜闕難行目喪清矑瞻天何處帶淵牆而後起身豈斷菑降北渚以愁生花皆隱霧婆娑生意夭折天年遽喪人琴非關風燭嗚呼先生爲司空之文孫翰林之媚子伯兄卿倍百邑婦翁僮指千人仙桂根高明珠性耀以故陳顯立宅必容車馬旌旗游楚出行常帶琵琶箏笛虹竿雉拂地

掃珍珠月兔羊燈光搖錦障極寵柳驕花之樂遊華鬘忉利之天一旦火自崑炎水流春去收聲藏熱飲藥呼醫旁觀代覺凋荒當局能無僾唈而先生居幽若泰履困如夷家雖貧而道不貧形雖病而神不病王駘喪足棄若土苴師曠失明倍精音樂吹反潮之笛閉倚雕闌張却夜之旛高燒絳蠟得句則呼兒代錄扶僮而對酒當歌鼓識回撾峽內驚逢王應面看薄醉邳州生祭韓稜此非乘彌戾之車走和神之國者而能如是乎宜其娟雅之章清思窈冥緣情之作流響紆回雖茂先橫珠太冲散錦不是過也枚與先生淵交於佩觿之年即呼小友卜隣於挂冠以後並賦閑居傷六代之風凋喜兩人之道合一則倉山橫枕四面烟蘿一則桃葉當窗終年簫鼓每至錦雨冬歇金雲夏鋪齋罷八關宴開三昧及爾如貫舉杯相於得一味之佳同修食譜賞半花之豔各走吟箋虞松表成鍾會代商五字雲喬晏起休文往伴終朝飲中山元石之觴三年心醉啜白傅防風之粥七日口香方期范縝寡交舉足輒尋王亮豈料荀郎年少後事反託鍾君非黃壤之埋公實蒼天之孤我嗚呼曲盡當筵人生一世鶴來華

表少別千年引號歸雲誰續廣陵之散箱餘紅豆空存記事之珠縱教美景良辰依然宴集未必虛堂幻影再接平生幸嗣子之不凡取遺文而相付杜陵衰淚半落行間宋玉招魂如來紙上慮應瑒之稿燼敢元晏之序遲鋪敘官勛當作龍門之小傳編排篇什長留鳳鳥之希聲

代渤海相公祭尹太保文

嗚呼五緯移宮天上有忽墮之星象四時成歲人間無不去之春風矧乃九服英名七旬遐壽禹甸半懸其像箕疇全集其身已極哀榮尚何僾唈然而葬姬公於畢明主沾襟聞子產之喪路人含玦蓋惜卿雲之易散傷冬日之難留故也而況乎位繼蕭規身經孔鑄者乎恭惟望山相公嵩嶽分靈元黃毓粹受風后之金法調阿衡之玉鉉鉛槧隨身楊子銅車之歲蘭臺簪筆仲華衰服之年諭越乘軺霜清狴岸饕河導牧波靜龍堂曾西髓夫剛戎更南鹹夫白賊三貂華重四扈推移入作皐蘇出膺方召嵩陽毒地郭公駐馬而風和樂陵苦泉房豹停車而味變民人樂見如月初生風聲遐聽未春先煖其持節之最久者則

在西周分陜之邦與禹貢揚州之域焉是以長安三老慣說音塵揚子一江幾
成湯沐事練則沉幾應智亭毒無心才優則閣手仰成吁萘有道淮南草木知
張萬福之威名殿上車聲識田千秋之恭謹無人調鼎有　詔催公當其赤舃
之將行頗覺蒼生之難別自知衰矣攬轡潸然然而自公入閣以來五嶽無塵
方趾圓顱共慶六祈輟沴別風淮雨俱消夔拊龍言雍容九陛堯趨禹步扶侍
七年分貢樹之香同餐法酒扈長楊之獵尚挽強弓方期恆仰中星豈料離占
仄日威鳳竟翔於寥廓虛舟長往乎夜川
皇上南內輟朝武宮去籥錫衰一奠竟勞　帝子之尊庸器千年永入司勳之
籍耳聞者難禁曲踴身受者應泣重泉某故吏情深典型人遠一門兩代半隸
旌麾二水三山常陪文讌身非王滿得親公旦之徽言才愧士行竟坐劉宏之
此席尊前風月宛若平生鼎底鹽梅又傳衣鉢撫太尉親栽之柳當襄陽墮淚
之碑託巫咸以招魂折疏麻而寄奠嗚呼官羈南服難駕素車白馬而來腸斷
西州敢忘斗酒隻雞之誓哀哉尚享

祭吳桓王廟文

余年十七讀吳桓王傳心感慕焉後十年宰江寧過銅井廟有美少年像披王者冕旒英氣奕奕野人曰是桓王也余欷歔拜謁奠少牢爲民祈福而使祝讀文曰惟王值天地之睢剌爲孤露之童牙初亡姑蔑之旗便射徒林之兕先破虜將軍玉璽方收金棺遽掩有功帝室未享侯封王收斟灌之遺兵零星一旅就渭陽之舅氏涕淚千行志在復讎身先下士神亭擲戟立竿知太史之心金鼓開城解甲拜子魚之坐鳴角以招部曲戎衣而習春秋則有公瑾同年捨道南之宅喬公淑女聯吉偶之歡自覺風流私夸二壻有誰旗鼓敢鬬三軍江有霧以皆清陣無堅而不破待豪傑如一體用降兵若故人逐奉佛之笮融功高明帝誅妖言之于吉識過茂陵起家曲阿收軍牛渚廓清吳會奄有江東百姓以爲龍自天來虎憑風至勢必山傾地坼井堙木刊矣而乃望見兜鍪陳平冠玉再瞻談笑子晉神仙三軍無雞犬之驚千里有壺漿之獻氣吞魏武避猘兒之鋒表奏漢皇迎許田之駕蓋不踰年而大勳集矣不圖天意佳兵三分已定

丹徒逐鹿一矢相遺劍出匣以沙埋日升東而雲掩天實爲之非偶然也夫漢家之火德方衰妖讖之黄龍已死王如創業美矣君哉然觀其絶公路之手書宣昭大義問劉繇之兒子繾綣平生雖神勇之非常偏深情之若揭就使請隧周室謀鼎暉臺必非操莽之姦邪終見高光之磊落也而說者謂坐竟垂堂勇忘重閉未免彊同項羽死類諸樊不知伏弩軍門亦傷劉季深追銅馬幾失蕭王成敗論人古今同慨彼齊武王之沉鷙晉悼公之雍容俱未輕身亦無永歲抑又何也今者廟貌雖頹風雲自在端坐悒悒郎君之神采珊然秋草茫茫討逆之旌旗可想三吳士女皆王之遺民六代雲山皆王之陳迹守土官袁枚幼讀史書掩卷生慕來瞻祠宇雪涕沾襟難從隔代以執鞭誤欲升堂而拜母修下士天臺之表寄將軍帳下之兒願安泰厲之壇永錫編氓之福勿孤普淖鑒此丹誠嗚呼千載論交王識少年之令尹九原若作吾從總角之英雄

公祭襄勤伯鄂公文

嗚呼徹曉含芒天星所以高上將見危授命人世所以重尸臣乃有枉矢西流

赤烏夾日班超之行萬里韓奔之歿三邊海內爲之招膺天子聞而郊弔豈非犀軒直蓋光爭鐘鼎之先馬革殘屍位列雲臺之上者哉恭惟虛亭尚書殷代巫咸姜家呂伋華嶽削成於面目雷精感應於胎生受五運之金多太阿立斷得九秋之氣勁止水無波少步花磚三清受職長持玉節十部宣威謝傅領丹陽者一年陶公穆風聲於千里　天子受降伊里命公出鎮呼韓明知梨樹請盟吐蕃難信涇州獻簿醜奴可疑祇因王者推誠聖人無外故使甘陳爲都護將倚頗牧如長城公奉

詔鑾行誓心來入戎裝別母有淚無言秋日從軍多霜少露蓋早已笑看金玦長辭玉關矣亡何豺狼起於轂下烽煙莽若雲來犬不左牽轙難御突抱九地九天之智莫可施爲聽一甄兩甄之鳴長圍漸逼拳毆突厥肘見骨而未休旗偃雷門血溺驂而尚戰短拳困拔山之手妖雲遮捧日之心雖必死是期不去敖曹鼓蓋而大臣難辱終抽光弼靴刀嗚呼痛哉白草青燐誰辨蔣侯之骨蔽旌泠婁虛歸穆伯之喪一柱西傾　九重天泣驚聞鼙鼓痛甚沙場養孤兒於

羽林錫高堂以貽穀刻木以像鮑信碧葬風涼臨池而痛彥昇綠沉瓜墮假使公竟維妻質子牢籍賢王封驃騎之狠胥築韓公之中壘轉不過策勳雙闕磨崖一碑已耳又安能氣肅三靈而哀騰七萃也哉今日者旄頭宵落龍庭晝空鳴鏑者銷聲沸脣者讋伏終軍被害卒梟南越之頭來歙雖亡終取公孫之蜀公之目可以瞑矣公之心可以安矣某等曾依麾下同沐清風過細柳之軍營尙思刁斗望周南之茇舍敢折甘棠方期式像於淩煙豈料招魂於絶域雍容裘帶涉想猶存叱咤風雲音塵不再謹以牲牢之奠聊申部曲之心黍稷非馨丹誠可鑒所冀刀弓自動卽爲來享之徵轂左歸來莫作思鄉之夢哀哉尙享

檄吳縣城隍神文

昔重獻上天禁神人之雜處夏王鑄鼎除魑魅之不祥故知沈有履竈有髻者沴氣之偶乖也楚人鬼越人禨者弊俗之宜創也蠱宜社之肉祇以勤民穀太陰之弓原爲射厲我　國家齋宮澄肅祀典清嚴祆正官閑女媧星耀遏科車之故氣照白日之幽嬪稱天而誅嶽瀆奉三章之法惑衆者殺軍民掃五厲之

壇凡夫𧊒驚赤祓鼠說黃祥宋無忌之兒妖徐阿尾之貓鬼靡不銷聲滅迹輯
羽藏鱗豈有怪異丹朱敢玢身以儀房女悖同河伯竟娶婦以長巫風如汝吳
縣隍神者何其妄也惟神血食金閶卯翼士女繩芰冢土宰執殤宮有𣨙腓之
妖當呼甲作食之或鮭蠪之祟當命方相擒之乃元妙觀旁女子沈阿雲口稱
神據病入誒詒半點半癡非因非想尸橉不枕遭蹴首之驚姅變不祠受妖夫
之曳花如著霧但有啼痕玉未成烟漸無華色三更吹雲白蜺嬰拂之風一夢
行雲紂絕陰天之所爺娘擁髻以泣徧請神方戚鄰掩戶而驚懼招鬼增嘻異
矣夫五行六氣之怪聖人不言四鄉九正之靈明時効順高高在上寧非有道
之天虺虺其聲豈是無雷之國如何非類遻爾相干午乃淫威肆其竊疾棄位
而姣明禋非野合之場不夫而婚內士豈司幽之國禁部民之娶律有明刑嚴
左道之誅法宜加等或者繡衣乘傳漢官尚有詐稱焉知社鼠城狐冥府不無
假託然而既少聰明之察終慚黍稷之馨欲斬神叢先焚袄廟下官偶來吳下
居此凶矜怒髮植竿雄心拔鞘撫長劍兮擁幼艾雅慕騷人鋋猛氏而斮游梟

敢藏賦手女父龍官陽爲蓮室之求陰作鸞篦之奪下官不忍拒也哀渠窈窕曉汝淫昏彼美人兮焉能事鬼我丈夫也不愧於天焚斗檢之斜封當酇都之露布今日者兩行花燭一色刀光倀子催妝桃殳撤帳磬折以待權爲西門豹之揶揄磨厲以須莫怪郭代公之鹵莽

## 祭盧恭人文

嗚呼同作寄公悵通家之人少遽傷嘉偶驚少女之風多月方耀夫織阿星忽沉於織室此鰥魚所以有常開之目鄰春所以有不相之聲也而況德重金閨受公宮之四教聲留彤管歌靜女之三章者乎恭人本弘農著姓生息土名區媲嫱蘊其容莊姝表其度既懷文而抱質亦習禮而明詩我抱經學士以最後之絃作煎膠之續初傳下逵頓起讕言或謂餘杭路遙納幣何須出境或謂槖砧日暮生稊已屬枯楊苟非玉女淸矑寧免冰人卷舌乃恭人耳聞嚴命手戴香纓慕楚國之先賢欣然筮日作盧家之少婦不復疑年蓋其神識超然早已加人一等及其嬪於學士也曲號姑恩獲婦如歌得寶箴修女史執鍼閒以織

袵三滌三翻概散修蚕之器一燈一卷蘭熏粉澤之書學士好直言而恭人進
伯宗之戒學士偶入覲而恭人爲裴澤之從既連襼以掎裳亦雙心而一袜曹
大家所謂婦如影響焉得不賞者其恭人之謂矣且夫黍離之什伯奇野放之
歌也黑心之符義方諷世之作也從來後母絶少慈雲恭人撫暮鶵之嫛婗學
鳴鳩之平一爲兒髮鬑治扢禿以無嫌哺女淖糜喚摩敦而共樂忽殤文伯痛
甚敬姜湯液扶持冷霧清霜之際蟯瘕停結掐膺洄涕之餘不因異腹而損慈
翻以銜哀而致毁其病也乃其所以爲賢歟兼之不侈妬下旁求側室之嫈嫇
惟恐渫宗勸續小郎之介婦米鹽零雜碩畫分明姍姆歸依齊聲延祝此又善
心爲窈善容爲宨之明徵也已客秋枚山妻以鄉里之親遣女奴作私覿之請
蒙恭人賜之敷坐接以和顏雖欽遲未來大享廢夫人之禮而餘恩逮賤小君
有竹篋之將鳴呼人何淑也僕有感焉蓋聞媒以名通大抵華年牉合妻因夫
貴都夸與慶首行是以高柔愛玩賢妻有終焉之志元相悲傷故劍因晚景之
榮學士上苑探花湘南持節雖如春夢已付輕雲而恭人齒未三旬歸才五載

假使慶鍾於後天假之年安知不膝繞珠胎班高命婦而乃乘龍於絳帳埋玉於青溪三日結褵便製諸兒之文葆一盤苜蓿空勞親手之羹湯病已劇而未使郎知身將殯而始聞醫至宜乎莊盆慣鼓猶迴木石之腸況復潘鬢將衰忍製瓊瑰之淚然而福者邱里之欣德者竹素之耀數者偶然之遇緣者無盡之稱恭人丹心寸意不炫睫前遠迹崇情頗期身後故知花釵九樹原非桓孟之光青史千年裁是姬姜之壽玉棺易墜金簡難湮五時衣空三生石在學士又何必以無涯之情愛悼不駐之光陰也哉枚愧無一束之芻上作萋餘之薦敢奏九歌之曲敬招瓊戸之魂靈或有知庶其來格哀哉尚享

小倉山房外集卷三

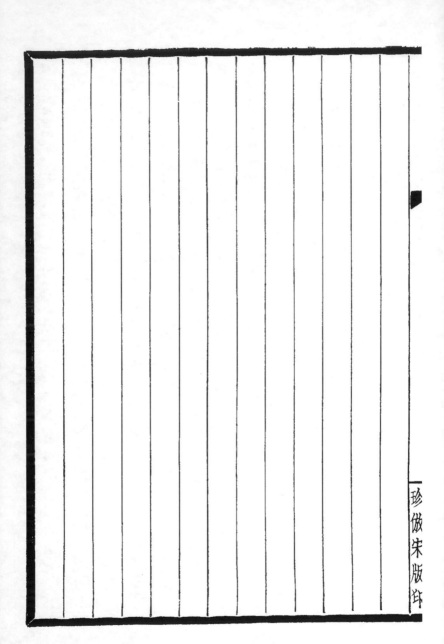

# 小倉山房外集卷四

## 上尹制府書

錢唐袁枚子才

六月十四日公鳴八騶過五柳度隥彴相錙壇將葺隨園之蓬茅請　鑾駕之臨幸是日也流水游龍冠簪朋盍鳥欲鳴而難囀人含意以未申今聞瓠子防秋繡衣東指凡諸悃素宜早寫宣夫傾陽者葵藿之誠獻曝者野人之禮朱鷺晨飛於漢殿元龜夜夢於宋王樹且爭天雲猶捧日而況新辭墨綬舊綰銀黃一椽皆餼廩之餘五畝亦大官所賜豈有塞門引被不觀河洛之圖洗耳投淵遠拒崆峒之駕者哉然而愛有餘者敬不足也心雖摯者事或乖也夫十匠九柯之說千門萬戶之奇非張華所能詳亦揚雄所未賦猶以清陽玉葉徒高八觚之基銅冒金塗未極九衢之變故駕蒼龍而時邁飛翠蓋以雲翔若覆降清蹕於瓜廬屈重擱於圭竇則天將倚杵奧且生牂金人捧劍而頭低玉女投壺而腮礙必致王商門小兩沾從者之衣叔子笑闈人立胥閭而語掌舍無賁庸

之設爻閭有穿漏之憂此其不敢者一也說者謂周王德盛嵩可爲宮唐帝心清松生於牖是以

天子書雲蕭寺聽雪靈巖亦復井幹庯庩宎廇陊剝消煬與坎埏不礙嶰漯與平熮無嫌職此類推則又傎矣夫半椽三瓦得目巧於空青開士蕊蔃難引繩夫臣子臨民浣濯戒在公羊密石礲諸載於晉語隨園者考槃薖小陋室銘傳比王導之亭臺官非師傅學熊安之洒潜人愧經神張黼扆則木屑難用爲庚牌焚築鷘則草根將嗅於甲帳雖三土爲堯茅茨不翦而重瞳是舜部婁何觀此其不敢者二也倘賜水衡之錢領度支之費亭公栽樹扁長呈材竹入司監風歸令史佻天以爲己力勸民而將自封恐剡溪立舍戴逵不安楊烈賜橋阿稱薄福果五丈旗複道周廬之所高樹方明豈十七步長阿連石之鄉可賚處士此其不敢者三也若令自修越時私貢吳雲庀此匏居媚於朵殿恐身少清宮之費家無潤屋之資九仞臺高難趨子午三成土小敢號昆侖徒使孟室見尤趙椽被誚蔿艾之五旬有慫射稽之四板空謳此其不敢者四也夫黃籍白

籍各有都家區士區盧豈容墟戾枚離禹航之地叩鍾山之英忘首邱之思冒寄公之號本非土斷難告僕夫雖孔愉在郡即會稽以爲家盧摭居官愛靈昌而不返稱周非客受廛皆民然而清問忽下於九乾巧宦有同乎三窟此其不敢者五也昔春陵沛邑之幸本是雲龍槐眉丌璧之觀無非仙跡即或宴戴公之山下訪杜相於樊川大抵警蹕清塵早張旃艾未必夭豚暮鶵許亘東廂今者沐鶴溪深毋妻俱在桃源花老雞犬相將避則靈瑣誰司留則重橑難伏豈挹婁有九梯之穴廣陵非六慎之門乎且夫尊無二上鹵路馬者有誅席設九重過公廬者必式苟降羲軒之鑾輅將見堯舜於羹牆剡棘曾枝都成皇樹衆鷯窮瀆盡是帝邱紅杏進而黃紬封御香留而左扉闔空抱李崧之宅劵將寄息夫之邱亭此其不敢者六也且夫四千償樹十萬買鄰洗薤同渠灌花相助鑿壁分一燈之火綠楊爲兩家之春久已洽彼比鄰無人笑拙矣倘復路布甬道門開劇驂剃小人之廬弛文子之室伐東鄰之棗樹移南家之輓工則燕雀驚棲將歸咎於連牆之士池魚波及兼抱慚於乞火之家未增景於邊撩先樹

怨於襟背此其不敢者七也抑又聞之凫渚鶴洲以小爲貴雲巢瑞室惟曲斯
幽倘加將作之經營定用考工之儀式九蓋皆繼四維盡奓樹翦賓連衢加甓
裓既鎮其甍損一甃一邱之致將懸以桀改半郊半郭之風必使地上布金池
中鋪錦藻兼睨目玉帶呈圖有莊嚴界觀無濠濮間想此其不敢者八也或謂
捨家奉佛明僧紹且結緣焉以宅易州武陵王或僥倖焉又何妨借終南之捷
徑獻白雁爲司城乎不知枚刺草心殷簫雲力薄帶淵牆而後起身若斷茁冠
蓬累以嫛婗形同欺顛倘芰荷衣冷見日先焦竹笏風輕朝天便墜翻使蜘蛛
讓隱牕雞止談山且移文松將變色是以抽蒲筆寫蓬心獻邱里之言當華陽
之表柱州刑馬願迎三皇之車谷口寒門冀免萬靈之接公謀參嘖室職任咎
單畜君何尤愛人以德留蕭閑之草木卽錫福於烟霞不奪箕山未必堯階之
路窄許扃石戶彌彰禹甸之風清

答王厚齋書

昔者由余入秦弭節西極樂毅遊燕稅車金臺之二子者豈忍棄其鄉哉誠狃

於名而憂夫世也別後狶膏棘軸衡流方羊耀靈促輪蟾目瞪彎馳原隰之繡錯睇巒巘之嶄絕凡海王所以尊地媼所以富玉節所以走晉金椎所以馳秦亦既覯止低徊留之方知刑馬之郊有古皇之跡負黍之壤果隱士之居古人文藻必資遊覽倘爲鄙儒終慚都士僕學非賈誼乃蒙吳公之薦才劣孫宏竟對明廷之策猶不自諒以爲庶幾排金門進紫闥彈庖犧之八索調朱襄之五絃矣爾乃強臺未上弱水遽沉知北有懷圖南無力側身徒赤壤局影非朱門梧邱哭而仲尼之車不停范蠡吠而文種之旌不至我獨何能無概然已而遇薦主金公之憂卷舌望星若盧握手或奉壺冰或操量鼓待其事竟然後拂衣寧可使兩箭貫耳讓禮震以前驅萬戟乂胸救范升而早退哉僕聞亭歷萎於炎夏款冬華於嚴霜窮通之靡定也呂尙使老者奮項橐使童兒矜遲速之無常也粤宛之天難卜侯龜之兆高墉之地終占射隼之功故匡衡對策不中經義益明蘇秦揣闔無功飛鉗始學僕雖摧折亦無曹焉徇愁自苦櫟樧獨前模繡範其身蘭滫謹其湛庶幾再奮溟池重亨天衢非觀書於太史亦聽役於司

徒耳若夫辭君王而爲鮑焦之遁衣敝袴而爲買臣之歸則擲楯無所題橋有志歸宋見靳用趙何益揆厥下情實非所願方今木葉臥地天風隕霜候雁宵征秋河曉碧先生蒸馮珧之膏飫宵粱之酒折招搖之桂召狂屈之徒唱古寡應呼今誰聽坐無車公知必不爲樂也嗟乎朱絲未染猶隕楊朱之涕白髮囓指時動曾參之懷況復心旌風搖芳訊兩絕悶巾褐於旅巷生紼謳於斥苦涸魚噓沫而後知同池之懽越禽孤棲而後知離羣之哀夙欽德音辱贈敢答削札局函悵然何已

## 與蔣茗生書

昔柯亭之竹非呈響於蔡邕鹿盧之劍豈矜奇於秦女乃過之者駐轡佩之者超屏何哉美見者情生氣求者聲應人非矇瞍覩夷光而運眸地非聾俗奏咸韶而傾耳此鄭風所以歌緇衣周易所以稱蘭臭也若乃惠施測交而無從屈平獨立而增歎游魚欲出而瑟希雍門思悲而琴寡無所感之誰爲應之客歲税駕廣陵見足下壁上詩烟墨猶溼素塵將掩僕手拂口吟色然心駭絃歌應

節流水可以移情同堂異鄉停雲因而增慨字尾書苕生二字嘻江上丈人澤邊漁父伊可懷也彼何人哉僕雖識高敏夢中之路難抱張騫鑿空之想縱有宜生切肺之義更深孺悲無介之虞於是殫深心於搜牢極沖襟於退訪西朝執訊虛位以待李巡東海得書榜道而求孫惠愛而不見於今三年幸安亭公子紆鑾白下道足下居洪都之地爲舍人之官其才藻耀其人玉立然後知足下國之良也民之秀也欽遲者方望若歲而馳譽者久癲若雷雖然九州大矣人才衆矣僕蠖伏江表足下鳳鳴神都僕知君君寧知僕哉豈意銅山之鐘地隔而霜應晨風之鳥樹遠而聲交邴原渡海方覓孫崧北海有心早知劉備於是遠蒙矜寵重寄篇什開函香生淩紙怪發驪龍未遇先投六寸之明珠師曠方驚更轉九天之清角識麟一趾眸子自矜藏鳳半毛門庭可賀所冀足下北行之日鳴騶臨況僕糞除敝廬請吾子之須臾焉昔者嵇康命駕千里相思元度出都一日九詣心期既重手握自殷緬彼賢流亶其然矣足下與余豈在古人之後乎

## 與延綏將軍書

枚聞遭逢者運也經略者才也蛟龍乘三春而起蟄虎豹臨九關而威生齊有黔夫燕人祭北門之鬼趙有李牧秦王罷東并之勢林父獲酆舒於北狄萊子朝晏弱於東陽莫不乘風雲耀金石隱敵國於壺外鞏金湯兮千里若夫攬九邊之控制論八鎮之規模防秋以全陝爲尊入關以延綏爲要産非西極不號龍駒人過陰山都名壯士角聲宵奏延陀之妖雪驚飛檄草朝成西毒之黃龍氣盡此則河湟惟唐休璟能知而安西非郭代公不可者矣卓園將軍浙西八俊河鼓一星戴豹皮之冠纏虎尾於臂堯廟蹋壁橫行十尋齊市長繩曳馳三丈天生躍穽苦竹刺而如飛黃回運刀激水灑而不入爲賊習膽騎牛讀書故能拔身銀槍起家金穴蚝矛丈八擒青犢以立功浴鐵三千鎮白門而擁節子陵臺畔來侯霸之車聲杜甫柴門寬嚴公之禮數容長孺爲揖客喜韋叡是同鄉甲戌春二月朝

天子於京師日乍捧而雲開壺未投而天笑舞羊侃之槊樹折苑中擊周寶之

毬勇聞殿上遂製梁公之金字賜萬徹以膜皮一障乘邊雙旌出塞倥侗人武
試亞夫之治兵青海天驕服高皇之善將此行也東門介士南國儒冠老者頰
鳴少者齒擊莫不指陣圖而思丞相攀大樹以望將軍僕獨不然蓋有說矣夫
虎飛食肉之奇豹死留皮之語尙屬武夫之佼佼難語大雅之愔愔惟念我
國家休養百年欽明四代南至於濮鉛北至於祝栗西至於肅靡東至於開梧
莫不候月歸琛占風納贐惟西戎一旅屢折箠笞小醜尙存英雄爲之氣湧匈
奴未滅男兒何以家爲公之聞鐘壯心投袂欲起也久矣今者旄頭夜落神雀
朝飛單于生內亂之憂可汗有尊天之請旗書歸順鳥願投明貢牛羊稱唐帝
之畜生獻燕支作漢宮之顏色而且雕庫來告國難康居願作先驅　天子哀
彼氈裘受其楛矢恢張黃籍編隸烏丸愛虞詡之議涼州常通右臂薄僧孺之
拒悉怛坐失生羌將撤戊己之邊防增庚戌之士斷置燭龍之州邑懷闒茸之
人民蓋渭橋謁而麟閣畫十一將高昌滅而北方靖三十年誠綏邊之盛事柔
遠之鴻業也所慮者其來荒忽非八柄所可維婁其義羈縻非九刑所能震攝

是以不樂水土則頡利思歸略失機宜則梁安中變贊普獻塞終持銀鶻而奔
梨樹請盟竟鑄金枷以待羈留質子彼何愛於匹夫安設屯田或且鞠爲奧草
雖依漢與依天等而受降如受敵然矧孟珙之室萬閭班超之國五十豈無能
稱操刺賢號屠着者勢必滿月生心推寅起事等夜龍之射闞學萇叔之違天
我已垂橐彼方鳴鏑階將舞羽寇且張弧夫西域何足敝漢而平準卒以成書
南蠻未必困唐而徐州因之盜甲然則魏徵憂國之謀江統徙戎之論誰闢鐵
牡永靖銅駝非所能知也不敢不告也延綏北可控五戎南可衞三輔有蘆門
塞砦之險有清邊三族之戍願公消禍於無形練兵於不戰先知爲哲見小曰
明鄧訓馭燒當恩如父子高車畏陸俟嚴若風霜庶幾廷光拜城上而肅然梅
錄識豐州而不動此策之上者也不然則六耦開弓三鼜起戒嫖姚之兵五道
孫武之智九天焚老上之龍庭掃淳維之甌脫必使頭飛六角面縛三門服匿
廬空珍珠帳捲然後鐫碑葱嶺挂弓扶桑乃爲大丈夫之志業耳昔者刑譆之
地動文命之威椆鼓之歌殺空桑而作將軍其有意乎然而教民七年先甲三

日避險尙遠趨時貴近銅柱蒿牆都煩筆畫琵琶蹴踘盡是兵機或未至金城先圖方略或經營玉壘不設壅門慮撓事而內結中涓選精仗而自臨武庫緩帶之時畫虎尾春冰之館援枹之際有銀衡鐵室之防此又豪傑之蓍龜忠臣之篠就蓋謀高然後陣定主信然後權專功雖成於臨時道當裕於平日也僕身別熊羆心依鹿豕蒼鷹當秋而先倦老馬聞戰而不嗥至於繹歸義之三章唱婆駝之數疊鐃歌頌漢江漢美周則力有餘妍心無他讓早染毫素勤待燕然之銘若作馬曹請設舊交之位

與兩林似村兩公子書

昔東阿采庶子之春華廬陵愛延之之淺薄郭家駙馬贈錦繡於李端蕭氏畫堂寫丹青於到溉非關公子定愛才人從古青琴最憐同調我望山宮保仗節觀河折笄訓子孝綽門內能詩者七十二人崔約書中手抄者八千餘紙丹山氣厚雛鳳爭飛湘水波清叢蘭並茂一招隱者三宿南牙恭逢兩林似村兩公子車蓋初傾絪馮並坐當恢台之孟夏均貴賤於條風珠耀雙丸難分甲乙玉

森兩樹共倚蒹葭與祖約談次日如失眠之客聽裴綽語終宵聞彈瑟之聲天
士去而地士來世儒倦而文儒繼寫長瑜之佳句則手界烏絲看太叔之彎弓
則箭穿楊葉可以測交可以樹善又豈止梨名飣坐酒號蘭生極郎主之懽情
夸雅遊之盛事也乎亡何梟飛緱氏鶴去遼城叮嚀縞紵之投惆悵河梁之別
嗟乎烏猶擇木人貴知心碌碌毛生慕平原君之高義愔愔丁牧事東平王而
不歸僕豈忘情遽吟別賦哉所柰惟士無田小人有母桃花源好非漁父之家
庭桂樹山空剩淮王之雞犬松風耳冷聽官鼓以驚喧蘿薜衣涼對簪纓而覺
野倘復棲遲幕府眷戀龍門不爲百里之侯轉作將軍之客是失魯而以千社
爲臣辭卿而以萬鍾受祿有乖出處無解嗤傳是以唾井情深耕煙願切團雪
散雪歌申叔之離詞大山小山別何家之兄弟願言指水深表僕心未得銜泥
長巢君屋繩牀一挂知來者之人稀雲水千重恐夢中之路斷幸而紫羅香在
雜佩聲留何處雪泥不印飛鴻之爪有時烏鵲能通銀漢之津翠被鄂君歡難
抗手黃衣慶忌呼可傳書明年蒹水蓮開尚想同舟於王子他日郎君官貴莫

施行馬於門前

## 上台觀察書

枚聞夏后上三嬪而得九辨板板非上帝之心周官操六計以馭羣才休休乃用人之道是以情在理先聖人且以爲田矣瑜不瑕掩良工乃以觀玉矣枚赤緊濫膺丙丁趨走深慮萊蕪不能闢絲灼不能清悼耄不能仁強宗不能拔故前者三蕭崇階五內震動恐諸葛垂問何祗之吏事不修曹公共談子揚之精神未葳不意明公寬負子之責入飛耳之談怒枚剔嬲歌郎抵觸金布枚始而驚繼而喜驚者驚公於東方未明之時容光必照喜者喜枚於國風好色之外餘罪無他不敢抵攔不求道地但願陳其悃愫請一考之詩書昔李西平郡將也而營妓自隨白太傅司馬也而商婦度曲頗踰規矩難律官箴乃其人皆功在山河名香竹素枚自泣官以來未嘗一刻忘餉書不肯一言枉訊刺待至五花判畢四郊雨甘乃敢彈箏酒歌掎裳月坐愛鄂君而流連翠被賦洛神而惆悵驚鴻事有甚於畫眉盜非同於掩耳蓋以爲靖節閑情何瑕白璧東山女妓

即是蒼生連犿無傷小德出入可耳不圖閨內之悍妻見赦閨中之妬妾包容而轉蒙大府搜牢長官狙伺嘻過矣夫采蘭贈芍不見削於宣尼閉閣尊經翻自附於新莽余中請禁探花而以贓敗傅元善言兒女而以直聞張翰有小史之詩高風嶽峻盧杞無侍兒之奉醜迹風馳杲卿忠臣徵求花粉輔國逆豎靜學沙門古來君子之非賢於小人之是布在方策僂指難陳牧所仰止高山恥居下流者蓋有在矣然明公必以兩廡相期一流見待謂破老亦傷盛德晳娙何以齋心則枚雖不迷復於此時亦必味回於他日若徒鋪張令甲震耀風聞捨簿領而詗陰私談牀笫以爲恫喝則蕭何律上不禁笙歌宓子堂前豈無琴瑟而況李元忠不以飲酒易僕射徐騎省肯以歌曲換中書人孰無情士各有志黄鵠舉矣青天廓然丈夫溺死何妨而拘游哉公幸毋以尋約之繩困奇伎之士也

## 慰蔣用菴侍御失火書

公子來接手書知先生名山副墨已爲六丁所收北闕巾車更爲五酉所尼嘻

其酷矣僕不獲執鐸將掫作公孫之侍又不能反風噀水表郭憲之心敬以殘客之卮言博達人之莞爾蓋聞火也者於水爲妃無平不陂在夏爲孝其危乃光是以粱燬浮圖武帝以爲道高魔盛魯焚宣榭何休以爲黜杞新周老物晉存燈常青而不滅霸圖吳就壁雖赤以何妨王敬則捧紗帽以呼事須及爇韓安國對田甲而笑灰寧不然先生以霜後之松鎔作焚餘之圭璧紅羊劫小白撰家空幸草雖存勞薪已盡未免蕭邱性冷炎上心孤然而浹日而遇七十二毒者神農之嘗草也鑄財而燒三十六爐者冥司之懺除也造化阨人必極之於既往相風測景當覘乎其所將元冥祝融時相爲帝桃笙葵扇事豈有常子梱被賣於渠公乘車食肉墨子跌蹶於楚國錦衣吹笙海三凍於慕容之朝山一飛於身毒之國動將靜轉晦與明通肸蠁之機由來久矣而況火原號聖烟亦稱祥井絜郊天庭燎華國管氏祓爟而作相衛侯名燬以與邦豈非鼎彰調變之功離本文明之象哉先生內學七緯旁通三微千樹逞能五神開教清談而熒惑退舍鑄詞則蛟龍捧爐謝元之皮屐安揿必教得所諸葛之藩籬亭障

雅有精思子玉賓朋時夸過菜楊愔袍袴都是內裁方將耀山甫之將明展子培之穆行鞭笞鮭觥揖讓夔龍而乃眼熱牢盆東壁有餘光之乞釁生禹筴西鄰非禴祭之時遂致木燧乍鑽而融風反逼紅霞未嚼而赤舌先燒象無齒以身焚魚在池而殃及二卯之罰嚴矣三錢之府閉矣海內憐之思舉旛以留賢士林惜之謀束縕以還婦誰知先生三世長者深知服食之方半生王門未領烟霞之樂一旦脫韛解紲蔭暍迎涼還桑梓若龍荒笑伊呂爲莞庫三千太學請叔夜爲師九萬巴箋待羲之染翰巡狩有典半皆應邵文章作奏雖工不署馬周名姓笙清簧煖撥絃愛火鳳之聲炙鵠烝鳧享客鬭烰人之妙幾幾乎龍叔方寸日映皆空許由一瓢風吹不動矣天以爲阮瑀不出當焚山以求之張昭不朝當燒門以脅之與其元纁作聘不如朱鳥催裝與其國主持鞭不若炎官張繖於是司烜戒令閼伯前驅百蟲將軍煥然烈澤黃車使者爛其盈門絳雲起而捲霄畢方飛而升屋焚來諫草都作赤章取去易牕將鐫碧落寒山龍艷爭彩筆之光芒太乙青藜搜庸成之冊府莽頭孔履武庫存無虹靷霓旌安

公來否必使焦土無立錐之地而後文星還小謫之天譬如度尚焚營兵裁前進耿純燒舍戰乃成功蓋沉檀非爇則不香鷹隼因驚而愈奮也當此之時先生無心炊累商邱出入烟中抱德煬和姚光高坐火上亦曾憶及隨園燈宴紙醉金迷有个故人鳶肩火色乎所望收回餘燼不諱熱中燋卜楚焞邛烘夏縵法非東漢罷官可入京師壽祝南山高爵應歌天保

皇上聖恩似海燭照常寬公卿知己如麻楄杆必助金天作頌非王融其誰能玉牒封山得相如而輒賞將見蒸出芝菌收之桑榆燃石冷而重温蜀井窺而再燄不必東煬齊竈西祀盤庚而早見鐵柱彈冠鳳池還汝僕與先生心期卅載賦別三年飲共燒蘭痛分灼艾乃趙佗有風聞之信謂李斯在逐客之中不知僕雖禿炷之年不畏赤熛之怒突薪易徙冰繭難焦能與雞談不嫌鵝傲我以石季龍爲海鷗鳥彼尊王延壽如魯靈光射三發而皆遠許爲劍再舞而不及劉季亦猶沃焦山大受海水以皆消螢火丸空當刀兵而悉度早服飛霜之散何勞撤屋之防先生來書問季豹之生無念西施之網末則又不知暘谷將

沉趙無炊種暉臺已暮莊不傳薪妖烏空鳴伯姬呼而不至豔妻難媥祅廟禱而無徵宵明燭光豈貧家之肯降頽陽晚照悵行樂之無期惟有顏叔灰心稱貞縮屋高車生女築臺配天而已至於傳張翰之下金昌累椒鳴之迎境上則頗似熒臺搏影丹穴尋聲處處庾冰人人元化由欽遲之念切致閃揄之惑深也不然僕學幻有年隱形無術蘭陵非朝歌之地何必回車稽呂雖千里之遙尙將命駕豈有麾左師之短策過華臣之門而必奔撤三輔之長裾當季長之室而不入者哉小舒結轖折此疏麻寫成父之賀書替君解祟當陸渾之高詠一笑臨風

## 與楊蓉裳兄弟書

粲粲門子方深三年之思采采蘭訊頻有十行之寄想足下昆季葄枕圖史自成馨逸煙墨資其藁飫元儒養其惠心起居康娛故多勝也承示詠懷錢塘金陵姑蘇各二百韻伯歌季舞人據一邦銀湧金鳴光生五字鴻文無範鳳德有朋盛矣哉關西華族其有河東薛氏之風乎夫窾啓者窘於篇緁獵者嗇於典

醲嗜者弱於氣僾息者殫於力多文爲富邃古惟艱而諸君極亭伯之紛醲夸
茂先之詳贍鱗鱗雲起華嶽峯分郁郁香霏博山鼎峙足使楚豔奪席漢侈讓
坐吳志剞劂越絕廢書雖臧旻數三十六國東王投千二百驍未能抗子艮足
啓予然而寡者衆之所歸也約者博之所極也照乘有珠何必谷量牛馬啓關
得鑰奚須冶扇錘爐成王冠周公使祝雍爲祝詞曰達而勿多也陸機云夸目
者尚奢愜心者貴當劉勰云富於萬篇貧於一字凡茲明訓粲若列星艮以言
少則理顯詞費則耳聒闊幅裁衣何如擇布而割雙雞供饍不若取洎以餐自
類書成於皇覽而三都兩京鮮傳抄矣風土記於孝侯而郡志方言成旒贅矣
漢廷徐樂只載一書晉掾阮咸僅傳三語君子多乎哉不多也諸君抱竹素之
繁富鬮塡箎之唱於當稚齒之英峙對惠山之平慘故宜棄膚抉髓斂志詰微
孤寫神峯窮追道岸不必旆晉郊以示衆誦秦碑而夸博也願鄧將軍捐棄故
技更受要道僕亦竊比於子桓焉且夫擲米成丹是麻姑少年之戲指心爲師
乃遵明老來之悟才惟放也而後收之不枯氣惟雄也而後攝之愈密能取淡

於濃則清泉皆沆瀣矣果得平於險則拳石亦華嵩矣諸君硏閱不休必悔少
作縱橫既倦定入康衢譬如芬芳滿林賞心者不過一枝之秀元黃錯采適體
者乃在半襲之服謝艾雖繁詞不可芟王濟雖略人不能益此則學海之回瀾
文心之進境也已傳不云乎龍生九子應龍好飛蟂吻好望今飛者健士望者
老夫企予之私聊寄一笑二三君子試味我言

小倉山房外集卷四

錢唐袁枚子才

## 代許方伯爲高太恭人徵詩啓

夫卬卬者椓娥之臺奕奕者甘泉之畫不率大戛人仰徽章昭明有融門標綽楔此固輿門之母範青史之女宗也然而三心五噣星小則光微寡鶴單鳧巢孤則室毀安得如幾如式有守有爲如高母丁太恭人者乎恭人居齊女之門爲吳娃之冠椒花作頌久著風華金井徵行從無亂步贈公磐石先生好麗有殷勤之意待年當姅變之期爲戴香纓聘來夕室助蘧氏之箴誨師曹之琴揚衡但笑于房苛妎不聞于室苕華刻玉莫辨姬姜銀鹿弄兒儼如娣姒此非行修于女公子之時而誠格于君夫人之處者其孰能與于斯乎生觀察六年贈公遽卒當是時也枚皐依母吳市萍浮陸賈分家越裝星散二升鹽荻愁吾子之餐多千里靈輀苦休夫之路遠元昆娋孟各自僻馳餘子公行半皆呂鉅曾小子八襊衣單項頊蕭辰三隅煁冷亡著簪而欲哭坐蔞室以無言古之人

雖姜氏稱哀感姬姓痛方茲煢獨殆有同焉恭人乃倚竹忘寒茹荼耐苦諄諄庭誥蔵敕楹書道此子也才可受折萲之教而無父何怙空瞻槁木而趨于是嚴細德之險微延經師以程督惡弇露紛長捐耀首之華象揥萑釵時映麻衣之雪煩撋私服繰手三盆經紀朝饔川粱一筍男錢女布共鹽豉以經營鄭絡秦篝雜書聲而上下卒能維妻侮甬真泠沖人放仗塔邊五百道小夫人之乳武功爵上一萬戶大呼藥之官真足告皇辟于九泉慰威姑而一笑也已更可異者谷永餘責原有萬金張博負人竟無一報在凡情必挾趙氏之孤索秦城之璧而恭人截髮置酒數衹陳詞念先子之交情燒下手之空券遂使鄉傳市義而馮驩稱高人爭報恩而宋清轉富可謂雌亭吹骯髒之風女次洗金銀之氣者矣觀察五命賜則一麾出巡駐馬洪都褰帷白下凡十部宣風之雅化皆三遷訓子之貽謀雖石養祠空有淚尚彈孝水而瀧岡阡表無人不仰慈雲某官共南畿姻聯家督鈇聞穆行敢閟徽言占鶼序以先行喜鳳毛之蔚起當年平視識周家絡秀之賢此日欽遲拜魯國成風之廟伏願方聞之士弁雅之才

各振霜毫大書金管斫湘江舜竹雲委千行探龍威禹書文成三篋庶幾旃檀香遠因風力之吹揚玉女峯高得奎光之照耀補周官陰禮憲于王宮並張華女箴垂爲內則

謝金撫軍薦舉博學鴻詞啓

公奏　本朝鴻博停五十七年稟生袁枚裁二十一歲奇才應運卓識冠時臣所特薦止此一人枚聞命驚疑心顏罔措伏念非常之科盛名難副顧問之職童子何知昔王修表高柔於早歲何點識邱遲於幼年大抵獎借齒牙策其上進未必刻雕朽鈍揚於王廷我德山中丞西州叔子洛下吳公金奏識徵玉容領度水朝東海先退者定是蹄涔星拱北辰最近者莫如奎壁趙文子舉七十餘家豈徒管庫崔祐甫除八百餘吏不避親知栽桃李而旁及葑菲取絲麻而不遺菅蒯於蒼鳥羣飛之日作一夔已足之章在萬人如海之中爲國士無雙之譽伏念枚浙東之鄙人也才識妃豨學辨甄𦉥徵驢數栗未作州書販鼠賣蛙難逢都士坐帝後七車而不敢問山河兩戒以茫然雖騶忌見淳于偶然三

問三答而子晉對師曠業已五稱五窮當陸遜入幕之時正耿弇北上之歲南朝甲族初入銓曹東漢孝廉裁過半世就使十行俱下誦亦無多公然三策明廷問將何對愛費禕而許驂乘蜀郡驚看薦王暕而說華年江東傾耳定使彼都人士爭傳賤子之姓名滿殿侯王來問徵君之甲子欲辭似怯將赴先慚枚又聞君子之惠人也公薦與私財不並儒生之受惠也感恩與知己難兼是以顧榮舉士便號南金晏子脫驂不共天祿公乃長府資錢監河貸粟奴星衛道計吏呼船敂關張節度之旌旂聚橐護行人之風露鄭莊千里不必齎糧方朔一囊無勞索米豈非律吹過暖楮刻失真者乎茲者夫子牆高長安日遠作充庭禮陳於方物之前署行義年副以尚書之表秋風匹馬難攜三篋之書方寸舊都檢點五行之志扇捉謝公之手十萬當增人非員俶之才五千難闢枚惟有玉海尋涯金天進頌學書生紙免脫容刀敢云劍掘豐城一出而四方照耀庶免鶴牽遵祖命舞而雙翅毿毿公非殷翼之孫謀致人於九天之上我是巨鼇之戴負重恩如五嶽之高

擅責旗廝謝岱將軍啓

枚初離書舍便領雷封雖有愛民之心未知事上之道本月二十日公麾下役張升徵李氏之租囚周家之子移宮換羽意欲何爲寧爵毋刁志在恫喝枚已得其情略詰其故而升罔知尺一任意併張莫敖趾高伯珪聲大坐獄之鄉亭盡駭殺青之金布安存此枚所以不及上聞遽加杖決也然而承符手力律雖不判尊卑而臺使軍丁罪合先爲上請魏絳戮揚干之僕六騶皆驚秀實誅郭令之兵一軍盡甲乃蒙明公薄怒不形觀過於黨始懲破柱之風俾識堂廉之分繼赦如絃之直以全傳棧之材人謂枚先有不耐一官之意而後動於刑枚知公原有不屈一夫之心而敢行其志園丁芟主人之荊棘方欲居功子孫鞭祖父之家奴自知小過念前愆而莫贖圖自新之有期從此申公憲以報私恩依然執法而得下情以白執事合緩須臾庶在野免銅拔之歌亦爲公肅銀刀之隊

謝薦擢高郵刺史啓

枚五年曠職四任專城以李蔡之下中任尹賞之煩劇譬諸朽木蒙大匠以包容自笑駑駘莝香萁而惕息六月十一日聞高郵州缺以枚表薦伏念枚一級官階九牛難挽三刀吉夢五夜無徵遽加不次之遷恐負孤終之責況邗溝孔道甓社災區驛過如星鴻飛滿野弦高之牛十二難犒行人子罕之粟一鍾待饟餓者數江南赤緊之任豈乏老成用浙西佔畢之儒恐乖人望官雖遷而意怯福驟至而驚多在明公抱有造之心輪囷不棄在末吏戴無顏之恰傴僂升高攬鏡炤影公然大夫納手捫心得無小過倘薦禰之章追之不及則推袁之表意實難安惟望明公賜以錘鑪寬其銜轡頒侯君房之令甲俾有遵循置卓子康之官僚助其不及雖非製錦初學裁縫但願張弓倍加矯厲庶幾精文善法荒辦無訛送往事居甕言不起得下以盡當官之職而上以報知己之恩

上尹制府乞病啓

枚歷官有年奉職無狀蒙明公恩勤並至薦擢交加雖停年之資格難回而知己之深恩未報人雖草木必不謝芳華於雨露之秋水近樓臺益當効涓滴於

高深之世不意本月三日故里書來慈親臥病枚違養之餘已深踧踖得信之後愈覺驚疑伏念枚東浙之鄙人也世守一經家徒四壁對此日琴堂之官燭憶當年丙舍之書燈授稚子之經劃殘荻草具先生之饌撤盡環簪餘膽罷含斷機尚在未嘗不指隨心痛目與雲飛自蒙 丹陛之恩得奉板輿之樂春暉寸草養志八年然而萱愛家鄉種河陽而不茂筍生冬日覺梓里之尤甘客秋之蓴菜香時堂上之魚軿返矣枚欲再行迎養則衰年有恙難涉關河倘遠訊平安則隅坐無人誰調湯藥在親闈喜少懼多之日實人子難進易退之時瞻望鄉關何心簪笏夫人情於日暮頹唐之際顧子孫侍側而能益精神儒生於方寸瞀亂之餘雖星夜辦公而必多叢脞在朝廷無枚數百輩未必遽少人才在老母撫枚三十年原爲承歡今日情雖殷於報 國志已決於辭官第養之一言固須臾所難緩而終之一字非人子所忍言且高堂之年齒未符或恐事違成例大府之遭逢難再未免官愛江南茲當五內焚如忽爾三秋痁作思歸無路得疾爲名伏願明公念枚烏鳥情深允其養親之素志憐枚犬馬力薄准

以乞病之文書實緣依戀晨昏退而求息非敢膏肓泉石借此鳴高得蒙篆攝
有人當卽星馳就道或老人見予頓減沉疴則故吏懷恩還思努力此日得歸
膝下皆仁人之曲體鯫生他年重謁軍門如嬰兒之再投慈母

歐蘇非四六正宗也爲公牒文字正自不得不爾

爲黃太保賀經略傅公平大金川啓

蓋聞射鵰無力難攀青海之弓洗甲有心誰挽銀河之手福不宏者不足以成
大事量不遠者不可以語武功故韋臯度鐵嶺而南番降馬隆到涼州而樹機
破叔敖甘寢秉羽而郢人息兵唐叔搏兕徒林而太甲靖亂大抵功因將立臣
爲主生飛龍服皂於黃靈赤文候日於堯屋恭惟經略忠勇公閣下識窮兩戒
學通四夷蕭何昴宿之精傅說中闌之祠
皇上以金川不順前帥無功命亞夫代灞上之軍假王導以安東之節當是時
天子有憂邊之色三軍無報捷之書公以鄧禹之英年抱終軍之逸氣加柱
天都部領百保鮮卑履及窒皇謂誓師之始梟鳴牙上卜取賊之功爾乃躡烏

角過青岡渡桃關走天射馬難容足車不雙行殷武伐荊蠻誰能采入岳侯討
楊太除是飛來公造張綱之衝車破公孫之鐵檻製宣王之軟扆曳朱泚之雲
橋誘彼馬人搜其龍戶一鼓作氣三刻踰溝其摧堅也如箠汜晝塗其奪寨也
如決流抑隊我御未爲鵝鸛彼軍將化蟲沙人方疑荀罃之取偪陽何其難而
魏舒之降鼓子何其易也不知黑龍噓氣代公之草檄方成飛鳶墮溪伏波之
毒淫難受飲摩訶之地汁拜井無靈啖賴上之弓絃量沙自壯而且九折叱王
尊之馭三更裹鄧艾之綿奉走卒以爲師謙能下士射酒樽而不動忠可忘身
肉非黃羊不畏汝刺金雖如粟豈入我懷非有動心忍性之功其能有熙天耀
日之烈乎正月初六日金川酋詰大軍乞降公稱　詔書許其不死於是雪霽
降旗之上花迎銜璧之人葉鑄多羅手牽玉象捧盤上表織錦陳詩公即洞開
重門雍容免冑釋蔡州之牙卒用孟獲之軍人頃田不租十妻不算此秦王之
誓言也我無爾詐爾無我虞此宋公之盟約也界銅柱以千年定天山於三箭
元旗返旆白馬還朝荀羨二十之年威儀可想蔡茂三公之服士女爭看解去

兕鍪重含雞舌八戰八克爲隴右所希聞七縱七擒實南夷所心服昔劉方之征林邑殺象享軍萬歲之渡蜻蛉仆碑應讖以彼奇功方斯蔑矣　天子禮頌異數恩錫非常覆韋綬以蜀纈之袍賜房喬以黃銀之帶金釵阿杜詔餉盤龍寶劍椎成署頒陳寵水晶鹽好分崔浩以同甘鐘鼓聲希探李晟之安否某一官柴立萬里骫趨寫孫歆慶捷之書慚無健筆讀魏絳和戎之奏如接英風祝天上之貪狼年年斂角願將軍之大樹歲歲開花

謝蘇州趙太守啓

蓋聞月犯軒轅帷簿徵於天象宵攜衾枕心囑動於星辰歔欽何辜遇人不淑猶之胠沙思水空泣鮫綃被火釁猳難昇淨域從來錄事都知之號頗少回黃轉綠之期若乃匽湢落英仍登茵席狼朧裸國忽被冠裳律吹谷以成暄絮沾泥而起舞洵可稱爲生佛喚作天公恭惟文山太守弭節關中班春吳下千尋嶽峻擘玉女之頭盆九派江清渡洛神之羅襪我靜若鏡賓至如歸雖慶朔華堂太守毫無目色而維揚旅夜相公深護才人則有女號青琴郎名白石偶過

長陵小市迎來油壁香車純毳其容虔儇其性含睇宜笑淑質豔光玉妒坐於
帳中花羞落於庭下目作宴瑱飽矣情如穆羽調矣三宿空桑法喜維摩之戀
一枝華勝紅綃絳樹之緣其能無天花染衣黃玉志鼻也哉可奈犀難驅烏裙
不留仙拔宅心殷挐雲力薄藍橋忘乞漿之路桃源迷再訪之津遂乃髮墜黃
鄉釵飛白鳳身單螢火骨瘦香桃金輪之咒無靈玉指之環有淚樓羅歷日印
龍子以無多芳訊疏麻託雁奴而莫寄山河滿目潘岳西征蓴鱠呼舟季鷹南
返忽以微之之小住爲阿軟之再逢數華年則星已重周藏團扇而字猶未滅
哀其窈窕蠛視橫陳儂已頹侵守孔子閉房之記卿須解脫歌獨孤散雪之章
但願蓮出污泥珠澄濁水桐成琴瑟不負鳳鳥曾棲劍躍龍津何必司空自佩
於是改鴛鴦之社爲鳩鳥之媒易孝綽之名姝作李波之小妹適有戴若思者
吳之振奇人也相對陰諧絕忘緇蠹遂乃甘爲眉匠永結心衣挽玉臂以教封
勸鏡臺之早定然而華嚴劫重難轉風輪秦獄寃深誰搖酒樹說三車之法似
有前因許二月之奔終需陰訟遂乃輸情白牒獻狀黃堂太守下蕭監州之符

急如星火作李元紘之判重若南山浴羲女於甘淵蘭猗始湛放蒙雙於北海涇渭永清從此婦婦夫夫雙心一袜朝朝暮暮正夢嚴妝書薛濤自製之箋作庚亮媞子之案取秦女望夫之石刊阮公遺愛之碑

賀尹太保側室張氏封一品夫人啓

昔成侯命婦祥徵太傅之家魯國成風聘列小君之號大抵升綠衣於翟茀坐側室以魚軿亦義非自今而事隆往古矣然而銀鏝早退美珥誰探宗人獻禮而無從司馬欲筭而不敢呼爲內子杜佑招匹嫡之嫌喚作尚書王導僅私情之寵豈有小星替月親銜玉帝封章錦瑟乘龍傳作金堂佳話者乎我宮保夫子朱紘不偶玉軫頻拋兩江無怨曠之民一室少相莊之色有姬張氏三商待漏五夜抱衾早朝則薰護宮袍衙散而扶持湯沐具百人之饔飫絡秀延賓采五廟之蘋蘩季蘭尸祭君姑道孝民母稱賢上天寶回文之頌使公卿九奏以聞寫安公德政之碑在金石一人而已於是珠胎繞膝玉樹盈庭廣成君女入青宮武昌侯兒通丹禁固已推尊房老權攝女君焉然而吉人心小沃盥依然

夫子官清織蒲如故

皇上引伏波爲外戚呼宇文爲親家以爲朕不正其名何以平章吉禮卿不辭其合亦難變理陰陽況定子馳名專房已久樊英雖老答拜何妨於是董振禮終撣人勑下命娶娗之采伴列與慶之首行當

皇太后萬壽之辰爲新夫人入朝之始斯時也紫極房帥領隊嵩呼髻髻女官聞鐘雲集夫人六珈未備假戚里以成妝九拜初嫻詣天臺而習禮班方排羣玉影忽下夫驚鴻共指碩人問是誰家命婦知爲尹姞尚疑續娶元妃聲鑑初搖便染香煙之氣花鈿歸卸猶沾湛露之光鸞毋傾衿齋娘額手較之姨封少室侯號雌亭餉阿杜以金釵賜司徒以石窌覺彼雖矜寵此更恩榮昔公母徐太夫人班亞宋子位比叔隗亦蒙

先帝之恩加褒衣之賜一則毋因子貴一則爵以夫尊兩代偏絃雙彈高調兌居坤位婦繼姑恩枚久列宮牆與聞絲竹唱榮華之樂記晝錦之堂從此白髮彭宣拜後堂而甘心屈膝絳紗韋姆將偕老而初學齊眉祝西園老圃之花晚

秋香滿壯世上朝雲之色少女風高

謝贍園託大中丞賜牡丹啓

中丞金枝玉葉堯韭舜華黃菌誕雲帝桑捧日心如明月不遺小草於胸中氣作陽春能速百花於天上凡平泉之一水一石皆會稽之遠體遠神是以二柰霞分三桃綺列青寧苦竹白馬甜榴莫不瑞應金香花生旌節牡丹者公所手植贍園者也絳幃初捲黃蜂報與春知國色將酣青帝親爲裝束映緋袍之色帶露題箋分燕寢之香煎酥贈客茲者移三江甘雨爲百粤慈雲滿地落英攀行旌而不得一叢深色拂畫檻以啼紅公不忍爲節度之芟除又不能作沉香之遠帶未免留連光景倚遍闌干枚非平慮侍郎學惜春御史紫雲一朵動杜牧之清狂金帶十圍想魏公之風度願封嘉樹永拜甘棠敬以詩呈拚將命乞且喜移當春日蝶隨香以偕來但恐遷到貧家花有知而必惱乃蒙明公遠貽尺素別搆雙株如嫁叔姬贈媵侍而旁兼列國疑降王母吹雲璈而廣集羣仙教伴高人較勝唐宮之貶許親文士還同洛妃之花枚求則得之不負夢傳采

筆心乎愛矣奚奚須雲想衣裳愧曾子之湛蘭香未詳鹿臨笑武羅之種芍藥夸說雲和平分富貴之恩深三嗅馨香而泣下願爲麋鹿銜瑤池壽木之華看到子孫當佛國菩提之樹

爲雲華君翠袖圖徵詩啓

余與壽魚薛君通家三代題襟廿年愛其藻繪飆發逸情雲上時呼阿戎與語幾下孔融之拜客秋小病姑蘇薛君獵纓而至曰比日思一閑寫先生其有意乎余笑而從焉則有汝南碧玉東海蘭芝梳薄霧之鬟披頹雲之髻靡顏膩理目騰光以流波蜚纖垂髾眉橫山而起黛始則情疎笑淺煙視媚行繼乃承顏接詞華言風語吐如蘭之氣序小謫之由方知貴人未出甘陵聃母先居苦縣不覺爲之於邑也當其千金受聘一車塵宵伴茗華之玉宿金絲之帳戴石家之釵樣披湘娥之翠裙可謂花飛席上珠墜懷中矣亡何李錡家破杜秋飄零柳渾齒衰琴客遠去銀瓶落井畫燭啼紅楊枝無力以從風蕉葉有心而捲雨命之窮也天竟如何薛君以帷幕之徵作庚桑之宿狹斜大道幾住香車小市

長陵別開娃館三妻同濫方共浴於靈公二子沉河懼誓言於施氏於是與僮作約守口如瓶待姆下堂闔扉以土取晨星而作心抱河上逍遙傾海水以滴羅幃盤中宛轉印來粉爪妝臺寶鏡之書寫出丹青露葉風枝之態兩美既合久假不歸外婦私夫厥風古矣論者謂堵狗釁生茅鴟賦作新特使故雄讓畔寄猳與逃嫁同辜未免蚩儜貽譏莊士不知苟違而道卽媧皇煉石之心怨偶曰仇豈黃帝婚姻之意是以嫦娥叛壻許住月宮太白竊妻上通星象嫗盈嫁叔方見美於公羊宋娣置犂竟阻攻於孔子女華比於元聖棄暗投明毀首昵於重瞳因兄背父明珠抵雀不如拾而藏之者之積德深也采鳳隨鴉不如解而離之者之爲功大也與其佯賣絹牙郎芝焚蕙歎孰若與披香博士璧合珠聯凡人閒冒禮之嫌或彼蒼補過之事乎不然者狗曲談經鯫生按律必欲辱才人於斷養屈燕婉以戚施石苟能言天將何對昔女丸與少年苟合成仙歌曰盜道無私有翅不飛其雲華之謂矣薛君恐玉顏不再嬌喘疑沉命敬君秉筆爲荆娘寫照山花寶髻都非倚市之妝石竹羅衣大有驚鴻之態屬題綺語

遠寄倉山疑是妝成乍來鏡裏恍聞珮響如隔簾閒之子修容于卿何事癡人相惜舍我其誰爰以南嶽地仙之圖爲真真作傳更將河東紅淚之絹代灼灼乞詩

## 謝尹太保和詩啓

昔楊素官尊酬唱有薛道衡數首香山老去往來只裴中令一人是非吏隱爭名青藍競色也蓋大樂難於孤奏偏絃不可獨張支遁升堂必使法虔侍講崔延臨陣先教僧起高歌邃古以來理固然矣而況乎解髻傳珠抽衣受寶者乎望山相公進則憂國退乃樂天答賀雪之章五版並入極丹青之化兩戒無塵起予者商蒙知言之選約我以禮加狂簡之裁每奏元霜定酬白雪手爲天馬傳箋之驛遞常勞思湧秋泉籠壁之絳紗屢滿靈非石鼓待扣桐魚律是黃鍾偏應牛鐸雖秦武鬬孟賁之力未免絕臏而齊桓飾石壁之裝頓增高價茲者平泉小葺秋士偶來方裏而圓缸法淳于之謹內高閈而廣廈知腹擊之安民通瀫汋之泉河流德水樹賓連之木館號翹才而且廊覆路而晴雨宜人壁改

牕而卷舒由我昭子雖郵亭必葺王儉以公府爲家方之古人真無慚德枚半椽半杙庸乃知音一壑一邱見猶心喜無令名而食于耤圃感君子而詠及斯干乃蒙嚮應霜鐘字頒雲篆奥旨內謐精文外昭同是燈光而龍膏之燭照海均爲匏奏而麟皮之鼓郊天且猶抗手雲中希心物外寒蟬飲水仙人羨其無求小鳥鳴春老鳳聞而輒答敢獻奇礓之石補缺華林請修寶墨之亭永鐫公作公索假山石故及之

謝慶侍郎贈灰鼠裘啓

僕聞火鼠出於窮郊非太平不至輕裘共於朋友惟賢者爲能侍郎奕世貂蟬英年豹變作防邊之都護權司市於甘松洞中機宜克宣威德一言得體三軍晏眠南夷悅而賓布來西域通而吉光獻白狼射罷紅爐酒濃立天山雪中狂歌無偶想洛陽城下僵臥有人乃以一領見貽尺書偕至黑比純灰之潔輕同鶴氅而溫僕侯本陽虛客非陰重蟋蟀方鳴於牀下鸕鶿忽來自雲中問厚往之心一毛拔否辱先施之德三英粲兮從此立狐貉者而無慚臥牛衣中而何

泣不憂不懼輕冰小雪之天半曳半披古澗寒潭之釣纊在身而非挾谷吹律以常暄負曹交九尺四之身敢云副是腰腹遵晏子三十年之訓直將煖過今生

代請熊滌齋先生重赴鹿鳴啓

蓋聞地轉風輪九千里之河清可俟春回蕊榜六十年之科第難逢當京兆之秋闈有中朝之人瑞譬若長明燈古偕聖火以齊明顯慶輅存先龍車而領路也然考摭言於定保徵雜錄於文昌大都虎賁懷人晨星嘆逝劉叟則麻衣猶著希羽或白首初來未有鳴鹿聲中重周花甲金鼇背上再領仙班者惟我滌齋先生世守一經門標六闕蔡謨清流之望賀循達禮之宗重雲法會戴會弁以接天顏道藏蓬萊棄竹馬而窺鴻寶出入五省經歷三臺解組文園休神家衖無落地不飛之雛鳳積笏盈牀有乘風欲跨之龍魚紅霞滿口開尊里第楊於陵看上下門生冠冕人倫夏太初如商周法物歲逢玉兔榜發金風當焚香撤幕之時正賜宴簪花之日未見之禮六非叔向其誰知升歌之曲三須穆子

之在坐康成孫號小同支干恰合絳叟手書亥字甲子何多且喜貢舉侍郎是通家之子姓青宮太保書晚字於名箋阮秀儒林丈人峯峻李琪前輩金字牌高月輪之老桂重開湯餅之殘牙更健驚羨此翁矍鑠皓齒龐眉愈想當日風流東塗西抹黃花香晚翻同桃李爭春燒尾魚歸定過龍門欲笑倘有宮中故妓還識公無若看池上紅裙久先某等伏願先生蒲輪早降法酒同傾細說開元勝似白頭宮女摩挲銅狄爭看綠髮仙人廷臣之仁廟詩箋臂絲存否孫僅之金花帖子銜押依然將見樂聞東塔雲見南宮鵠立銀袍聞杖響而一齊回首筆吹畫燭勸公醉而三百行觴他年玉筍班中誰似先生福壽明歲瓊林會上再看老子婆娑

## 募修成仁菴疏

成仁菴者金陵南門外一寶刹也鄰方景之祠厥名有自近雨花之畔勝景無涯余記洛陽之伽藍發楚人之平府知其靈光造久宣榭災餘金色消沉空有祇園之號化生震動徒生雲殿之嗟鑑堂上人小住有年大修無力悲禪堂之

穿漏佛頂星明擷伽葉之飄零經幢苔綠無花可踏來鹿女以難行有樹將移呼嶽神而不動不得已而抱盂鉢走天涯膜手人間自稱募者將錢繫社尙且稱神徙鼎入齊能無用衆苟爲山於平地一簣先施則造塔於諸天合尖有日伏願大宰官身諸善男子憐其苦行結此勝緣以六百萬贖魏徵之故居勝一千緡造戴逵之新宅或須仁粟量鼓獨操或餽義漿挈瓶無倦分八功之水流爲大川合千燈之光混成一色庶幾法鼓將沉而更震梵蓮已落而重開自見九級臺成豈慮百人瓢裂嗟乎鑄凝有術佛不如仙大會無遮儒能助墨忍使華嚴富貴空存十笏阿蘭要非開士慈悲誰助一流黃鐵當仁不讓諸君須捆載而來有志未成菩薩亦倚門而望

小倉山房外集卷五

錢唐袁枚子才

# 贈提督任勇烈公神道碑

山西出將應運生祈父之才巴蜀從軍從古落大星之地故知玉粲之瑟其璪猛也沉檀之貴其香焚也苟推轂於凶門必立慬于天下乃若兩軍未愁方交河曲之綏三鼓不上竟墓宜陽之郭⿰異尤⿰異尤將軍今得之勇烈公矣公姓任名舉字漢沖大同人也毅而能擾剛而不叡受風后之金法作楊公之鐵星年十七應募爲兵均服振振勇可習也戎容暨暨望之威如中雍正二年進士選陝西柏林守備征巴里坤有功調寧夏都司大傀異災編垠殲焉公散所稟假墐其捐瘠無穢虐士高築哀邱上游嘉之擢固原遊擊會提督標同文耀等作亂半夜寥狼一軍跆藉諸將征伀者伏僕邀者逃公手持威械馬束殷緧解刀授妻登樓發鼟越王圍土闔門不辱之心子反乘堙扞衛侯遮之義賊有攀垣上者公斬而擲之頭墮半空膽落羣醜寇來不上我武維揚追其奔逸提兵巷戰以

五十健兒當百千虓虎立當前疾呼彼下風子產尸盜成列而行葉公赴難免
冑而進卒能嚴關鐵牡解散銀刀城中被掠哭聲殷天公下令曰掠民財者許
昏夜投繳過限者誅契箭一傳革言三就爭還趙璧暗歸楚弓當燒擾焚杅之
餘爲翔擒雲蠅之取雖地名回洛刀號定秦不是過也固原平
天子召見曰爾才大可用惜朕知之晚也命王常之位與諸將離席許摩訶之
寢置鴟尾養威虎將名馳龍光寵大會金川苗反　天子詢以方略即擢西鳳
協副將馳驛赴營尋遷重慶總兵當是時總督張廣泗與經略訥親不相中也
公柴立無阿危事不齒陳運糧之累作益兵之請當事者銜之命攻昔嶺拔山
而進公望昔嶺險絕惟迤南一溝可通苗卡乃命別將佯言攻嶺而身率精兵
從儳道入方簪蒼兕以渡河忽轂雲梯而下宋人非著翅肉是飛仙驚柴紹之
壁龍橫行七跡信敖曹之地虎雄入九軍奪取其卡賊大懼復築色兒力城壘
石而守公分兵從木達不多兩山攻之烏櫳鳥絕白羽蝱飛然離賊巢刮耳崖
已三十里矣公請以步步圍城法蹙之不半月苗可叵平經略不許尅期命進

公明知遁甲孤虛開山有日龍頭天竈冒險無功而業已卜戰龜焦還營路斷遂攀梁麗而上果受飛礮之災乃北向叩頭曰臣今以死報國矣薨年四十有六嗚呼痛哉酸棗壇高臧洪首歃蠻弧旗拔考叔先登方期爨凱蜻蛉萬歲仆碑而進豈料蒼梧南越千秋一奮而亡國有人焉誰之咎也然而公始則霽雲斷指繼乃公孫洞胸小白未僵大黃猶射乂典韋臨危之戟橫貫數人衡張遼已出之圍再呼殘卒淺色黃衫蓋棺之衣早備元纁新簽歸元之面如生可以謂之勇矣可以謂之烈矣事聞　天子賜諡加提督銜祀昭忠廟廕其子卹其家公之恩禮世盡榮之公之苦心人未諒之今夫將擊卑飛者蒼鷹也十步九計者老將也死綏者節之小活國者忠之大不偶者命之隻養威者器之宏以故或置兩驂於左拒或帥七覆於敖前罕羌易馴營平違詔邯鄲難下武安不行公雖氣湧如山亦識垂堂有戒肯捨不訾之身作鹵莽之報哉而無如二憾方構十全無術甘淩闞忿盾舞難分渾濬爭功風利不泊哥舒受逼慟哭出關周處無援孤軍殉節古英雄之人處兀屯之地急繕其怒授命如毛成仁慷慨

之場不死無名之所直以瞑目畢見天之志茹劍有含飴之甘豈徒沾沾然冀高國於生前卜鼓吹於死後而已耶在易象曰困君子以致命遂志勇烈公有焉初公以川兵恇怯紀律不嚴乃變其徽章廣招梟俊曲韝韥服增羅闉狗附之防扈帶鮫函有火正壇丁之號帶其斷作三日之徇傳其弓作一軍之觀故能九上九下兵如刺蜚三遂三郊士無縮甲及公之亡也山河子弟猶張呂氏之旗百保鮮卑空喂房公之馬坡驚鳳落地慘彭亡覩黑弰以夢將軍騎赤牛而思都尉其能無勞面生哀守陴盡哭也哉公重仁襲義辭隆就綷校尉高官雖屯戊己袁安故綬不具丙丁至於熟左氏相斫之書通呂蒙囈語之易執筆如上馬磨盾即賦詩則又藎臣之雅懷介夫之餘事也長子承恩年八歲　天子即召見擢侍衛次子承緒亦補京口守備以某年月日葬公於城東木坡寺之賜塋三夫人祔焉日中而窆機合而封元甲負土黃封讀祭固知廬山九仞難銘上將之功石馬千年尚作勤王之狀

銘曰人誰不死鬼獨稱雄一日碧血千年白虹任公挺生熊姿豹狀兩目眈眈

淩烟閣上初掃鴟茗長鯨息浪再討駒支崆峒劍傍坎既入險乾難用壯克敵致果輿尸歸葬事聞於朝璽書悽愴司勳銘功太常繪像幣純四掫銘旌三丈聖主之恩忠臣之樣

## 御祭卞忠貞公墓紀恩碑記

乾隆十六年三月朔

天子南巡狩至于攝山命經筵講官刑部侍郎錢陳羣以少牢祭晉故驃騎將軍卞公之墓其裔孫某屬江寧令袁枚紀事于碑枚謹按忠臣不邀賞于異代而盡節聖人不責報于幽壤而加恩誠以節不可改謂之忠禮不可廢謂之典死有萬端祇疆埸之功大祀有七典惟忠孝之道光昔東晉堙替強藩驛騷蘇子冠軍歷陽跋扈黿鼉錯發大難之端而不知爲計徐福抱先幾之智而不用厥謀遂致禍起徵書變生肘腋其時犬戎長狄分裂中原尺籍伍符半招烏合而且雷池一步阻外諸侯之援白門三重撤小丹陽之戍祝聃之矢漸逼騶虞之幡不靈凡覩白書空自矜清貴者不能揮麈代戈談元曉賊王茂宏標舉海內

不握子卯之節陶士行搖動義旗幾失桓文之勳惟公身居耎國志奉孱王軍孤轉先旗折更進郤克中矢援桴未停荀偃生殤張目猶視金鼓一震背創盡裂流元黃之血爲蒼生分痛決養癰之患爲國家隕身童子何知執干戈爲嬰鬼母氏含笑喜兒孫作國殤朝中瓦石生則常含塚內空拳死而猶握海內痛之朝野惜之古有社稷臣公之謂矣然而神仙羽化尙戀冠巾烈士魂歸常依弓劍銅駝星散誰知司馬之諸陵宰樹霜淸尙識將軍之古墓　皇上思棟梁於前代買馬骨於灰塵特命大臣刑牲讀祭灑九乾之雨露直達窮泉感兩晉之衣冠能無流涕日月照幽光而愈大旃檀隔千歲而彌馨枚守土有年思上彥昇之表下馬肅拜未奠何點之觴見周武封比干同爲舞蹈喜漢廷祭楊震不愧犧牲嗟乎白骨一抔增國內山川之色黃封三錫勵古今臣子之心嗣孫某世系蟬嫣不比熊光哭墓　君恩烏奕應同武子銘鐘爰勒貞珉式彰盛典傳諸奕葉鑒此哀榮

## 重修于忠肅廟碑

在昔玉弩驚天之際金甌墜地之辰必有再造元黃重扶日月者斷鼇足以奠三靈挽銀河而清八表是以少康纂統仗有夏之靡臣宣王中興倚成周之方叔不有君子其能國乎然而書于大常祭於太烝者國家報功之典也畫入丹青祀爲宗布者後世褒忠之禮也豈有建熙天耀日之勳而弓藏東市負紫嶽黃靈之望而廟朽西湖其何以塡撫神祇光昭星斗此我滋圃莊大中丞所以有重修于廟之舉也正統十四年公爲兵部右侍郎天子非穆王而征犬戎聽朝恩之幸河內賈驪山之禍應豆田之謠景泰加公尙書總督軍務當是時也三邊烽火光照甘泉七萃蟲沙煙消甌脫申息之北門不啓瑯琊之南渡諠然選仗則武庫甲稀勤王則紙鳶信斷哭連鶺鴒難回野井之君殿擊蒼鷹反逼孱王之走加以大風遺孽麻起青邱小醜營魂驛騷碧海乜先以爲江上投鞭早無建業夢中伸脚踏破長安矣公乃手揮日光泣同天語簫勺羣慝張皇六師辛毗牽已起之裾郭憲斷將馳之靷劉超妻子徙入宮中王衍車牛獨賣都下誅中行說以除其姦焚洛口倉以絕其粟九門列陣持蝥弧先登八鎮開關

使老羆臥道三郊三遂旌旗爭荼火之光五甲五兵號令肅風雲之氣而且口
授韜略耳聽羽書百函飛馳五版並入麻恩受命及闕而郡縣皆符劉晏運糧
臨河而舟車悉備贊皇易三十六節度奉令貫行桑公揮一十五將軍寒毛惕
伏故能東靖孫恩南殲嚴虎西擒雕庫北懾呼韓其大吉以爲天下者高皇帝
之天下也社稷爲重君爲輕惟戰止戰澶淵所以盟契丹喪君有君田單所以
守卽墨苟立太子以絕秦謀則趙王返矣倘盟龍門以求齊嬖則就魁膊矣公
抱喬元捐質之心作詟拳不納之狀借廝養詭詞之說爲瑕甥拔舍之迎不聞
四諭堅昆五求回鶻而果使暉臺鼎返大歷鐘還日乃再中天成兩旦父老伏
地重聽故主鑾音鮮卑禁聲送出家兄皇帝天生李晟原爲唐室非爲德宗也
然而懽舞雖聞於海內勤勞不出于口中乘馬三年不知牝牡瓜廬一室儉若
布衣劉宏以至尊蒙塵撤管絃絲竹陶侃以暮年辭寵上羽蓋旛旗公之勳子
儀似之公之讓子房愧之亡何紫微動於中天赤眚生於御座壬人行險乙夜
貪功妖似許龍迎海西于吳郡忠非伊尹返太甲於桐宮以有功之誅飾無名

之賞以千奴之共膽搖一柱之擎天非叔申改立則鄭伯焉歸乃衛侯還宮而
元咺先殺何必血流三丈心趯百回而早已地起愁雲天飛寃雪及至樊豐敗
露遺祭關西虜馬臨江方思道濟嗚呼晚矣說者謂北征非畋遊之比迹類宋
襄太叔有竊位之心事同扶概而公但佐目夷守國不勸叔武迎兄者何耶不
知原繁不貳乃拒厲公忠之至也蒙穀負書不徇楚難臣之則也時平則先嫡
長世亂則先有功英宗寵用中涓形同欺魄薰轑天下雕琢大臣縱無乜先宗
社未必不亡也景泰以元二之災年際靖康之戹運朝中麴糵半已披猖左右
汪黃豈無交訌而獨能假茂宏以安東之節信伯紀爲端右之才從善如轉圜
受諫如流水禁門鎖鑰鄴侯到而後開空紙文書蘇綽批而即下一則以刑餘
爲閹召一則以閫外付夷吾一則以鞏固之金湯擲同破甑一則以孤危之朽
索馭定飛黄苟高祖之有靈問神器之誰屬且夫乘楚車而蔡許不書謂之失
位受秦輅而夷吾返國已辱先君元聖西歸苦讓忠王繼統赤符受命不憂成
帝復生英宗既曳青衣難乘黄屋而乃齊侯似鼠甘晝伏以宵行衞國如棋竟

朝更而暮置追憐媪相忍斮尸臣獨不念五國冰霜棺歸朽木六宮妃后灰灑南風者彼何人斯獨非蒙塵之主耶若公者可謂德茂安劉功參微管者矣說者謂景泰情私七鬯器改春坊公竟無羽翼之扶坐視愍懷之廢者何耶不知禹圖授啓非夏后之德衰宋禍傳殤是公羊之論正賢如東海猶因廢母而降尊孝似李班終爲奪宗而受禍他若玉玦手握乞阿叔爲奴金翅鳥飛食小龍無算者固無論矣夫手挈江表而授之仲謀者不過子紹封侯豈坐鎮天樞而廟可中宗者反使田榮奉市乎公黃纙未著青浦何爭震作長男自按乾方而定位星明少海應隨帝座以移宮倘必故劍之求而捨吾君之子是不諒人只反易天明也公屑爲之哉說者又謂公有迎立襄王世子之謀雖毛卯鉤鬚事原烏有而臚言風聽謗豈無徵不知大臣者以安社稷爲容悅者也國無奧主且熏丹穴求君朝有元良當抱孟侯擁社假使公見鼎湖之龍欲墮大庭之璧未埋竟欲遠奉晉安近迎河邸亦何嘗非社稷臣事而況麝勝不露軨獵無聲乎說者又謂公身領九軍夜司三鼕何以尹士環列門失倉琅使産祿遽入北

軍亮晦得窺星象不知公能以中周虎落之威隄防北虜何難以擁鐸拱稽之衛設警南宮所以不爲者射生五百慮太上之馬驚植璧三壇禱元孫之病愈故也不然以景帝之雄猜而沙邱主父探鷇無聞黔邸雍王摘瓜未唱生金免頌于姑孰藥杵停擣于黃門謂無人于穆公之側而能如是乎又說者謂章廖諸賢以周昌擁衛之心受子諒朝堂之杖帝雖暴抗公合維持是則姬公蒙難責君奭之模稜先主西行笑孔明之坐視沃心匪易騰口何難嗟乎非三代以下少完人實一孔之儒多目論也吾浙西有伍相祠東有岳王廟皆公鄰也枚以爲白馬銀濤三吳竟沼紅羊黑劫二聖安歸自有公而後知魚水君臣不須死諫南朝天子原可生還使二公地下相逢益當悲生江上之潮而淚灑南枝之柏矣我滋圃大中丞章志貞教肅禮明禋易棟宇之摧頹表神旗之舃奕將刊元石遠命鯫生嗚呼與其築驚梵椒奠四時之俎豆曷若崇論宏議掃萬古之蜉蝣用是磨洗孤崖增立表忠觀之碣濡染大筆竟書謝太傅之碑

兵部左侍郎淩公神道碑

公諱如煥字榆山松江上海人也生而羸弱瘠若植鰭長更矜莊宴如覆杵賦
弈棋於七歲辨燈盞之四聲弱冠爲督學韓城張公所知舉陸遜爲茂才置班
彪於幕府文章傳世風行誰闌富貴逼人日照難避康熙乙未登銀榜入玉堂
聖祖命習　國書與修　三朝國史隄官槐構譯檗木之聲歌元扈翠嫣紀循
輩之譜牒公侍立不敢隔爐獨對答帝邱之問辨冕旒之儀凡　朝廷有大典
禮大詔誥必召而付焉河圖四十六事梁甫七十二封俱能口吐神珠胸藏冊
府雍正元年還侍講督湖北學政公古尺獨攜靈犀孤照楚國才拔漢江風清
舉楊可鏡爲貢生以其曾祖漣盡忠明代故也辟陶潛之孫子聽請無閒拒李
紳之私書態臣不悅有劾奏者
世宗特旨褒公授楊吏部主政周武封殷比干之後晉侯賞舉郤缺之功主聖
臣賢於斯爲盛遷內閣學士兼禮部侍郎八翼風飛九乾露沃賜高馮以銅鏡
因其善鑒人才飲思話以銀鍾爲其心如金石公無恩不覃有得必告議歸州
之水程論河南之開墾請增官渡請賑流庸　制曰可於是浪平三峽勝塞沙

囊土定五施不差圭撮汲黯有開倉之便王珙無按籍之征十二年以母憂去
位十三年　世宗晏駕公風木方悲龍髯遽泣翔禽朝下松柏爲之不春旭日
西沉葵藿因而憔悴蓋沈約之腰圍減瘦元謨之眉頭不伸基於此矣乾隆元
年　今天子卽位遷兵部右侍郎典試江西其時浙之北新關壅人斂布英簜
不通公還朝劾奏　天子是之建封入覲除宮市之鴟張蕭嶷愛民平荆州之
榷格四年充會試總裁校此科進士也退之爲宣公所知遜遯得顏卿而笑馬
首無噪龍門獨高六年公以養親乞歸奉　旨給假不必開缺若需奉養再行
奏聞虛左席以疇咨假銀青爲誓約一時中貴半趨下風供帳東都送疏仲翁
而隕涕舉頭天外望班景倩如登仙長安之日雖遙太行之雲已近到家上書
乞恩解職朝廷使候官如白鷺翹望公來先生以孝子爲慈烏終身乳哺於是
觀樂歆崔邠之帽廁牏浣石奮之裙願作人兄事親之日果永身爲國老居鄉
之禮尤尊然而　聖意欽遲
天章屢降寄上尊之酒頒赤側之錢華黍歌終鷩聞湛露斑衣舞罷棒到吹綸

承歡則三沵鯨波上壽則萬釘寶帶曾參祿厚已看鐘鼎同甘耿況年高更曳金章侍疾堂上百歲車前八騶畜君何尤安親爲上人倫之盛海內榮之十二年封公卽世公當不毀之年極懸壺之哭風吹欲倒溢米不餐遂患脅痛次年八月四日竟以不起享年六十有八嗚呼痛哉公初以匪莪之哀思叩頭辭位繼以尊靈之永蟄咯血危身能極生榮更兼死孝可謂賢矣子應蘭乾隆進士扶櫬葬於先塋禮也枚出大賢之門熟長者之教見公謙常傴身儉不逼下白圭無玷赤祓有光與裴緯談如聞古瑟共蘇瓊坐已入青雲魏舒先行後言人不知其去位蕭嵩當寵辭祿帝自解於厭卿老子猶龍不見雲中之尾聖人如柱能全物外之天方擬玫陛乍辭星冠重耀而不謂月蝕東壁鄴侯仙歸雞逼酉年謝公恒化魏徵亡則朕失一鑑奚斤老而誰說三朝宜乎四野停春九重撤樂而況侯芭侍側親傳揚子之書子貢築場手植孔陵之樹者乎乃爲銘曰

華蓋一嶽文昌一星扶我景運揚於王廷正色立朝能無葵傾親已高年　帝方大用公乃瞿然審所輕重爲子者一爲臣者衆周暢手驚黔婁心動急叩丹

墀願歸家弄　天子曰俞允汝南還毋意毋必惟汝父是覲公拜稽首臣不能離左右父病難痊職曠難久願別簡賢臣臣死不朽嗚呼父既委化子亦考終不屬不離一年之中風在位者知所適從人以爲孝　帝以爲忠

## 東閣大學士蔣文恪公神道碑

昔軒轅撫運而感大風伊尹乘舟而過日月陶子生五歲而佐禹金提建萬福以輔義此皆名世應期元良合德者也是知天地泰交山澤通氣鹽梅桴鼓神化丹青蒼牙通靈昌之成五期有數赤伏表黃星之兆一柱承穹鑾琫嬰瓖非漢唐之壤奠雲師火正本岳瀆之神祇吾於座主蔣文恪公見其人矣公諱溥字質甫一字恆軒大學士文肅公廷錫之長子也翼九宗五正代作尸臣漢四姓小侯爵歸門子公生而泰表戴干眉目如畫入市疑璧吹風欲仙蒙彼緆絺展金屏之四葉佩其象揥開銀函之九芊十三歲

世宗召見奇之說文侯之命識丁鴻不凡誦傅說之言嘆蘇夔有子己酉　欽

賜舉人庚戌成進士殿試時

上親擢爲第四選入翰林文肅公叩頭辭讓　上曰朕從未見爾子筆迹暗中衡鑒毋庸辭也以紅休之封待綠車之幸月昇東海早掩星光雲近太陽自然金色隨召入南書房行走辨成王之舜冠答平原之堯韭釋顯節陵之冊文記乾德年之宮鏡俱能學古有識數典無訛與文肅公先後侍直談選共事襃顯同僚延年孝思坐臥不當舊處夏侯績學纂修能繼前人

今上登極累遷吏刑兩部侍郎公奏寬科比以廣擢選添司曹以免推諉　制曰可於是謝笑顏嗔不呼平配潘詞樂旨即是刑書出署湖南巡撫五申統律十部宣風平八索以成人操六晝而觀義耀空倉穀栽隙地桑爐消未子之錢隄得攜流之法乘篳輅以開山治同態繹入國門而免胄人愛葉公尋遷戶部尚書軍機房行走召義叔於南郊爲咨亮采使咎單爲圻父將理陰陽命協辦大學士仍兼戶部尚書當是時也鄭武公再世司徒韋元成一門宰相墨車入殿鈴鼓不張非膜受彤弓即詩懷鞶鑑人以爲人主之恩至矣人臣之榮極矣而不知公出則扈蹕乘夏縵以犯風霜入則持籌掌牢盆而算姟極討謨辰告

五夜覃思排比天章萬行勞目靖共九賦無恙羊之開賡唱三雍有卷阿之奏

重恩壓己所在心驚大義滅親更逢家難雖蔡叔不咸歐刀自有國法而揚于

既戮跣行終竟心傷以致齊丈悻盧楊彪羸瘦蓋實授東閣大學士之命再下

而公之病已深矣然　皇上望公之速痊也頒珍藥召良醫免償帑金加公子

櫟侍講張禹假歸賜上尊貽穀王猛有恙禱名山大川兩降　鑾輿三加襚服

扶牀捧日伏枕捫天幾乎鑿壁以窺呂蒙加紼而封丙吉問桓榮之病侯王相

率步行安景仁之心西州禁聞車轡飾終之禮震古耀今眷舊之情隆天重地

亡何馬肝之石不靈東生之散無效　上覽公遺表雪涕罷朝命依前大學士

蔣廷錫例柩歸時凡文武官在二十里內者俱向靈前奠酒一切卹典悉從優

渥較之武宮聞訃而去籥柳莊書邑以納棺投綠沉之瓜傷彥升之逝發元甲

之卒治去病之塋者雖哀榮相似而矜寵尤深公侍經筵者六讀殿試卷者八

總裁會試者三典試浙江分校禮闈者各一枚卽公己未分校進士也嗚呼痛

哉習鑿齒不遇桓公則荊州老從事耳宮牆已遠難築室登夫子之場桃李雖

多將執梃爲門生之長親見公靖共六察遊戲三餘彈指蘭闍傾衿逢掖八音
濫耳偏古樂之先知五色精心必黃中之獨辨兼之風神元定容止詳華雅思
淵含清襟蘭郁袁安不肯錮吏張歐未嘗按人渾濬爭功唐彬不至鄧吳受賞
賈復無言顧雍侯封三日而家人不知曹參日飲亡何而海內寧一可謂入畡
之聖相三古之侯釐也已說者疑公閣手仰成覩空署白弊謀輔志未有聞焉
不知房杜無功蕭曹無政問相公賢否視天下安危當今神雀來而遠夷賓當
康見而五穀熟重黎氏絕天人之交百神受職應上公通雨暘之事萬物丸蘭
舜琴裁鼓黃河已清湯陑未升白環盡貢皆 主之聖也卽公之功也又說者
疑公室多傾視門有雜賓王陽服飾鮮明劉盱用財過濫則又不知體大者迹
疎內詳者外略千里之路不可扶以繩億兆之都不能平以準日月含蟲鳥之
瑕不妨麗天之景江河藏魚龍之孽方成潤物之功蓋祿萬鍾原爲德賞鄉備
百邑不尙苛廉以故陶士行僮指千人大勳卓爾杜黃裳賂遺萬貫中興赫然
公以黃散之門風視赤側如土芥金花銀燭羊公愛客之心豪竹哀絲謝傅中

年之感門張鳴尾合表徽章鬟映貂蟬谿增華釆蓋其高掌遠蹠開國承家原
非苦節之貞自有甘臨之吉也而況綺羅雖盛幾曳夏侯之衣束紵無多半質
長沙之庫身非債帥逋券成行時畀焌人停炊告急所謂清其本而華其末豐
其外而儉其中者公之謂也彼太尉之府若乞兒東閣之餐惟脫粟者其足當
公一吷也哉公酷愛吟詩別無他嗜披一品服坐九花虬揮金管之毫落雲藍
之紙逸情飆發藻思泉流往往　天子頷頤詞臣避席焉薨時年五十四初娶
汪氏再娶陳氏三娶王氏俱誥封夫人子六人長楙官兵部侍郎次賜棨江安
糧道餘俱以官職世其家以某月日葬虞山賜塋嗚呼公琴在望誰爲復土之
將軍宰樹長青我是種松之弟子
銘曰百辟論才三公重器器果恢宏羣才驅使大哉夫子淵乎莫窺地厚物載
海深水歸贊堯光被佐舜無爲存神毣毣成功巍巍保合太和率循大卞翠鳳
含綏黃龍馭辨福善來索爛其盈門金紫侍疾賢子令孫紅粟萬石朱輪十人
已畢臣力未盡　君恩哲人怛化卿月雲藏厥旌搖風夷檠隕霜祈連冢大毫

姑書亡表茲元石永鎮黃腸

## 六營公立兩江總督尹公去思碑

夫聖相道行安民必用武健兒性直知感莫如兵古之人庚念其軍帥者或銘謝城之功上郝閣之頌建欒公之社拜石相之祠莫不夸鬯藻奮鷹揚在當時爲詠歌傳後世爲聲響況乎深識九變妙察六術義路霜肅仁風澤宣十年有積貯之糧千里無拾遺之事如今大學士望山尹公者能不謳思哉公之督兩江也以端右之才敷寒晏之化沉幾應智濡迹匡時常以活國爲首謀撫軍爲餘事丈人律重君子營高樹六枳以爲籬餝三嚴而聽鼓早已師不陵正旅不逼師七萃帖然兩甄顒若矣每至霜落演貙劉之禮迹人有介麋之告公則朱旗爛空元甲耀體募僧騰客招曳落河罰必當鄄賞無慮濁訓之如子弟敦之以詩書辨鞶鐸而珢鬫無訛教步伐而跿跔應節爲鵝爲鸛先偏後伍之彌縫如火如荼八陣六花之出沒洸洸乎被廬之帥略細柳之軍容焉雖然可久者賢人之德也可大者賢人之業也土狹則草木不長資淺則功德不茂倘河東

借寇不過一年僕射稱周僅止三日公亦不能蕭勺羣慝張皇六師爾乃開府
卅年持節四次戎容暨暨黃髮皤皤警角吹鞭半是軍門箕帚奇材劍客無非
竹馬兒童恩以樹而愈深政以習而彌肅故劍不必試蒲元刀不必詢楊僕揚
威不必畫干櫓識面不必去兜鍪凡夫水犀陸隊野戍村烽葦抉蔽芮之防弩
父亭公之設莫不綱渠彌於有陼塞墝确以夷庚陳洗星芒營空海霧銅駝無
恙鐵牡常關民之慶也公之力也今年
天子南巡公念毛馬而頒承華或缺特奏廣廋人之額備騎士之需　天子制
曰可於是吳驂走練增渠黃山子之材楚騎追風馱橫水明光之甲使犦槊燦
雲霞之色旄頭耀儀仗之形可謂石畫無方羅縷悉貫者矣九月初六日補文
華殿大學士入都抗手六軍兩泣熊羆之士焚香九鎮金鑴韜略之書召蔡茂
於荊州禬帷望斷登仲華爲太傅部曲心孤某等或大父童孫累世同依麾下
或三貂八座起家半在韝閒每憶馮公遙瞻大樹感恩子重便望旌旗爰紀五
事於郭沖書數行於孫綽雖編堂垂範明知非郭丹之心而冒禁刊碑終難忘

阮略之德乃爲頌曰

穆穆尹相克佐隆平秉鞭作牧久鎮金陵能耀七德以佐三曾吁荼萬物阜牢羣能常羊之維奉令貫行陵水經地威燀旁達智可奪梟勇常設爵隊肅銀刀歌騰鐵拔組練三千蚍矛丈八罔敢籠東而不操刺神偉舃奕厥勳隆隆王鈇藏鍔蕭楯斂鋒聞公謦欬玉燭消虹受公平章金甲春農冒酏有慶橫草無功一朝枚卜遯矣旄麾登於九乾匪我能私凡我同袍含甘吮滋彼葭又茁甘棠生枝公歸不復如之何勿思

## 餘杭諸葛武侯廟碑

餘杭宋村有諸葛武侯廟或曰臺駘實沉屬晉室之占江漢沮漳爲楚邦之望武侯功在西川廟留南國何也余曰子但知侯之有功於蜀而不知侯之有德於吳乎當夫本初兵敗當塗愈張劉表身亡長江無主仲謀者鄭爲要國趙本孱王闍有曹兵驚同秦孽張昭計將乞食文表志在迎降惟侯遠降巾鞲笑揮羽扇激昂事理捭闔談鋒借籌定覆楚之謀蹈海拒帝秦之想於是東風一面

焚盡餘皇旗蓋三分永成鼎足蓋用吳以敵冀北者公之所以忠於漢謀也通蜀以保江東者公之所以善爲吳計也以爲漢賊在魏而不在吳兩國宜和而不宜鬭雖逆順之理應爾亦堅瑕之勢昭然惜乎駱奴不達虎將自矜子明靡鼇之雄何知遠計伯言目論之士但貪近功當雲長威震荆襄之時正阿瞞議遷許下之日不乘此連環犄角電掃飆馳分南北之兩朝作東西之二帝而乃鄙同索責知等挈瓶婚姻生銅斗之仇散博失梟棋之智一則稱臣納質爐火乞憐一則暮氣忿兵猇亭撓敗何其悲也侯獨追懷大計遠鑑前非傳書則便許通和踐祚而旋思報聘念相脣齒肯寄腹心及至劍閣不支陰平深入絶不聞輕舟來救驅南國之兵卷甲疾趨列西陵之火視同舟爲胡越等一室於鄉鄰者豈不以劍閣既沉庸與金陵之興廢涪江雖斷何關建業之重輕乎然而王濬樓船卽用益州之衆張華棋局先收杜預之言勢有類於滅虢取虞事竟符於并韓弱魏然後知公之經營梁益卽所以聯絡武昌也締造巴渝原勿異周旋吳會也假使天星不動火井長明食少無妨鞠躬如故則竭司馬囊底之

智難當木牛渭上之兵不徒孫郎之宗社未敢覬覦而且魏武之山河無暇篡奪矣然則侯之廟豈徒俎豆於吳邦侯之功兼可烝嘗於曹社吳人思桓王之創業感大帝之垂基惜其孫子驕淫君臣疏忽而侯之良謀偉算親仁善鄰規模如是之宏也是以歲時臘臈霜露星河倣欒公立社之文作朱邑桐鄉之祭亦天良之不容泯者尚何疑哉尚何疑哉余既爲釋立廟之故而又爲迎神之曲使歌以祀侯其詞曰

謂是侯廟兮吾民喜謂非侯廟兮吾民悲民亦何知侯之忠吳與忠漢兮而但欲奉侯以爲歸廟前兮有桑童童兮蟠穹蒼廟後兮有柏參青天兮黛色村之坻兮鑄銅鼓村之巫兮巴渝舞味淡泊兮陳稷黍侯勿蜀思兮享此土福我民兮萬萬古

此吾鄉吳慶伯先生文也勒石者嫌其過長屬余倣鄭亞改義山序一品集故事

莊西麓先生墓表

乾隆二十一年莊西麓先生卒於江寧其子經畬輿機將葬以墓表爲請校謹按先生諱柟榮字西麓其先由金壇徙毗陵父令輿官翰林公其季嗣也懽重三荆行居四括生而憺定長更徇通讀父書則每句呼諾聞兄喚而隔牆整巾太史愛其至性命侍長安花磚歸晚手進烹雌玉漏晨趨門應題鳳見長豫而輒喜知阿恭之最真夫人楊氏來歸生經畬而遽卒公裁二十六歲下感華元上師楊秉室無傾視庭有斷絃竟使鏡檻罷春繩牀臥雪犢子愧朝飛之曲伯奇絕野放之歌已而太史假歸公率經畬柔色以溫無形而視伏虞悰於戶外湯藥聽呼侍文若於膝前起居扶杖宮錦一襲板輿廿年孝致蒼烏祭生福草聞者羨海內人倫之盛識者歎先生色養之難俄而經畬舉於鄉成進士太史椿萱猶無恙也撫范馨之硯代有傳人生苫越之兒功歸名父亡何太夫人奄逝終七太史捐館公捂受襚衣詩懷菹豆四方覿禮一口稱賢十年經畬知建德縣事調盱眙公含飴裁暇便問平反皆[illegible]小閑代稽荒政卒能布麟趾之格活龜沒之民大府於是轉平陵之薛恭換鉅鹿之尹賞公之教也癸酉秋經畬

抱飲章之痛雖非上測已受平鐫而公牛盲不驚馬失更喜今年
天子南巡大府命經畬辦供張事奏請復官迎公於盱盱之人飲水思源登枝
尋本莫不縣僮布路邑子刊碑樹喬梓以當甘棠進壺漿而佐秩膳爲民作爹
封公居大父之行似佛留韡合郡有焚香之送居白下兩月疾終松三堂年六
十有九嗚呼痛哉趙臺卿聲名方盛所怙先亡李日知封誥重來高堂不見服
衰而登夏屋遺命殷然經畬留差局守制憑几而誦虞書先靈聞否宜乎垂髫戴白者
舉音過喪贈祱題棺者名流畢集驢鳴江左爭號武子之靈山折武當齊悼文
公之阨更可異者經畬捧檄蘇州得信歸來以六月二十七日解征驂而公以
六月二十八日昇淨域訣猶生之面於千里之遙假半日之程慰終天之恨故
能惎報　國恩蔵條家事考終協吉怛化無違以視歸父身還空悲括髮黔婁
心動裁得承衾者直不可同年而語矣公友愛尤篤常在官舍嘆曰見吾昆季
如見先人於是劉基臥內偕羣弟以晏眠傳昭席中尾衰兄而扶曳紫芝之哺姪
兩乳流潼郗鑒撫孤含飯滿口雖穿漏之屋無多寄公之席甫定即欲招士龍

於日下就嘉祐於岐州宰樹將封荆枝尙暖塤篪未奏薤露先聞非愛結於心
義形於色者其能與於斯乎其行己也踐繩其接人也用繩仭然淵其志皎然
潔其衷九宮賦其鋭銀三族欽其方格故經畬綰綬十年家無媵畜借公瑾市
南之宅暫挂厥旌受辟陽膊贈之餘聊供溢米此又淸白傳家之明驗也然而
胸夌若海意行似天捧僎爵之康娛策扶老以流憩潘璋酒債立滿門前崔立
書聲驚聞松下凡鄉里之殿兄張丈故人之桂子椿兒靡不轄投井中屨交戸
外少時射策專精儒書晚課諸孫親爲庭誥楊遵彥之食不許輕嘗王方平之
鞭殊非易得操之已蹙疾乃不斟蓋含珠屬纊之將臨猶鐸振鐘鳴而未已可
謂有覺德行無忝貽謀者矣枚望丈人之行未挹龎眉聞長者之風長傾飛耳
抽絲萬繭偶得片端挹水九河初揚一勺取楚國先賢之傳刊化臺元石之文
陽卜可貞幽光不泐

誥封奉政大夫江南左營遊擊署城守副將加三級孫公墓誌銘

公諱品字鑑倫號立之浙之仁和東里人也江東望族本雲臺綴組之家浙右

人門多天閣縹纓之客公生而穎異長更聰強耿絳灌無文乃甘陳學武龍泉太阿是王彥深之知己清風明月為謝希逸之飲徒凡郤縠詩書軒轅營陣許商算法猿女劍篇莫不心領元關手嫻道器雍正四年宮保李敏達公總制浙江見而奇之舉陸遜於茂才不勞三辟拔子儀為武舉首冠一軍愛其端右之才為置虛左之席桓元子蓮花幕內惟有郗超房次律曳落河中誰當劉秩俄而李公調直隸總督攜以北行乾隆元年補督標千總公領銀刀歌銅拔手為天馬舌如電光耿豪是丞相之肩隰朋號夷吾之目未免神鋒難犯顏色未鋤遂致赤舌燒城青蠅集鼻寵蘧遠者八人譖田單者九子蚍矛未折魚服先囚公自表赤心擲梟盧而六子盡赤再投銅匭訴飲章而五版並馳卒能開九棘之門封三錢之府玉焚不碎金爍彌光後制府孫文定公慕其通明命為答教公洪鐘待扣嗃矢當弦策類姚崇分捕蝗為十道智同韓滉勸負米於一囊識苟變為五百乘之才拔卜商於十三行之後擢楊村守備水大鱗舒風高翼展肇研財用位置無方略之差甲冑弓刀彩畫有文繡之色十年

聖駕幸五臺山公扈從梐枑動中機宜張設芰旃不差尺寸練兵則如荼如火
布陣則爲鸛爲鵝　天子有鴈門細柳之思加火鑑大觽之賜其年朱家峪口
米賊風聞西蜀金川妋徒草竊公乃靖張嬰之亂於廣陵運姚豹之糧於譙郡
楚獄無濫卜袁氏之祚長長社不驚服張遼之才大列一等功加一級遷督標
左營都司十四年　天子南巡兩江總督黃文襄公奏請來南其時江淮草木
慕萬福之威名白下樓船奉士治之號令公亦感奮五內愛惜分陰警忱不敔
吹鞭屢聽執問事之杖巡六合之城候啓明之星呼七萃之士以公爲丁都護
能於席上横刀以公爲陳元康能於盾頭磨墨以公爲太史子義能以章奏達
天以公爲嚴尹安之能以手板畫地而且分甲乙而射丁侯之策顔息志眉呼
庚癸而答申叔之求子囊甚口景陽植表暗合風雲唐邕唱名不持文簿果使
皇人受轂掌舍交懽爻閭有光壤奠無誤文襄大悅題署督標左營遊擊攝城
守營副將賦一鼓鐵張六鈞弓法同徙木之嚴慮比煉銅之遠嗅温隋輿之靴
鼻威振六軍聞甘興霸之鈴聲風清一郡十九年　王師征伊里公請於襄勤

伯鄂公願執瑚戈從征玉塞公許之而未果也伏波據鞍之際每顧盼而自雄東阿赴國之心雖未行而已壯二十年　天子再舉南巡之典制軍尹太保以公本王錡之舊手兼謝蝦之時才命乘餘皇從巡瓠子公出則覃思入則造膝無事不咨於心有策必成於手伏殁咯血武侯抱疾以行棄馬爭舟慶忌短衣而往忽遭陽侯之厄遂覆周氏之汪春秋四十有九嗚呼痛哉水鬬荊門吳漢莫援於馬尾風驚鄴下杜畿竟溺於膠船望磨訶之載沉載浮斬蛟不起求丑父而三入三出援手何從空歸襄老之尸虞歌引路盼斷將軍之樹秋月飛霜八月二日公子成信扶柩歸於杭州禮也公銳志功名死勤王事易人之所難敢人之所畏廉可以不知白撰忍可以不寄青泥智可以傴僂豪強才可以皐牢天下崔悽乍到滿坐禁聲太初發言羣賓避位眼中有鐵常森武庫之兵帶上無繩自縛南山之虎臥籧篨而作獠舞擊舟楫而聽雞鳴方擬八翼沖霄一心捧日而卒之雄才厄於天命薦表格於停年壽不滿五旬官不過三品劉鄖十步九計而竟少成功鄧颺四達八窗而轉傷非命三呼蒼兕兩驂之游靡無

靈一夢黃魔九原之丈人不救　帝方倚用天不假年尹太保以爲許穆卒師
葬加侯禮紹宗溺水享配廟廷請於朝准陣亡之例蔭其嗣爲郎署之官然則
公之亡也又豈止法孝直之卒丞相悲哀李將軍之亡老幼流涕而已耶以某
年月日葬於武林門外之西山乃爲銘曰
李家普濟入粗入細翁歸尹君能武能文奕奕我公與二人同如何不弔滅頂
嗟凶豈龍工可往未去衣裳豈持裒不謹劍躍龍堂我申其故溺人必笑惟臣
心之似水故表明於蒼昊

常德府知府張古香墓誌銘

夫禮樂之士敬容仁義之賢貴際說學之吏毋害慕古之儒絕俗四者非牟而
難知實驗之有遂是以先王端本於庠序非進士不使治民聖人莞爾於絃歌
必讀書然後爲學如吾友張古香者誠其選矣公諱開士字軼倫浙之仁和人
五世壙僚一門穆行恭同機氾夏日行陽惠似黔敖祲年施粥此爲仁不富世
濟其美之效也公生而孤露幼有異徵應邵懸弧神光照社虞延墮地白氣升

天陸太夫人育而教之以席爲門編蒲作筆澤四經而頌學沿八索以披圖忘失猪羣有承宮之苦不知馬足有朱穆之專索冥則腸胃欲流詣微則雷霆不入余常同寓帝里見攬韋編雖居元辰依舊申旦不覺嘆曰溺苦於學乃至是乎公方以家少通書朋無都養復假館於劉智海借冊於元行沖將瓜鎮心把卷升屋不自覺其綿惙也乾隆丙辰舉人壬戌進士無須覓覺奪樊川之五名高宴慈恩步芳林之十哲

天子召見授銅陵知縣銅陵者江南凋攰之鄉皖上梟離之地也公解巾赴郡露冕班春士辨五施杜松蚖蓊胥塈山開九削鬱棲陵舃無荒文翁入都常餽博士何武到郡先詣學宮邑大災公請賑於巡撫范公范有難色公袖印再拜願乞骸骨范驚許之蕭育是杜陵男子言罷拂衣汲黯非河內使臣便宜從事時餉親王總督兩江聞之獎慰奏調桐城邑之人耆艾檐軨壺漿祖道崔戎離華合郡持靴楊君去繁頻年肇粟未足方斯遺愛匹此謳思桐城盜張六韜誘某劫叔轉誣爲魁公超雪之六韜臨刑悔曰毋若某之昧心以陷人也西市禮

佛因就死以心甘東海覆盆民懽呼而天雨不圖此日重見高風他若察稻徵芒鞭絲見鐵履田而起髦士拔萃而弱強宗都可編作州書垂爲縣譜大學士張文和公桐人也謂鄂相國曰吾鄉張明府今之龔黃爲公門下得人賀矣調南陵擢宿州知州時黃河灌城黑蜈肆虐竄居樹上屋隱蘆中公大餼國人自程畚築流庸廣汎舟之役淖糜設續命之湯鳳敕未頒發棠已請魚符乍下振廩先空舁疫者於公堂蔭暍人於樹下不顧上池藥貴長府錢荒有爲後慮者公愀然曰苟活民雖破吾家吾之願也居亡何　天子發水衡百萬治河公感激益奮乃乘皮船渡木罌排梗湍淪畝澮王尊立水三版不沉史起穿渠一鍤盡穫至今鴻陂媚帝盤堁宜禾竟障浮山無堙息壤公有力焉兩江總督宮傅高公兩薦公可太守　天子授常德府知府　詔甫下而太夫人卒公本純孝至是毀哀子春食旨不甘曾無一溢崔九風吹即倒何待三年終服葬親竟以不起年五十九嗚呼痛哉公以叔寶之神清兼仲宣之體弱幼而學也鐵撾竹素都爲咯血之由壯而仕也轂賊風蝗盡是傷生之物加以食無過菜衣半穿

空精久消七年登大董一旦蘭陔泣血蓼儀廢書其何以取目南離收魂北極也哉然而九重方召陽城半途捐館峴首未迎羊祜何處刊碑善人云亡海內痛之子敬持秀出班行潛躬昧道有趙衰之文少連之孝以某月某日葬公於留下安樂山禮也大夫之墓樹欒此日我思隨會寢邱之旁立廟他年人祀叔孫

銘曰我友古香真想在衿少不拾遺待人還金義心清尙聲蜚士林及腰銀艾公然健者能治六雄以終五馬山甫將明諸葛奇雅曾賑姑孰救民水火移牧和州公曰不可命重在民爵輕在我屢持玉尺平章人文捧出明珠光於天門有弟欒欒毋侗好逸代公主進不傷折閱有壻愔愔實惟我甥先公怛化公難爲情傷哉死孝當景收蘭黃堂未居白骨先寒我爲立傳再銘華表倣佛劉寬兩碑更好

## 誥封奉政大夫丹陽縣知縣魏公墓誌銘

魏氏自元初從龍而南者曰寒臘公爲內府總管賜姓魏氏起家鄗縣築室金

渠弱翁之裔初與畢萬之宗遂大傳至嗣多公官虞衡司與　本朝相國文毅
公爲同支昆弟門標六闕坐列三貂爭鵰鶚而吼靈夔鼓吹有曲纂方書而序
勳格班劍傳家再傳燕貽公生三子公其長嗣也諱蒼珮字長瑜黃菌誕野降
生不凡白虹燭天自他有耀年十七補博士弟子卽食廩餼契班符之九赤執
東象之玉文饌斥邪蒿衣除缺祐雍正五年眞定太守童華薦公
世宗召見發江南以知縣用初攝寶山卽標異政羔豚不飾鳥鈔無飢泉隨邑
宰爲甘鹹蝗與督郵共來去邑有藏眞珠爲奴竊者捕急奴縊前令繫主於獄
公曰珠不得獄難定也乃僞買人買珠於奴家冤始雪祟黿治獄先辨屠刀崔
琰鞭絲能看鐵屑俱平嚴棘共此神明居官三月遭父憂當是時　天子絕告
寧之典朝官有墨絰之文邑民借寇援此牽衣大吏留髡爭爲上疏公薄方進
之奪情慕薛修之終服齊衰不脫星見猶奔服闋來江知丹陽事時郡苦旱多
火災公請天三日甘雨自零噀酒半巡融風自息任延至而娶妻者二千戶劉
昆來而學禮者五百人前令某以贓敗大府檄公鞫治公以爲刑不上大夫也

爲具款之盡得其實俄而某訐於上曰是魏君之文致也代閉恥門反開怨府
鄭以救公而致怒點乃好羯而弗知會與秉政者有嫌竟以讞獄非法罷官而
某卒置丹書難逃金布公非嗛閔乃爲善之近名彼自崖柴終陷文而不活雲
成翻手幻景須臾日出當心慈航已覆或勸公委蛇其道冀復職者公笑曰升
沉命也遇合時也安有屈其身兼貶其道者哉孟敏破甑墮而勿看王晞熱官
思之爛熟遂先期誓墓決志歸田其時瞯公者褰帷感公者繪像盤中剸耳爭
鳴張軌之寃鼓打紞如難挽鄧侯之去雖戴白垂髫滿地皆依馮異而千秋萬
歲何時再見張綱古人乾時之戰以敗爲勝明夷之用處困而亨公之謂矣且
夫不有合於人者必有合於天不有得於身者必有得於子故臧僖伯之家有
後亦欒武子之德在人未十年公第二子廷會尹吳縣剌海州長子廷覲官新
淦迎 鑾輿來金陵四子廷夔尹無錫公乃一條帶水朝東海而暮江南四領
斑衣別中男而逢季子作傳餐之陸賈飲十日而未更似問安之子儀領諸孫
而不識雖薛家三鳳爭長河東謝氏一門稱雄江左未足方斯榮盛擬此清華

二十一年春遊姑蘇登惠山還舟清淮遂卒扳浦遺命勿設魂衣勿營佛事列晏嬰居賓位自有神交取堯典置棺中卽爲殉物嗚呼公之德也不稱其官公之士也乃薨於路或者迎辛公彥之車駕偶下空中築白香山之仙龕原在海上乎不然而何以滕公四馬過漆室以悲鳴謝傅雙輪望高城而不入也年六十六子廷覲等扶柩歸葬柏鄉禮也公神采月和起居霜儉讀鹿鳴之詩而兄弟不忍獨食筮白賁之封而邱園常自幽探忘賢而賢與心期任性而性與道會善評書畫得卽贈人能爲文章成輒棄稿戚里師之友朋敬之莫不見子將而變服爲楊綰而減騶諸子躬守義方克稱遺愛伏韜爲人作父自問何如王裒以默名兒都遵此意枚情同分子誼屬通家贈我徽言常書三篋得公妄語足睹一縑往年獨拜牀前早荷牛心之炙今歲重逢吳下便成金玦之傷一束生芻漬無酒氣千尋元石淚寫碑文以某年月日葬於某

銘曰如春風起如方輪止厖褫拯人焦原仆己公薄子產不爲蠆尾彼乃要離蛛蠒之靡蒼天與直后土與理未竟其施以遺其子其子振振蘭茁其芽集於

東南分張纛牙公來就養含飴玩花一朝委化三萬緦麻華表穹隆龜趺辟邪
我書瓦屑非爲公家欲告後人厲假不遐彼陰德獲報乃如是耶

汪君楷亭墓志銘

君諱孟翊字楷亭一字慵園唐越國公後也世居徽歙五世祖某遷揚州君有夷姤之至性醇粹之妙德三年瘖合咳而能言九歲知方梗其有理凡江總修心之賦公叔崇厚之論靡不學於古訓被飾厥躬二十一歲補博士弟子當是時君父與三公以介特之身任禺莢之業頽年綿惙絲灼多訛君屢試不第笑曰賈山陟獵不爲純儒子貢廢舉亦稱賢士詭時審己安親爲上遂乃察數之儀終轉勢之折閱籍夙沙之餘術得孔氏之雍容與三公雙臚雖盲八旬愈樂家中列肆佯鬻貨以承懽堂上徵歌率閱賓而上壽門以內忻忻如也友于兩弟穆若清風仲海季江時聞娭宴侮臧甬獲絕無譋言而且分漆室以餘光貸監河以仁粟啜汁者麻集待炊者鶴望陽陵君論君子之富曰惠人不假不責食人不使不役君庶幾焉乾隆二十二年　天子南巡兩江總督尹文端公命

君佐其族敬亭公辦治棲霞君準考工之古經權將作之大匠揆星置槷慮事量功發調水之符溪生白浪運開山之劍樹走青牛煩壤剔而怪峯呈長厥高而碧雲接　乘輿三至君三供張　天子有文綺荷囊之賜遠邇榮之一時從官傱傱捧手君能卽分殊事折輩測交侊飯佐其壺飧膚金供其行理李元忠絹受一匹必烹五牛劉賓客日荅千函竟用斗麪人尤感其義而服其豪也君娶余季父第四女爲繼室伉儷甚篤三十六年妹以娩難亡君神傷不已烈火生芽呼朞年餘頰潰而卒嗚呼痛哉君素無騰口之非竟獲噬膚之慘舌雖存而頤解飲食若流齒未綴而唇亡含珠難殮斯人斯疾何罪何辜此冉耕所以有茅苢之歌伯符所以有撲鏡之憤也余與君外託葭莩之戚內懷金石之誼筮日賓壻曾幾何時步爵嘗羞爲歡未渫猶記齊諧語怪疑古寺之燈青隋苑行春驚大隄之花豔白日如昨黃爐已遥事斷前期天教後死其能無子桑一慟秦失三號也哉君卒年六十有二初娶陳氏繼袁氏子庭萱附貢生女適張氏以某年某月某日葬某

銘曰陰陽於人如父使子非理相加順受而已君以善人而得惡疾及吾無身
善惡如一 山耶樹耶宰如者墓耶我爲之銘前定者數耶

## 客吟先生墓誌銘

夫不朝海若而滄浪之水清不入鄧林而會稽之竹美豈非蒼麟元豹隱見自殊夫不題肩羽毛互異哉若乃定性於大湫之天凝神於寂波之表霞舉千里冰襟一生則我客吟先生殆其人歟先生姓汪名舸字可舟晚自號客吟居士唐越國公後也有小心精潔之素篤行深中之雅薛瑩四五之間頗知自處子野三十以後不復詣人與古爲徒清矑若鏡海內載虹橋之馬骨持鳳尾之犧尊踵門而請益者如龍魚之趨大壑也乾隆十六年秋見訪隨園輔之入座踞屑欲飛超宗見人不衣自煖相與辨題蹤之新故析元儒之異同酒獻三巡禮終十反猶未知其能詩也已而一篇跳出八風齊鳴金絲引和雲霞凋色蓋嘗學禮淮陽吹簫吳市北擊燕筑南探禹書悠悠有感於山河歷歷盡交於烟墨秋竹積雪春風搖波未足比其逋峭也楚江觀察黃公相與有舊強聘同行先

生食武昌之魚折漢南之柳較之他處尤數數焉人驚重客爭挹音塵吏敬參軍來探喜怒而先生履朱門如蓬戶狎貴介如海鷗譬之神羊遊行不能羈也雲罍供奉烏可褻也簿書笋束游目如盲騶唱雷喧飄風過耳避華堂之絲竹偷聽漁歌泛洞庭之水雲自尋香草可以想其志之潔行之芳矣晚年歸里值揚州有禺莢之變歲司鳩羽不無㨿鷺家食緯蕭動致顑頷先生雖履道偶乖而遇風知退竹有低頭之葉梅無仰面之花謝氏青山不少登高之賦鄂君翠被仍多緣情之作三十五年除夕前一日自邗江襆被而至曰舸大不適將游武昌余留先生畢正臘乃行倜然不可適楚飛湛盧之劍風雲亦驚彈琴去張翰之舟家人不覺瓊花之夢千里湘妃之簀一牀以九月九日卒於武昌年六十有九嗚呼痛哉才子不歸空啼鸚鵡騷人長往半在瀟湘雖古迹之傳聞亦仳離之遭際若先生則瀟灑日月游戲人間可以掩衡泌而鶉居厭推車之蟬攖矣而何以湯火居心雨雪促駕揚舲極浦怛化頹年遠尋墮淚之碑自走招魂之處豈其中有不能自克者耶莫非命也其奈公何先生娶熊氏長子大森

次子大宗扶柩歸葬請銘於余余與先生久託知音敢辭不敏故知騎歸黃鶴還假羽客之禽宅掩青松卽是幽人之家

銘曰以客吟以客死誰非客君獨爾客自去吟自存千萬春知其人

## 聽娘墓志

戊辰正月予衙大府泊胥江宿主人唐靜涵家集吳市之小星作魯莊之大閱招魚作媵呼雉爲媒於是羅繻門排光妓階列車如流水爭來銜玉之妝袨若交竿絕少繫紗之臂則有清矑窺牖綺語踦閭者月乍入而室明珠旁懸而星避主人謂予曰此吾家侍婢方聽娘也君以爲姝乎則渠之目色袁絲非一日矣夫擇木者鳥也而木之擇鳥尤先憶雲者泥也而雲之憶泥更巧思飛獲羽久經鳩鳥陰諧出手得盧何必神叢再博古有遇披香之博士識慘綠之少年者殆其人耶予聞而感焉如端木之咏抽觴漢皐之逢解珮也爾乃相招以文無相貽以醬貝丹心寸意聽唱繁霜碧海青天誓同白水馳而加景當名夜度之娘泛可同舟卽送朝飛之雉而無如事有難言者何也一江浪闊女膽怔忪

五兩幣空儒門淡泊故雄尙在施孝叔寧許儷亡新特將行東郭姜詎將孤入阻之者伊戾讕語力遏輕車豔之者游飯生心思攘中路聰娘著能決惑水竟知歸夫愛子南詩憐李郢有換羽移宮之術八風皆平無判妻別子之嫌一波不起一則心驚法喜小行郎初入華鬘一則身侍征西大將軍真爲田舍性如和璧觸手成溫香豈湘蘭隔簾嫌遠枕藏浮鬱三生聯蹋臂之懽樹得靈檀百事慰從心之願此固氤氳大使坤扇能牽亦由紅拂英雄神光獨注故也自此以後余解秣陵之組還鶩嶺之山走函谷之關渡黃流之水聰娘無車不共有槃皆雙涕莤宜醪煩攔阿錫羹調纖手便是鴦掇衣試神針都成鴛牒侍疾則眉愁滿鏡言離而淚落連珠或玲瓏歌金縷之詞或嬌寵折琉璃之筆愛園林之春早笑折花來閱夜讀之更深怒攜燈去合宅之花姑竹母盡說柔儀他鄉之龍媪雅娘羣鶩采伴雙棲甌脫飛沙破粉以彌姘並坐餘皇白浪濺裙而共拭攜蔣家行三之妹試華清第二之湯沃雪雖消凝脂尙在亡何淸邱之社未毀織室之星已災巫舞宛邱太姬無子蟬鳴茂苑齊女工愁翾風有房老之稱

雲容少天師之藥好孕惡育枚皐在而禖祝官亡弔夢歌離亢父召而靈妃步
去蓋至於陽虧靈宅骨瘦香桃聰娘亦自傷其終不起矣然而更衣既久郎性
深知嬌喘雖沉晨妝必肅羹湯強進慮生大婦之愁簪珥分頒預作諸姬之別
倩人寫貌眉小缺而猶嗔借女承衾手猶扶而不捨一枝紅葬七夕霜飛乾隆
壬辰孟秋卒於隨園年四十九嗚呼痛哉韋皐老矣今生未必重逢紫玉奄然
往事何堪追憶二十年前之夢兩三千里外之啼痕譬彼蠶眠纏綿絲在奈如
月蝕揳搔光沉雖邃室春多不少黃花續命而巫山雲散永無絳樹專房不能
王相寵亡造釋梵天人之寺且學代公葬妾勤館陶仙子之銘以某月日窆於
倉山之西與夫子同塋降女君數武禮也所願仙雲一片長遮弔鳳之山黃土
千年燒作鴛鴦之瓦

錢唐袁枚子才

## 代祝兩江節相渤海公七十壽序

蓋聞福者備也爲大順之統名壽者酬也乃至德之協應在昔金提力牧之佐雄陶方回之臣靡不班序顛毛榮膺大耋者何哉良以麟鳴遊聖鳳和歸昌含元甲之圖應中黃之讖中天景運生其間者算自長古帝耄期際其盛者道自合 朝廷雨露卽臣子之丹砂也宰輔精神皆國家之元氣也則有赤霄冒頂素手擎天奮龍作東方之臣汝鳩司北門之會百神薦祉備九德以宮陰陽萬物棣通先八荒而開壽域者其惟我渤海相公乎公以旄車之世族降河嶽之星精繡補經橈口成銘頌履絢冠鉢智極人天泗水分符海陽轉轂還知繇邑再守榆林既觀察於河西遂提刑於山左當是時也任延年少騎小駟以巡鄉羊續官清衣布袍而問俗夜無桴鼓合郡安眠路見桑麻使君便笑但招竹馬呼童子之迎不事銜參希長官之譽公之志桐鄉渤海皆可終身若無慕乎三

圭之爲重侯九命之稱高爵也然而虞廷三載已多明試之功漢詔六條自有
課最之舉臣如明月既鍊魄於金門　帝有景風自吹來於天上遂乃戴雀弁
握牙璋擢屏藩兼少府東織西織進堯舜之衣裳寬鄉狹鄉察楚吳之田賦理
賑則澤鴻換色款關則英蕩宣風開府皖江軍民有喜色而相告宣防袁浦蛟
魚聽號令而知歸著手成春無思不服　天子視公如龍門之砥柱故命爲制
府而仍理河渠信公爲南國之甘棠故官拜平章而仍持旌節蓋公之遭際有
得之於天者焉公之操修有信之於己者焉今夫日行黃道豈免躔度之訛星
傍紫微尚有縮離之忒公乃半生赤紱總是恩光一路青雲從無跋疐執江南
之壤奠不以珍怪爭長顧北河之夫錢翻以恢台見賞同斷獄也獨信皐蘇同
薦人也不疑蕭葛陳便宜之疏朝乍上而夕行除科比之條奏未終而　詔下
三山開府猶攝篆於荊襄一日登朝便參謀於樞密祝　慈寧之萬壽領袖班
聯賡柏梁之首章矢音丹陛長子唱鐃歌而返畫像淩煙少君歌鹿鳴而來策
名京兆志寵則銘鐘未盡紀勛則列笏難書猗歟盛哉古之名臣未嘗有也然

而公抱姬旦窮窮如畏之忱屏魏其沾沾自喜之意耳鳴陰德坐薦謙吏脫帶常以腰舟過人不肯履影刺閨判事高柔常寢抱文書警枕傳聲蘇綽必手兼朱墨曾爲牧令能觚剳苛煩肯采芻非自張施帖妥置札僑於賓位辟召英賢圖廉藺於屏風協和寅好百僚禮絕偏折節於儒生一品集成尚傾心於文史四時無燕居之樂終朝吹露冕之風乘馬三年不知牝牡封侯數日忘告妻孥惟其秉貞也誠故其感應也速不知者以爲隔爐獨對李鄴侯結主之緣深其知者以爲昏夜焚香趙清獻格天之道大歲逢冬仲壽居古稀　天子以正月十二日爲公豫慶於京師禮也臣思述職上計吏之封章朕欲見卿催鋒車於日下羹調天臘春滿梅花節近上元燈排火樹卿雲與佛雲一色文露與武露齊濃帝席星明大庖早具湯丞官肅上頓方酣九曲明珠穿盡褘衣之婦萬釘寶帶頒來俠御之臣帽結紅絨似黃人之捧日裘飄狐腋耐青女之飛霜王會圖成雖馬每牛俱賜鈞天樂奏皙陽儀伯同歌依龍光者一月有奇頌名世者五百餘歲車回北闕尙帶香煙信到南邦爭傳士女以歲星之舊地增卿月之

新輝嘉禾望氣以燧成德水未霜而波靜凡此編氓之福皆由仁壽之徵而公方且雪鬢不知冰襟如故料量民隱謝絕筦絃高侍中之聰強几杖虛設裴晉公之風貌海鶴同清當攬揆之時赴巡河之役在元老以爲稱觴事小乘夏篆而四牡仍驅在蒼生以爲愛日心長過冬至而一陽始展某等行居子姓身隸帡幪逢申伯之生辰祝魯侯之燕喜未必邳州進酒韓稜隔千里而有醉容且喜祝史陳詞范武受徽言而無慚色敬張皇邸聊當悝鐘義不取諛文皆從實此日金鵝十二橫陳畫錦之堂他年銀管三千再記杖朝之事

陳涇南修禊詩序

夫芳晨不墜夫昔朝今彥豈殊乎往哲一邱一壑或友或羣如鐘含霜如水受月是以不學子晉而事同洛濱之游偶冀子桓而與同漳川之賞皆所以追緬藝林步趨逸軌也涇南陳子以永和之賢生上巳之日陶元浴素樹善測交探金虎之爻志在幽履讀蘭亭之序心希古歡遂乃仿鄭風作祓禊厭賓介藉絪馮揚觶若流闌水使曲同同之鳥熒熒之花高堂青龍之才張堪白馬之譽嚴

助聊蒼之學孔晁紫宙之篇俱足抒寫景光自成馨逸流黄體素伯喈因之作書宵練朝虹愷之摹而入畫縱移山陰於茂苑起晉賢於九原啞其笑矣又何加焉僕也於越鄙人楚國殘客偶傾衿於半面遂圖形於九仙命作荒言書爲小引明知風籥偶過未諧雅奏之音或者木柷先鳴亦是同聲之曲

## 金賢村太守詩序

賢村先生東晉名流西豪望族夷吾澤四經之學彥和標七觀而談金心在中早擅鴻儀之耀銀手如斷遂歌鹿鳴之章以司民協孤絃以上計得課最牽絲江左傾蓋金陵驟見子皮抒心元度館人竊屨之事能教返璧山中鮑生換馬之談遽肯踦閭燈下除非賈至許見瑤英直索紫雲不嗔杜牧此非聆音識曲送抱推襟者不能若是之好余也已而一麾出守黄鶴樓高萬里班春夜郎國小可憐焦土新宮有不戒之虞趨以飲章故印竟攫拏而去捨二千石作六一翁在他人必且五噫歌成四愁交作矣而先生逌然安雅不廢嘯歌清俸無多但買仙眉瓊葉歸雲有引惟聞梵宇清聲雖季文子之三窮三通蘧伯玉之再

仕再化欒大天士張筠地仙不是過也於是飲星飯於霜潭解愠嬰於璧渚還洛浦走螘磯寓秦淮訪蔣徑當七夕牽牛之夕來諸姬墜馬之妝聚楞嚴十種之仙作刀跡八風之奏時則天鋪潭底月墜花間雲可姤羅風停吹霎散靈妃之步魚婢爭迎撥火鳳之絃雁奴驚起或班排阿鶩私說兒夫或女寄提婆乾呼阿嬭或珠飛纓絡舞出前溪或裙繫箜篌歌騰小海以嚴春佐午子使匏爵戲靈簫雙珮響而宮徵出於簾閒千燈張而銀河落於樹上先生則手拋紅豆暗記樂章耳聽回飆遙知鼓節兩室如一公然張稷通家大會無遮何必王琨避面迨至星沉玉李而羣雌猶屆屋其間乳罷金訶而稚女尚嫛婗而笑有是哉此樂令人忘死至今使我移情可謂京洛之雅遊夷門之大會也已可奈地隔燕吳家分南北孔璋行矣公幹淒然小別三年空贈繞朝之策相思數字忽來蘇武之書長妾先亡說少姜而於邑道南無宅借公瑾以羈棲翠羽拾來想華鬘彄環之舊影青泥封寄讀團雲散雪之新章雖元晏病風已枯半體而安仁感舊尚富千言爲金海之全編索玉臺之小序嗟乎言者心之聲也心不醰

粹則聲浮文者情之著也情不蟬嫣則文敝少登臨之境者難豪有殷勤之意者好麗先生心波湛漢情岳干霄非制氏而記其鏗鏘愛童蒙而拾其香草能爲蠻語巧奪舌人好作音臣時夸耳學加以三吳弭節百粵觀風湘水濯其清襟黔山催其險句以拔香之博士兼文陣之雄師倘入儒林定非谿刻就升天界也入華鬘賈生養空以遊德機常活龍叔背明而坐方寸皆虛故能六管揚風三英耀彩歌離弔夢霜天聞清角之聲流景紆雲煙墨掩明珠之色鼓宮宮動喝月月行又何必飾混沌以蛾眉假荒言爲前馬哉然而蘭本願詳所湛曉鐘強半先鳴劉勰高才猶獻書於休文車下東阿貴介乃求序於仲卿夢中況僕與先生笙磬同音雲龍並駕如驂從靳以蚓投魚香火因緣喜靈山之有分白頭期限傷老物之無多掎裳聯襼之遊音塵不再信後傳今之作揚榷何辭敢竭江淹將盡之才大書巢父長留之卷此日文章付我勝託妻孥他年泉路逢君再同賡唱

## 悔軒先生六十壽序

悔軒先生以仲冬之暢月爲花甲之良辰擯綏山之桃而勿採度靈飛之經而勿誦乃肅袁枚而詔之曰明知壽言非古也然而相觀局外淸矑瞭然乞言山中切人不媚子寧視余之攬揆而嘿嘿禁聲乎伏思枚與先生雖吏隱之途分實淄澠之味合臚言風聽側聞長者之徽音奮筆纂思頗記賢人之逸事與其橫陳於胸臆曷若布寫於屏風謹拜手稽首而爲序曰才非官也而才高則官自尊德非年也而德厚則年自劭鄧禹但期文學竟冠通侯顏含不信蓍龜偏登大耋此非志願有限休徵相逼以來實由操執恢宏造物因材而篤也先生生而孤露以席爲門長卽橫經將蒲作筆煨爛殘之芋子舍篝燈折慈母之葼霜天課讀蓋張華勵志之詩江總修心之賦基於此矣登賢書之籍爲國子之師擠嚅道真翼緯元化攝子陽之五縣走韋丹之八州初蒞三湘再臨兩晉斷絕尺一禁止槃游桴鼓無所發聲澤民不敢灰僇凡諸批牒排比成書枚受而讀之不覺嘆曰子產爲政莫如猛也魯莊察獄必以情也仁有所閡則以術濟之律有所窮則以意通之青霜紫電常照徹於五聽之餘崽子嫣孀必安置於

萬全之地謝太傅稱陶公用法恆得法外意先生殆不愧家風者乎古人勅郭丹之事承署黃堂頒侯霸之文編爲令甲良有以也擢守淮陰旋遷白下送者持靴不去迎者挾轂爭先先生亦復攬轡沾襟留詩賦別所謂賢者使人不能忘己而已亦不能自忘於人焉先是淮有實沈大湫之神作沉竈產蛙之厄先生平其歛陷疏厥原防出入波濤扶持梟散王尊立水奪赤子於龍宮索勵射瀨麾黃熊於寢外卒使城留三板炊滿千村　召對九重漏下六刻百辟動容而觀斆奏　一人前席以問生靈遂蒙簡在之知大有非常之用　天子不欲置汲黯於遠也故將赴淮陽而仍留近地又恐用馮唐之遲也故甫遷觀察而遽轉屏藩一歲之中章服屢換半里之內官舍三遷人但見其雲路搏風九萬里之扶搖太速而不知其仁心及物二十年之積累良多先生方且不損不加如愧如讓早鋤其色有睟其容闔門績紡敬姜自有家風散髻斜簪王儉依然儒者所到處一池之泉古跡必復一亭之月舊景重新短碣豐碑皆典秩明禋之式三廬五宿有義擬仁粟之供贈刀布以教生徒稅束薪而炙筆研簿書勞

畢不廢賓筵呵殿聲希即聞吟詠至於今雖秩居二品車擁八騶而往往依念桐鄉好談京兆者其故何哉蓋道行於獨任掣肘無人效著於當年終身慊意古之君子易地皆然然而校所怵耳而傾心者猶不在是也今夫君子表微陽善不如陰德哲人制行襲義即以重仁自臯俊風高而恢台之意少亦莊逵路失而趨進之道乖先生簿錄上官頗遺繩索迷留下蔡不諱風情似若徐邈爲通展禽非介矣而孰知小可略而大不踰外雖夷而中甚峻毛仲客滿不能致者惟宋璟一人江斅牀移所必遠者是僧真諸輩此非勇過夏育行若伯夷者而能若是哉校空山老矣一個陳人野服蕭然半塵奧草先生絕無介紹早來雲外之車略得公餘便速幽人之駕覆瓿文字未識面而手已傳抄造膝清談乍脫口而心先莫逆此又牙琹之知遇薛劍之遭逢也已茲者白頭介壽赤祓斯皇千里生祠齊進狄公之酒一園菉竹爭歌衛武之詩家居東海瑯琊仙山最近署有淳熙古井聖水常春竊自比於鶴舞猿吟敢私獻其匏宣瓦奏公如黃菊勉旃晚節之彌香我亦蒼生願祝慈雲之永覆

## 謝渤海相公元旦賜鹿豕鵝鴨等物及福字啓

大晴元日羣歌燮理之功春滿軍門敢忘起居之禮歲逢甲午律應東風出臥雪之蓬廬作向陽之草木手板投衆官以後吏隱途分荷衣拜畫戟之前山林人野蒙相公温言婉下異貺遙頒橐倒囷傾半是華堂之饌色招香引都非邱里之珍視若嘉賓賜之鳴鹿憐其傲態伴以蒼鵝特豚饋食之牲可以薦諸祖考泛水呼名之鴨兼堪寫入詩歌鄰里叩門爭看物來相府妻孥動色喧傳恩到貧家更有福字一箋爲老母今秋九十之慶枚伏思福也者求之在己而降之自天者也

天子爲九重福主錫之以與相公相公爲一路福星分之以與士女雲藍紙好光生柏葉之華煙墨香濃秀奪梅花之色北堂懸而慈雲永護白髮對而笑口常開不特此也公之愛士人盡知之公之用心誰能及之倘南衙筐篚竟教使者頒來則空谷煙雲難作材官犒勞公慮擾山中之白鶴特交車後之蒼頭如取如攜宛然父子家人之意式飲式食剛在椒盤春酒之天如此曲體人情纖

徵必到自見平章軍國兩露皆周物有盡而意無窮年漸衰而恩難報所有銜
結之忱理合肅啓佈謝

爲章太宜人七秩徵詩啓

蓋聞甘泉畫象金母爲昭懷清築臺巴婦有耀翠嬀元扈肇始於提韰彤管絳紗夸稱於漢晉何承天夙承母教夏侯氏尤明禮儀皆所以覿地道之成立女宗之式也矧璇宮夜織坐少廣者七十年天姥朝遊獲祥麟者三四代豈可使雲仙彩伴競奏靈璈我輩儒林反無法曲者乎恭惟章母黃太宜人系原江夏配適河間年甫及笄禮成合巹勖帥以敬循循帥氏之箴參和爲仁媞媞碩人之德產竇家五桂剩崔氏雙鴻我封翁樸菴先生二豎方災三珠增痛遽赴玉樓之召竟貽漆室之憂其時堂上尊章俱無恙也太宜人瑱環宵撤學嬰兒之事親概散晨餬作季蘭之尸祭外則漚菅裁漆園林極土化之宜內則設鍵安横門戶有金城之固少儀訓子機聲與夜課齊清吉禮嫁姑束帛與儷皮不忒爲先靈卜窀穸禮備三虞爲戚友饋壺飧河潤九里一門春滿七族風和崑子

伶傳受小郎臨終之託彌甥孤露從嫡孀拔宅而歸太宜人哺以膏饜助其貲算卒使阿宜阿買都列官階王悅王鎔竟成宅相此豈昔之分羹轢釜別室銅盤者所得媲其懿範也哉我淮樹太守奉三遷之慈訓宣十部之仁風隴右姑藏屢知赤緊京江白下再守黃圖比清識而水鏡無光吐赤誠而朝霞失色平章荒政開汲長孺之倉協濟鄰封貸秦穆公之粟擭揄小劫拔出萑苻懷磚巨豪散歸畜牧決獄則諸囚禮佛一時之狴犴無冤與氓則損俸延師數郡之菁莪鬱起以故李憲三生之祀黃昌兩日之歌業已大府傾衿閭閻額手而太宜人猶欿然其未足也淮樹每遷一官必申一戒每平一獄輒加一餐定省之餘詢何以報　聖主含飴之暇計何以澤窮氓受翬翟封章而身服七升之布居養堂丙舍而廚捐五鼎之牲輿臺悉庇於賢雲侮甬都飲其德水宜其壽隨年茂慶與善俱以丁酉暮春爲古稀華旦時則花明瑞室月在高蓁郗母當筵依然綠鬢崔邠側帽親捧朱輪仲海季江四世之孫曾玉立前麟後鳳百年之綽楔風高古之人雖馮親上殿荀母從官象輿婉僤于西清冠帔頻頒於北闕迹

其榮寵何以加茲某等誼屬葭莩情深邱里目擊柔嘉之則耳聞聖善之風敢替旃檀代揚奇馥願將閫範略舉梗端伏望當代之儒林文人文貞學士不靳煙墨各贈琳琅或宣照於五聲或宏鋪於七體借文昌遠耀增寶婺之星光假書帶芬芳寫蟠桃之花色庶幾垂諸方策即南唐女憲之書播入管絃續樂府壽人之曲

郡文學呂君墓誌銘

君呂姓名揚廷字對宸江蘇常州人也生即風神儈定有顏淵度轂之仁仲弓含澤之智白賁沃若黃流瑟然年十九爲博士弟子二十二肄業成均鄭綏爲儒呻吟裘氏之地仲舒好學不窺廣川之園凡十祺之變三象之音九據之章七調之曲靡不穿穴名理淵通妙靈應南北鄉試不售遂佐周君某爲政陽高王壽焚書而舞班超投筆以行招我以弓視道若尺其時有火速軍餉應運會城者路苦盤陊人相愕眙君勇任之以三十須臾行七百郵遞驚虎墜澗攀枝登崖卒使龍節如期魚符應刻古之人雖子反乘堙欒枝斷轂卞莊子之怒目

於菟怯威太史慈之通章計吏奪氣不是過也同里友吳啓文病於榆社署中君從陽高駷馬視之始而稱藥義篤真長繼而扶轊送歸元伯或勸君應秋試者君泫然曰科第命也友朋義也吾不以彼易此矣其篤行深中䬉䬉類是君閒居有絧直之心遇難無倉況之色測交恥倚魁之行樹善記昔席之言蒙厖褫以拯人阽焦原而跟止以故邱里慕其風者莫不證岑鼎於展禽誓要言於虞寄兄弟五人杜欽以小官最著學生一坐庾乘以末位稱尊傳曰上交下交銀手如斷其君之謂歟以乾隆四十三年卒其子府學生星垣秀出班行家傳綈褏庶乎潘子之後有尼夏侯之學傳建運遷陳詞乞予誌墓予思夫平子南陽之德深刻碑陰康成北海之風大書瓦屑亦文人之職役孝子之終事也乃仿南朝宗氏墓碣牒其世系妻女年齒葬所如左而爲之銘曰

星有光夜方起人有名死未已亢其宗更有子我銘幽逝者喜

世系

妻

女

年齒

葬所

孫淵如亡妻王孺人墓誌銘

孫薇省秀才詩才俶詭能為昌谷玉川家數予愛偉之今春二月以其亡妻王孺人事狀及詩索予銘幽予讀其樂府諸篇哀感頑豔丁當清逸故知完山之鳥無異吭之鳴雲和之筌有雙管之奏宛其死矣士也婆娑彤管既淹元石斯耀謹按孺人姓王名采薇宜黃令光燮公女也有天紹之麗娑慍惀之修美天女九相靈芸三絕年十九歸秀才秀才故食貧者賦感婚時以帛拜代香纓孺人不概於心能鋤其色守成湯嫁妹之戒捐夏禹修容之粉調言笑巢和之器治乾餱饋食之籩威姑以下愉愉如也每至玉女沙涼金蟲燈小釵橫三鑽髻娑半蟬孺人焚衙濕之香展排比之卷或抽觴以啓顏或論古而交謫誦靈飛之篇目王母心驚成鑿鑑之圖章南海紙貴秀才愛玩賢妻有終焉之志匪云

嘉耦直是吟朋且其神識尤異儕輩常讀王章傳曰牛衣妻自賢奈沮仲卿上書終是恇怯女兒又對落英嘆曰人當如渠早謝慮有憐者何俟頹侵才捨恆幹耶味其言直以形骸為桎梏晝夜為一致采雲留影曇花愛空宜其拂衣行矣便登女嬃之邱執手奄然難挽靈妃之步病成解佩態失嫵妍卒年二十有四秀才開華鏓之故匣見都膚之舊痕哀思夕流憤泉朝湧遂乃詣宛若請神君執鬼中玩仙牒知孺人故是兜率宮掌書者雖迹涉幽渺莊士不言然浴義女於甘淵奔純狐於月窟乃自古記之秀才鍾情語怪以妄塞悲當亦君子所不廢也以某年某月某日葬某原銘曰

鷩女鹿佑楚客問天緣何彼姝以此名焉宜其奄忽離瑜復位當景收蘭臨華罷翠愔愔孫楚蟹行索妃歌離弔夢有涕漣洏榛娥臺高玻瓈魂杳定有青鸞集此華表

## 徐君禮珍墓誌銘

夫百卉具腓而含芳之蘭先隕朝陽方盛而棲鳳之桐早凋秀實難兼才命兩

舛此哲人所以有沉牖之災瞑臣所以有火色之嘆也吾於亡友徐君有深悯焉君諱維行字禮珍一字芷泉代爲著姓家於浙中遠祖諱嚞者宋乾道間以侍御史出守平江愛玩洞庭之幽遂爲堂里之卜二十傳至毓菴公生四子君其次也執箕膺擕卽已岐嶷束髮受經更加倜儻本申生之小心精潔慕莊周之抱德煬和如切如磋聞詩聞禮睦三昆而旣翕合七族以宣仁或立文翁之堂親炙筆硏或捨周瑜之宅安宿賓朋或共建宗祠司屬役賦功之事或首襄荒政竭義捐仁粟之供凡邱里所錯憚者能以身先之庸流所辟倪者必以智決之長兄西圃先與余交招遊石公小住君舍如彼然明一言稱善遂爲伍舉兩度班荊當其作六日之留通一家之好時則露凝夜燭風警晨烏菜甲庖丁終宵置具仲霜季雪排日娛賓余心感焉如鰲戴石而君猶殷殷其未艾也次年拕技硎之小艇補春餘之墜歡桑娣臨波濟尼在坐月白勝水人嬌當花至今王侍中之才語蟬嫣孔北海之音情頻挫余雖老矣何敢忘諸不圖龍華之會未終香火之緣已盡明淫入戾夢厲生災以庚子七月病篤召其弟心梅屬

曰修短數也我無所恨然頗貪沒世之名必藉傳人之筆汝其爲我持幣乞墓銘於簡齋先生乎語畢而逝年三十有二嗚呼痛哉人之生也輕同聚沫人之死也速甚驚飆青曾黃須之推移詧芮斯彌之變化彭殤同盡顏冉何悲然而元相臨終遺文盡交白傅荀郎雖少後事竟託鍾君亦可謂神理之無差交情之素定者矣以某年月葬於某余不能躬趨馬鬣親薦溪毛所冀名在月中仍復闕侯之位書留榼下永昌晏子之家

銘曰咸池五車氣通具區降此淑靈實生士夫悄悄徐君蹲循不爭神出五寸志入四行可以測交可以樹善語笑未終天風吹斷楚鐸淪響周鼎沉沙銜星噴景難掩光華我欲攜劍弔君之墓不挂崆峒挂君隴樹

陳淑蘭女子詩序

蓋聞天章有七襄之製知織女原近文昌璇璣迴八角之文羨閨秀能通河洛倘但稱針博士而竟乏思功或喚作女大家而徒知陰教是則夜來善繡大捨知書不無遺憾矣若金陵女士陳淑蘭則不然爾其早辨四聲工傳三絕銀缸

五夜牙管一雙薄華鈐爲辱金借詩書作膏沐拂來十指春浮三月花光寫入雙蛾秀奪六朝山黛當夫紡磚月墜鏡檻風低茗浮鮑氏之香絮散謝家之雪往往流連光景陶寫風情揮毫而玉釧微鳴舒紙而粉痕輕落直可傲左芬於晉代追三妹於劉家然而僕有感焉尤有幸焉從古星來天上不患無才仙謫人間最愁失偶倘或戚施枉配茵溷空投或扇棄秋風或歌傷暮雨是則心珠夜炳不無淒緊之音意蕊晨飛頓少風華之色矣而孰知所適鄧十郎者亦白門之佳士也詞標黃絹曲譜烏絲分涼作荀粲之憐入室下樊英之拜湘蘭一朵常攜素手同看園竹萬枝能使全家盡綠雞鳴窗而郎起香沉水而妾歌疊韻雙聲吟聞戶外唱予和女曲在盤中刻燭拈題競賭八叉之韻拔釵沽酒爭爲一字之師雖秦嘉之詠素琴尚慚薄報而高柔之服賢婦敢不終身眞可使蘇蕙羨其聲華薛媛慕其福慧也已且又久著繡銘慣裁花骨不藉硏神之記自成手狎之文字字生芒泯盡隃麋之迹絲絲入扣橫生彤管之輝非白傅之什不吟卿眞知己惟士安之序是索女亦門生遺我一縑繡詩兩首作香閨之

潤筆求駢體之擅場僕也霜雪盈頭久傷才盡珠璣滿目又覺情生製作垂簾出入樂簪花之拂加添闊幅分明當錦緞之貽報以數行弁諸卷首庶幾此日讀靈飛之篇目王母驚心他年獻南海之鑑聲唐宮動色

## 劉霞裳詩序

夫雲霞雕色有踰畫工之巧蘭蕙吐氣能奪迷迭之芬天所相者人不能爭中所無者外不能鑠是以杜驎早聰勝於尚子之晚研也高鳳溺苦不如枚皐之夙悟也梁簡文云斯文未墜必有英絕領袖之者劉生霞裳殆其人歟霞裳者山陰劉念臺先生之五世孫也產自清門羊舌之族本大生於息土仲容之姣無雙楊收四聲早辨神口陸雲十六便舉茂才秀出班行獨師懷抱以虔偎之逸性當慘綠之少年未免粉白修容膠青刷鬢瑤光奪壻粥粥爭迎顧協晚婚綏綏求配摩登攝去將阿難戒體摩挲裴讓測交與孝基私情款狎終日酕醄於酒肆一船橫盪於秦淮絕學捐書遷蘭變鮑致禮法之士飛言如雨而霞裳逌然不顧也以為日月含蝕烏之瑕不妨麗天之景圭璋無瑾瑜之匿斯為前

席之珍古之人忽細德之險微作風雲之奢闊買逵通健借袴便行元季沉酣
負坻遽走思話自纏腰鼓征西好佩香囊凡此儻蕩侜張夫亦何傷於奇士乎
則有賡餘主人張三昧之燕騎兩家之驛招余目色彼此心傾問字則甘作侯
芭遊山則願爲禽夏遂乃掎裳連蘧負笈從征台宕訪春匡廬觀瀑星飯黃海
水嬉洞庭聽仙奏於幔亭候初曦於衡嶽當是時也江中潮起似荅吟聲馬上
花飛欲催綺語對奇峯而筆健折芳草以情深或弟子攙言請更一字或先生
低首爲賞數聯道衡爲文使顏籀掎摭仲寶搖管招彥昇酌商取聽明智慧於
陸眷口中學杜指鉤絃於師襄手上五年來油油焉翼翼焉其聆音識曲授色
知心雖莊惠濠梁鍾牙流水無以過也今年春從二萬里而還有三百篇之製
清章雲委藻思芊綿振敏絃之逸曲鏘韸鍾之雅調余勸其板而行之霞裳壓
然堅謝不敏余曉之曰昔崔瞻舉世重其風流致才華見沒良可惜也子以輕
剽單慧之姿加旭歷銳銀之學余豈不知似川方至如日在東方將奏遙響於
鈞天何必韜英聲於早歲哉然而休文遲暮才過王筠元則門牆最憐雕武趁

予夜燭助爾晨燈好東滔繩同爲商榷庶幾初荷出水百卉斂華雛鳳鳴霄萬流傾耳此日波瀾莫二杜陵識所由來他年秋夕諸篇元相存爲少作

贈儒林郎翰林院待詔厚齋項君暨姚安人合葬墓誌銘

君諱庭模字啓東號厚齋祖寧菴公由徽遷杭不受耿逆僞命歿祀西湖父文松公州司馬素襟清尚遠迹崇情賦江總之修心佩朱穆之崇厚固知北楊環之休衍何籌之慶矣君生而慴定長更徇齊蔡謨通明人呼朗伯君游倜儻世號聖童八歲時父體不斟私詣吳山神廟祈以身代病果得瘳童子何知至誠則動元穹雖遠有聽斯卑弱冠補弟子員英聲揮綽庶士傾風見者以公輔期之先是文松公達人之見學陸賈出裝愛子之心爲薛包分產君道箭分易折枝披自傷富在趨時不在歲司鳩羽金能自化何必責收薛中於是盡合許武所分助以南申奩費貿遷禹莢布置牢盆志入四行神出五寸遂振白圭之舊業法孔氏之雍容焉然而燕雀所賀非鴻鵠所欣也紈袴所甘非志士所願也君以爲華身不如華國多積尤貴多文懷西笑之心作北征之賦乃以家事交

其兄端友公而已則由鄉貢入太學崔稜一到舉坐禁聲太初將臨名流拂席或賫刺走尋或致書結納羣以爲蔡公儒林之亞賀生逵禮之宗非君莫屬焉庚午舉順天鄉試甲戌補翰林院待詔方領矩步久著風規玉府木天更嫻掌故以詩受知於愼郡王東平辟士特取吳㫝梁孝延賓最高枚叔於此應觀翰音之登慶茅茹之拔矣不意蓬山路遠風雪易侵長安久居金貂就耗丙子春以事罷歸公業遊宦田園半蕪息夫邱亭侯名空富君以爲青蚨可去而復還荆樹易凋而難茂竟學繆形之閉戶不問馮諼之治裝決意中興空拳搏戰漸看珠熟不怯錢荒會太夫人年衰臥病君奉佛爲醫因心制藥上池飲而穀食安咳華榮而蘭芽茁逮至萱堂以壽終而君年亦將老矣遂乃路遊東粤論著桓寬爲羣商籌出納之資爲內府核盈虧之數雖韓嬰精悍公綽聰強不是過也已而還鄉訓子顧己尋涯啓樊重之居大開瑞室倣君卿之挾招致清流則有杭堇浦吳西林王述堂汪西灝諸君大雅扶輪升堂接踵酒鎗宵擲詩牒晨飛旗鼓相當珠璣亂灑奉夏侯以四馬百人之食但覺其豪置春申於一梟五

散之間各行其樂蘭臺諸彥盡文陣雄師金谷主人爲騷壇領袖余以己亥之春掃墓聖湖亦得送抱推襟與分一席焉王楊盡逝傷李嶠之獨存羣紀齊交欣孔融之有幸故鄉金蘭之簿雲霞之交微斯人其誰與歸君雖身在邱樊而心存葵藿道小草雖微都知向日羣峯在下誰不尊天以故陳感思入都中楊僕恥居關外　皇上南巡江浙君兩袪高蹶星夜迎　鑾湛露所濡龍光必照恭逢乾隆五十年正月四日　皇上舉行千叟宴禮君年逾花甲應　詔赴都當是日也萬春始華千齡方旦百神薦祉五老來朝散太極之飛泉開八荒之壽域君得與濟濟耆英皤皤元老屆昃其間樂聽九韶酒斟百末鶴髮耀乎丹陛鳩杖錯於彤庭朵殿香烟歸猶未散　天家頒賜重不能勝　皇上賞文綺雕盤奇珍無算　欽定所呈詩冊入　萬壽盛典昔桓榮陳車服於庭前夸示子弟韓竑寫姓名於屏上許作詩人以古較今於斯爲盛君疾惡如風赴義若熱蔭暍人於樹下見善必先回寒谷於律中惟力是視在衢州有孕婦不能踰嶺者在京師有僕人不能遠娶者君傾囊助之劉翊舍其車馬不告姓名趙憙

濟及婦人同聲稱祝君之陰德耳鳴皆此類也委化之年纔六十有八遺命棺
衾悉從儉約祇設伯夷之杅水供茅君之虛位而已嗚呼君毣毣之思未終槃
槃之才乍展崔駰巨儒位終邑宰管輅絕學官止府丞命之以存數難強也然
而信義孚於人忠誠格乎物辨岑鼎者必取信於展禽作誓言者多要盟於虞
寄采采蘭訊置驛通賓虵虵碩言聆音識曲今雖九原不作五噫空歌而聞風
追溯者誰不對酒而憶公榮臨風而思元度哉夫人姚氏雲臺望族東里名媛
凡浣石建之中衣聯姜肱之大被炊黔敖之粥指子敬之囷莫不贊自閨闈助
之轡珥補班昭女誡作顏氏家箴有脊有倫如幾如式先君一年卒子墉秀出
班行耽心聖籍通五際微言識六家要指可謂潘氏之門有尼夏侯之學傳建
矣以某年某月某日奉柩合葬於某原禮也嗚呼武擔山上任文公何日歸來
靈芝宮中王平甫此時復位
銘曰文饒髫齡號張曾子君懷至性孩提如此賜不受命商可言詩蜚聲闠苑
金躍飆馳富而能施學如不及盲秃傴尪皆君所活身雖逝矣情尙蟬嫣其纓

禁緩其容餰連化臺禪窟石秀士堅定生福草書帶芊芊

贈中議大夫孝廉隱谷孫君暨范太淑人合葬墓表

夫熱中者務進嗇神者主守慕古者絕俗兼愛者喪我四者殊轍折中難焉若不夷不惠非仕非隱清名尊於士林厚澤沾乎鄉邑所謂得天獨全與道大適者我隱谷孫君真其人也君諱宗濂字栗忱一字隱谷杭州仁和人幼而岐嶷長多閎覽少與兄宗溥才名並馳躍豐城兩劍飛平輿二龍兄既入翰林官給諫君亦登賢書上春官不第罷歸當是時君以蘭成射策之年曼倩上書之歲舉頭見日呵氣生雲孰不思三沐三熏再接再厲而君志在幽履意薄軒朱停計偕之車占肥遯之卦以爲四科尙尊貨殖三旌不換屠羊貿遷所以厚生推解可以樹善何必戀此徵名效碌碌者蘇而復上哉於是陳揆五行炊累萬物因其墆鬻立以駢牢范蠡能謀秋儲善算蓋不數年而貪賈降心研桑側目矣雖然能聚而不能散者倚魁之行也能散而不知道者刀墨之民也君以爲萬善所先天倫之事百年難得孝養之豐於是廣鍾嶸之居潔君魚之饌仲江季

海擁侍無方北雁晨凫應念卽得太夫人病亟君戕體暗室投冀有靈讀禮三年毀幾滅性幸封翁之常健也乃聚同志以博歡心極宴嬉以永愛日凡三儒五墨之客雕龍炙轂之賓及冠竹皮帶榴具善格五妙彈棋者莫不揖裳連襼酒賦琴歌蓋所以養曾參之志而成孟公之名者其在斯時乎且又義重嵩衡財輕簞籜骨肉粲而不殊戚里待之舉火乙亥歲大祲出粟千石饑民爲藻旱魃失威大吏請旌於　朝君猶欿然於己其友陳明府廷獻遠宦雲南君代爲治裝資其捧檄旋以憂歸貧不能償君益自喜謂成渠廉吏不負鮑子之金償我素心速焚田文之劵疏戚吳某寄食於君齒猶未也而君爲營美櫬曰使及其身親見之安死後之心豫凶何害慰老人之志引養彌長僕因之有感矣夫君子在上則美其政在下則美其俗其假人也不德不責其食人也不使不役是以周尊九藪漢重八廚子夏恥礫仁齊桓畏宿義散貲錢郭震因之稱英雄也犒牛酒樊宏所以頌盛德也彼夫穴管之見眠娗之流高踞台衡終歸隴斷魚魚逐隊齺齺稱廉何曾有益蒼生書勛彤管也哉方知尊不在官賢不需位

蕭育卑官是杜陵男子蘇純儒士號三輔大人君之謂矣所嘆者善人是富生可無慚造化無心奪之偏速君雖持粱刺肥何嘗燒其爛蠡青芝赤箭亦足保其谷神乃精神淵箸而體不能充服散雜投而藥終無效疾深三縛形敝五倉竟以不起嗚呼痛哉元髮歸泉垂髫扶柩鄰春不相薤露空歌說者求其故而不得乃疑君爲善近名拯民所阨得毋萇叔違天而有咎伍胥逆行而生災乎余謂君逸情雲上陰德耳鳴生雖有涯死而不朽斯則壽之大者又何必與元鶴齊年共靈椿爭歲耶夫人范氏卽母太夫人姪也鍾瑾母妻李膺姑妹兩重骨肉一脈心情洗手作羹供張梡嶡和衣侍疾親滌楲牏君既歿奉事封翁扶筇林下忘西河之傷含飴花閒看諸孫之長折蔓立教拾芥成名奉繡佛以清齋誦般若而終老君之得成夙志夫人與有力焉先是君好廣置書倉精排鄴架壽松堂中有嫏嬛祕笈伯山漆書會 朝廷開四庫館令嗣仰曾獻二百餘種 天子嘉之 御題乾道志原本還俾珍藏賞佩文韻府全部以彰寵眷王氏兒賢守江左靑箱之學班家恩重 賜內庭冊府之書倘非燕翼貽謀安得

龍光照耀嗚呼榮哉君以覃恩贈中議大夫子三人仰曾鹽運司運同傳曾甲
午舉人候補中書儀曾國學生孫某以某年某月某日與夫人合葬於某

小倉山房外集卷七

# 小倉山房外集卷八補遺

錢唐袁枚子才

## 禮親王世子詩序

世子以天孫雲錦之才兼淮南食時之敏清襟蘭郁逸藻雲飛德無常師詩兼衆體詠物則明珠九曲上手能穿弔古則夏鼎千年聞聲欲起或題畫而烟景都生紙上或懷人而珠璣盡落風前豈徒河間輟絃且使東阿却步所謂星分少海定有奇光筆洗銀河自饒仙氣福慧所鍾非偶然矣乃復禮士親賢撝謙請益鈞天雅奏空谷傳來不棄衰坻教之加墨枚久居物外忽聞緱嶺之笙翹企層霄竟聽賓雲之曲回環雒誦齒頰生香已爲老子之踞觚敢不瞑臣之躅足謹遵寵命恭綴小言以莛叩鐘將蠡測海此日觴開八秩強作江郎才盡之文何時夢入九重來賦梁苑初升之月

## 思元主人詩序

山中風好天上書來捧碧海之紅珠珊瑚尚濕解王孫之雜佩漢璧猶溫大恩

壓己以心驚薰沐開函而下拜方知主人爲高陽之鞠子本帝禹之精苗翠鳳棲桐丹魚在藻年裁弱冠早登蕭氏文樓思若流波不數魏家典論或慕唐宮進士作賦千篇或學魯國諸生誦詩三百詠物則絲絲入扣歌風而飄飄淩雲偶託卮言以儒爲戲時參妙諦著手成春無一言不深入元中無一字肯寄人籬下溯天潢之派波瀾自異人間披帝女之桑枝葉都非凡卉所謂羲車五色雲蓋千層江漢水深風雲天闊未足方其昳麗也更復飛耳審音傾衿禮士以謙虛爲坐薦兼覽百家奉走卒爲神師不遠千里憐長途之老馬索弁語於空山伏念枚轅固齒衰僧虔筆禿赴京兆鹿鳴之宴尚待明年試乾元鴻博之科已周花甲方掩扉以終老忽大任之相加有若五鳳樓成修補命編茅之匠九天樂奏賡歌招擊壤之氓其能無忍愧於顏知難而退哉然而投瓊太重結草無期寵命既宣堅辭更妄此日聞呼必諾敢逃聲於牙曠門前何時著翅飛來得隅坐於鄒枚席上

陳檢討填詞圖序

填詞圖者前輩其年先生遺像其從孫望之中丞所摹刻也先生太邱世德岳珂原少保之孫驚座家聲蘇過是黨人之子伯始少聞庭訓元方早負時名氣得春先思爭花發審韻則解呼雌霓揮毫而慣賦雄風浸淫百家足抗班香宋豔鍾爐五典能兼樂旨潘詞恭逢我　聖祖仁皇帝立賢無方求才若渴掩八紘而取俊闢四門以達聰特開博學之科許入鴻文之館先生彈冠拜命簪筆登朝折紅杏於瓊林花皆富貴聽鶯聲於上苑鳥亦聰明掞天而色煥雲霞擲地而聲流金石高文典冊九霄傳司馬之詞章風語華言舉世誦香山之樂府未免國風好色我輩鍾情李翰文枯便奏音樂景文修史旁列紅妝或吟罷而即令傳抄或曲終而重爲按拍流目送笑有美一人嚼徵含商教其三弄開第孝侯之里遠山青入眉邊浮家少伯之湖春水綠湔裙色傾耳當筵樊素一串歌喉費他記曲韋娘幾升紅豆墨磨卿手釵褂臣冠真可謂風流人豪自成馨逸者矣則有技擅虎頭巧超周昉者爲寫傾城顏色兼傳名士風流一則長鬣飄蕭拈花微笑一則雲鬟窈窕對酒當歌有睟其容美矣麗矣呼之欲活是耶

非耶蘊藉衣帽勝瀛洲十八士之畫玲瓏指爪宛霓裳第三疊之圖於是廣召名流各加題品傳諸好事同作解人霞駁錦摛皆一榜登龍之彥筆歌墨舞聚三朝吐鳳之才百斛珠璣爭飛紙上六朝金粉半墜行間豈非希世之丹青傳家之墨寶也哉中丞本高陽之後世有通侯生通德之門出而開府當燕寢凝香之際欲賦閑情抱芬芳悱惻之懷難忘祖德集羣賢之佳什遂甲比以成書因後進之同科乃郵筒而問序枚弱齡弄翰即慕蘭成老去看花常懷騎省當 聖主登幾之日即鯫生入洛之年 盛典再逢公車被召遲公五十七載謄黃之 恩詔重看徵士百八十人慘綠之少年得與當時陳寔渺矣晨星此日袁宏公然碩果辱教弁首卷中影照驚鴻竊喜華顛紙尾偏叨附驥嗟乎名流何限審言不乏替人詞客有靈孔璋也應識我指點吹簫仙子揣量題帕神情不憂才盡江淹只恨生遲杜牧欣團扇覩放翁之貌老眼頻揩似眉山題太白之真音塵若接假使操絃度曲恐難分絳樹之雙聲若教駢體論文喜早竊南豐之一瓣

## 宮闈雜詠序

宮闈雜詠者邵明府無恙先生所作也先生劉輿才長晏嬰身短以潤古雕今之筆寫芬芳悱惻之懷遠結古歡工爲才語拾鉛華於彤管遷次就班散烟墨於香奩無徵不信上稽瓠史旁及稗官意蕊雲飛但願佳人再得葩華蓱布能教逝者重生妙手白描隱隱呼之欲活音塵若夢姍姍怪其來遲較王母之從仙已過十倍考劉向之列傳更極千秋尤奇者褒牝雞爲樛木儷元妻於湘君南子因拜聖傳名啓母以生賢換局哀其窈窕輒神往而曲致纏綿縱有過差亦心憐而巧爲開脫華言風語寵柳驕花萬古蛾眉一齊膜拜韓嬰曰和者好粉有殷勤之意者好麗其作者之心情乎揚雄云綠衣三百色如之何其編排之人數乎一時目論者動謂貴賤雜羼貞淫奪位蕉萃與姬姜並列勾欄偕衰冕齊登譬之蘇峻與唐堯何堪對坐法與諸江淪定喚移床未免擬人失倫歌詩不類不知宣聖采風鄭衛與周南相繼武梁畫象萊妻與曾母偕描歡喜海中人天同隊虹霓屏上姹女紛來撲厥初生都是媧皇苗裔考其世系誰非堯

母門楣五際宏開八風並奏此詩教之所以爲大也至若天女摩登地亓富媪
如來之妻法喜昴宿之竊粱清太元賦之清要承戈真誥篇之靈簫匏爵娟娟
此豸全屬荒言概用删除具欽卓識頃蒙先生遣使索我弁言嗟哉賜也賢乎
老夫衰矣春蠶未死剩有餘絲蟾魄將沉空留殘照一旦深情帖下士女圖來
恍若羅袖排門翠笄窺牖手披靈笈儼金屋之裝成目炫花牋似仙裙之留住
因之望古遙集忍俊不禁雖國風之好已終而見獵之心忽動廣披竹素再作
搜牢獻鞍首嫗盈等六十人合周天之數以多爲貴足張娘子大軍矣不勝收
盡黜虞初小說（凡北里志妝樓記情史豔史等書美人不下三千）恐師丹善忘不無滄海遺珠而束晳
補亡或者彼姝知我

## 清娛閣合刻詩序

夫合璧必須雙耀偏絃不可獨張當天下有道之時我紱子佩喜家室和平之
日鼓瑟吹笙典籍所傳人風可愛然而星名織女不近文昌鳥號鳴鸞或隨啞
鳳盤中伯玉後無嗣響之音天壤王郎轉有不平之歎得毋兩美不許齊眉天

豈無情人偏有憾乃余讀清娛閣合刻而有異焉合刻者京江張舸齋居士與其室鮑芷香夫人所作也一則江夏黃童天資超絕一則宋家若憲質性靈明未納幣而戚里稱才已結褵而房中有曲女兮窈窕士也婆娑或吐石含金共作雙聲之奏或鈎心鬭角爭爲一字之師拈毫則雙管雲飛聯句而並頭花發既切磋於枕上遂偕老於詩中真可謂異曲同工雙烟一氣者矣雖然言者心之聲也詞者意之表也倘片時目反則眉黛難描六鑿情乖則宮商不應作者俱能含章司契抱德煬和夫憐而熨體分涼婦淑而拔釵款客親調美饍人游護世城中勸散義錢名播金蘭簿上當其茶烟濕鬢梨雨催妝邀月圍棋折花射覆（皆詩中語）問字於掃眉才子妻即先生徵文於坦腹郎君卿真吟伴寄遠則裝棉恐後當歌則得句爭先（亦詩中語）若非福與慧兼才同情擅者其能兩集編成三公不易也哉僕桑榆之景暮矣通家之誼久矣初與步江居士韓孟聯交繼與雅堂省郎紀羣作友今歲再遊天台弭節京口又得見蔡氏文姬劉家快婿夔牙並奏孔翠羣翔是有緣焉何其幸也更蒙推許諈諉題詞嗟乎文通夢中之

筆久被郭璞追還玉臺新詠之篇敢不徐陵作序

公祝奇麗川中丞五十壽序代

蓋聞兩戒山河江左是歲星所照百年上壽五旬當受爵之初况開府之邦三吳勝地神明之頌萬口同聲則凡身受陶鈞耳親提命者其敢不寫晝錦於屏風奏雲璈於燕寢也哉恭惟麗川中丞閣下雲在絳霄靈鍾丹水年裁弱冠便簪上苑之花官飲秋曹屢擅祥刑之譽內辭郎省外作監司褰帷則劍閣雲開揚旆而桂林風暖江南有福扇仁風者將及十年桴鼓不驚持節鉞者又過三載公之雄才大略人盡知之公之行事居心伊誰諒之今夫聰明者每失之刻公正者或流於迂警敏者待物少真幹辦者操心多蹙公則容光必照何須察察爲明著手成春不肯沾沾自喜愛惡必形于色使百僚知所從違成見不挂於懷故方寸毫無適莫案牘似秋來之葉風掃皆空吏胥踏氷上而行心皆自怯獄無小大必與平章官有賢聲都膺特薦憫東征運糧之卒給賞棉衣坐南衙清德之堂別張賓館劉宏不設從事而澄鑒如神包公洞開重門而關節不

到繫詞曰惟深也故能通天下之志惟幾也故能成天下之務公之謂矣尤奇者今秋黃河水決高堰堤危公駕一臨而風伯回輪蛟龍避道適有雲南運銅數巨艦沉入波中頃刻金精變成銅壩抵當風浪得下埽茭公乃捐俸以祀馮夷之神撈銅而免滇員之累亦可想見人天協應福德兼隆之明效焉且夫處脂膏而不潤人笑君魚入寶山而空回誰爲王烈牢盆有例獵較何妨公乃身署鹽官心遊雪嶺秋毫無染半菽自甘凡在旁觀都嫌太過直至淮西事發而牛奇章簿上無名都護賕聞而宋廣平殿前獨對然後知公之高掌遠蹠燭照幾先此豈中才以下所能企及者哉然而公猶慊慊然不自滿足也大行不加鐫本色書生之印小善必錄藏故人殘稿之詩（謂幕友侯枕漁遺稿交隨園入詩話）屈八騶而病訣黃堂聞風者皆爲泣下（謂馮太守）閔遺孤而時遺白鏹感恩者直到泉臺（公待孫春臺撫軍遺孤最厚）庭誥傳家義方垂訓都下郎君之薪水俱有章程階前執事之紀綱半通文墨求賢若渴布衣皆與平交觀過知仁相士都從格外裘輕帶緩苛禮全除風語華言拈花微笑諸葛君之張盧設竈盡是經綸謝征西之置屐裁裙總

教得所至於取沐鶴溪邊之箭射必穿楊製風輪海外之燈光能奪月拈一韻
而風人擱筆餽一藥而貞疾恆瘳此又名臣游藝之餘情菩薩神通之末節也
巳今者嶽降台星值趙衰可愛之冬日籌添海屋折王曾曾賦之梅花（公有和高啓梅詩九首）某等身隸幈幪銜參鈴閣或遠離千里批牒常頒或近侍崇轅光風時接
見王丞相而人人意滿對樂彥輔而個個神清池中欲舞神魚境內皆生福草
分大賢之仁壽活全省之蒼生恐傾東海之觴難效麥邱之祝敬陳皇邸當作
悝鐘義不取諛事皆從實此日立言立功立德儘書十二金鵝他年杖鄉杖國
杖朝再付三千銀管

恩賜世襲雲騎尉羅漢門縣丞陳君墓誌銘

當鐵兩金風之處獨標碧血為國殤以哦松射鴨之官忽作鬼雄於海島人斯
忠矣典亦隆焉公陳姓諱聖傳浙之山陰人曾祖理慕蘇桓公號大人有何比
干之陰德官廣西司獄因寄籍焉祖廷綸官按察使父齊襄官江西廣饒九江
道公幼而徇通長尤憺定以乾隆壬午舉人得鹽場大使候補福建兩充同考

官助朱衣之點莫濫齊竿拔毛穎之錐共推秦鑑秩滿例轉知縣忤上官意調補順昌丞仁風不墜中牟競說魯恭鸞鳳偶棲蒲亭頗聞仇覽中丞徐公命權知樂縣事年餘仍調臺灣丞駐劄羅漢門檻可觀魚方靖鯨波於碧海篇懷寶劍竟招殺氣於蠻疆蓋不數月而林逆之難作焉時乾隆五十一年十月也公奉委守斗六門斗六門者臺北要區賊攻甚力公以枳棘一枝固藩籬於絕域赤棒二挺撻戈戟於千山契箭傳呼華言三就葉公免胄民見面而心安子產成列盜聞風而氣奪我心匪石衆志成城十一月朔賊大至豺牙窓厲雪刃如林虺毒潛吹黑雲壓地公本書生慷慨作名士指揮挺丈八之矛鳴兩甄之鼓惠施力小操表綴以臨城章子才高變徽章而誘敵怒喝則雲中鴈落橫揮而刀上毛生激以義聲空拳皆爲明鏑置之死地烏合盡作鷹揚蓋寇來而却走者數矣無如短袖難舞危條易風以井堙木刊之餘當蟻聚蜂屯之衆紙鳶信絕銅馬鴟張正月二十一日賊又至公自知衆寡不敵乃鳩村民百餘分爲兩翼以便夾攻雖一個宜僚足當五百而孤身楊僕難召千夫矢射營中王霸焉

能安坐瘴生壺口馬援不冀生歸振臂而瘡病雖與飲血而鼓聲忽死或勸公退公叱曰吾祖父世受　國恩此我報恩死義時也與僕顧景馳二騎直入賊營大呼我縣丞陳某特來諭汝降也賊怒橫加矢石遂遇害於溝仔背莊公死時距王師平臺又十閱月矣嗟乎公之節人盡知之公之心或未諒之當夫矢盡道窮勢孤援絕棄城而走誰能遽責張巡赴敵而亡亦足追風周處而乃頭可斷而氣尚雄口將閉而聲更厲不肯伀朦塞責尚思操刺成功當時文紀入張嬰之壘昌黎伏廷湊之軍皆以捐命妖巢收功虎穴使蛾賊稍為天誘狗奴不復崖柴則醜類無迷復之凶神聖有包荒之量不勞　天兵於萬里全安海國之羣生公之功不世出矣無如事合前人而成敗異也氣吞小醜而聲勢孤也叱馭聲高初效霽雲斷指致身事畢終為溫序銜鬚嗚呼痛哉公嘗遊會稽山遇道士授一古鏡曰爾生平事業可於此鑒之後官閩中嘗對鏡嗟吁及渡海謂家人曰吾明年其死於難乎家人駭問終不明言是則張悌不去軍中前期早定郭璞自知死日正命為難春秋五十有九賊平事聞　天子賜葬祭世

襲雲騎尉村人張啓感公生能愛民死能盡節爲石函斂公首加碣標識故事後得歸元焉嗚呼千里歸來杲卿之髮尚動一靈不泯先軫之面如生元配邵氏繼配祝氏例封宜人子廣潤以某年月日葬某銘曰

茫茫海外⿰甚冘⿰甚冘陳公原圖保障遽起兵戎倜然神勇絶不恇怯鳴鞭集衆投筆彎弓徼風大隧射隼高墉先庚未備後甲誰從以死報國含笑從容惜哉著述散失波中賴有　聖恩恤典優隆千秋綽楔鑒此孤忠

## 重修錢武肅王廟記代杭州李太守作

乾隆五十七年亨特承乏紹興敬修東府錢武肅王廟將王子孫文穆忠懿諸王像配我　聖朝敕封賜祭諸大典都已詳載矣今年守杭州是王發祥之地而祠廟頹侵日光穿漏尤非所以宣　國恩慰民望也謹葺治宏整而爲文以記曰惟王抱囊括八荒之志退守方隅以保障兩越之功恩留桑梓金虎嘯而風飆動玉虹起而雲霧消州領十三世傳一百子南夫也楚圉君哉然當其時十日並出不見太陽八王興兵誰爲共主外多銅馬大槍之寇內有貫高蒯徹

之謀王雖崛起臨安收功宣歙而車無兩廣田少一成其何以整頓山河創垂基業也哉迹其始末有不可及者七焉王除夕鼓琴戒酣長夜深宮易帳費省青繒警枕横陳耳觸銅丸之響包山板築身甘運甓之勞能作詩歌斥爲餘事善畫墨竹不以示人知天步之艱難勉耄期之不倦其勤儉有如此者王神勇超羣當機立斷或入海而擒徐約或捲袖以斬漢宏或假八百以誅黄巢或擁兩藩而備行密弓張強弩江潮避威文祭靈山海神借地絶域之蠻王受冊羅平之妖鳥藏聲至今百會亭高奇謀可想三峯石立羅刹猶驚其雄略有如此者王館號招賢殿名握髮四方之士連袂來歸一技之能蒭蕘必采沈崧詩兩度月宮之到羅隱比千年河水之清胡岳面有銀光驚呼奇士何逢陣留戰馬悲憶將軍較之鑿齒依桓宣武於襄陽管寧投公孫度於海外事相仿也禮更隆焉其用賢有如此者王除苛解嬈捍災恤患纔頒春服又與冬衣既建石塘還加竹籠田撈葑草通水利於五湖風送珠船富南琛於四鎮聞譎諫而魚租遽捐於使宅祀蟲天而飛蝗盡墜於江中禱寶石之山祝羅城之水以老夫之

灌灌作赤子之扶扶世方蹀血以事干戈我且閉關而修蠶織漢番君惟効忠於主徐偃王不忍鬭其民其惠下有如此者王蓋世英雄依然本色少年負販不惱揶揄拜老嫗於車前聽喚婆留富貴唱吳音於酒所教聽內苑宮商石鏡重看王者之冕旒真矣金尊分散滿村之父老醺然厚待故人那有夥涉沉沉之歎矜憐妃子笑唱花開緩緩之歌樹披錦以生花劍倚天而吐氣其豪宕有如此者王生有紅光空聞甲馬幼能指羣兒爲隊伍老猶決勝負如神明練樓船則甲滿五千畜海馬則廄盈三萬假使大人虎變尙父鷹揚誓蒼兕以定中原按黃圖而取天下作翼漢尊周之舉必梟雄斬勸而還上可繼創業之少康下可作專征之西伯而王乃守老聃之知足學子產之惠人不填西湖以待真主偶得國壐便獻中朝雖風雲進取非無庾亮之才而根本深謀自愛桓沖之計稱臣納質虛而與之委蛇近交遠攻坐以觀其成敗惟承順得四境之安乃專斷行一王之制其識量有如此者王家有賢嗣門無雜賓孔晬孔愉聞詩聞禮衛青三子襁褓皆侯神慶一牀象笏皆滿蔓綵繩之園宅兆徵奕世簪纓張

燈山以對門尤見天家恩寵魯無簒弑故稱秉禮之邦周有遺民尚愛甘棠之樹以小事大本子輿氏之名言納土如歸得忠懿王之繼志較之南唐兩姓便唱檀來西蜀十年遽呼孟入馬氏之衆駒棧鬬歸家之九龍帳空判若天淵誰爲姸醜其家法有如此者嗟乎五朝泡影國祚幾時十國沙蟲音塵若夢惟王壽享喬松名高渤海石床奉佛銀鹿弄孫天寶紀元而當時不以爲僭雞豚徵稅而至今猶諒其心三節還鄉而恩綸大沛二龍避道而晚節彌謙玉帶名馬所好存焉鐵券金章榮施極矣然而漢帝還鄉魂猶戀沛留侯封爵心尚思韓王生於臨水里之鄉廟在表忠觀之側謹以某月某日興工以某月某日告竣較會稽棟梁尤加肸飾嗚呼丹青式煥何如鸞手之寫生袞冕端臨尚覩龍神之不睡讀蘇子瞻之文尚嫌其簡覽皮光業之碣又苦其繁乃爲銘曰

唐帝祚終大王風起武肅桓桓天人來矣日角殊形星衡異體有能有爲知己知彼能鬬不過得當便止地建勛州河開德水鐵亦知時鼓能記里孛淨斗牛田生仙米河東竇融西涼張軌一襟忠純九重恩禮才大志小終身歡喜寵極

五朝澤流千禩　聖主南巡遣官致祭刱衈奉牲壇非泰厲昭示來茲安行仁義世世子孫銜恩罔替

小倉山房外集卷八

西元二〇二二年一月一日重製一版

小倉山房詩文集 冊四（清袁枚撰）

平裝四冊基本定價參仟元正
（郵運匯費另加）

發行人：張敏君
發行處：中華書局
臺北市內湖區舊宗路二段一八一巷八號五樓（5FL., No. 8, Lane 181, JIOU-TZUNG Rd., Sec 2, NEI HU, TAIPEI, 11494, TAIWAN）
客服電話：886-8797-8396
公司傳真：886-8797-8909
匯款帳戶：華南商業銀行西湖分行
179100026931
印刷：維中科技有限公司
海瑞印刷品有限公司

No. N3063-4

國家圖書館出版品預行編目(CIP)資料

小倉山房詩文集/(清)袁枚撰. -- 重製一版. -- 臺北市 :
中華書局, 2022.01
冊 ; 公分
ISBN 978-986-5512-74-3(全套 : 平裝)

847.5　　110021468